Umwelthinweis:
Dieses Buch wurde auf chlor- und säurefreiem Papier gedruckt.

Lisa Kleypas

Heller Mond über Friday Harbor

Roman

Aus dem Amerikanischen von
Anita Sprungk

MIRA® TASCHENBUCH
Band 25753
1. Auflage: Juni 2014

MIRA® TASCHENBÜCHER
erscheinen in der Harlequin Enterprises GmbH,
Valentinskamp 24, 20354 Hamburg
Geschäftsführer: Thomas Beckmann

Titel der amerikanischen Originalausgabe:
Crystal Cove

erschienen bei: St. Martin's Press, New York

Published by arrangement with
St. Martin's Press, New York

Konzeption/Reihengestaltung: fredebold&partner GmbH, Köln
Umschlaggestaltung: pecher und soiron, Köln
Redaktion: Maya Gause
Titelabbildung: Thinkstock/plainpicture
Autorenfoto: © Harlequin Enterprises S.A., Schweiz
Satz: GGP Media GmbH, Pößneck
Druck und Bindearbeiten: CPI – Ebner & Spiegel, Ulm
Printed in Germany
Dieses Buch wurde auf FSC®-zertifiziertem Papier gedruckt.
ISBN 978-3-95649-020-0

www.mira-taschenbuch.de

1. KAPITEL

Natürlich funktioniert nach neunundneunzig missglückten Liebeszaubern auch der hundertste nicht besser als die anderen. Diese Wette hätte wohl jeder gewonnen, dachte Justine Hoffman. Missmutig saß sie am hölzernen Arbeitstisch in der Küche ihrer Pension, das Kinn auf eine Hand gestützt, und rührte in ihrem Kaffeebecher.

Na schön. Das war's dann. Ich gebe auf.

Sie würde sich also niemals verlieben. Niemals würde sie diesen geheimnisvollen Vorgang verstehen oder gar selbst erleben, wie sich zwei Seelen untrennbar miteinander verbanden. Tief in ihrem Inneren hatte sie schon immer diesen Verdacht gehegt, war aber viel zu beschäftigt gewesen, um sich länger damit auseinanderzusetzen. Die Sache hatte nur einen Haken: Selbst, wenn man noch so geschäftig war – früher oder später hatte man alles erledigt, was zu tun war. Und dann schob sich die Angelegenheit, die zu verdrängen man sich so hartnäckig bemüht hatte, plötzlich in den Vordergrund, und man konnte an nichts anderes mehr denken.

Sie hatte alles versucht, was versprach, Wünsche wahr werden zu lassen: Beim Anblick einer Sternschnuppe und beim Ausblasen der Geburtstagskerzen hatte sie fest an ihren Wunsch gedacht. Sie hatte Münzen in Springbrunnen geworfen, jede nur greifbare Pusteblume angepustet, um die Samen an ihren winzigen weißen Fallschirmen in dichten Wolken davonschweben zu lassen, und jedem Wunsch einen beschwörenden Zauberspruch hinzugefügt.

Diese Worte besiegeln dein Los … Weil ich auf dich warte, kommst du von mir nicht los … Das Schicksal hat dich gefunden … Die Liebe hat dich gebunden … Komm zu mir.

Alles vergebens. Ihr Seelenverwandter hatte sich nicht ein einziges Mal blicken lassen.

Wieder und wieder hatte sie sich in das Zauberbuch vertieft, das ihre Mutter ihr zum sechzehnten Geburtstag geschenkt hatte, und Seite um Seite genauestens studiert. Aber es gab nichts Hilfreiches für eine junge Frau, die sich nach etwas so Außergewöhnlichem und zugleich doch so Normalem sehnte wie Liebe.

Justine hatte versucht, jedem – einschließlich sich selbst – einzureden, es sei ihr egal. Sie behauptete, sie wolle sich nicht binden und brauche niemanden. Wenn sie jedoch allein war, starrte sie in den kleinen Strudel, mit dem das Wasser aus ihrer Wanne im Abfluss verschwand, oder in die Schatten, die sich in den Ecken ihres Schlafzimmers verdichteten, und dachte: Ich möchte etwas empfinden.

Sie sehnte sich nach einer Liebe, die sie in das Abenteuer ihres Lebens entführte. Sie träumte von einem Mann, der ihr die Rüstung, hinter der sie sich verschanzte, vom Leib riss, als wäre sie Unterwäsche aus feinster Seide, bis sie sich ihm schließlich ganz und gar ergeben konnte. Vielleicht würden ihr die Welt dann nicht mehr so klein und die Nächte nicht mehr so lang erscheinen. Vielleicht hätte sie dann nur noch einen Wunsch: dass die Nacht niemals enden möge.

Ihre schwermütige Grübelei fand ein jähes Ende, als ihre Cousine Zoë die Küche betrat.

„Guten Morgen“, grüßte sie gut gelaunt. „Ich habe dir das Buch mitgebracht, um das du mich gebeten hast.“

„Ich brauche es nicht mehr“, gab Justine zurück, ohne den Blick von ihrem Kaffeebecher zu heben. „Trotzdem danke.“

Mit Zoë war eine frische Brise in die Küche gezogen. In der Luft des Septembermorgens hingen der leicht beißende Geruch von Meersalz und ein Hauch von Schiffsdiesel, der von den nahe gelegenen Docks von Friday Harbor herüberwehte. Diese Düfte waren vertraut und angenehm, konnten Justines Stimmung aber nicht heben. In den letzten Nächten hatte sie schlecht geschlafen, und nicht einmal der Kaffee schaffte es, sie munter zu machen.

„Keine Zeit zu lesen?“, fragte Zoë mitfühlend. „Du darfst es gern eine Weile behalten. Ich habe das Buch schon so oft gelesen, dass ich es beinah auswendig kenne." Die blonden Locken fielen ihr über die Schultern, als sie sich vorbeugte und den Liebesroman vor Justine auf den Tisch legte. Dessen Seiten waren zerfleddert und vergilbt, einige drohten sich bereits aus dem Buchrücken zu lösen. Auf dem Einband war eine Frau in einem goldgelben Satinkleid abgebildet, die in Ohnmacht zu fallen drohte.

„Warum liest du es immer wieder, wenn du den Schluss doch längst kennst?", wollte Justine wissen.

„Weil ein gutes Happy End es einfach wert ist, mehr als einmal gelesen zu werden." Zoë band sich eine Schürze um und bändigte ihre Lockenflut geschickt mit einer Haarklammer.

Justine lächelte zögernd und rieb sich die Augen. Niemandem gönnte und wünschte sie ein Happy End mehr als Zoë. Sie waren entfernte Cousinen und hatten sich in ihrer Kindheit nur sporadisch gesehen, aber inzwischen standen sie einander so nah wie Schwestern.

Zoë war eine begabte Köchin, und vor mehr als zwei Jahren hatte Justine ihr angeboten, im Artist's Point, ihrer Pension in Friday Harbor, die Küche zu übernehmen. Sie selbst kümmerte sich um das Geschäftliche. Dazu gehörten nicht nur Büroarbeiten, sondern auch das Putzen und die Instandhaltung des Gebäudes. Zoë hingegen übernahm die Vorratshaltung, die Lebensmitteleinkäufe und das Kochen. Sie und ihre Kochkünste hatten sich als so unverzichtbar für den Erfolg der Pension erwiesen, dass Justine ihr inzwischen die Teilhaberschaft angeboten hatte.

Sie ergänzten sich großartig in ihrer Partnerschaft. Justines impulsives, forsches Wesen fand in Zoës diplomatischem Geschick und ihrer Geduld einen hervorragenden Ausgleich. Zwischen ihnen hatte sich eine enge Bindung entwickelt, und sie standen stets loyal füreinander ein, kannten die größten Schwächen der jeweils anderen, vertrauten einander ihre Träume, Ängste und Unsicherheiten an. In vielen Dingen waren sie einer Meinung, doch das war es keineswegs, was ihnen am besten an ihrer Beziehung gefiel. Im Gegenteil: Gerade wenn sie verschiedene Ansichten hatten, eröffneten sie einander neue Blickwinkel.

Gemeinsam hatten sie das Artist's Point zum Erfolg geführt, und inzwischen war es bei Touristen wie Einheimischen gleichermaßen beliebt. Hier wurden Hochzeiten und private Feiern ausgerichtet, dazu gab es regelmäßige monatliche Veranstaltungen wie Kochkurse und Weinproben. Während der Urlaubssaison auf San Juan Island war die Pension üblicherweise fast immer ausgebucht, und selbst außerhalb der Saison lag die Belegung im Schnitt bei fünfunddreißig Prozent.

Die Cousinen sahen einander kein bisschen ähnlich. Justine war groß und schlank, hatte braune Haare und braune Augen. Zoë hingegen war eine blonde Sexbombe, auf die Männer grundsätzlich so reagierten, wie in alten Zeichentrickfilmen dargestellt: mit hervorquellenden Augen, hängenden Zungen und Dampfwölkchen, die aus den Ohren aufstiegen. Mit ihrer erotischen Ausstrahlung übte Zoë stets enorme Anziehungskraft auf jene Sorte Männer aus, die sich mit unterirdischen Sprüchen an sie heranmachten und sie behandelten, als hätte sie den Intelligenzquotienten einer Zimmerpflanze.

Jetzt schob sie den Liebesroman näher an Justine heran. „Lies wenigstens ein paar Seiten", meinte sie aufmunternd. „Du wirst so von der Geschichte gefesselt sein, dass du das Gefühl hast, in eine andere Zeit und an einen anderen Ort versetzt zu sein. Und der Held ist einfach nur ein Traum." Sie seufzte hingebungsvoll. „Er entführt die Frau seines Lebens in ein Abenteuer in der Wüste, wo er nach einer uralten verlorenen Stadt sucht. Und natürlich beschützt er sie und ist wahnsinnig sexy und tiefsinnig ..."

„Ich fürchte, von solchen Fantasiegestalten zu lesen steigert nur meine Erwartungen, und das ausgerechnet zu einem Zeitpunkt, wo ich sie herunterschrauben sollte."

„Nimm's mir nicht übel, aber ich hatte nie den Eindruck, dass du sonderlich hohe Erwartungen an die Männer hast."

„Oh doch, die hatte ich. Früher wäre ich nur mit einem Mann

ausgegangen, der einen guten Charakter, ein ansprechendes Äußeres und eine Festanstellung hat. Heute gäbe ich mich schon mit jemandem zufrieden, der nicht gerade verheiratet ist oder im Knast sitzt."

„Ach was, von Fantasiegestalten zu lesen steigert deine Erwartungen nicht. Das ist nur eine nette Möglichkeit, der Realität zu entfliehen."

„Und das hast du natürlich besonders nötig", gab Justine trocken zurück. „Du mit diesem hässlichen Troll von einem Verlobten."

Zoë lachte. Alex Nolan konnte man gewiss als alles Mögliche bezeichnen, aber „hässlicher Troll" passte ganz und gar nicht. Der Bauunternehmer war ein einzigartig attraktiver Mann, dunkelhaarig, schlank, mit markanten, wohlproportionierten Gesichtszügen und gletscherblauen Augen.

Niemand wäre auf die Idee gekommen, den zynischen und versoffenen Alex mit einer so sanftmütigen Frau wie Zoë zu verkuppeln. Aber im letzten Sommer hatte er ein Häuschen am Dream Lake für Zoë saniert und umgebaut – und sich bis über beide Ohren in sie verliebt. Jeden, sich selbst eingeschlossen, hatte er damit überrascht. Er hatte das Trinken aufgegeben und sein Leben neu geordnet. Es war offensichtlich, dass er für Zoë alles tun würde. Sie schaffte es, ihn so subtil zu beeinflussen, dass es ihm nicht auffiel – oder vielleicht war es ihm auch schlicht egal, solange er sie an seiner Seite hatte.

Auch wenn Justine noch nie echte Liebe erlebt hatte, erkannte sie die ehrliche tiefe Zuneigung zwischen zwei Menschen, wenn sie sie sah. Zoë und Alex versuchten immer, sich ungezwungen zu geben, wenn sie zusammen waren. Aber ihre Empfindungen füreinander waren für beide noch so neu und unverbraucht, dass der Umgang mit ihren überbordenden Gefühlen ihnen nicht leichtfiel. Ganz gleich, wie diskret sie sich verhielten, ihre Leidenschaft füreinander hing beinah greifbar in der Luft. Manchmal lag sie sogar in ihren Stimmen, und es war, als hätte die Liebe sie so sehr erfüllt, dass sie darüber das Atmen vergaßen.

Wenn man ständig mit solch einer Liebe konfrontiert war, konnte man sich entsetzlich einsam fühlen.

Schluss damit, rief Justine sich streng zur Ordnung. *Du hast ein tolles Leben. Du hast alles, was du brauchst.*

Schließlich hatte sie das meiste, was sie sich gewünscht hatte, erreicht: mitfühlende Freunde, ein Zuhause, ein Garten, eine mit Kübeln und Kästen voller fleißiger Lieschen und Hängeverbenen geschmückte Vorderveranda. Etwa ein Jahr lang hatte sie sogar einen Freund gehabt, Duane, einen Motorradrocker mit Tätowierungen, breiten Koteletten und einem ungezwungenen Lachen.

Aber erst vor ein paar Wochen hatte Duane Schluss mit ihr gemacht, und jetzt gab er sich distanziert freundlich, wann immer sie sich zufällig begegneten, und wich ihrem Blick aus. Sie hatten sich getrennt, nachdem sie ihm unabsichtlich eine Heidenangst eingejagt hatte.

Ihr Blick fiel auf den Liebesroman, und sie schob ihn von sich wie ein satter und zufriedener Restaurantgast, der auf das zweite Stück Kuchen verzichtet.

„Danke, dass du mir das Buch mitgebracht hast", sagte sie, während Zoë die Backöfen anschaltete und sich einen Kaffee holte. „Aber ich hatte sowieso nicht vor, es zu lesen."

Zoë warf ihr einen fragenden Blick über die Schulter zu. „Was wolltest du dann damit?"

Ein selbstironisches Lächeln zuckte um Justines Lippen. „Ich wollte es verbrennen und dir ein neues kaufen", gab sie zu.

Zoë wäre fast der Löffel aus der Hand gefallen, mit dem sie Sahne unter ihren Kaffee rührte. Sie drehte sich zu Justine um. „Warum wolltest du meinen Liebesroman verbrennen?", fragte sie verdutzt.

„Na ja, eigentlich wollte ich gar nicht das ganze Buch verbrennen. Nur eine Seite." Angesichts der offensichtlichen Verwirrung ihrer Cousine sah sie sich zu einer Erklärung gezwungen. „Ich hatte vor, sozusagen … nun ja … einen Zauber zu bewirken", gab sie kleinlaut zu. „Und dafür hätte ich ‚Worte der

Liebe, geschrieben auf Pergament' in Brand setzen müssen. Also dachte ich, eine Seite aus einem Liebesroman müsste es eigentlich auch tun."

„Und wen wolltest du mit diesem Zauber belegen?"

„Mich."

Nach Zoës Gesichtsausdruck zu urteilen drohte jetzt ein Verhör. „Du hast am Herd zu tun", erklärte Justine hastig, „und ich muss den Kaffeewagen ins Foyer bringen ..."

„Der Kaffeewagen kann warten", lautete die sanfte, aber keinen Widerspruch duldende Antwort.

Justine seufzte und ließ sich auf ihren Stuhl zurücksinken. Insgeheim ging ihr durch den Kopf, dass sie zwar eigentlich für ihre Rechthaberei und ihren Starrsinn bekannt war, Zoë sich aber trotzdem viel häufiger durchsetzte. Sie ging einfach nur sehr viel ruhiger und gelassener zu Werke.

„Du hast schon öfter so was erwähnt – von diesen Zaubersprüchen", sagte Zoë. „Und ich entsinne mich, dass du mir angeboten hast, Alex mit einem Fluch zu belegen, als ich Probleme mit ihm hatte. Ich dachte, du machst einen Scherz, um mich aufzuheitern. Aber inzwischen glaube ich fast, dass du das ernst gemeint hast."

Richtig. Justine hatte das ernst gemeint.

Sie hatte nie einen Hehl daraus gemacht, in heidnischer Tradition aufgewachsen zu sein. Was sie allerdings niemandem offen auf die Nase gebunden hatte, war die Tatsache, dass sie genau wie ihre Mutter Marigold eine geborene Hexe war.

Es gab so viele Abarten der Hexerei, dass das Wort an sich ohne nähere Erläuterung keine klare Bedeutung mehr hatte: klassische, eklektische, freifliegende, monotheistische, Gardnerische Wicca und Gothic Wicca. Aber Hexerei, die in Familientradition betrieben wurde, war selten. Sie war viele Jahrhunderte alt und fiel in eine ganz andere Kategorie: die der geborenen Hexen, deren übernatürliche Fähigkeiten erblich waren. Sie hatten die Magie sozusagen im Blut, in ihren Genen verankert.

Als Kind war Justine von ihrer Mutter im Sinne der Tradition unterwiesen worden. Marigold war mit Justine zu Festivals, Lagern und Lehrgängen gereist und häufig kurzentschlossen umgezogen, ohne dabei jemals Rücksicht auf den Schulunterricht ihrer Tochter zu nehmen. Ein Jahr lebten sie in Oregon, im nächsten Jahr in einer heidnischen Gemeinschaft in Sacramento … dann ein paar Monate in New Mexico … Alaska … Colorado. Justine konnte sich nicht einmal an alle Orte erinnern, an denen sie gewohnt hatten. Aber am häufigsten hatte es sie nach Friday Harbor gezogen, und so war dieser Ort für sie am ehesten zu so etwas wie einer Heimat geworden.

Wenn der Ruß auf der Innenseite eines Glaskerzenhalters die Form eines von Schwertern durchbohrten Herzens annahm, sagte Marigold, es sei an der Zeit weiterzuziehen. Sie sah Zeichen in Fußspuren, der Form der Wolken, dem Weg einer Spinne, der Farbe des Mondes.

Justine wusste nicht genau, wann sie begonnen hatte, sich gegen dieses Nomadenleben aufzulehnen. Irgendwann aber hatte es angefangen, sie zu beunruhigen, dass sie ihr ganzes Hab und Gut in nur einer Viertelstunde zusammenpacken konnten. „Es macht doch so viel Spaß, an neue Orte zu ziehen“, meinte Marigold. „Wir sind frei wie die Vögel, Justine. Uns fehlen nur die Flügel.“ Aber selbst Rotkehlchen und Stare blieben länger in ihren Nestern als Justine und ihre Mutter.

Vielleicht wäre alles anders gelaufen, wenn Justines Vater Liam noch am Leben gewesen wäre, aber er war gestorben, als sie noch ein Baby war. Von dem wenigen, das Marigold ihr erzählt hatte, wusste Justine, dass Liam ein Farmer gewesen war. Genauer gesagt, ein Obstbauer, der Äpfel, Birnen und Kirschen zog. Marigold war ihm begegnet, als sie Äpfel für die Feier der herbstlichen Tag- und Nachtgleiche kaufte. Er trug ein rotes Bandana um die Stirn gebunden, um sich die langen Haare aus den Augen zu halten, und war gerade dabei, sich einen Apfel zu schälen. Die Schale war als ein einziges langes geringeltes Band zu Boden gefallen und hatte dabei die Form von Marigolds Initialen angenommen. Für sie war das ein eindeutiges Zeichen.

Sie heirateten vom Fleck weg – und Liam war tot, bevor das nächste Jahr zu Ende ging. Ihre ganze Beziehung war so kurz und so intensiv gewesen wie ein Gewitter. Es gab keine Fotos von ihm. Marigold hatte nichts behalten, was an ihn erinnerte, nicht einmal seinen Ehering, sein Taschenmesser oder die Gitarre, auf der er gespielt hatte. Seine Obstplantage wurde verkauft, sein Besitz aufgelöst. Justine war der einzige Beweis dafür, dass es Liam Hoffman jemals gegeben hatte. Die schweren dunklen Haare und die braunen Augen hatte sie von ihm, ebenso ihr Lächeln, wenn man Marigold Glauben schenken durfte.

Immer, wenn Justine ihre Mutter gebeten hatte, ihr von ihrem Vater zu erzählen, hatte sie ein Kopfschütteln geerntet und die Erklärung: Wenn jemand, den man geliebt habe, für immer von einem gegangen sei, dann suchten alle Erinnerungen einen geheimen Ort im Herzen auf. Von dort könne man sie erst hervorholen und anschauen, wenn man dazu bereit sei. Irgendwann hatte Justine begriffen, dass ihre Mutter nie dazu bereit sein würde. Sie wollte in Bezug auf ihren verstorbenen Mann nur eine Erinnerung bewahren, nämlich die, dass einem nichts Schlimmeres widerfahren konnte als Liebe. Nur wegen der Liebe konnte sie laue Frühlingslüfte, Gitarrenmusik und den Geschmack von Äpfeln nicht mehr ertragen.

Wenn sie an jene Jahre ständigen Umbruchs zurückdachte, meinte Justine zu verstehen, warum ihre Mutter nie lange an einem Ort bleiben konnte. Je länger sie blieb, umso größer die Gefahr, erneut von der Liebe gefunden und so fest in ihren Bann geschlagen zu werden, dass sie sich nicht hätte befreien können.

Und genau das wünschte Justine sich sehnlicher als alles andere.

„Können wir das einfach vergessen?“, fragte sie und rieb sich die müden Augen. „Du glaubst sowieso nicht an so etwas, und wenn ich versuche, es dir zu erklären, hältst du mich am Ende für übergeschnappt.“

„Es spielt keine Rolle, was ich denke. Entscheidend ist, dass du daran glaubst.“ Zoës Stimme nahm einen schmeichelnden

Ton an. „Erzähl mir, mit was für einem Zauber du dich belegen wolltest."

Justine verzog finster das Gesicht, ließ einen Fuß auf und ab wippen und murmelte etwas in sich hinein.

„Was hast du gesagt?", bohrte Zoë nach.

Die zweite Antwort fiel deutlicher aus. „Einen Liebeszauber." Justine warf ihrer Cousine einen kurzen Blick zu, auf Spott oder Belustigung gefasst. Aber sie hatte es mit Zoë zu tun, und die wirkte einfach nur besorgt.

„Ist dein Zerwürfnis mit Duane der Grund dafür?", erkundigte sie sich sanft.

„Nicht direkt. Es ist eher … ach, ich weiß selbst nicht. Ich glaube, es liegt einfach daran, dass Lucy jetzt mit Sam zusammenlebt und du mit Alex verlobt bist und … ich noch nie verliebt war."

„Manche Leute brauchen einfach länger", meinte Zoë. „Du bist immerhin ein Jahr jünger als ich, weißt du. Vielleicht im nächsten Sommer …"

„Zoë, das Problem liegt nicht darin, dass ich mich noch nie verliebt habe. Das Problem liegt darin, dass ich mich nicht verlieben *kann*."

„Wie kannst du dir da so sicher sein?"

„Ich weiß es einfach."

„Aber du bist ein Mensch voller Liebe."

„Wenn es um Freundschaft geht, ja. Aber wenn es um eine Romanze geht … Diese Art von Liebe habe ich noch nie empfunden. Ich fühle mich, als versuchte ich den Ozean zu begreifen, indem ich mir das Gehäuse einer Meeresschnecke ans Ohr halte und dem Rauschen darin lausche." Sie warf einen missmutigen Blick auf den Liebesroman in Zoës Händen. „Welche Stelle in dem Buch gefällt dir am besten? Welche Seite eignet sich deiner Meinung nach am besten für einen Zauber?"

Zoë schüttelte den Kopf und begann, in dem Buch zu blättern. „Du wirst dich über mich lustig machen."

„Werde ich nicht."

So schnell, wie Zoë die gesuchte Seite fand, hatte sie diese Stelle mit Sicherheit schon sehr oft gelesen. Errötend reichte sie Justine das aufgeschlagene Buch. „Bitte nicht laut lesen."

„Ich werde nicht mal die Lippen bewegen." Justines Blick schweifte über die Buchseite, während Zoë sich ihrer Arbeit zuwandte und Zutaten in eine Rührschüssel gab.

„Du", flüsterte er, „bist für mich so wertvoll wie die Kupfermine des Königs Salomo, bist mein unerforschtes Weltreich. Du bist das einzige Zuhause, das ich kennen muss, die einzige Reise, die ich unternehmen will, der einzige Schatz, für den ich sterben würde. Du bist mir so fremd und doch so vertraut, Beruhigungs- und Stärkungsmittel in einem, strengstes Gewissen und süßeste Versuchung zugleich."

Die Szene ging auf etlichen Seiten so weiter, wurde immer leidenschaftlicher und war in ihrem hemmungslosen Gefühlsüberschwang ausgesprochen fesselnd. Justine ertappte sich dabei, weiterlesen zu wollen. „Sind solche Gefühle überhaupt möglich?", frage sie und wedelte mit dem Buch herum. „Ich meine, du und Alex, ihr liebt euch, aber *so* … kann es im wahren Leben doch nicht sein, oder?"

Zoë lief rot an. „Manchmal ist es im wahren Leben noch viel schöner. Denn dort drückt sich Liebe nicht nur in den großen romantischen Augenblicken aus, sondern in vielen kleinen Dingen. In der Art, wie er dein Gesicht berührt. Dich mit einer Decke zudeckt, wenn du ein Nickerchen machst. Ein Zettelchen an den Kühlschrank hängt, um dich an deinen Zahnarzttermin zu erinnern. Ich glaube, dass solche Dinge eine Beziehung viel besser zusammenhalten als all der tolle Sex."

Justine musterte sie verdrießlich. „Du bist einfach unerträglich, Zoë", murmelte sie.

Zoë verzog die Lippen zu einem fröhlichen Grinsen. „Eines Tages wirst du das auch so erleben", sagte sie. „Du bist dem richtigen Mann nur noch nicht begegnet."

„Vielleicht habe ich ihn längst getroffen“, widersprach Justine. „Vielleicht bin ich ihm begegnet und habe ihn verloren, ohne es jemals zu erfahren.“

Zoës Lächeln erlosch. „So habe ich dich noch nie erlebt. Mir war bisher nicht klar, dass dir das so viel bedeutet. Du hast immer den Eindruck gemacht, als sei es dir egal, ob du dich verliebst oder nicht.“

„Ich habe versucht, mir einzureden, dass es unwichtig sei. Manchmal ist es mir sogar fast gelungen.“ Justine ließ den Kopf auf die Arme sinken, die sie auf dem Tisch verschränkt hatte. „Zoë“, fragte sie kaum verständlich, „wenn du zehn Jahre länger leben dürftest, dafür aber niemanden so lieben könntest wie Alex, würdest du dich dafür entscheiden?“

Ihre Cousine zögerte nicht eine Sekunde. „Nein.“

„Warum nicht?“

„Wie soll ich dir das erklären? Es ist, als versuchte ich dir eine Farbe zu beschreiben, die du nie gesehen hast. Mit Worten kann ich dir nicht verständlich machen, was wahre Liebe bedeutet. Aber bevor du sie nicht selbst empfunden hast ... hast du nicht wirklich gelebt.“

Eine ganze Weile schwieg Justine. Sie schluckte, ihre Kehle war wie zugeschnürt.

„Ich bin sicher, dass du eines Tages die wahre Liebe findest“, hörte sie Zoë sagen.

Und ich bin genauso sicher, dass ich sie nicht finden werde. Es sei denn, ich unternehme etwas.

Ihr kam eine Idee ... eine ebenso dumme wie gefährliche Idee. Sie versuchte, sie zu verdrängen.

Trotzdem spürte sie, wie ihr Zauberbuch, das sicher unter ihrem Bett versteckt lag, nach ihr rief.

Ich werde dir helfen, versprach es klar und deutlich. *Ich zeige dir, was du tun musst.*

2. KAPITEL

Während sie Geschirr und Besteck von den Tischen abräumte, blieb Justine hier und da stehen, um mit Gästen zu plaudern. Zurzeit wohnten ein älteres Paar aus Victoria, ein Pärchen auf Hochzeitsreise aus Wyoming und eine vierköpfige Familie aus Arizona in der Pension.

Zu der Familie gehörten zwei Jungs, die sich eifrig über Zoës Kürbispfannkuchen hermachten. Sie lagen altersmäßig ein paar Jahre auseinander, waren aber beide echte Wildfänge.

„Na, wie schmeckt euch das Frühstück?", fragte Justine die Kinder.

„Gut", antwortete der ältere Junge.

„Der Sirup schmeckt so anders", fügte der Jüngere mit vollem Mund hinzu.

Die Pfannkuchen auf seinem Teller schwammen förmlich in Sirup, und die klebrige Masse hatte ihren Weg bis in seine Haare gefunden.

Justine lächelte. „Das liegt vermutlich daran, dass er echt ist. Der meiste Pfannkuchensirup, den man im Laden kaufen kann, enthält gar keinen Ahornsirup. Der besteht nur aus Maissirup und Aroma."

„Dieser gefällt mir besser", erklärte der Junge, mit vollen Backen kauend.

„Hudson", tadelte seine Mutter. „Benimm dich bitte." Sie warf Justine einen entschuldigenden Blick zu. „Er hat eine richtige Schweinerei angerichtet."

„Das macht doch überhaupt nichts", gab Justine zurück und deutete auf den leeren Teller der Mutter. „Soll ich den schon mitnehmen?"

„Ja, vielen Dank." Damit wandte die Frau ihre Aufmerksamkeit wieder den Kindern zu, während Justine ihren Teller und ihr Glas abräumte.

Der Vater der Jungen hatte das Handy am Ohr. Er unterbrach sein Telefonat nur kurz. „Nehmen Sie mein Geschirr auch mit.

Und bringen Sie mir einen Tee. Earl Grey. Mit fettarmer Milch. Beeilen Sie sich bitte, wir müssen gleich los."

„Natürlich", gab Justine freundlich zurück. „Soll ich Ihnen den Tee in einem Becher zum Mitnehmen bringen?"

Ein kurzes Nicken und ein zustimmender Laut waren die Antwort, und er nahm sein Telefonat wieder auf.

Als Justine sich mit dem benutzten Geschirr der Küche zuwandte, tauchte eine junge Frau in der Tür des Speisezimmers auf. Sie trug ein schmal geschnittenes schwarzes Kostüm und halbhohe Pumps. Ihr kupferroter, schulterlanger Bubikopf war perfekt geschnitten. Edle Gesichtszüge und leuchtend blaue Augen vervollständigten die elegante Erscheinung. Sie trug keinen Schmuck außer einer feinen Goldkette. Aus ihrem Äußeren hätte Justine auf einen geschliffenen britischen Akzent geschlossen. Das Gegenteil war der Fall: Ihre gedehnte Aussprache verwies so eindeutig auf Westvirginia, wie das nur möglich war. „Entschuldigen Sie, ich wollte einchecken, aber es ist niemand im Büro."

„Tut mir leid", sagte Justine. „Uns fehlt es im Moment an Personal. Meine Frühstückshilfe konnte heute Morgen nicht. Gehören Sie zu der Gruppe, die heute anreisen sollte?"

Die junge Frau nickte. „Inari Enterprises. Ich bin Priscilla Fiveash."

Natürlich, den Namen kannte Justine. Sie war die Assistentin der Geschäftsleitung und sollte sich darum kümmern, dass die Zimmer für Jason Black und seine Mitarbeiter vorbereitet waren. „In etwa zehn Minuten kann ich bei Ihnen sein. Darf ich Ihnen einen Kaffee anbieten, während Sie warten?"

„Nein, danke." Trotz der Ablehnung wirkte die junge Frau nicht unfreundlich, aber auf der Hut. Sie hatte ihre Gefühle im Griff und ließ sich nicht in die Karten schauen. „Kann ich hier irgendwo ungestört telefonieren?"

„Natürlich. Sie können das Büro benutzen. Es ist unverschlossen."

„Danke."

Der Vater der beiden Jungen meldete sich von seinem Platz am Tisch. Er klang gereizt. „Wo bleibt mein Tee?"

„Kommt sofort", versicherte Justine, wandte sich aber noch einmal an die junge Frau, bevor sie in die Küche eilte. „Fiveash … das ist ein ungewöhnlicher Name. Englisch? Oder Irisch?"

„Soweit ich weiß, stammt er aus England. Er bezieht sich auf ein Dorf, von dem man heute nicht mehr weiß, wo es eigentlich lag. Auf dem zentralen Dorfplatz sollen fünf Eschen gestanden haben."

Das klang nach einem Namen, wie er unter traditionellen Hexen verbreitet war. Eschen galten als beinah so mächtig wie Eichen, und die Zahl fünf hatte in der Hexenkunst eine ganz besondere Bedeutung. Immerhin zählte zu ihren wichtigsten Symbolen der fünfstrahlige Stern im Kreis, das Pentagramm, auch Drudenfuß genannt. Am liebsten hätte Justine weiter nachgehakt, aber sie ließ es, lächelte nur und eilte in Richtung Küche davon.

Wenige Augenblicke später hörte sie alarmierende Geräusche aus dem Speisezimmer. Den erschrockenen Schrei einer Mutter, das Klirren von Geschirr und Besteck, einen umstürzenden Stuhl. Justine machte auf dem Absatz kehrt, lief zurück und stellte das abgeräumte Geschirr, das sie immer noch in Händen hielt, nebenbei auf einem Tisch ab.

Der jüngere der beiden Brüder drohte offenbar zu ersticken. Die Augen in Panik weit aufgerissen, griff er sich an den Hals, während seine Mutter ihm hilflos auf den Rücken klopfte.

Priscilla hatte den Jungen bereits erreicht. Sie umfasste ihn von hinten mit beiden Armen, drückte mit der Faust unterhalb der Rippen und des Brustbeins auf seinen Oberbauch und zog die Faust ruckartig nach hinten. Das wiederholte sie dreimal, aber was immer dem Jungen in der Luftröhre steckte, es wollte sich nicht lösen. Sein Gesicht wurde grau, und seine Lippen bewegten sich krampfartig.

„Sie tun ihm weh", jammerte die Mutter. „Hören Sie auf – sie tut ihm weh!"

„Er erstickt“, blaffte der Vater und ballte die Fäuste, während er Priscilla beobachtete. „Wissen Sie überhaupt, was zum Teufel Sie da tun?“

Priscilla würdigte ihn keiner Antwort. Die Lippen zu einem schmalen Strich zusammengepresst, das Gesicht bleich bis auf zwei hektisch rote Flecken hoch auf ihren Wangen, schaute sie Justine an. „Es löst sich nicht“, sagte sie. „Möglicherweise ist die ganze Speiseröhre verstopft.“

„Rufen Sie 911.“

Priscilla schnappte sich ihre Handtasche und kramte darin nach ihrem Handy. Derweil nahm Justine ihren Platz hinter dem sich windenden Jungen ein. Sie wiederholte ein paarmal das Manöver, das Priscilla ausgeführt hatte, und murmelte dabei ein paar Worte vor sich hin. „Ihr Sylphen der Lüfte, ich rufe euch an. Gebt ihm die Freiheit, dass atmen er kann.“

Der Speisebrocken löste sich und flog in hohem Bogen aus dem Mund des Jungen. Der hörte auf, sich zu winden, und holte ein paarmal tief Luft. Seine Eltern stürzten sich auf ihn, zogen ihn in ihre Arme, und die Mutter schluchzte voller Erleichterung.

Justine strich sich eine Haarsträhne aus dem Gesicht, die sich aus ihrem Pferdeschwanz gelöst hatte. Sie stieß einen zittrigen Seufzer aus und versuchte, ihren rasenden Puls zu beruhigen.

Priscillas schwarze Lederpumps tauchten in ihrem Gesichtsfeld auf. Justine blickte auf, ein schwaches Lächeln um die Lippen. Die Erleichterung war so überwältigend, dass sie sie aller Kraft beraubt hatte. Ihre Knie zitterten.

Mit ihren leuchtend blauen Augen schaute Priscilla sie unverwandt ein. „Was für eine komische Art, das Heimlich-Manöver durchzuführen“, sagte sie schließlich.

Nachdem sich alle wieder beruhigt hatten und das Frühstück abgeräumt war, setzte Justine sich mit Priscilla in das kleine Büro. Die ganze Pension war für die nächsten fünf Tage an ein halbes Dutzend Mitarbeiter von Inari Gaming Enterprises vermietet, der Abteilung Projektentwicklung einer großen Softwarefirma.

Alle nicht benötigten Zimmer blieben in dieser Zeit leer. Inari hatte sie einfach mitgebucht.

„Jason ist seine Privatsphäre heilig", hatte Priscilla wenig überraschend erklärt. Jason Black hatte die erfolgreichste Fantasy-Videospielserie produziert, die je auf den Markt gekommen war. Er galt als jemand, der sich so gut wie nie in der Öffentlichkeit blicken ließ. Grundsätzlich nahm er nicht an Werbeveranstaltungen teil, lehnte alle Interviewanfragen von Rundfunk und Fernsehen ab und ließ sich nur gelegentlich auf ein Zeitschrifteninterview ein, wenn ihm zugesichert wurde, dass keine Fragen zu seinem Privatleben gestellt und keine Fotos von ihm gemacht würden.

Tatsächlich hatte man von Justine, Zoë und den beiden Frauen, die als Reinigungskräfte in der Pension arbeiteten, verlangt, dass sie im Vorwege einen Geheimhaltungsvertrag unterschrieben. Dementsprechend war es ihnen verboten, irgendwelche Informationen über Jason Black weiterzugeben. Wenn sie auch nur jemandem erzählten, welche Farbe seine Socken hatten, riskierten sie sofort eine Klage und gewaltige Schadenersatzforderungen.

Natürlich hatte Justine versucht, im Internet mehr herauszufinden. Auf diese Weise war sie an Unmengen von Informationen über die Softwarefirma und deren Erfolge gekommen, aber kaum an etwas Brauchbares über den Mann selbst. Er war in Kalifornien aufgewachsen und hatte die University of South California mit einem Footballstipendium besucht. Mitten im zweiten Studienjahr hatte er sein Studium abgebrochen und sich ausgerechnet in ein Zen-Kloster in der Nähe des Los Padres National Forest begeben. Ein paar Jahre war er von der Bildfläche verschwunden. Sein Studium setzte er nie fort. Stattdessen bewarb er sich schließlich auf eine Stelle in der Entwicklungsabteilung für Spiele einer Softwarefirma. Nachdem er etliche Erfolge aufzuweisen hatte, wechselte er zu Inari, um dort die Spieleabteilung zu leiten, und so wurde er zum Projektleiter und Entwickler der gefragtesten Videospielserie aller Zeiten.

Was sein Privatleben anging, so hatte es einige diskrete Affären gegeben, aber er hatte sich nie verlobt oder gar geheiratet. Es gab ein paar unbemerkt geschossene Fotos von ihm im Internet. Bilder, auf denen er in ein Auto einstieg oder jemanden zu einer Veranstaltung begleitete, aber in den meisten Fällen hatte er das Gesicht abgewandt, und seine Abneigung gegen Kameras war offensichtlich. Auf der besten Aufnahme, die Justine von ihm hatte finden können, war sein Gesicht nachträglich unkenntlich gemacht worden.

„Warum ist er so öffentlichkeitsscheu?", fragte sie Priscilla.

„Fragen dürfen Sie, aber beantworten kann ich das nicht."

„Ist er attraktiv?"

„Mehr, als gut für ihn ist."

Justines Brauen schossen in die Höhe. „Haben Sie etwas mit ihm?"

Priscilla lachte kurz und humorlos auf. „Um Himmels willen, nein. Mein Job ist mir viel zu wichtig, als dass ich ihn für so etwas riskieren würde. Außerdem passen Jason und ich nicht zusammen."

„Warum nicht?"

Priscilla schien einen Moment lang nachdenken zu müssen, ehe sie antwortete. „Er ist es viel zu sehr gewohnt, dass alles nach seiner Nase geht. Und ich würde ihm keine fünf Millimeter weit über den Weg trauen." Sie zog einen Tablet-PC aus ihrer Aktenmappe und rief eine Datei auf. „Hier ist die aktualisierte Liste für Jasons Zimmer. Schauen Sie sich die an."

„Alles bereits erledigt. Sie haben mir die neue Liste vor ein paar Tagen per E-Mail geschickt."

„Dies ist die Aktualisierung der aktualisierten Liste."

Jason Black verlangte ein nach Westen ausgerichtetes Zimmer im zweiten Stock, eine konstante Zimmertemperatur von 20 Grad, ein breites Doppelbett mit extradicht gewebter Bettwäsche und reinen Daunenkissen. Jeden Morgen sollten ihm zwei Flaschen gekühlten Quellwassers sowie ein Gesundheitsshake aufs Zimmer gebracht werden. Außerdem bestand er auf zwei frische weiße Badetücher pro Tag. Seife und Shampoo mussten parfümfrei sein. Auf dem Tisch in seinem Zimmer hatte eine LED-Leuchte zu stehen, und er benötigte drahtlosen Internetzugang. Des Weiteren orderte er ein weißes Blumenarrangement, eine Packung Ohrenstöpsel auf dem Nachttisch und eine Auswahl biologisch angebauter, ungewachster Früchte. Keine Zeitungen, keine Zeitschriften – digitale Formate wurden von ihm bevorzugt. Und jeden Abend mussten ihm zwei Gläser eisgekühlter Stolichnaya Wodka auf dem Zimmer serviert werden.

„Warum zwei?", fragte Justine.

Priscilla zuckte die Achseln. „Ich frage Jason normalerweise nicht, warum er etwas möchte. Das ärgert ihn nur, und Erklärungen gibt er sowieso nie."

„Gut zu wissen." Justine wandte ihre Aufmerksamkeit wieder der Liste zu. „Ich glaube, ich habe schon alles arrangiert. Bis auf das Blumengesteck. Was für weiße Blumen? Tausendschön? Lilien?"

„Das bleibt Ihnen überlassen. Sie sollten nur nicht zu stark duften."

„Eine Frage noch. Sie wissen vermutlich, dass jedes Zimmer in dieser Pension einem bestimmten Künstler gewidmet ist? Nun, es gibt zwei nach Westen ausgerichtete Zimmer im zweiten Stock: das Roy-Lichtenstein-Zimmer und das Gustav-Klimt-Zimmer. Welches würde Mr Black Ihrer Meinung nach bevorzugen?"

Priscilla strich sich eine Haarsträhne hinters Ohr und dachte über die Frage nach. „Für mich klingen beide wie ansteckende Krankheiten", sagte sie. „Können Sie mir etwas mehr darüber sagen? Ich habe nicht die leiseste Ahnung von Kunst."

Ihre Offenheit gefiel Justine. „Roy Lichtenstein war ein amerikanischer Pop-Art-Künstler. Seine bekanntesten Gemälde sehen aus wie Comics, mit Sprech- und Gedankenblasen. In seinem Werk spielen Ironie und Technik eine größere Rolle als Gefühl. Bei Klimt hingegen dreht sich alles um Sinnesfreude. Er war ein österreichischer Maler des neunzehnten Jahrhunderts und malte im Jugendstil. Das ist ein von Linien und Kurven geprägter Stil, inspiriert von japanischen Holzschnitten. Sein bekanntestes Gemälde nennt sich *Der Kuss* – in dem Zimmer hängt eine Reproduktion. Also ... was würde Mr Black gefallen? Lichtenstein oder Klimt?"

Priscilla runzelte nachdenklich die Stirn.

Geduldig wartete Justine.

„Klimt", erklärte die Frau schließlich, und ihre Augen wurden schmal. „Deuten Sie aber nicht zu viel hinein."

„Ich habe den Geheimhaltungsvertrag unterschrieben", erinnerte Justine sie. „Aber selbst wenn nicht, brauchten Sie sich keine Sorgen zu machen. Ich kann Geheimnisse gut für mich behalten."

„Kann ich mir vorstellen ... Was ist übrigens eine Sylphe der Lüfte?", fügte sie nach einer wohlüberlegten Pause hinzu und schaute Justine direkt in die Augen.

Also hatte sie den Zauberspruch tatsächlich gehört. „Ein Elementargeist, der für die Luft steht. Daneben gibt es Elementargeister für die Erde, das Wasser und so weiter."

„Gehören Sie etwa zu den Ökofreaks, die Bäume umarmen und so?"

Justine lächelte. „Ich habe zwar noch nie einen Baum umarmt, aber ich habe schon festgestellt, dass sie großartig zuhören können. Und welchem Glauben hängen Sie an?"

„Ich bin in der Angels of Fire Ministry aufgewachsen."

„Nie gehört."

„Sie predigen sexuelle Abstinenz und die Apokalypse. Außerdem war unser Pastor davon überzeugt, dass Satan selbst die Dinosaurierfossilien in der Erde versteckt hat, um die Menschen in die Irre zu führen." Nicht ohne Stolz fügte Priscilla hinzu: „Ich bin zweimal exorziert worden, bevor ich fünfzehn wurde."

„Tatsächlich? Weshalb?"

„Man hat mich dabei erwischt, dass ich Rockmusik gehört habe."

„Beide Male?"

„Beim ersten Mal hat es nicht gewirkt." Ein Klingelton aus der Tiefe ihrer Handtasche unterbrach sie. „Tschuldigung." Sie zog ihr Handy aus der Tasche und warf einen Blick auf das winzige Display. „Ich muss ein paar E-Mails beantworten."

„Bleiben Sie einfach erst einmal hier im Büro, wenn Sie wollen. Ich richte Ihnen derweil ein Zimmer her."

„Danke. Wenn es Ihnen nichts ausmacht, hätte ich gern alle Zimmerschlüssel, wenn die Räume bezugsfertig sind."

„In Ordnung. Normalerweise zeige ich den Gästen die Zimmer, wenn sie ankommen."

„Jason hat es lieber, wenn ich mich darum kümmere. Er ist nicht für Smalltalk zu haben."

„Kein Problem. Ich werde mich rar machen, wenn die anderen kommen."

„Danke." Damit beugte Priscilla sich über ihr Handy und begann, E-Mails zu beantworten. „Welches Zimmer bekomme ich?", fragte sie, ohne aufzublicken.

„Degas", gab Justine zurück. „Ein französischer Impressionist, der Balletttänzerinnen malte. Es ist nicht unser größtes Zimmer, aber das hübscheste. Jede Menge weiße Spitze, rosa Rosen und ein Kristalllüster."

Priscilla schrieb ungerührt weiter. „Warum glauben Sie, mir könnte ein mädchenhaftes Zimmer gefallen?"

„Weil ich das Hintergrundbild auf ihrem Tablet gesehen habe." Justine runzelte leicht spöttisch die Brauen. „Süße Kätzchen, die dekorativ auf einem Klavier sitzen – ist das Ihr Ernst?"

Als die junge Frau peinlich berührt aufblickte, lachte Justine leise in sich hinein. „Keine Angst, ich verrate es niemandem."

3. KAPITEL

Später am Nachmittag saß Justine mit einer Tasse Pfefferminztee in der Küche, während Zoë die Vorräte in Kühlschrank und Vorratskammer kontrollierte.

„Hast du alles, was du morgen früh brauchst?", fragte Justine. „Ich bin fertig mit Saubermachen. Wenn es nötig ist, könnte ich also einkaufen fahren."

„Wir sind bestens eingedeckt." Zoë zeigte ihr einen Pappkarton. „Schau dir die mal an. Der Hühnerhof unten an der Straße hat sich ein paar Araucana-Hennen zugelegt."

Zwischen weißen und braunen Eiern steckten drei in blassem Türkisgrün.

„Die sehen ja toll aus", rief Justine. „Zoë, wir müssen unbedingt selbst Hühner halten."

„Nein, müssen wir nicht."

„Denk doch nur an die kostenlosen Eier!"

„Denk lieber an den Gestank und den Lärm, den Hühner machen. Wir müssten einen Stall bauen. Was uns die Hühnerhaltung kostet, kriegen wir durch die Eier nie wieder rein."

„*Ein* Huhn. Ein Schoßhühnchen."

„Es würde sich einsam fühlen."

„Dann eben zwei Hühner. Ich könnte sie Thelma und Louise nennen …"

„Wir schaffen uns keine Hühner an", erklärte Zoë sanft, aber mit unbeugsamem Nachdruck. „Du hast auch so mehr als genug zu tun. Mit dem Garten bist du jetzt schon beinah überfordert. Und ich glaube nicht, dass du ein Haustier brauchst. Du hast mich oft genug darauf hingewiesen, bevor ich Alex kennengelernt habe – jetzt gebe ich den Rat an dich weiter: Du brauchst einen Freund."

Justine ließ den Kopf auf die Tischplatte sinken. „Das ist sinnlos", gab sie trübsinnig zurück. „Das würde genauso enden wie mit Duane. Ab sofort schwöre ich allen Männern ab. Vielleicht sollte ich Nonne werden."

„Du bist nicht katholisch."

„Dann muss ich eben zum katholischen Glauben übertreten." Justine seufzte, als ihr ein weiterer Gedanke kam. „Aber dann müsste ich wohl Ordenstracht tragen. Und eine Haube."

„Und ein Brusttuch", ergänzte Zoë. „Und vergiss nicht: Du müsstest in einem Kloster leben. Nur Frauen um dich herum und jede Menge Gartenarbeit."

Ebenso gut könnte ich dem magischen Zirkel beitreten, dachte Justine bedrückt.

Sie war jetzt in einem Alter, in dem von ihr erwartet wurde, dass sie sich in den Hexenzirkel von Crystal Cove einführen ließ. Ihre Mutter Marigold gehörte dazu, und alle anderen Mitglieder des Zirkels waren Verwandte ehrenhalber. Justine kannte die meisten von ihnen seit frühester Kindheit. Aber so sehr sie die Frauen auch mochte, sie hatte nie den Wunsch verspürt, sich ihnen anzuschließen. Gelegentlich wirkte sie ganz gern einen Zauber, und hin und wieder braute sie einen Zaubertrank, aber die Vorstellung, ihr ganzes Leben dem Studium und der Praxis der Magie zu widmen, konnte sie nicht locken.

Leider hatte ihre zögerliche Haltung schon vor vier Jahren zum Bruch mit Marigold geführt, und nichts deutete auf eine baldige Versöhnung hin. In der Zwischenzeit erhielt Justine Unterstützung von Rosemary und Sage, zwei älteren praktizierenden Hexen, die ihr neben Zoë am nächsten standen. Die beiden Frauen lebten im Leuchtturm auf Cauldron Island, wo Sages verstorbener Mann als Leuchtturmwärter gearbeitet hatte.

Justine richtete sich auf, als sie hörte, dass Leute die Pension betraten: Stimmengewirr, das Rattern von Kofferrollen.

„Die Gäste sind da", sagte Zoë. „Ich komme mit nach vorn, um sie zu begrüßen."

„Nein, wir sollen uns im Hintergrund halten. Priscilla zeigt ihnen ihre Zimmer. Sie hat die Schlüssel."

„Wie bitte? Wir sollen sie nicht willkommen heißen?", fragte Zoë völlig entgeistert.

Justine schüttelte den Kopf. „Mr Black legt keinen Wert darauf. Er möchte nicht mit stinknormalen gesellschaftlichen Gepflogenheiten wie Hallo sagen, Hände schütteln und Smalltalk belästigt werden. Die Gruppe kommt morgens zum Frühstück herunter, aber er möchte um sechs einen Gesundheitsshake aufs Zimmer gebracht haben. Priscilla sagte, er schickt dir das Rezept per E-Mail."

Zoë holte sich ihr Smartphone, das auf der Arbeitsplatte lag, und kontrollierte ihren E-Mail-Eingang. „Ja, da ist es." Sie runzelte die Stirn und las die Nachricht ein zweites Mal. „Das kann so nicht stimmen."

„Warum?"

„Spinat ... Eiweißpulver ... Erdnussbutter ... Sojamilch ... Den Rest spare ich dir, weil dein Magen sowieso schon in Aufruhr ist."

Justine grinste, als sie Zoës entsetzte Miene sah. „Klingt nach einer Variante des Green Monster Smoothie. Duane hat den ständig getrunken."

„Das wird aussehen wie ein verquirltes Sumpfloch."

„Ich glaube, das ist der Sinn der Sache: Das Ganze soll so nahrhaft und zugleich so eklig wie nur irgend möglich sein."

„Letzteres klappt garantiert." Zoë rümpfte die Nase, während sie das Rezept noch einmal überflog. „Bisher hatte ich gehofft, Mr Black zu treffen, weil er mit Alex in Verhandlungen steht. Jetzt bin ich mir aber nicht mehr sicher, ob ich das überhaupt will."

„Zoë, wenn aus diesem Geschäft etwas wird, könnt ihr, du und Alex, so viel Geld verdienen, dass ihr euer erstgeborenes Kind nach ihm nennen werdet."

Was Jason Black auf die Insel führte, war ein gut achtzigtausend Quadratmeter großes Grundstück am Dream Lake, das Alex vor ein paar Jahren gekauft hatte, um Wohnhäuser darauf zu errichten. Der Zusammenbruch des Immobilienmarktes hatte ihn finanziell ruiniert, aber das Land am Dream Lake hatte er bisher trotzdem halten können.

Im Sommer hatte ihm ein Makler ein Angebot für das Grundstück unterbreitet. Offenbar wollte Jason Black dort eine Art Seminarhotel mit einer Akademie für Bildung, Innovation und Inspiration sowie umfangreichen Wellnesseinrichtungen bauen. Die Planungen umfassten mehrere Gebäude und verschiedene Anlagen, die alle nach neuesten Umweltstandards errichtet werden sollten. Alex' Firma war dafür zertifiziert, er hatte entsprechende Erfahrung und war in der Lage, die neuesten Umwelt- und Energiesparrichtlinien umzusetzen. Deshalb ging es in den Verhandlungen unter anderem auch um eine Klausel im Verkaufsvertrag für das Grundstück, nach der Alex als leitender Bauunternehmer engagiert werden musste.

Justine hoffte für Alex, aber vor allem auch für Zoë, dass aus dem Geschäft etwas wurde. Zoë hatte schwere Zeiten hinter sich, und zu guter Letzt war kürzlich auch noch ihre Großmutter gestorben. Sie hatte jetzt endlich auch einmal ein bisschen Glück verdient.

Außerdem hatte Justine ein persönliches Interesse an dem Projekt, da sie im Sommer ein Häuschen an der Dream Lake Road gekauft und sanieren lassen hatte. Das Häuschen hatte Zoës Großmutter gehört, aber schon jahrzehntelang leer gestanden und war im Zerfall begriffen gewesen. Dennoch hatte Zoë dort mit ihrer Großmutter leben wollen, die an fortschreitender Demenz erkrankt war. Um ihrer Cousine zu helfen, hatte Justine das Häuschen gekauft und die Kosten für die Sanierung übernommen, um Zoë und ihre Großmutter anschließend mietfrei dort wohnen zu lassen.

Wenn Jason Black nun am Dream Lake eine Luxus-Seminarhotelanlage baute, dann würde der Wert von Justines Häuschen, das direkt an das betreffende Grundstück angrenzte, ganz beachtlich steigen. So hätten alle ihre Vorteile davon.

„Ich habe Alex gesagt, dass Mr Black ein sehr netter Mensch sein muss", meinte Zoë. „Ein Seminarzentrum zu bauen ist ein sehr großmütiges Vorhaben."

Justine lächelte sie liebevoll an. „Und was hat Alex darauf geantwortet?"

„Er meint, daran sei überhaupt nichts Großmütiges. Mr Black denke dabei nur an die Steuerersparnis. Da das aber nicht erwiesen ist, sage ich mir: Im Zweifel für den Angeklagten."

Justine lachte. „Ich halte es durchaus für möglich, dass Jason Black positive Qualitäten hat, aber meine Hand würde ich dafür nicht ins Feuer legen." Sie trank ihren Tee aus, stand auf und stellte die leere Tasse in die Spülmaschine. „Ich werde Wein und ein paar Snacks in die Aufenthaltsräume stellen."

„Nein, lass mich das machen. Du hast für heute genug getan. Immerhin musstest du sämtliche Zimmer putzen, und nur Annette konnte dir dabei helfen. Hast du inzwischen erfahren, was mit Nita heute Morgen los war? Eine Magenverstimmung?"

„Nein, ganz so schnell wird sie das nicht überstanden haben", gab Justine schmunzelnd zurück. „Sie hat mir vorhin eine E-Mail geschickt. Mit der Verdauung hat das nichts zu tun – es ist Morgenübelkeit."

„Sie ist schwanger? Das ist ja großartig! Natürlich richten wir ihr eine Babyparty aus. Meinst du, wir sollten eine Schwangerschaftsvertretung einstellen, wenn sie über den dritten Monat hinaus ist?"

„Nein, es geht auf den Winter zu. Das heißt, wir werden nicht so viel zu tun haben, dass ich nicht problemlos für sie einspringen könnte." Ein tiefer Seufzer. „Außerdem habe ich kein nennenswertes Privatleben, das mir in die Quere kommen könnte."

„Geh ins Hinterhaus und ruh dich aus. Und nimm das hier mit." Damit öffnete Zoë die Speisekammer und holte eine Dose mit Gebäckresten vom gestrigen Nachmittagstee heraus: Mürbeteigplätzchen mit Cranberries, Butterkekse, dunkle, saftige Sirupbrownies und französische Doppelmakronen, gefüllt mit selbstgemachter Brombeerkonfitüre. Es grenzte an ein Wunder, dass noch etwas davon übrig war. Zoës Teegebäck war so lecker, dass die Gäste normalerweise keine Hemmungen hatten, sich eine Handvoll davon für später einzustecken. Einmal hatte Justine sogar einen Mann dabei beobachtet, wie er seine Baseballkappe mit einem halben Dutzend Erdnussplätzchen füllte.

Sie nahm die Dose so ehrfürchtig entgegen, als enthielte sie eine lebensrettende Organspende. „Was für ein Wein würde dazu passen?"

Zoë trat an den Kühlschrank und holte eine Flasche Gewürztraminer heraus. „Trink aber nicht zu viel davon. Denk dran: Möglicherweise musst du Mr Black heute Abend seinen Wodka aufs Zimmer bringen."

„Vermutlich lässt er das von Priscilla erledigen. Aber ich werde mich vorsichtshalber zurückhalten."

Mit leicht gerunzelter Stirn musterte Zoë sie liebevoll. „Ich habe das Gefühl, dass du längst entschieden hast, was du nicht tun kannst und was du nie haben wirst ... aber du darfst nicht aufgeben. Gerade wenn es keinen Grund zur Hoffnung gibt, dann ist sie am wichtigsten."

„In Ordnung, Mary Poppins." Eine kurze Umarmung, und schon verschwand Justine durch die Hintertür.

Sie ging durch den Hof, am Kräutergarten vorbei, der das Hinterhaus vom Hauptgebäude trennte. Ursprünglich hatte das Hinterhaus als Rückzugsort für einen Schriftsteller gedient, damals, als die Pension noch ein Privathaus gewesen war. Jetzt lebte Justine in dem winzigen Zweizimmergebäude.

„Hier ist mehr als genug Platz für einen Hühnerstall", sagte sie, obwohl Zoë sie nicht hören könnte.

Es war bereits spät am Nachmittag. Leuchtend gelbes Licht fiel durch die rötlichen Zweige eines einzeln stehenden Erdbeerbaums und vergoldete die braunen Zapfenbüschel der Erlen. Der intensive Duft verschiedener Kräuter hing über den Hochbeeten, die mit Kaninchendraht gesichert waren, damit sie nicht kahlgefressen wurden.

Justine hatte sich auf den ersten Blick in die alte Villa auf dem Hügel verliebt und sie für einen Spottpreis gekauft. Während sie die Zimmer anstrich, jedes einem bestimmten Künstler wie van

Gogh oder da Vinci widmete und entsprechend dekorierte, hatte sie das Gefühl, sich eine ganz eigene Welt zu erschaffen. Einen erholsamen, einladenden Ort, an dem Menschen sich entspannen, ruhig schlafen und gut essen konnten.

Nach einer ruhe- und heimatlos verbrachten Kindheit erfüllte das eigene Heim sie mit tiefster Befriedigung. Justine kannte praktisch jeden auf der Insel. In ihrem Leben mangelte es ganz und gar nicht an Liebe. Sie liebte ihre Freunde, ihre Pension, die Inseln, ihre Wanderungen durch die Wälder, in denen Kiefern, Schwertfarn und wilde Mahonien wuchsen. Sie liebte die Sonnenuntergänge über Friday Harbor, die das Wasser in flüssige Glut tauchten. Eigentlich hatte sie angesichts dieses Reichtums an Liebe gar nicht das Recht, sich noch mehr zu wünschen.

Auf der Schwelle zum Hinterhaus blieb sie stehen. Ihre Lippen zuckten leicht beim Anblick eines enttäuschten braunen Kaninchens, das sehnsüchtig das saftige Grün beäugte, das es wegen des Kaninchendrahts nicht erreichen konnte. „Tut mir leid, Kumpel, aber nach dem, was du im letzten Juni mit meiner Petersilie angestellt hast, kannst du mir das nicht verübeln."

Sie griff nach der Türklinke – und zögerte, weil irgendetwas ihre Sinne berührte. Jemand beobachtete sie.

Ein kurzer Blick über ihre Schulter: niemand zu sehen.

Dann aber schaute sie hoch zu den Fenstern der Pension, und hinter einer Scheibe im zweiten Stock entdeckte sie die dunkle schmale Silhouette eines Mannes. Sie wusste sofort, wer das war.

In seiner Reglosigkeit lag etwas Raubtierhaftes, eine Unheil verkündende Geduld. Vom Hals der kalten Weinflasche in Justines Hand tropfte Kondenswasser auf ihre Finger. Mit Mühe schüttelte sie ihr Unbehagen ab und drehte sich um. Das Kaninchen sprang in Deckung und verschwand in seinem Bau.

Justine betrat ihre Wohnung und schloss die Tür hinter sich, die innen wie außen himmelblau gestrichen war. Die alten Holzmöbel mit ihren unzähligen, an den Kanten abgestoßenen Farbschichten strahlten Wohnlichkeit und Behaglichkeit aus, ebenso die Polstermöbel, die mit Leinenstoff in einem altmodischen

Blumenmuster bezogen waren. Auf dem Holzfußboden lag ein rosa und beige gemusterter Flickenteppich.

Nachdem sie die Weinflasche und die Keksdose auf dem Bistrotisch abgestellt hatte, ging Justine in ihr Schlafzimmer, setzte sich auf den Boden vor dem Bett, zog ihr Zauberbuch aus seinem Versteck hervor und legte es sich auf den Schoß. Sie stieß langsam und ein wenig zittrig den Atem aus.

Was ist nur los mit mir?

Dieser sehnsüchtige Schmerz war ihr zwar vertraut, aber so heftig hatte sie ihn noch nie gespürt.

Sie wickelte das Buch aus der Leinenumhüllung, und ein wunderbarer Duft stieg ihr in die Nase: honigsüß, nach frischen Kräutern, Lavendel und Kerzenwachs, ein wenig muffig. Als der Stoff mit seinen ausgefransten Webkanten und uralten Flecken auseinanderfiel, gab er ein ledergebundenes Buch mit abgegriffenen Seiten aus Büttenpapier frei. Der Ledereinband glänzte in der Farbe dunkler Pflaumen und Kirschen. Den Deckel zierte das Zifferblatt einer Uhr, in der Mitte befand sich ein kleines Schlüsselloch.

Mit den Fingerspitzen tastete Justine über das einzelne Wort auf dem Buchrücken: Triodecad. Das Wort stand für die Zahl dreizehn, eine magische Zahl, die eine Vielzahl zu einer Einheit verbindet. In dem mehr als zweihundert Jahre alten Buch vereinigte sich eine Sammlung von Zaubersprüchen, Ritualen und Geheimnissen.

Normalerweise wurde ein Zauberbuch beim Tod seiner Eigentümerin verbrannt, aber ein paar wenige, wie das Triodecad, waren zu machtvoll, um sie zu vernichten. Diese seltenen und hochverehrten Bücher wurden stattdessen von Generation zu Generation weitervererbt. Da ein Zauberbuch an seinem Eigentümer hing, war es fast unmöglich, es zu stehlen. Wenn es doch jemand schaffte, dann fehlte ihm immer noch der Schlüssel, um es zu öffnen. Ohne Schlüssel war das unmöglich.

„Lies niemals Seite dreizehn", hatte Justines Mutter gewarnt, als sie ihrer Tochter das Zauberbuch übergab.

„Was steht auf Seite dreizehn?“

„Für jeden etwas anderes. Es wird dir zeigen, wie du deinen Herzenswunsch erfüllen kannst.“

„Und was ist daran so schlimm?“

„Das Ergebnis ist immer anders, als du es erwarten würdest. Seite dreizehn lehrt uns nur eines: Überleg dir gut, was du dir wünschst – es könnte in Erfüllung gehen.“

Justine hatte mit einem tadelnden Lächeln auf das Buch hinabgeschaut und es spielerisch angestupst. „Du würdest mich doch nie in Schwierigkeiten bringen, oder?“

Und sie hatte gespürt, wie sich der Einband des Buches verzog, als würde es lächeln.

Jetzt saß sie da, sah schuldbewusst auf das Zauberbuch in ihren Händen und wusste ganz genau, dass sie einen Fehler machte, wenn sie ihr Vorhaben in die Tat umsetzte. Aber sie wollte doch niemandem wehtun. Sie wünschte sich nichts besonders Ausgefallenes. Was war so schlimm daran, das eigene Herz zu verwandeln?

Ich sollte das lieber lassen, dachte sie voller Unbehagen.

Es zu lassen war dummerweise nur eine Option, wenn alles im Leben gut lief. Für Justine aber lief es nicht gut, und wenn sie nichts unternahm, würde das auch nie der Fall sein.

Sie griff in den Ausschnitt ihres T-Shirts und zog einen Kupferschlüssel an einer Kette hervor, beugte sich über das Buch und schloss es mit dem Schlüssel auf. Sofort begann das Buch mit seinen Seiten zu rascheln, blätterte sie von allein durch und fächelte ihr dabei den harzigen Duft von Büttenpapier und Tinte zu. Verschiedenste Illustrationen huschten über die zerfledderten Seiten, bunt wie ein Regenbogen: pfauenblau, purpurrot, rußschwarz, smaragdgrün.

Abrupt stoppte das Blättern, und das Buch blieb auf Seite dreizehn aufgeschlagen liegen. Im Gegensatz zu den übrigen Seiten war diese leer. Aber unter Justines neugierigem Blick tauchten hier und da Symbole auf, wie Kohlensäureperlen, die in einem Glas Champagner an die Oberfläche stiegen. Ein Zauber offenbarte sich. Justine starrte auf die Seite, und das Herz schlug ihr dabei bis zum Hals.

Die erste Zeile, in kunstvoll verschnörkelter alter Schrift verfasst, verwirrte sie:

WIE MAN EINE GES BRICHT

Justine wusste wenig über Gessi. Nur, dass es sich dabei um lebenslang gültige Zauber handelte, meistens um Fluchzauber. Eine solche Ges zu brechen war so schwierig und gefährlich, dass das, was dabei herauskam, unter Umständen viel schlimmer war als der ursprüngliche Fluch. Das unglückliche Opfer einer Ges war im Allgemeinen besser dran, wenn es lernte, mit dem Fluch zu leben.

„Das kann nicht sein", sagte Justine verwirrt. „Das kann doch mein Problem nicht lösen. Was hat eine Ges mit meiner Situation zu tun?"

Die Seite raschelte bedeutungsvoll, als wollte sie sagen: *Schau her.* Und allmählich ging ihr ein Licht auf. Das war die Antwort.

Die Worte gingen ihr in wechselnder Betonung wieder und wieder durch den Kopf: *Das* war die Antwort … Das *war* die Antwort … Das war die *Antwort* …

„Ich bin mit einem Fluch belegt worden?", fragte sie schließlich nach scheinbar endlosem Schweigen. „Aber das ist nicht möglich."

Offenbar doch.

Irgendjemand hatte sie zu lebenslanger Einsamkeit verflucht. Wer mochte ihr so etwas angetan haben? Und warum? Sie hatte nie jemandem etwas zuleide getan. Das verdiente sie einfach nicht. Niemand verdiente so etwas.

Ein Sturm unterschiedlichster Gefühle überfiel sie, schnürte ihr die Brust ab und nahm ihr den Atem. Sie zitterte, keuchte, wartete, bis die lodernden Flammen von Schock und Schmerz zu weißglühendem Zorn niedergebrannt waren.

Einen Zauber zu wirken, der ein Leben lang hielt, erforderte beachtliches Geschick und große Macht. Wer immer einen solchen Zauber wirkte, musste dafür die eigene Zauberkraft schwächen, ja, teilweise aufgeben, und das war abschreckend genug, um dafür zu sorgen, dass Gessi äußerst seltene Zauber waren.

Das wiederum bedeutete, dass nur jemand, der Justine *hasste*, ihr das angetan haben konnte.

Aber auch eine Ges konnte gebrochen werden. Kein Zauber war unüberwindbar. Und ganz egal, was der Preis dafür sein mochte: Justine würde diesen Fluch brechen.

4. KAPITEL

Justine war es vollkommen gleichgültig, was es sie kosten würde, sich von der Ges zu befreien. Sie würde alles tun, was dazu nötig war. Ihr war himmelschreiendes Unrecht angetan worden. Seit Jahren wünschte und sehnte sie sich etwas herbei, das niemals geschehen sollte, weil jemand anders diese Entscheidung für sie getroffen hatte – ohne Rücksicht darauf, was sie selbst wollte und sich erträumte.

Sie würde herausfinden, wer dafür verantwortlich war, und demjenigen denselben Fluch anhängen. Sie würde …

Die aufsteigenden Tränen ließen sie ihre Rachepläne vergessen. Sie drückte die Handflächen fest auf die Augen. Bohrende Kopfschmerzen in Stirn und Schläfen machten sich bemerkbar, Kopfschmerzen, gegen die es keine Medikamente gab. Kurz kam ihr in den Sinn, ihre Mutter anzurufen, obwohl sie seit vier Jahren nicht mehr miteinander sprachen und sie genau wusste, dass nichts Gutes dabei herauskommen würde. Von Marigold war kein Mitgefühl zu erwarten, und selbst, wenn sie etwas von der Ges wusste, würde sie das niemals zugeben.

Manche Frauen schenkten ihren Kindern bedingungslos ihre Liebe. Marigold hingegen hatte ihre Zuneigung rationiert und sie ihrer Tochter in winzigen Häppchen zugeteilt, als wären es wertvolle Gutscheine. Und selbst diese kleinen Liebesbeweise hatte Marigold ihr vorenthalten, wann immer Justine anderer Meinung war als sie. Da allgemeine Bildung für Marigold nicht von Interesse war, hatte sie alles unternommen, um Justine davon abzuhalten, auf eine Berufsfachschule zu gehen. Sie hatte sich schon über Justines Job als Empfangschefin in einem Hotel lustig gemacht und sie heftig für diese Berufswahl kritisiert. Das Fass zum Überlaufen brachte jedoch Justines Entscheidung, die Pension zu kaufen.

„Warum benimmst du dich immer so unmöglich?“, hatte Marigold sie angeherrscht. „Du hast noch nie tun wollen, was du wirklich gut kannst. Willst du mir allen Ernstes erzählen, dass du keine höheren Ziele anstrebst als ausgerechnet Hausarbeit? Toiletten putzen und dreckige Betten abziehen?"

„Tut mir leid", gab Justine zurück. „Ich weiß, dass es für uns beide viel einfacher wäre, wenn ich mich so entwickelt hätte, wie ich sollte. Ich gehöre nirgendwohin ... nicht in die magische Welt und nicht in die normale. Aber wenn ich mich zwischen beiden entscheiden soll, dann bin ich in der normalen Welt glücklicher. Ich kümmere mich gern um andere Menschen. Es macht mir nichts aus, hinter ihnen herzuputzen. Und ich wünsche mir einen Ort, der mir gehört, ein Zuhause, von dem ich nie wieder fortziehen muss."

„Es geht aber nicht nur um das, was *du* willst", fauchte Marigold. „Unser magischer Zirkel ist die älteste Hexendynastie an der Westküste. Wenn du das offizielle Aufnahmeritual hinter dir hast, sind wir dreizehn Mitglieder. Du weißt, was das bedeutet."

Ja, das wusste Justine. Dreizehn Hexen in einem Zirkel, das verlieh dem Zirkel gewaltige Macht, denn dreizehn Hexen summierten ihre Kräfte nicht nur, sondern potenzierten sie. Und sie war sich schrecklich egoistisch vorgekommen, weil sie dem Zirkel nicht beitreten wollte, sondern ihre eigenen Wünsche und Bedürfnisse über die der anderen stellte. Aber ihr war nun mal klar, dass sie – ganz gleich, wie sehr sie sich bemühte – niemals so sein würde wie die anderen. Sollte sie deshalb ihr ganzes Leben lang unglücklich sein? Nein, der Preis war ihr zu hoch.

„Das Problem ist aber nun mal", versuchte sie zu erklären, „dass ich kein Interesse daran habe, mehr über Hexerei zu lernen, als ich schon weiß."

Das trug ihr einen verächtlichen Blick ein. „Du gibst dich also zufrieden damit, ein paar einfache Zaubersprüche zu beherrschen? Es reicht dir, mit deinen magischen Fertigkeiten gerade mal ein paar Kinder auf einem Kindergeburtstag unterhalten zu können?"

„Vergiss nicht, ich kann auch Luftballons zu Tieren formen", warf Justine ein in der Hoffnung, mit dieser Bemerkung ihrer Mutter ein Lächeln zu entlocken.

Aber sie wurde enttäuscht. Marigolds Gesicht blieb wie versteinert. „Ich hätte dich nie zur Welt gebracht, wenn ich geahnt hätte, dass du dem Zirkel nicht angehören willst. Noch nie habe ich auch nur von einer einzigen geborenen Hexe gehört, die der Magie den Rücken gekehrt hat."

Die Situation war hoffnungslos verfahren. Marigold war der festen Überzeugung, dass ihre Pläne für Justines Leben unendlich viel besser waren als alles, was ihrer Tochter in den Sinn kommen konnte. Justine hingegen gab sich alle Mühe, ihr verständlich zu machen, dass jeder Mensch das Recht hatte, seine eigenen Entscheidungen zu treffen. Aber schließlich begriff sie doch, dass Marigold völlig außerstande war, dieses Argument zu verstehen. Hätte sie es begreifen können, wäre sie nie so herrschsüchtig gewesen.

Jedenfalls wollte Marigold lieber auf eine Tochter verzichten, wenn sie nicht die Tochter haben konnte, die sie sich vorstellte.

Infolgedessen hatte Justine ein sehr zwiespältiges Verhältnis zur Magie entwickelt, die von Natur aus nur eine Wahl ließ: alles oder nichts. Die Hexenkunst auf Dauer als Amateurin zu betreiben war ähnlich unmöglich, wie ein bisschen schwanger zu sein.

Sie las den Zauberspruch und die zugehörige Anleitung noch einmal. Wenn sie das richtig verstand, musste der Zauber bei abnehmendem Mond um Mitternacht gewirkt werden. Das war durchaus sinnvoll, denn die letzte Phase vor dem Neumond war die ideale Zeit für Bann-, Löse- und Umkehrzauber. Wenn man einen so machtvollen Fluch wie eine Ges brechen wollte, tat man gut daran, sich genauestens an das vorgeschriebene Prozedere zu halten.

Justine stand auf und ging zu dem antiken Schreibtisch am Fenster, um an ihrem Laptop eine Webseite mit den Mondphasen aufzurufen.

Wie der Zufall so wollte, war heute die letzte Nacht vor dem Neumond. Wenn sie also nicht versuchte, die Ges jetzt zu brechen, musste sie einen ganzen Mondzyklus abwarten, bis sich eine neue Gelegenheit ergab. Justine war sich sicher, dass sie es nicht so lange aushalten würde. Jede Zelle ihres Körpers schrie danach, endlich etwas zu unternehmen. Sie fühlte sich aus der Bahn geworfen, wie ein Komet, der kurz davor stand, seine Umlaufbahn um die Sonne zu verlassen und sich im unendlichen Weltraum zu verlieren.

Natürlich konnte sie Rosemary und Sage anrufen und die beiden um Rat bitten. Nur würden sie womöglich versuchen, sie von ihrem Vorhaben abzubringen, oder ihr doch zumindest raten, noch ein wenig zu warten. Justine wollte aber keine Gründe hören, ihre Meinung zu ändern. Nicht einmal gute Gründe. Die Ges musste gebrochen werden, *und zwar jetzt.*

Den restlichen Abend vertiefte Justine sich in die Anleitung für den Zauber und studierte das Triodecad. Wenn sie die Sache angehen wollte, dann richtig. In der Magie spielten viele Faktoren eine wichtige Rolle. Schluderte man auch nur bei einem Schritt, sprach Worte falsch aus oder vergaß sie, war man nicht voll und ganz bei der Sache, waren die verwendeten magischen Zutaten und Instrumente minderwertig, dann konnte es durchaus passieren, dass der Zauber nicht wirkte. Oder anders wirkte als geplant. Oder auf die falsche Person zielte. Ein scheinbar harmloser Fehler – zum Beispiel eine Paraffinkerze statt einer Bienenwachskerze – konnte katastrophale Folgen haben.

Justine hatte sich so in das Triodecad vertieft, dass sie zusammenschrak, als ihr Handy klingelte. Das Herz klopfte ihr bis zum Hals, als sie danach griff und die Anrufernummer las.

„Hi, Priscilla“, meldete sie sich. „Wie läuft es?“

„Alles in Ordnung. Ich habe allen ihre Zimmer zugewiesen, und dann sind wir ins Downrigger's zum Essen gegangen. Inzwischen sind die meisten wieder zurück. Ich rufe nur an, um Sie daran zu erinnern, in fünfzehn Minuten den Wodka auf Jasons Zimmer zu bringen.“

„Oh.“ Justine nahm kurz in Augenschein, was sie anhatte: T-Shirt und Jeans. Sie hatte sich nach dem Putzen der Zimmer nicht umgezogen und roch nach Reinigungsmittel und Bohnerwachs. Die Knie ihrer Jeans waren schmutzig, und ihr Pferdeschwanz hatte sich gelöst. „Ich hatte vermutet, ihm wäre es lieber, wenn Sie das tun“, meinte sie voller Hoffnung.

„Nein. Er erwartet Sie.“

Justine seufzte unhörbar. „In Ordnung, wird erledigt. Bye.“

Sie beendete die Verbindung, lief ins Badezimmer, zog sich hastig aus und sprang unter die Dusche, wo sie sich kurz, aber gründlich wusch. Die Zeit reichte nicht, sich die Haare zu föhnen. Also rubbelte Justine sie nur mit einem Handtuch durch.

Anschließend kramte sie ein ärmelloses Jerseykleid mit Bindegürtel aus ihrem Schrank und zog dazu ein Paar flache weiße Sandalen an. Sie kämmte sich die Haare, band sie wieder zu einem Pferdeschwanz, fuhr sich mit einem Pflegestift über die Lippen und legte ein wenig Wimperntusche auf.

Als sie über den Hof ging, riskierte sie einen kurzen Blick auf das Fenster im zweiten Stock, aber dort stand niemand. Zugegeben, sie war neugierig auf Jason Black, der sein Privatleben so rigoros vor der Öffentlichkeit abschirmte.

Durch die Hintertür betrat sie die Küche, holte die Flasche Stolichnaya aus dem Eisfach, goss zwei Gläser eiskalten Wodka ein und stellte sie auf ein kleines hochwandiges Silbertablett, das sie mit zerstoßenem Eis füllte. Vorsichtig trug sie das Tablett die Treppe hinauf.

Nur wenige Geräusche durchbrachen die Stille in der Pension. Hier wurde eine Schublade geöffnet und wieder zugeschoben. Dort klingelte gedämpft ein Telefon. Als Justine sich dem Klimt-Zimmer näherte, hörte sie hinter der geschlossenen Tür die Stimme eines Mannes. Es klang, als führte er ein Telefonat. Sollte sie anklopfen? Sie wollte nicht stören, aber es war genau neun Uhr. Also setzte sie ein höfliches Gesicht auf und klopfte leicht an die Tür.

Schritte näherten sich von innen.

Die Tür ging auf, und Justine hatte einen ebenso kurzen wie verwirrenden Eindruck von mitternachtdunklen Augen, harten

Gesichtszügen und attraktiv verstrubbeltem schwarzen Haar. Jason Black bedeutete ihr einzutreten und unterbrach sein Gespräch nur für ein kurzes: „Bleiben Sie einen Moment." Dabei sah er ihr direkt in die Augen.

Der Blickkontakt dauerte gerade mal eine halbe Sekunde, aber das reichte, um Justine fast umzuhauen. Seine unergründlichen Augen – scharfsinnig und undurchsichtig wie schwarze Melasse – hätten zu Luzifer selbst gehören können.

Justine reagierte mit einem benommenen Nicken und schaffte es so gerade eben, das Tablett auf den Tisch zu stellen, ohne Wodka zu verschütten. Sie war so durcheinander, dass sie eine ganze Minute brauchte, um zu begreifen, dass er am Telefon Japanisch sprach. Seine Stimme, ein ruhiger dunkler Bariton, hatte etwas Hypnotisierendes an sich.

Weil sie nicht recht wusste, was sie tun sollte, trat sie an eines der Fenster und schaute hinaus. Das spärliche Dämmerlicht hatte am Horizont die Farbe einer Melone angenommen, während über ihren Köpfen bereits samtschwarze Nacht war. Weiß und klar wie ein Kratzer leuchtete die schmale Sichel des Mondes am Himmel.

Eine Nacht wie geschaffen für Magie.

Sie wandte ihre Aufmerksamkeit wieder Jason Black zu, der langsam im Zimmer auf und ab lief, während er telefonierte. Hochgewachsen, auf elegante Weise schlank, bewegte er sich leicht und athletisch, sodass sich die durchtrainierte Muskulatur unter seinem weißen Hemd und den Khakihosen erahnen ließ. Er beugte sich über den Tisch und kritzelte ein paar Notizen auf einen Schreibblock. An seinem Handgelenk blitzte eine Schweizer Offiziersuhr aus Edelstahl.

Sein Gesicht mit den hohen Wangenknochen wirkte wie aus goldfarbenem Bernstein geschnitten. Feine Fältchen um die äußeren Augenwinkel verrieten schlaflose Nächte und ruhelose Tage. Obwohl sein Mund Züge von Skrupellosigkeit aufwies, wirkten seine Lippen weich und zärtlich. Der ganze Mann strahlte eine unglaubliche Erotik aus.

„Entschuldigen Sie", sagte er, schaltete sein Telefon aus und wandte sich Justine zu. „Tokio ist uns sechzehn Stunden voraus. Ich musste diesen Anruf heute noch erledigen."

Er wirkte entspannt. Dennoch musste Justine sich gegen den Instinkt wehren, vor ihm zurückzuweichen. Natürlich wusste sie, dass er keine Bedrohung für sie darstellte, aber sie empfand ihn als gefährliches Wesen, wie einen Tiger hinter einer dünnen Glaswand.

„Kein Problem", erwiderte sie. „Dort drüben steht Ihr Stolichnaya."

„Danke." Er ließ sie nicht aus den Augen und reichte ihr seine Hand. „Jason."

„Justine." Ihre Finger wurden förmlich von dem festen Griff verschlungen, und sie spürte seine Wärme bis in den Ellenbogen hinauf. „Ich hoffe, das Zimmer gefällt Ihnen."

„Ja. Allerdings ..." Er ließ ihre Hand los. „Eine Sache macht mich neugierig." Damit nickte er zu dem glasierten Ton-Blumentopf auf dem Tisch hinüber. Darin stand eine Nachtfalterorchidee mit zwei Blütenstängeln, die beide schneeweiße Blütenrispen trugen. „Ich habe um ein weißes Blumengesteck gebeten. Aber das ..."

„Es gefällt Ihnen nicht? Das tut mir leid. Gleich morgen früh besorge ich Ihnen ein anderes ..."

„Nein. Ich ..."

„Das macht mir keine Mühe ..."

„Justine." Er hob eine Hand, die gebieterische Geste eines Mannes, der es nicht gewohnt war, dass ihm jemand ins Wort fiel. Und Justine verstummte sofort. „Mir gefällt die Orchidee", erklärte er. „Ich wüsste nur gern, warum Sie ausgerechnet diese Blume gewählt haben."

„Oh. Nun ja, ich finde es schöner, eine lebende Pflanze im Zimmer zu haben als ein Gesteck oder einen Strauß. Und ich dachte, eine Orchidee passt gut zu Klimt."

„Ja, gewiss, das tut sie. Rein, elegant ..." Eine kaum merkliche Pause. „... anzüglich."

Justine lächelte verlegen. Die Orchideenblüte, deren üppige Blütenblätter an Lippen, gekräuselte Falten und zarte Öffnungen erinnerten, konnte im Grunde als Pornografie in Blumenform betrachtet werden. „Wenn sonst nichts weiter ist", sagte sie, „dann gehe ich jetzt wieder."

„Werden Sie irgendwo erwartet?"

Verwirrt musterte sie ihn. „Eigentlich nicht."

„Dann bleiben Sie noch."

Justine blinzelte und verschränkte ihre Finger miteinander. „Mir wurde gesagt, Ihnen läge nichts an Geplauder."

„Wenn ich mit jemandem reden möchte, ist das kein Geplauder."

Sie schenkte ihm ein bewusst nichtssagendes Lächeln. „Aber Sie müssen müde sein."

„Ich bin immer müde." Jason packte einen Stuhl an der Lehne, hob ihn mühelos mit einer Hand und stellte ihn neben das Bett. Dann setzte er sich auf die Bettkante und deutete auf den Stuhl. „Setzen Sie sich."

Schon wieder ein Befehl. Justine war einerseits amüsiert, andererseits verärgert. Offenbar war dieser Mann viel zu sehr daran gewöhnt, anderen zu sagen, was sie tun sollten. Warum wollte er mit ihr reden? Hoffte er, auf diese Weise etwas über Zoë oder Alex in Erfahrung zu bringen? Etwas, das er in den Verhandlungen über das Dream Lake Projekt nutzen konnte?

„Nur ein paar Minuten", sagte sie und ließ sich auf den Stuhl sinken. „Ich habe einen anstrengenden Tag hinter mir." Die Knie geschlossen, die Hände auf dem Schoß sah sie ihn erwartungsvoll an.

Jason Black war so düster gut aussehend, so umwerfend in seiner kühlen Selbstsicherheit, dass er stärker einer Figur aus einem Fantasyfilm ähnelte als einem Menschen. Er musste etwa Anfang dreißig sein und trug seine kühle Nüchternheit wie eine kugelsichere Weste. „Er sieht besser aus, als gut für ihn ist", hatte Priscilla gesagt. Besser, als für irgendjemanden gut ist, wäre wohl zutreffender gewesen.

„Warum haben Sie sich hier einquartiert?“, fragte Justine offen heraus. „Sie hätten eine Luxusjacht chartern können und im Hafen anlegen. Oder eine Luxussuite in einem Hotel in Seattle mieten und täglich hierher fliegen können.“

„Ich bin nicht der Typ, der auf Luxusjachten steht. Und die Pension schien mir geeignet für einen Urlaub, während wir die Bedingungen für das Dream Lake Projekt aushandeln.“

Justine musste darüber lächeln. „Sie sind nicht auf Urlaub hier.“

Eine dunkle Braue schnellte in die Höhe. „Nicht?“

„Nein. Urlaub, das ist, wenn man ganze Tage lang nichts Produktives tut. Man fotografiert die Landschaft, kauft sich Dinge, die man nicht braucht, isst und trinkt zu viel, schläft morgens aus.“

„Das klingt …“ Er stockte auf der Suche nach dem richtigen Wort. „… grotesk.“

„Sie entspannen sich nicht gern.“ Das war keine Frage, sondern eine Feststellung.

„Ich sehe keinen Sinn darin.“

„Vielleicht liegt der Sinn darin, dass jeder ab und zu eine Pause einlegen, zurückschauen und das genießen sollte, was er geschafft hat.“

„Ich habe nicht genug geschafft, um es genießen zu können.“

„Sie stehen an der Spitze einer großen Firma und sind mehrfacher Milliardär. Ich kenne niemanden, der sich darüber beklagen würde.“

„Was ich meine“, gab er in aller Ruhe zurück, „ist, dass ich nicht das Verdienst für den Erfolg der Firma einstreichen kann. Ich habe ein gutes Team. Und wir hatten eine Menge Glück.“ Er griff nach einem der Wodkagläser und schob ihr das Silbertablett hin. „Hier.“

Justine blinzelte überrascht. „Sie laden mich zu einem Drink ein?“

„Ja.“

Sie lachte kurz verdutzt auf.

Seine Augen wurden schmal. „Was ist daran so lustig?"

„Wenn man jemanden zu etwas einlädt, tut man das normalerweise nicht im Befehlston: Setzen Sie sich da hin, tun Sie dies, nehmen Sie das ..."

„Und wie sollte ich eine Einladung Ihrer Meinung nach formulieren?"

„Sie könnten zum Beispiel fragen: Darf ich Ihnen das zweite Glas Wodka anbieten?"

„Aber wenn ich Sie so frage, lehnen Sie womöglich ab."

„Ist es Ihnen tatsächlich schon mal passiert, dass jemand abgelehnt hat?", fragte sie zweifelnd.

„Es soll schon vorgekommen sein."

„Schwer zu glauben. Aber egal, ich gehorche nicht gern Befehlen. Ich möchte gefragt werden."

Jasons Blick ruhte konzentriert auf ihr. Nach kurzem Schweigen fragte er: „Würden Sie ein wenig bleiben und einen Drink mit mir nehmen?"

Hitze stieg ihr in die Wangen, und Justine spürte, wie ihre Haut spannte und sich rötete. „Gern, vielen Dank." Sie griff nach dem angebotenen Glas. „Trinken Sie normalerweise beide Gläser selbst?"

„Manchmal brauche ich nur eins. Das hilft mir, am Ende des Tages ein wenig herunterzukommen. Wenn ich dann immer noch nicht schlafen kann, genehmige ich mir das zweite Glas."

„Haben Sie es schon mal mit Kräutertee versucht? Oder einem heißen Bad?"

„Ich habe schon alles versucht: Tabletten, progressive Entspannung, Einschlafmusik, Bücher über Golf. Ich habe Schäfchen gezählt, bis selbst die sich nicht mehr wach halten konnten."

„Wie lange leiden Sie schon unter Schlaflosigkeit?"

„Seit meiner Geburt." Ein Hauch von Belustigung spielte um seine Lippen. „Aber es hat Vorteile. Ich bin Meister im Online-Scrabble und habe ein paar tolle Sonnenaufgänge erlebt."

„Vielleicht haben Sie Glück und können hier schlafen. Die Insel ist ruhig, vor allem nachts."

„Das hoffe ich." Überzeugt klang das nicht. Offenbar waren es nicht die Reize von außen, die ihn wach hielten.

Justine hob das kleine Glas an die Nase, schnupperte misstrauisch daran und nahm einen leicht süßen Duft nach geschnittenem Heu wahr. „Ich habe noch nie Wodka pur getrunken." Sie nippte vorsichtig an der eiskalten Flüssigkeit, und ihre Oberlippe begann sofort zu brennen. „Huiii, das ist scharf."

„Nicht nippen. Runter damit, in einem Schluck."

„Das kann ich nicht."

„Doch, das können Sie. Atmen Sie aus, kippen Sie's runter, und warten Sie zehn bis fünfzehn Sekunden, bevor Sie wieder einatmen. Dann brennt es auch nicht in der Kehle." Um ihr zu zeigen, wie es ging, kippte er selbst seinen Wodka. An seiner Kehle, wo die Haut glatt und sonnengebräunt war, konnte sie sehen, wie er schluckte.

Mit Mühe riss sie ihren Blick los und konzentrierte sich auf das winzige Glas in ihrer Hand. „Das schaffe ich nie und nimmer", sagte sie und atmete aus. Dann kippte sie den Wodka und versuchte, den Atem anzuhalten, aber ihre Lungen verkrampften sich, als wollten sie explodieren. Sie gab auf, atmete tief ein – und bereute das sofort, als eisiges Feuer ihr die Kehle verbrannte. Die Luft blieb ihr weg, und ihre Augen begannen heftig zu tränen.

„Sie haben zu früh eingeatmet", stellte Jason fest.

Eine Mischung aus Lachen und Husten war die Antwort. „Ich habe diese seltsame Gewohnheit, in regelmäßigen Abständen Sauerstoff aufnehmen zu müssen", erläuterte sie, schüttelte den Kopf und wischte sich die Tränen von den Wangen. „Warum Wodka? Wein ist so viel angenehmer."

„Wodka ist effizienter. Wein braucht zu lange, bis er wirkt."

„Recht haben Sie", meinte Justine. „Dieser grässliche, ineffiziente Cabernet. Ich kann kaum glauben, wie viel Zeit ich schon damit verschwendet habe."

„Außerdem verbessert Wodka den Geschmack von Lebensmitteln", fuhr er fort, als hätte er sie nicht gehört.

„Im Ernst? Wie das?"

„Ethylalkohol ist ein Lösemittel für Geschmacksstoffe. Wenn Sie etwas essen, nachdem Sie an Wodka genippt haben, ist der Geschmack stärker und hält länger vor."

„Das würde ich gern mal ausprobieren", meinte Justine fasziniert.

„Funktioniert am besten mit würzigem oder salzigem Essen. Zum Beispiel Kaviar oder geräuchertem Lachs."

„Kaviar haben wir nicht, aber eine kalte Platte können wir eigentlich immer zusammenstellen." Justine musterte sein ausdrucksloses Gesicht. „Wahrscheinlich sind Sie nicht mit den anderen essen gegangen, oder? Ich möchte wetten, dass Sie auf Ihrem Zimmer geblieben sind, um Telefonate zu erledigen."

„Ich hatte noch zu tun", gab er zu.

„Haben Sie Hunger?"

Offenbar musste er gründlich über die Frage nachdenken. „Ich könnte jetzt was essen", räumte er schließlich ein.

Ohne jeden Zweifel war er der vorsichtigste und zurückhaltendste Mensch, der ihr je begegnet war. Ob er sich wohl jemals entspannen und sich gehen lassen konnte? Schwer vorstellbar. Sie fragte sich, wie sein Lachen wohl klingen mochte.

„Hey", sagte sie, vorsichtig und einfach aus einem Impuls heraus. „Wann haben Sie das letzte Mal eine Speisekammer geplündert?"

„Das weiß ich nicht mehr."

„Wie wäre es, wenn Sie jetzt mit mir nach unten gehen? Ich habe auch Hunger. Wir suchen uns etwas zu essen. Außerdem schulde ich Ihnen ein zweites Glas Wodka."

Zu ihrer Überraschung – und zweifellos auch zu seiner eigenen – erklärte er sich einverstanden.

5. KAPITEL

Jason saß an dem zerschrammten Holztisch und sah sich in der Küche um. Sie war groß und fröhlich eingerichtet, mit bemalten Schränken, altmodischen Tapeten mit Kirschmuster und Speckstein-Arbeitsplatten. Die riesige Speisekammer war gefüllt mit Backzutaten in Glasgefäßen und eingemachten Lebensmitteln, die in drei, vier Reihen hintereinander gestapelt waren.

Er sah zu, wie Justine große Weckgläser mit Essiggemüse zutage förderte und an den Tisch brachte.

Dann holte sie eine Flasche Stolichnaya aus dem Eisfach und stellte sie zusammen mit zwei Gläsern vor Jason auf den Tisch. „Schenken Sie schon mal ein", sagte sie und machte sich daran, ein Baguette aufzuschneiden. Er konnte kaum lange genug den Blick von ihr wenden, um der Aufforderung nachzukommen.

In der kurzen Zeit, die sie sich kannten, hatte Justine Hoffman ihn auf eine Weise geneckt und ihm die Meinung gesagt, wie das sonst niemand wagte. Sie hatte keine Ahnung, wie viel Freiraum er ihr gab und wie leicht er sie hätte zerquetschen können wie eine Fliege. Tatsächlich aber interessierte sie ihn mehr als jeder andere Mensch seit Langem.

Sie war eine schöne Frau, schlank, mit langen dunklen Haaren, ebenmäßiger Haut und einem schmalen Gesicht. Sie redete mit Händen und Füßen und in einer rasenden Geschwindigkeit. Hätte sie all ihre Worte auf eine Tafel geschrieben, hätte sie sie schon ein paarmal abwischen müssen, weil der Platz nicht reichte. Normalerweise hätte ihn das genervt, aber ihm gingen immer neue Möglichkeiten durch den Kopf, wie er sie bremsen konnte. Mit seinem Mund, den Händen und mit seinem Körper.

Vor der Buchung in der Pension hatte er ihren Ruf überprüfen lassen und erfahren, dass sie Exzessen jeder Art abgeneigt war. Sie war ohne Vater aufgewachsen. Normalerweise erhöhte ein solcher Start ins Leben das Risiko von Verhaltensauffälligkeiten wie Schulabbruch, Alkohol- oder Drogenmissbrauch, aber es gab keinerlei Hinweise auf irgendwelche Probleme, auch nicht finanzieller Natur. Kein ausschweifendes Sexualleben, nur ein paar ruhig verlaufene Beziehungen, von denen keine länger als ein Jahr gehalten hatte. Kein Ärger mit der Polizei, keine medizinischen Probleme oder Süchte. Lediglich ein Strafzettel wegen Falschparkens, ausgestellt vom Sicherheitsdienst ihrer Berufsfachschule. Nichts von dem, was Menschen üblicherweise in Schwierigkeiten brachte – Lust, Gier, Angst –, schien für Justine Hoffman ein Problem zu sein.

Aber jeder Mensch hatte etwas zu verbergen, und jeder wünschte sich etwas, das er nicht hatte.

In Justines Fall wusste er, was das Erste war. Das Zweite dagegen war noch die große Frage.

Justine arrangierte derweil Lebensmittel auf einer großen unterteilten Servierplatte. „Sie sind Vegetarier, richtig?"

„Ich esse vegetarisch, wann immer möglich."

„Haben Sie damit angefangen, als Sie in das Zen-Kloster gingen?"

„Woher wissen Sie von dem Kloster?"

„Das steht auf Ihrer Wikipedia-Seite."

Er runzelte die Stirn. „Ich habe versucht, diese Seite zu löschen. Die Administratoren machen das immer wieder rückgängig. Anscheinend zählt das Recht auf Privatsphäre für sie nicht."

„Es ist heutzutage schon für ganz normale Menschen schwierig, ihre Privatsphäre zu wahren. Für jemanden wie Sie muss es unmöglich sein." Justine wickelte ein Stück Käse aus, legte es auf ein Schneidebrett und begann, hauchdünne Scheiben abzuschneiden. „Sie sind also Vegetarier geworden, um Ihr Karma positiv zu beeinflussen? Hatten Sie Angst, als Huhn oder so wiedergeboren zu werden?"

„Nein. Das lag an dem Essen, das im Kloster serviert wurde. Es hat mir geschmeckt."

Justine hielt ein hartgekochtes Ei hoch. „Wie steht es mit Eiern und Milchprodukten?"

„Esse ich gern."

Justine ordnete sauer eingelegte Wachsbohnen und Blumenkohl, gesalzene Marcona-Mandeln, ölige grüne spanische Oliven, korallenrote Scheiben von frisch geräuchertem Lachs, gekochte Eier, hauchdünne Scheiben Manchego, eine Ecke sahnigen Brie und eine Handvoll praller getrockneter Feigen auf der Servierplatte an. Daneben stellte sie ein Körbchen mit Baguettescheiben und gesalzenen Rosmarincrackern.

„Guten Appetit", sagte sie fröhlich und setzte sich neben Jason.

Während sie so dasaßen, aßen und sich unterhielten, stellte Jason fest, dass er Justines Gesellschaft genoss. Sie war bezaubernd, lachte gern, eine Frau, der man nichts vormachen konnte. Ihr Gesicht war so klar strukturiert wie ein Haiku, jene kurzen, schlichten japanischen Gedichte, die er so mochte. Die Augen leuchteten in samtigem Braun, ihre Lippen waren so voll und rosig wie Zierkirschenblüten. Aber sie hatte etwas faszinierend Unsinnliches an sich, einen Hauch frostiger Unzugänglichkeit. Das weckte in ihm den Wunsch, ihren Schutzwall aus beinah jungfräulicher Unnahbarkeit niederzubrennen.

„Warum haben Sie sich dafür entschieden, eine Pension zu führen?", fragte er und legte ein Stück Rettich auf einen gebutterten Cracker. „Für eine alleinstehende Frau Ihres Alters ist das eine seltsame Wahl."

„Warum?"

„Das bringt ein sehr ruhiges Leben mit sich. Ein isoliertes Leben. Sie wohnen auf einer Insel mit nicht einmal achttausend Einwohnern. Das muss doch langweilig sein."

„Ganz und gar nicht. Meine ganze Kindheit sind wir ständig durch die Gegend gezogen. Meine Mutter war alleinerziehend, und sie hielt es nie lange an einem Ort aus. Ich liebe die Bequemlichkeit des Vertrauten. Freunde, die ich jeden Tag sehe. Das Kissen, das sich genau richtig unter meinem Kopf anfühlt. Meinen Kräutergarten. Mein Mountainbike. Die Strecken, die ich laufe, die Strände, an denen ich spazieren gehe – ich kenne sie alle so genau, dass mir die kleinste Veränderung auffällt. Ich mag diese Bindung an einen Ort."

„Verstehe."

„Wirklich?"

„Ja. Die Japaner glauben, dass man sich seinen Ort nicht aussucht. Der Ort sucht sich seinen Menschen aus."

„Und welcher Ort hat Sie ausgesucht?", wollte sie wissen.

„Noch keiner." Und irgendwie war auch nicht mehr damit zu rechnen. Er besaß eine Wohnung an der San Francisco Bay, ein Apartment in New York und ein Ferienhaus am Lake Tahoe. Sie alle waren schön, aber nirgendwo fühlte er sich wirklich zu Hause, wenn er durch die Eingangstür trat.

Justine musterte ihn nachdenklich. „Warum sind Sie in das Zen-Kloster gegangen?"

„Ich suchte die Antwort auf eine Frage."

„Und haben Sie sie gefunden?"

Ein leichtes Lächeln kräuselte seine Lippen. „Ich habe sie gefunden, aber auch viele neue Fragen."

„Wohin sind Sie anschließend gegangen?"

Jason zog spöttisch die Brauen hoch. „Steht das etwa nicht auf meiner Wikipedia-Seite?"

„Nein. Ein paar Jahre fehlen in Ihrer Biografie. Was also haben Sie in der Zeit getan?"

Er zögerte. Selbst wenn er es wollte, fiel es ihm nicht leicht, die Gewohnheit abzulegen, sein Privatleben abzuschirmen.

„Ich habe eine umfangreiche Verschwiegenheitsvereinbarung unterschrieben", erklärte Justine. „Sie können mir also Ihr Herz ausschütten, und niemand erfährt auch nur ein Wort von mir."

„Was geschieht, wenn Sie sich nicht an die Vereinbarung halten?", fragte er. „Wandern Sie ins Gefängnis? Oder zahlen Sie eine Geldstrafe?"

„Wissen Sie das nicht? Es ist doch Ihr Vertrag."

„Wir haben drei Versionen mit verschiedenen Ausführungen des Kleingedruckten. Mich würde interessieren, welche Priscilla Ihnen gegeben hat."

Justine zuckte die Achseln und grinste. „Ich lese nie das Kleingedruckte. Da steht immer nur Schreckliches drin."

Ihr offenes Lächeln durchzuckte ihn wie ein Blitz in Zeitlupe.

Er hatte nicht damit gerechnet, welch intensive Wirkung sie auf ihn haben würde. Noch nie zuvor hatte er Derartiges empfunden. Irgendetwas an ihr hatte Stolperdrähte zwischen seinen Nerven gespannt, die jederzeit ungeahnte Gefühle auslösen konnten. Sorgfältig schloss er seine Finger um sein zweites Glas Wodka und stürzte es hinunter.

Justine legte den Kopf schräg und musterte ihn. „Warum haben Sie sich entschieden, Videospiele zu entwickeln?"

„Ich habe als Spieletester angefangen, als ich noch Student war, und in dieser Zeit ein paar einfache 2-D-Spiele geschrieben. Später hat ein Freund ein Studio gegründet und brauchte jemanden, der ihm beim Entwerfen und Programmieren half. Und schließlich wurde ich von Inari angestellt, um die Spieleabteilung zu gründen."

„Das erklärt das Wie", entgegnete Justine, „aber mich interessiert mehr das Warum. Was reizt Sie so sehr an Videospielen?"

„Ich bin wettkampforientiert", gab er zu. „Ich mag die Ästhetik eines gut gemachten Spiels. Ich entwerfe gerne Welten, Herausforderungen, Fallen …" Er stockte. „Spielen Sie gern?"

Sie schüttelte den Kopf. „Das ist nicht mein Ding. Die paar Spiele, die ich ausprobiert habe, waren kompliziert und gewalttätig. Außerdem mag ich den Sexismus darin ganz und gar nicht."

„In den Spielen, die ich produziere, finden Sie das nicht. Handlungen, die Prostitution, Vergewaltigung und herabsetzende Sprache gegen Frauen beinhalten, sind bei mir verboten."

Das schien wenig Eindruck auf Justine zu machen. „Ich habe ein paar Werbespots für Skyrebels gesehen – das stammt doch aus Ihrem Haus, oder? –, und die meisten weiblichen Charaktere sind gekleidet wie Weltraumhuren. Warum müssen sie Lederminiröcke und Stiefel mit Zwölf-Zentimeter-Absätzen tragen, um sich gegen Soldaten in voller Ausrüstung zu wehren?"

Der Punkt ging an sie. „Der durchschnittliche Teenager mag sowas", gab Jason ein wenig lahm zu.

„Dachte ich mir."

„Aber ganz gleich, wie sie gekleidet sind: Die weiblichen Charaktere sind genauso stark wie die männlichen."

„Sexismus zeigt sich auch in der Darstellung und im Umgangston, nicht nur in der Handlung."

„Sind Sie Feministin?"

„Wenn Sie eine Frau, die Wert auf Gleichbehandlung und Respekt legt, als Feministin betrachten, dann ja. Aber manche Leute neigen dazu, Feministinnen als zornige Frauen zu sehen, und das bin ich nicht."

„Ich wäre zornig, wenn man mich in Stilettostiefeln und einem Lederröckchen in den Krieg schicken würde."

Justine prustete vor Lachen und schenkte Wodka nach. Sie nippte an ihrem Glas und knabberte an einer dicken grünen Olive. Jason sah ihr zu, beobachtete, wie ihre Lippen sich um die pralle Rundung der Frucht schlossen, und stellte beunruhigt fest, wie stark er darauf reagierte.

„Haben Sie schon mal ‚Wahrheit oder Pflicht' gespielt?", fragte Justine und legte den Olivenkern beiseite.

„Nicht mehr seit Schulzeiten", erwiderte er, „und ich kann nicht behaupten, dass ich etwas vermisst hätte."

„Geht mir genauso. Trotzdem … möchten Sie ein paar Runden spielen?"

Jason lehnte sich in seinem Stuhl zurück und betrachtete sie abwägend. Vermutlich glaubte sie, ihn überrumpeln zu können und ein paar Antworten aus ihm herauszukitzeln, die sie sonst nicht bekäme. Aber das würde natürlich auch anders herum funktionieren. „Ich entscheide mich nie für Pflicht", erklärte er.

„In Ordnung, dann sagen Sie eben immer die Wahrheit. Klären wir vorher die Tabus. Ich denke, wir sollten …"

„Keine Tabus. Sonst lohnt sich das Spiel nicht.“

„Keine Tabus“, stimmte Justine zu, aber in ihren Tonfall schlich sich eine neue, leicht misstrauische Schärfe. „Wie steht es mit Strafen?“

„Wer eine Runde verliert, zieht ein Kleidungsstück aus.“ Zufrieden stellte er fest, wie Justines Augen sich weiteten.

„Okay“, sagte sie. „Ich fange an. Sagen Sie mir, was für Sie wahres Glück ausmacht.“

Er griff nach einer kleinen weißen Papierserviette, faltete sie einmal diagonal und strich dabei mit dem Rücken seines Daumennagels über die Falte, damit sie liegen blieb. „Ich glaube nicht an Glück.“ Er drehte die Serviette und faltete sie zu einem kleinen Quadrat. „Die Leute glauben, sie seien glücklich, wenn so etwas wie eine Schachtel Donuts, ein Sieg der Lakers über die Spurs oder eine Sexualstellung mit lateinischem Namen dafür sorgt, dass bestimmte chemische Stoffe sich an Rezeptoren im Gehirn heften, um elektrische Impulse in den Neuronen auszulösen. Das hält jedoch nicht vor. Es ist nichts Langfristiges. Nichts Reales.“

„Was für eine deprimierende Einstellung“, erwiderte Justine lachend.

„Sie haben gefragt.“ Er faltete die Seiten der Servietten nach innen, um eine dreieckige Basis zu schaffen. „Nächste Runde: Wahrheit oder Pflicht?“

„Wahrheit“, antwortete sie wie aus der Pistole geschossen und beobachtete dabei, wie sorgfältig und vorsichtig seine Hände arbeiteten.

„Warum haben Sie sich von Ihrem letzten Freund getrennt?“ Er begann, die Spitzen des Dreiecks nach innen einzufalten.

Leichte Röte zeigte sich an ihrem Haaransatz. „Es … hat nicht funktioniert.“

„Das ist keine Antwort. Nennen Sie mir den Grund.“

„Manchmal gibt es keinen Grund, wenn Leute sich trennen.“

Mitten in der Bewegung hielt er inne und warf ihr einen spöttischen Blick zu. „Es gibt immer einen Grund.“

„Dann kenne ich ihn nicht."

„Sie kennen ihn. Sie wollen es nur nicht zugeben. Das heißt, Sie haben die Runde verloren." Er schaute sie erwartungsvoll an.

Mit gerunzelter Stirn zog Justine einen Fuß aus der zierlichen weißen Sandale und stieß sie zu seinem Stuhl hinüber.

Der Anblick ihres nackten Fußes, schön und mit langen Zehen, die Zehennägel mit glitzerndem blassblauen Nagellack poliert, fesselte Jason sofort.

„Sie sind dran", hörte er sie sagen. Nur zögernd riss er seinen Blick von ihrem Fuß los und schaute sie erwartungsvoll an. „Was haben Sie in den zwei Jahren nach dem Verlassen des Klosters getan?"

Er zupfte die Ecken der Serviette auseinander, bis sie aussahen wie Blütenblätter. „Ich ging nach Okinawa und blieb dort bei Verwandten. Meine Mutter war Halbjapanerin. Ich wollte unbedingt endlich einmal ihre Familie kennenlernen. Irgendwie hoffte ich, dadurch könnte ich meiner Mutter näherkommen." Bevor Justine darauf reagieren konnte, gab er ihr das fertige Origami.

Sie nahm es zögernd entgegen, die Augen weit aufgerissen vor Verwunderung. „Eine Lilie."

„*Yuri*", murmelte er. „Das ist ihr japanischer Name. Er kommt von einem Wort, das beschreibt, wie die Blumen sich im Wind bewegen. Wahrheit oder Pflicht?"

Sie blinzelte überrumpelt. „Wahrheit."

„Was hat zur Trennung von Ihrem letzten Freund geführt?"

Justine fiel die Kinnlade nach unten. „Das haben Sie mich schon gefragt."

„Sie wollen immer noch nicht antworten?"

„*Nein.*"

„Dann her mit dem nächsten Kleidungsstück."

Empört zog Justine ihre zweite Sandale aus und warf sie ihm zu. „Wollen Sie etwa dieselbe Frage immer wieder stellen?"

Er nickte gelassen. „Ja. Bis Sie sie beantwortet haben, oder bis Sie nackt sind."

„Ihnen fällt nichts anderes ein, was Sie von mir wissen wollen?"

„Ich fürchte nein." Er gab sich Mühe, zerknirscht auszusehen. „Ich neige dazu, mich zu sehr auf eine Sache zu konzentrieren. Der Geist eines Fachidioten."

Justine warf ihm einen finsteren Blick zu. „Nächste Runde. Sie sagten, Sie seien in das Zen-Kloster gegangen, um die Antwort auf etwas zu erfahren. Was haben Sie herausgefunden?"

„Ich habe herausgefunden", erwiderte er langsam, „dass ich keine Seele habe."

6. KAPITEL

Verwundert starrte Justine ihn an. „Wie meinen Sie das – keine Seele? Keine Gefühle?"

„Nein. Dann hätte ich gesagt, dass ich keine Gefühle habe. Ich meinte das wörtlich: Ich habe keine Seele."

„Wenn Sie keine Seele hätten, säßen Sie nicht hier und redeten mit mir. Dann wären Sie nicht am Leben."

„Was, glauben Sie, ist eine Seele?"

„Jener Teil in uns, der das Herz zum Schlagen, das Gehirn zum Denken und den Körper zum Bewegen bringt."

„Tatsächlich läuft der Körper mit thermoelektrischer Energie. Ungefähr hundert Watt. Das entspricht einer starken Glühlampe."

„Ja, das ist mir bekannt", sagte sie. „Aber ich habe mir die Seele immer als die Kraftquelle vorgestellt."

„Nein. Die Seele ist etwas Eigenständiges."

Verwirrung und Beunruhigung zeigten sich in ihrer Miene, während sie Jason unverwandt ansah und geistesabwesend mit dem Zeigefinger auf ihre Nasenspitze tippte. „Was glauben Buddhisten über die Seele?", fragte sie abrupt.

„Dass es sinnlos ist, darüber zu spekulieren. Wer sich auf die Vorstellung eines Ichs konzentriert und auf das Vergnügen dieses Ichs im Himmel, der kann die Wahrheit und das Ewige nicht sehen."

„Oh." Ihre Stirn glättete sich. „Also könnten Sie durchaus eine Seele haben. Genau wissen Sie es nicht."

Er warf ihr einen unergründlichen Blick zu und schwieg.

„Sie sind ein interessanter Typ", stellte Justine fest, und es klang ganz und gar nicht wie ein Kompliment.

„Nächste Runde. Sie kennen die Frage bereits."

Sie begann, verärgert und beunruhigt zu wirken. „Sie wollen mir also wieder dieselbe Frage zu meinem Freund stellen?"

„Sie könnten lügen", schlug er vor.

„Ich bin eine miserable Lügnerin. Fragen Sie mich was anderes."

Er schüttelte den Kopf.

„Dann erlegen Sie mir eine Pflicht auf.“ Sie stockte. „Bitte“, fügte sie schließlich gequält hinzu.

Wieder ein Kopfschütteln. Und er sah zu, wie jeder sichtbare Quadratzentimeter ihrer Haut rot anlief.

„Warum fällt es Ihnen so schwer, zu antworten?“, fragte er.

Dabei war er sich ziemlich sicher, dass er die Antwort bereits kannte.

Justine stand auf, ging zu einem Schrank und nahm eine Rolle Frischhaltefolie heraus. Mit fahrigen Bewegungen riss sie ein paar Bahnen Folie ab und deckte damit die kalte Platte ab. „Ihre Frage rührt an etwas, worüber ich äußerst ungern spreche. Darum reagiere ich so zurückhaltend.“

„Da scheint mir mehr dahinterzustecken als bloße Zurückhaltung“, erwiderte er und stibitzte eine letzte Olive, bevor sie die Platte ganz abdecken konnte. „Mir sieht das eher nach etwas aus, worüber Sie nicht reden *können*.“

Justine nahm die Platte, trug sie zum Kühlschrank und stellte sie hinein. „Ich gehe jetzt zurück in meine Wohnung. Morgen muss ich früh aufstehen und heute Abend habe ich noch einiges zu erledigen.“

„Zum Beispiel?“

„Das geht Sie nichts an“, gab sie knapp zurück. „Verlassen Sie jetzt bitte die Küche, damit ich das Licht ausschalten kann.“

Jason stand auf, nahm die Wodkaflasche und die Gläser und stellte sie auf die Arbeitsplatte. „Sie wollen also kneifen, bevor das Spiel zu Ende ist? Sie schulden mir eine Antwort … oder müssen die Strafe auf sich nehmen.“

„Nun, ich kann nicht antworten. Und da ich nicht mehrere Lagen Kleidung trage und Sie schon meine Schuhe haben, kann ich auch die Strafe nicht auf mich nehmen. Wir haben also eine Situation, in der keiner gewinnen kann.“

Sie wussten beide, was sie wollte: Er sollte sie ungeschoren davonkommen lassen. Ein Gentleman hätte das getan.

„Wir haben uns auf Regeln geeinigt“, erinnerte er sie.

„Ja, aber der Sinn des Ganzen bestand darin, einander etwas besser kennenzulernen und … sich auf freundschaftliche Weise die Zeit zu vertreiben …“

„Was hätte ich Sie fragen sollen? Mich interessiert, was Ihnen so unangenehm ist.“

„Im Augenblick sind Sie es.“

Jason trat näher, den Blick kurz auf den sichtbaren Puls an ihrem Hals gerichtet. „Wenn Sie mir nicht antworten wollen“, sagte er ruhig, „akzeptieren Sie Ihre Strafe.“

Justine wandte sich ihm zu und lehnte sich dabei rücklings an die Arbeitsfläche, als brauchte sie eine Stütze. Ihre Augen wirkten riesig. In der Tiefe ihrer zartbitterschokoladenbraunen Augen kämpften Furcht und Neugier um die Vorherrschaft. Als er unmittelbar vor ihr stehen blieb, bemerkte er, dass sie zitterte.

„Wenn Sie mich anfassen, verklage ich Sie“, erklärte sie schroff.

„Ich habe nicht die Absicht, Ihnen das Kleid auszuziehen.“ Langsam hob Jason eine Hand und strich mit den Fingerspitzen über ihren Hals. Ihre Haut war seidig und unglaublich zart. Er ließ seinen Daumen sanft in ihre Kehlgrube gleiten, wo er ihren panischen Puls spürte.

Justine verspannte sich, und glühende Röte schoss ihr ins Gesicht. „Ich mach’s ja schon“, murmelte sie. Offenbar war sie zu einem Entschluss gelangt. Sie griff auf Schulterhöhe unter ihr ärmelloses Kleid, hakte den Daumen um einen dünnen weißen BH-Träger und zog ihn über den Arm herunter. Mit einer hastigen Windung schob sie ihn über den Ellenbogen. Dann wiederholte sie das Ganze auf der anderen Seite, griff in den Ausschnitt ihres Kleides, öffnete den Vorderverschluss des BHs und fischte ihn hervor.

„Hier“, sagte sie, ein trotziges Aufblitzen in den Augen, und reichte ihm den BH. „Das Spiel ist zu Ende.“

Jason griff automatisch zu. Seine Hand schloss sich um den ungefütterten elastischen Stoff. Die Träger baumelten zwischen seinen Fingern. An dem Kleidungsstück konnte er noch deutlich ihre Körperwärme fühlen.

Sein Blick wurde magisch angezogen von der Vorderseite ihres Kleides, wo sich ihre Brustwarzen deutlich unter der dünnen Baumwolle abzeichneten. Es war nur ein kleiner Akt, der etwas sehr Privates aufgedeckt hatte. Nur ein Stückchen Stoff, das eben noch auf ihrer nackten Haut gelegen hatte. Und doch brachte ihn diese Geste auf äußerst profane Gedanken. Er wollte sie berühren, scharf machen. Er wollte sie unter sich spüren, die Wangen vor Verlangen gerötet, sich windend. Seine eigene Erregung machte sich bemerkbar, füllte seine Adern, ließ sein Fleisch schwellen. In wenigen Sekunden schon würde er das nicht mehr verbergen können, wenn er die Sache nicht ganz schnell zu einem Ende brachte.

Also ging er zum Tisch zurück, hob die Sandalen vom Boden auf und brachte sie ihr, zusammen mit dem BH und der Origami-Blume.

„Ich wollte Ihnen nur die Haare lösen", sagte er tonlos. Das entsprach der Wahrheit. Sie warf ihm einen unfreundlichen Blick zu. Ihre Wangen glühten.

„Gute Nacht." Sie deutete auf die Tür, die ins Treppenhaus führte. „Sie finden den Weg auf Ihr Zimmer sicher allein."

Er unterdrückte ein Grinsen und genoss ihr Unbehagen. „Bringen Sie mir morgen früh meinen Gesundheitsshake aufs Zimmer?"

„Nein. Das überlasse ich Priscilla." Sie blieb an der Hintertür stehen, die Hand bereits am Lichtschalter. „Gehen Sie jetzt."

Gehorsam wandte er sich der anderen Tür zu. „Gute Nacht", sagte er im selben Moment, in dem das Licht ausgeschaltet und die Hintertür nachdrücklich ins Schloss gezogen wurde.

Langsam stieg Jason die Treppe in den zweiten Stock hinauf und dachte dabei über Justine Hoffman nach.

Er wusste bereits viel mehr über sie, als sie ahnte. Auf jeden Fall mehr, als ihr recht sein konnte. Es war leicht gewesen, die grundlegenden Informationen aufzutun: Geburtsdatum, frühere Wohnsitze – davon gab es viele –, Ausbildungsstand – ein Abschluss in Hotelmanagement von einer Berufsfachschule –, finanzielle Situation – bescheiden und sorgfältig gemanagt.

Aber diese rudimentären Tatsachen wurden einer Frau wie Justine nicht ansatzweise gerecht. Sie war quicklebendig, strahlend, verwegen, abenteuerlich. Und dennoch hatte sie etwas angenehm Ausgeglichenes an sich. Sie hatte ihren Platz in der Welt gefunden und war damit glücklich.

Glücklich, aber nicht völlig zufrieden. Instinktiv spürte er diese Lücke zwischen dem, was sie hatte, und dem, was sie sich ersehnte. Und er wünschte sich plötzlich, diese Lücke zu füllen.

Damit, dass er sich unwiderstehlich von ihr angezogen fühlte, hatte er weder gerechnet noch hatte er es sich gewünscht. Es machte den Umgang mit ihr sehr viel komplizierter, als er erwartet hatte. Und es ließ ihn bedauern, dass er sie benutzen und ihr etwas nehmen musste, was ihr besonders viel bedeutete.

Aber er brauchte Magie im wörtlichsten Sinne, und dafür bedurfte es unbedingt einer Hexe, eines Zauberbuchs und eines Schlüssels.

Zutiefst erschüttert und erschrocken ging Justine zurück in ihre Wohnung im Hinterhaus. Sie war sich nicht ganz darüber im Klaren, was gerade passiert war. Eigentlich hatte sie doch nur ein harmloses Spiel angeregt, aber Jason hatte es in etwas Bedrohliches verwandelt. In etwas Sexuelles.

Ihr Blick blieb an der Wanduhr hängen. Noch eine Viertelstunde bis Mitternacht. Das reichte so gerade eben, um sich auf den Zauber vorzubereiten.

Jeder Gedanke an Jason Black verflüchtigte sich, als sie in den Schatten unter ihrem Bett spähte, wo ihr Triodecad wartete.

Will ich das wirklich tun?

Sie musste es versuchen. Eine andere Wahl hatte sie nicht, jetzt, wo sie von der Ges wusste. Also würde sie erst ruhen, wenn dieser Fluch gebrochen war.

Sie ging zu ihrem Schlafzimmerschrank und holte einen Reisigbesen mit Zedernholzstiel heraus. Zimtduft stieg auf, als sie begann, den Boden gegen den Uhrzeigersinn zu fegen. Auf diese Weise beseitigte der Ritualbesen alle negativen Energien.

Nach ein paar Minuten flotten Fegens packte Justine den Besen in den Schrank zurück und stellte sich auf die Zehenspitzen, um das oberste Regalfach zu erreichen. Sie nahm ein Weckglas heraus, in dem sie verschiedene Steine und Kristalle – Quarz, Kalzit, Pyrit, Obsidian, Achat, Türkis und andere – aufbewahrte. In der Mitte steckte eine Kerze. Justine zündete die Kerze an und stellte das Glas auf den Boden. Jetzt musste sie nur noch einen geschützten Bereich schaffen. Dafür holte sie ein sorgfältig aufgerolltes weiches Hanfseil aus dem Schrank und legte damit einen großen Kreis auf dem Boden aus.

Anschließend holte sie das Triodecad unter dem Bett hervor. Das Buch fühlte sich in ihren Händen warm und lebendig an. Sie wickelte es aus dem schützenden Leinentuch, trug es in die Mitte des Kreises, setzte sich dort auf den Boden und legte sich das Buch auf den Schoß.

Dann fasste sie nach der feinen Kette um ihren Hals, zog den Schlüssel unter ihrem Kleid hervor und schloss das Zauberbuch auf. Es öffnete sich sofort auf Seite dreizehn. Justine strich mit den Fingern über das Papier, während die leere Seite sich mit Wörtern füllte. Sie hatte sich schon immer gefragt, warum jemand auf die Idee kommen mochte, einen Zauber zu wirken, bei dem von vornherein feststand, dass er eine Katastrophe auslösen würde. Aber jetzt verstand sie: Manchmal wünschte man sich etwas so sehr, dass man keinen Gedanken an mögliche Folgen verschwendete.

Sie konzentrierte sich auf die Kerzenflamme, das feine blaue Leuchten in ihrem Zentrum, das strahlende Gelb in den Randbereichen, die tanzende weiße Spitze. Ihr Mund war trocken, sie war nervös. Nicht, weil sie fürchtete, der Bannspruch würde nicht funktionieren, sondern weil sie wusste, dass er funktionieren würde. Und dass hinterher nichts mehr so sein würde wie zuvor.

Sie las die Anweisungen für das Ritual einmal … zweimal … ein drittes Mal.

Aber es reichte nicht. Ihr Herz war immer noch verschlossen. Nichts hatte sich geändert.

Offenbar brauchte es etwas mehr.

Eine Träne rollte ihr über die Wange, während sie das Zauberbuch an sich drückte. Sie erinnerte sich, Marigold einmal bei einem besonders schwierigen Zauber zugesehen zu haben. „Hierin liegt die eigentliche Magie", hatte Marigold erklärt und dabei die Steine und Kristalle in einer Schüssel durch ihre Hand gleiten lassen. „Alles, was der Erde entnommen wird – Steine, Fasern, Wurzeln –, dient als Werkzeug unserer Kunst. Lass dich von ihrer Energie leiten. Wenn ein Zauber nicht wirkt, geschieht das, weil du dich nicht eindeutig auf dein Ziel konzentrierst. Benutze die Kristalle. Die Geister werden dich dabei leiten."

Sie folgte ihrem Instinkt, als sie die Kerze ausblies, die Steine und Kristalle aus dem Glas auf den Boden schüttete und bedächtig mit den Fingern hindurchfuhr. Mit geschlossenen Augen wählte sie einen, der besonders lebendig wirkte und dessen Energie sie deutlich spürte.

Ein Hämatit mit silbriger glatter Oberfläche, ein Stein, der sich leicht magnetisieren ließ, die Blutzirkulation anregte und negative Energie in Liebe verwandeln konnte.

Mit der Handfläche drückte sie den Hämatit über ihrem Herzen an die Brust. „Helft mir, ihr Geister", bat sie demütig und versuchte, den Kloß in ihrem Hals hinunterzuschlucken. „Ich möchte jemanden lieben. Selbst, wenn diese Liebe nicht hält. Denn einen Tag lang etwas Wunderbares zu erleben ist besser, als eine Ewigkeit lang nichts Besonderes zu erfahren."

Langsam breitete sich vor dem Fenster ein weiches Leuchten aus. Mondlicht. Es zerfiel in einzelne Strahlen, dünn und silbrig. Sie drangen durch das Glas, tanzten über die Wand und den Fußboden. Die Lichtstrahlen bewegten sich auf Justine zu wie tastende Finger und glitten in den Schutzkreis.

Justine fühlte sich benommen, ihr Herz raste, ihre Gedanken verselbstständigten sich, schwirrten wie Kolibris hierhin und dorthin. Sie schloss die Augen und gab sich dem Gefühl hin, langsam zu fallen, in die Wolken, den nachtschwarzen Himmel und behagliche Träume.

Wie lange dieser Zustand andauerte, wusste sie nicht. Vielleicht Minuten, vielleicht Stunden. Schließlich weckte sie das Mondlicht, kitzelte ihre geschlossenen Lider und spielte mit ihren Wimpern, bis sie sich regte. Verdutzt stellte sie fest, dass sie auf der Seite lag, auf dem Fußboden, den Kopf auf dem Zauberbuch. Die Seiten fühlten sich glatt und weich an unter ihrer Wange, und sie dufteten scharf nach Gewürznelken. Ihr war kalt, aber nicht auf unangenehme Weise. Eher so, als könnte sie endlich frische Luft atmen, nachdem sie lange unter einer erstickend warmen Decke gefangen gewesen war. Sie fühlte sich verletzlich … Frei.

Langsam öffnete sie ihre Finger und starrte auf den silbrigen Hämatit in ihrer Hand.

Ein Fluch, gefangen in einem Stein.

7. KAPITEL

Justines Start in den neuen Tag bestand darin, zum Dock an der Spring Street hinunterzugehen. Im Morgendunst präsentierte sich der Sonnenaufgang in Rosa- und Pfirsichtönen. Kein Windhauch bewegte die Wasseroberfläche, in der sich die Bootsmasten spiegelten wie ein Wald aus Zahnstochern. Ein Kutter, hoch beladen mit Krabbenreusen, verließ den Hafen, gefolgt von einem laut kreischenden Möwenpärchen.

Justine suchte sich einen der äußeren Bootsanleger und betrat ihn, den Hämatit fest in der Hand. Sie holte kräftig aus und warf den Stein so weit wie möglich hinaus aufs Wasser. Als er mit der darin eingeschlossenen Ges platschend versank, atmete sie tief ein und ließ die Luft langsam wieder entweichen.

Jetzt gab es keine Entschuldigungen und Ausflüchte mehr. Nichts stand mehr dem im Weg, was das Leben für sie bereithielt.

Ihr war, als könnte sie in den Sonnenaufgang springen und von einer Wolke aufgefangen werden. Sie fühlte sich zerbrechlich und neu. Wie neugeboren.

Aus dem Nichts traf sie eine ungestüme Brise und brachte eine Vorankündigung von Regen mit sich. Justine kniff die Augen zum Schutz gegen den kalten Wind zusammen und entdeckte, dass der Himmel sich am Horizont verfinstert hatte. Wellen klatschten gegen die Pfeiler der Anleger. Es hörte sich an, als schlabberte ein Hund Wasser aus seiner Trinkschale.

Als Justine etwas später die Küche des Artist's Point betrat, war Zoë bereits dabei, das Frühstück vorzubereiten. Der Duft von frisch gebrühtem Kaffee, gebräunter Butter und heißen Backöfen hing in der Luft.

„Guten Morgen", grüßte Justine aufgekratzt. „Was gibt's zum Frühstück?"

„Frische Brioches mit Beerenkompott."

„Mmmmhm." Justines Blick fiel auf den Mixer, der zur Hälfte mit einer leuchtend grünen Brühe gefüllt war.

„Mr Blacks Gesundheitsshake“, erläuterte Zoë und verzog angewidert das Gesicht.

Justine goss sich ein wenig davon in ein Glas und nippte daran. Der Shake schmeckte frisch und fruchtig, die Konsistenz war leicht. „Hast du das Hanfeiweißpulver hineingetan?“

„Ja. Warum?“

„Weil ein Green Monster Smoothie eigentlich eine zähflüssige Pampe sein sollte … das hier hingegen schmeckt köstlich.“

„Kann sein, dass ich die Zutaten ein wenig angepasst habe“, gab Zoë zu und runzelte die Brauen, als sie Justines Reaktion sah. „Ja, ich weiß. Aber das Originalrezept war so widerlich.“

Justine grinste. „Das soll es auch sein. Hat Priscilla bereits ein Glas auf Jasons Zimmer gebracht?“

„Ja.“ Zoë begann, goldbraune glänzende selbstgebackene Brioches in Scheiben zu schneiden. „Ich habe noch nie jemanden so viele Dinge gleichzeitig tun sehen wie Priscilla. Gerade eben hat sie einen dreifachen Espresso getrunken, mit zwei verschiedenen Handys telefoniert und auf einem dritten eine SMS geschrieben – alles zugleich.“

„Nach Jasons Auskunft verbringen hier alle einen Arbeitsurlaub“, erklärte Justine trocken. „Da fragt man sich, wie bei ihnen wohl ein normaler Arbeitstag aussehen mag.“

„Alex und sein Anwalt werden heute fast den ganzen Tag mit ihm zusammen sein.“

„Das wird bestimmt interessant“, meinte Justine. „Bin gespannt, welchen Eindruck er auf Alex machen wird.“

„Hast du Mr Black gestern Abend getroffen? Was hältst du von ihm?“

„Mein erster Eindruck? Er ist ein arroganter, selbstsüchtiger, manipulativer Narzisst mit umwerfenden Wangenknochen.“

Sie fuhren beide ein wenig zusammen, als sich eine dritte Stimme in ihre Unterhaltung einmischte. „Dem kann ich nicht zustimmen“, erklärte Priscilla und betrat die Küche, ein Glas mit grünem Gesundheitsshake in der Hand.

Justine schaute sie zerknirscht an, aber bevor sie sich entschuldigen konnte, fuhr Priscilla fort: „Wenn Sie ihn erst einmal richtig kennengelernt haben, stellen Sie fest, dass seine Wangenknochen nur ein bisschen überdurchschnittlich sind."

Zoë nahm ihr das volle Glas ab. „Mochte er das nicht?", fragte sie besorgt.

Priscilla schüttelte den Kopf und ließ dabei die kupferroten Haare fliegen. „Er meinte, das schmecke zu gut", erklärte sie. „Ich schwöre, er würde sich sogar beklagen, wenn ihn jemand mit einem neuen Seil hängen wollte."

„Ich habe mir ein paar Freiheiten beim Rezept erlaubt", gab Zoë zerknirscht zu. „Tut mir leid. Ich bereite einen neuen Shake zu."

„Ich mach das schon …", begann Priscilla, wurde aber mitten im Satz vom Klingeln ihres Handys unterbrochen. „Tschuldigung." Sie zog sich in eine Ecke der Küche zurück und murmelte hektisch ins Telefon. „Toby." Kurze Pause. „Nein, versuch es gar nicht erst. Erwartest du allen Ernstes, dass ich diese schwache Ausrede an Jason weitergebe? Der Software-Patch, den wir eingespielt haben, um das Problem mit dem Bildaufbau zu beheben, hat alles nur verschlimmert, und jetzt gehen die Leute auf die Barrikaden, weil ihre Waffen nicht richtig funktionieren und ihre Drachen rückwärts fliegen. Ihr rückt besser mit einem brandneuen Patch heraus, um das Problem zu lösen, oder … Warte." Ein zweites Handy meldete sich, und sie zog es aus der Tasche, die sie sich über die Schulter gehängt hatte. „Ja", sagte sie in das zweite Telefon. „Ich habe den Mistkerl gerade auf der anderen Leitung. Er versucht mir weiszumachen, alles sei in bester Ordnung."

Justine gelang es, kurz ihre Aufmerksamkeit zu erhaschen. Sie deutete auf den Mixer und sagte leise: „Ich kümmere mich darum."

Priscilla nickte und redete ebenso leise wie aufgebracht weiter.

Zoë stellte einen Durchschlag mit frisch gewaschenen Spinatblättern neben den Mixer. „Ich kann es noch mal versuchen", sagte sie seufzend.

„Nein, lass nur. Ich mach das schon“, gab Justine zurück. „Du solltest lieber das Frühstück für alle anderen machen. Wo ist das Rezept?“

„Ich habe es ausgedruckt.“ Damit schob Zoë ihr einen Zettel zu.

In weniger als fünf Minuten hatte Justine die darauf vermerkten Zutaten zu einem Smoothie mit der Farbe einer braun angelaufenen Avocado gemixt und schüttete ihn in ein Glas. „Ich bringe es auf sein Zimmer“, bot sie an, da Priscilla immer noch telefonierte und sich wie wild Notizen machte.

Die Assistentin warf ihr einen dankbaren Blick zu und fauchte zugleich in ihr Handy. „Ach, wirklich? Denn etwa eine Million Geeks haben uns E-Mails geschickt, dass die PS3-Version alle zehn bis fünfzehn Minuten einfriert. Ich hätte da eine Idee. Warum bringen wir das Spiel nicht richtig zum Laufen, *bevor* wir es auf den Markt werfen?“

Justine verließ schweigend die Küche und brachte den Shake nach oben. Auf der Treppe kamen ihr zwei Gäste entgegen, die zum ersten Stock hinuntergingen. „Guten Morgen“, grüßte sie. „Der Kaffeewagen steht im Aufenthaltsraum.“

„Großartig“, gab einer von ihnen zurück, ein Typ mit freundlichen Augen hinter einer Drahtgestellbrille. „Ich kann ein bisschen Koffein gebrauchen.“

Der andere, kompakt gebaut und in mittlerem Alter, musterte Justine unverhohlen von oben bis unten. „Und ich könnte ein wenig Zimmerservice gebrauchen.“

Beide Männer lachten in sich hinein.

Justine war so guter Laune, dass sie lächelte. „Ich kann Ihnen versichern: Sie haben mehr davon, wenn Sie unten frühstücken.“

Auf dem Weg zum Klimt-Zimmer sah sie, dass die Tür offen stand. Sie klopfte an den Türrahmen.

„Priscilla“, meldete sich eine Stimme knapp aus dem Zimmer. „Ich brauche den Bericht der Marktforschungsgruppe. Und ich will wissen, wen wir zur E3 Expo schicken. Besorge mir außerdem eine Kopie der Ausstellerliste und einen Standplan …“

„Sparen Sie sich Ihren Atem“, fiel Justine ihm ins Wort. „Ich bin es nur. Mit Ihrem Frühstücksshake.“

Kurzes Schweigen. „Kommen Sie rein?“

„Sind Sie salonfähig?“

Die Tür wurde ganz geöffnet, und vor ihr stand Jason in Jeans und einem weißen T-Shirt mit aufgedrucktem Inari-Logo. Ein stilisierter Drache bildete den Anfangsbuchstaben des Firmennamens. „Ich bin vollständig bekleidet“, erklärte er. „Ob ich auch salonfähig bin, darüber ließe sich streiten.“

Seine schwarzen Haare waren noch feucht vom Duschen, und er war frisch rasiert. Justine musste sich zwingen, ihm in die kühlen kaffeebraunen Augen zu schauen, und ihr Herz begann schmerzhaft heftig zu klopfen. Obwohl sie den Blick nicht von seinem abwandte, war sie sich jedes Details seines Äußeren bewusst, seiner sinnlichen Lippen, seines hochgewachsenen durchtrainierten Körpers. Sie spürte immer noch eine undefinierbare Bedrohung von ihm ausgehen, sodass die feinen Härchen an ihren Armen und in ihrem Nacken sich aufstellten. Es war etwas Körperliches, etwas Geheimnisvolles.

Etwas Erotisches.

Sie reichte ihm das Glas, sorgsam bemüht, seine Hand dabei nicht zu berühren.

„Den haben Sie gemixt?“, fragte Jason.

„Ja.“

Zweifel zeigte sich in seinem Gesicht, und sie musste lächeln.

Er nippte an dem Shake und nickte zufrieden. „So mag ich ihn.“

„Puh, da bin ich aber erleichtert“, gab sie zurück. „Wenn ich nämlich noch einen hätte heraufbringen müssen, hätte ich vielleicht ein bisschen Schierling untergemischt.“

„Sie würden mich niemals vergiften“, gab er zurück und nahm einen weiteren Schluck.

„So weit trauen Sie mir?“

„Das nicht. Aber es würde Ihnen zu viel Mühe bereiten, meine Leiche nach draußen zu schaffen und im Hof zu verbuddeln.“

Justine lächelte zögernd.

Jason starrte sie an. Sein Blick hatte etwas Beunruhigendes, es schien, als registrierte er jede Kleinigkeit an ihr. „Es war meine Schuld, dass Sie sich gestern Abend nicht wohlgefühlt haben", sagte er.

Ihr Lächeln erstarb augenblicklich. „Macht nichts."

„Also … alles wieder in Ordnung zwischen uns?"

„Nein, ich mag Sie immer noch nicht."

Ein Hauch von Belustigung blitzte in seinen Augen auf. „Justine, Sie müssen zugeben …" Er brach ab, hatte sich offenbar eines Besseren besonnen.

„Was?"

Jason stellte den Gesundheitsshake neben seinen Laptop auf den Tisch. „Der Vorschlag, Wahrheit oder Pflicht zu spielen, stammte von Ihnen."

„Ja, aber Sie haben das Ganze in ein Katz-und-Maus-Spiel verwandelt."

Er machte sich nicht die Mühe, ihr zu widersprechen. Sie wussten beide, dass sie recht hatte. Und er wirkte kein bisschen so, als täte es ihm leid. „Ich hätte Sie warnen sollen, dass ich ein Spielverderber bin."

„Ja, das ist mir jetzt klar", murmelte Justine und wandte sich ab, um zu gehen. „Sagen Sie Priscilla Bescheid, wenn Sie das, was noch im Mixer ist, auch noch haben wollen. Das wird weiß Gott niemand sonst anrühren."

„Warten Sie", hielt er sie auf.

Zögernd wandte sie sich zu ihm um. „Ja?"

Er näherte sich langsam, hielt dabei ihren Blick gefangen. Und ihr Körper beging Verrat an ihr. Wie gelähmt stand sie hilflos da und fragte sich, wie sein Mund sich wohl auf ihrem anfühlen mochte. Ob seine Küsse grob oder sanft sein würden, sein Streicheln ungeduldig oder zärtlich. Tief einatmend, konzentrierte sie sich auf das Logo auf seinem T-Shirt und kam trotzdem nicht gegen seine beinah magische Anziehungskraft an. Ihre Gedanken kreisten darum, wie es wohl mit einem

Mann wie ihm wäre. Sie wäre ihm ausgeliefert. Bei keinem anderen Mann hatte sie je so empfunden, weder bei Duane noch bei sonst jemandem. Er würde von ihr völlige Unterwerfung verlangen …

„Würden Sie heute Abend mit mir essen gehen?"

Überrumpelt und verdattert starrte Justine ihn an. „Nur wir beide?"

Jason nickte kurz. Seine Miene verriet nichts.

Eigentlich sollte sie ablehnen. Sein Wesen war so komplex, dass sie ihn beim besten Willen nicht durchschauen konnte. Er bewahrte Geheimnisse hochexplosiver Natur. Wenn sie so dumm war, sich auf ihn einzulassen, hatte sie die Folgen verdient, wie immer sie auch aussehen mochten.

„Nein, danke", gab sie zittrig zurück. „Aber wenn Ihnen nach Gesellschaft ist – ich kenne ein paar tolle Frauen, mit denen ich Sie bekanntmachen könnte."

„Kein Interesse. Ich will Sie."

„Sie können nicht immer haben, was Sie wollen."

„Meistens schon."

Das entlockte ihr ein zögerliches Lächeln. „Ich seh schon, wie sich das auf Ihre Persönlichkeit ausgewirkt hat. Wie steht es mit Ihren Freundinnen? Müssen sie sich Ihren Launen unterwerfen und Ihnen zu Willen sein?"

„Meine Lieblingsfreundinnen tun das."

Justines Lächeln wurde kleinlaut. „Was Ihre Frage von gestern Abend angeht … ich kann Ihnen nur sagen, dass wir fast ein Jahr zusammen waren. Er ist ein netter Kerl. Ich war glücklich mit ihm. Aber wir haben uns getrennt, weil … Ich komme einfach nicht mit netten Kerlen klar."

„Gut. Dann können Sie ja mit mir ausgehen."

Sie schüttelte den Kopf.

„Justine", tadelte er leicht, ein boshaftes Glitzern in den dunklen Augen. „Was muss ich tun, um Sie zu erweichen?"

„Tut mir leid. Ganz ehrlich. Jede Frau wäre begeistert von der Vorstellung, mit Ihnen essen zu gehen. Aber Sie und ich, wir entstammen nicht nur völlig verschiedenen Welten, sondern nehmen die Realität ganz unterschiedlich wahr."

„Was das angeht, habe ich gelernt, die Realität nicht zu berücksichtigen. Sie engt viel zu sehr ein."

„Das ist ein ganz und gar sinnloses Unterfangen. Ich lasse mich nicht auf Urlaubsliebeleien oder spontane Abenteuer ein. Und ich träume auch nicht von einem reichen Märchenprinzen, der mich im Sturm erobert. Deshalb danke für die Einladung, aber es ist für uns beide besser, wenn ich sie ausschlage."

„Ich möchte doch nur ein wenig Zeit mit Ihnen verbringen", drängte er sanft. „Keine Spielchen. Wir können reden, über was immer Sie wollen. Oder auch gar nicht reden. Nur Sie und ich an einem ruhigen Ort bei einer Flasche Wein und vielleicht Kerzenlicht." Da er die Unsicherheit in ihrem Blick erkannte, fügte er heiser hinzu: „Sagen Sie bitte nicht Nein. So etwas ist mir nämlich noch nie passiert."

„Was ist Ihnen noch nie passiert?"

Jason lächelte, ein aufrichtiges und unerwartet charmantes Lächeln. „Ich kann es noch nicht so recht in Worte fassen. Aber es könnte sein, dass ich noch nie so nah dran war und auch nie wieder sein werde, eine Seele zu haben."

8. KAPITEL

Sofort, nachdem Justine Jasons Einladung angenommen hatte, war ihr klar, dass sie einen Fehler beging. Aber jetzt war es zu spät für einen Rückzieher. *„Es könnte sein, dass ich noch nie so nah dran war und auch nie wieder sein werde, eine Seele zu haben."* Wie hätte sie *danach* seine Einladung ausschlagen können?

Nachdem sie das Frühstücksgeschirr abgeräumt und in die Küche gebracht hatte, schaffte sie den Putzwagen nach oben. Annette und Nita, zwei Frauen aus dem Ort, die bei den Reinigungsarbeiten in der Pension halfen, waren bereits dabei, die Betten abzuziehen.

„Nita, wie geht es dir heute Morgen?", erkundigte sich Justine, als sie das Degas-Zimmer betrat und den Putzwagen abstellte.

Die zierliche junge Frau, deren glänzend schwarzes Haar und glatte zimtfarbene Haut ihre indianische Abstammung von den Küsten-Salish verrieten, lächelte und klopfte sich auf den noch flachen Leib. „Ganz gut. Aber es ginge mir noch besser, wenn ich nicht diese riesigen Vitaminpillen schlucken müsste."

„Lass es langsam angehen. Leg eine Pause ein, wann immer es nötig ist."

„Annette und ich haben uns schon abgesprochen. Sie übernimmt alles, was mit schwerem Heben zu tun hat, und ich wische Staub und so."

„Nita wollte unbedingt heute zur Arbeit kommen", fügte Annette grinsend hinzu. „Sie wollte Jason Black wenigstens einmal sehen."

„Und? Hat es geklappt?", fragte Justine.

Nita nickte mit verträumtem Blick. „Was für eine Zuckerschnitte von einem Mann."

„Er sieht wirklich gut aus", gab Justine kleinlaut lächelnd zu.

„Er ist *echt geil*", warf Annette mit Nachdruck ein. „Die Inari-Leute sind gerade gegangen, als wir kamen, und Mr Black hat uns die Tür aufgehalten. Als er mich ansah, spürte ich, wie meine Eierstöcke explodierten, während in meinem Kopf ‚Kiss from a Rose' von Seal abgespielt wurde."

„Jason Black gehört mir", erklärte Nita und sprühte Glasreiniger auf den Schlafzimmerspiegel. „Das ist so wie in einem dieser Filme, in dem das Schicksal zwei Leute füreinander bestimmt hat. Immer wieder verpassen wir einander, und wenn wir uns endlich begegnen, bin ich versehentlich mit John Corbett aus „Sex and the City" verlobt. Aber John Corbett lässt mich gehen, weil er wahrer Liebe niemals im Weg steht." Geschickt wischte sie mit dem Abzieher den Spiegel sauber.

„Nita", warf Annette ein, „du bist glücklich verheiratet und schwanger."

„Für Jason Black würde ich meinen Mann mit diesem Abzieher umbringen." Nita hielt einen Moment nachdenklich inne. „Vielleicht würde ich ihn sogar für John Corbett umbringen."

Justine musste lachen. „Tod durch einen Abzieher … Wie soll das funktionieren, Nita?"

„Nun, im Grunde muss man …"

„Nein, lass gut sein. Ich will es nicht wissen. Außerdem muss ich unten fegen und wischen." Damit flüchtete sie, während Annette und Nita sich weiter um Jason Black kabbelten.

Nachdem sie den restlichen Vormittag und einen Teil des Nachmittags mit Arbeit verbracht hatte, zog Justine sich in ihr Büro zurück und schloss die Tür, um ungestört zu sein. Dann wählte sie auf dem Handy die Nummer des Leuchtturms auf Cauldron Island, wo Rosemary und Sage lebten.

Sie rief oft dort an, erkundigte sich nach dem Befinden der beiden und fragte, ob sie irgendetwas brauchten. Bei gutem Wetter legte sie einmal wöchentlich in ihrem seetüchtigen Kajak die knapp zwei Kilometer zwischen der Nordspitze von San Juan Island und Cauldron Island zurück, um sie zu besuchen.

Die beiden älteren Frauen, die seit fast vierzig Jahren zusammenlebten, weigerten sich, an einen weniger entlegenen Ort umzuziehen. Cauldron Island war gut zwei Quadratkilometer groß und hatte nur eine Handvoll Bewohner. Man konnte die Insel ausschließlich per Boot erreichen oder notfalls mit einem Kleinflugzeug anfliegen. Es gab immerhin eine Graslandebahn.

Etwa sechsmal im Jahr wurden im Leuchtturm die Versammlungen des magischen Zirkels abgehalten. Natürlich war dann auch Marigold dabei, und nach Auskunft von Rosemary und Sage ging es ihr gut. Sie hatte einen Internethandel mit Zaubereizubehör wie Kräutern, Steinen, Kerzen, Wahrsagewerkzeugen und sogar einigen Bade- und Kosmetikprodukten eröffnet.

„Redet sie überhaupt jemals von mir?“, hatte Justine erst vor Kurzem von Rosemary wissen wollen.

„Sie fragt, wie es dir geht“, lautete die Antwort. „Aber sie ist so halsstarrig wie eh und je. Bevor du dich nicht entschließt, dem Zirkel beizutreten, gibt es ihrer Meinung nach zwischen euch nichts zu bereden.“

„Was meinst du, das ich tun soll?“

„Ich denke, du solltest entscheiden, was am besten für dich selbst ist“, sagte Rosemary. „Gestatte niemandem, auch nicht deiner Mutter, dich zu einer Verpflichtung zu drängen, zu der du nicht bereit bist. So habe ich das auch Marigold gesagt. Wenn du dich nicht dazu berufen fühlst, solltest du nicht beitreten.“

„Und wenn ich nie das Gefühl habe, dass das meine Bestimmung ist?“

„Der Zirkel wird weiterbestehen wie immer. Vielleicht will das Schicksal uns damit sagen, dass wir nicht bereit sind für die Macht der Dreizehn.“

Sage war derselben Meinung. „Niemand kann dir raten, welchen Weg du einschlagen sollst“, erklärte sie Justine. „Eines Tages wirst du das selbst herausfinden.“ Ein nachdenkliches Lächeln erhellte ihre Miene. „Und alles wird ganz anders sein als erwartet.“

Mit Mitte zwanzig war Sage ihrem Mann begegnet, Neil Winterson, damals Leuchtturmwärter. Sie hatten geheiratet und waren nach Cauldron Island gezogen. Der dortige Leuchtturm war um 1900 gebaut worden, um Schiffen den Weg durch die stark befahrene Wasserstraße des Boundary Pass zwischen Washington und British Columbia zu weisen. Nacht für Nacht war Neil die Wendeltreppe zur Glaskuppel hinaufgestiegen und hatte die Kerosinlampe entzündet, die in einem Gehäuse aus vierzig Fresnelschen Kristalllinsen steckte. Wenn sie brannte, konnte man sie vierzehn Seemeilen weit sehen. Bei dichtem Nebel wurde die tausend Pfund schwere Glocke des Leuchtturms angeschlagen, um die Schiffe zu warnen. Dabei wechselten Neil und Sage sich ab.

Ihre Ehe war glücklich, auch wenn sie kinderlos blieb, obwohl beide sich Kinder gewünscht hatten. Fünf Jahre nach der Hochzeit war Neil bei gutem Wetter in einer kleinen Holz-Dory aufs Meer hinausgefahren und nie zurückgekehrt. Man fand sein Boot kieloben treibend und später auch seine Leiche, noch mit der Rettungsweste bekleidet. Wahrscheinlich hatte eine Bö die Dory zum Kentern gebracht, und es war Neil nicht gelungen, sie wieder aufzurichten.

Die Mitglieder des Hexenzirkels halfen Sage durch die Trauerzeit und leisteten ihr reihum Gesellschaft im Leuchtturmwärterhaus. Sage übernahm die Arbeit ihres Mannes als Leuchtturmwärter und unterrichtete ein halbes Dutzend Kinder in der kleinen Inselschule.

Etwa ein Jahr nach Neils Tod kam Rosemary für eine Woche auf die Insel. Sage bat sie, noch eine Woche zu bleiben. Und noch eine Woche. Und irgendwie wurde aus dem Kurzbesuch eine lebenslange Partnerschaft. „Liebe bricht dir das Herz“, hatte Sage eines Tages zu Justine gesagt. „Aber Liebe kann es auch wieder heilen. Es gibt nicht viele Dinge im Leben, die Ursache und Gegenmittel zugleich sind.“

Am anderen Ende der Leitung klingelte es zweimal. Dann wurde abgenommen. „Hallo?“, meldete sich Sages vertraute Stimme, ein wenig brüchig wie alte Spitze und welk wie verblühte Rosenblätter.

„Sage, ich bin es.“

„Hallo Justine. Ich habe auf deinen Anruf gewartet. Was hast du für Probleme?“

„Wie kommst du darauf, dass ich Probleme habe?“

„Ich musste gestern Abend an dich denken. Und ich habe Blut im Mond gesehen. Sag mir, was passiert ist.“

Justine blinzelte und runzelte die Stirn. Ein rot überhauchter Mond war ein schlechtes Zeichen. Sie hätte Sage gern widersprochen und ihr gesagt, dass nichts geschehen sei und dieses Zeichen nichts mit ihr zu tun habe. Aber wenn sie ehrlich war, glaubte sie das selbst nicht.

„Sage“, fragte sie vorsichtig. „Weißt du irgendetwas über einen Fluch, den jemand über mich gesprochen haben könnte? Eine Ges?“

Das Schweigen am anderen Ende war so dick wie geschmolzener Teer.

„Eine Ges“, wiederholte Sage schließlich in nachdenklichem Ton. „Was in aller Welt bringt dich auf die Idee, Liebes?“

„Du kannst mich nicht täuschen, Sage. Du bist eine noch schlechtere Lügnerin, als ich es bin. Sag mir, was du weißt.“

„Manche Gespräche“, wich Sage aus, „sollten nicht am Telefon geführt werden. Sie sollten auf zivilisierte Weise erfolgen, von Angesicht zu Angesicht.“

Manchmal fand Justine Sages ausweichende Art charmant. Jetzt war das allerdings nicht der Fall. „Manche Gespräche müssen am Telefon geführt werden, weil einige Leute arbeiten müssen.“

„Wir haben dich so lange nicht mehr gesehen“, warf Sage wehmütig ein. „Es ist Monate her, seit du das letzte Mal hier warst.“

„Drei Wochen.“ Angst machte sich in ihr breit. „Sage, du musst mir sagen, was es mit der Ges auf sich hat. Worum genau geht es? Und was würde passieren, wenn ich versuche, sie zu brechen?“

Sie hörte, wie Sage scharf die Luft einzog.

„Tu nichts Übereiltes, Justine. Es gibt Dinge, von denen du keine Ahnung hast.“

„Offensichtlich.“

„Du bist noch Anfängerin, wenn es um Zauber geht. Wenn du auf eigene Faust versuchst, eine Ges zu brechen, kommst du vom Regen in die Traufe."

„Ja, und genau das ärgert mich maßlos. Warum habe ich nur die Wahl zwischen Regen und Traufe? Warum habt ihr das vor mir geheim gehalten? Ist euch nie in den Sinn gekommen, dass ich das Recht habe, Bescheid zu wissen?"

„Wie bist du denn überhaupt auf die Idee gekommen, dass es eine Ges gibt?"

Obwohl Justine am liebsten gesagt hätte, dass sie die Wahrheit im Triodecad gefunden hatte, gelang es ihr, den Mund zu halten.

Das Schweigen in der Leitung zog sich in die Länge, bis Sage eine Frage stellte. „Hast du mit Marigold darüber gesprochen?"

Justines Augen weiteten sich. „Weiß meine Mutter etwa auch darüber Bescheid? Verdammt noch mal, Sage, sag mir endlich, was los ist.""

„Warte einen Moment. Rosemary ist gerade vom Garten hereingekommen."

Justine hörte, wie die beiden sich gedämpft unterhielten. Sie rutschte auf ihrem Stuhl umher und trommelte mit den Fingern auf die Tischplatte. „Sage?", fragte sie ungeduldig, bekam aber keine Antwort. Also stand sie auf, wanderte in dem kleinen Büro auf und ab, das Handy fest ans Ohr gedrückt.

Endlich meldete sich Rosemary. „Hallo, Justine. Ich habe gehört, du stellst seltsame Fragen nach einer Ges. Ausgerechnet! Was für ein ärgerliches Wort."

„Das ist nicht nur ein Wort, Rosemary. Es ist ein *Fluch*."

„Nicht immer."

„Willst du damit sagen, dass eine Ges eine gute Sache ist?"

„Nein. Aber sie ist auch nicht automatisch eine schlechte Sache."

„Ja oder nein: Hat mich jemand mit einer Ges belegt?"

„Ich kann das weder bestätigen noch dementieren, solange wir nicht persönlich darüber gesprochen haben."

„Das heißt also ja", gab Justine verbittert zurück. „Es heißt immer ja, wenn jemand etwas weder bestätigen noch dementieren will."

Die Offenbarung, dass sowohl Rosemary als auch Sage von der Ges gewusst hatten, schmerzte mehr, als Justine sich hatte vorstellen können. All die unzähligen Male, die sie mit ihnen an ihrem Küchentisch gesessen und ihnen anvertraut hatte, wie einsam sie sich fühlte, wie sehr sie sich danach sehnte, Liebe zu finden, wie viel Angst sie davor hatte, nie dieses Glück zu erleben. Und die beiden hatten *nichts* gesagt, obwohl sie die Wahrheit kannten. Obwohl sie wussten, dass ihr Wunsch nie in Erfüllung gehen würde, weil ein Fluch auf ihr lastete.

„Komm zur Insel und lass uns reden", schlug Rosemary vor.

„Klar doch. Ich lasse hier einfach alles stehen und liegen. Ich muss mich ja auch nur um meine Pension kümmern."

„Sarkasmus steht dir nicht, Justine", tadelte Rosemary sanft.

„Genauso wenig wie ein lebenslanger Fluch." Wütend zerrte sie ihren Pferdeschwanz aus dem Haargummi, massierte ihre Kopfhaut mit den Fingern und drückte die flache Hand gegen die verspannte Stirn. „Ich komme morgen nach dem Frühstück. Das Wetter soll gut werden. Also nehme ich das Kajak."

„Wir freuen uns darauf, dich zu sehen. Lass uns gemeinsam essen." Dann zögerte sie. „Du hast doch nicht etwa … irgendwas versucht, oder?"

„Was zum Beispiel? Die Ges zu brechen?", fragte Justine, sorgsam bemüht, sich nichts anmerken zu lassen. „Gibt es einen Zauber, der das kann?"

„Es wäre ein schwieriges Unterfangen für einen allein. Vor allem für jemanden, der so ungeübt im Umgang mit Magie ist wie du. Wenn jemand es tatsächlich fertigbrächte, eine Ges zu brechen, hätte das jedenfalls schwerwiegende Konsequenzen. Eine Ges ist ein sehr machtvoller Zauber. Sowohl sie zu wirken als auch sie zu brechen fordert einen hohen Preis."

„Was meinst du damit?"

„Wir sprechen morgen über alles", wiegelte Rosemary ab.

Mit einem trotzigen Stirnrunzeln legte Justine auf.

Es war eine Sache, für einen Fehler zu bezahlen, den sie selbst begangen hatte. Aber für etwas büßen zu müssen, was ihr ein anderer angetan hatte, erschien ihr unglaublich unfair.

Zu Zoës großer Freude betrat Alex die Küche der Pension, als sie und Justine die Tabletts für den Nachmittagstee vorbereiteten. Er war wie üblich leger in Jeans und T-Shirt gekleidet, die Wanderschuhe dick schlammverkrustet, weil er einen Teil des Tages damit verbracht hatte, auf dem unerschlossenen Gelände am Dream Lake herumzulaufen.

„Mein Fußboden“, schrie Justine entsetzt angesichts der Fußspuren auf den am Morgen sorgfältig gewischten Holzdielen.

„Entschuldige.“ Alex hatte es eilig gehabt, zu Zoë zu gelangen, die Teller mit winzigen Obsttörtchen auf einem Silbertablett arrangierte. Er umarmte sie von hinten und legte ihr einen Arm auf die Schulter, den anderen um ihre Taille. „Ich mach das wieder sauber, bevor ich gehe“, wandte er sich über die Schulter an Justine und lächelte sie entschuldigend an. Dann senkte er den Kopf und küsste Zoë auf den Hals.

„Möchtest du was Süßes?“, fragte Zoë und lehnte sich an ihn.

„Unbedingt“, sagte er, die Doppeldeutigkeit ihres Angebots ausnutzend. Mit einem Blick auf das Tablett fügte er hinzu: „Von denen nehme ich auch eins.“

Zoë lachte und versuchte, ihm einen Klaps zu geben, aber er packte sie und küsste sie leidenschaftlich. Als sie sich von ihm lösen wollte, vergrub er seine Hand in ihren blonden Locken, hielt sie fest und drückte seine Lippen noch fester auf ihren Mund.

„Himmel-Herrgott-nochmal“, stöhnte Justine. „Geht auf ein Zimmer.“ In Wahrheit aber freute sie sich, die beiden so glücklich zu sehen.

Alex war bekannt für die Qualität seiner Arbeit und dafür, dass er Zeitpläne penibel einhielt. Aber er hatte sich auch zu Recht den Ruf erarbeitet, ein zynischer, heruntergekommener Einzelgänger zu sein, der dem Alkohol verfallen war. Wenn man angesichts der Veränderung, die in der jüngsten Zeit in ihm vorgegangen war, von einem Wunder sprach, war das nicht übertrieben.

Zu Beginn der Beziehung hatte Justine ihre Cousine offen auf ihre Bedenken hingewiesen und ihr dringend davon abgeraten, zu versuchen, einen Mann wie Alex zu retten. Immerhin war er bereits geschieden und eindeutig auf einem absteigenden Ast. Zoë teilte diese Meinung. Einen solchen Mann konnte man nicht retten. Aber man konnte für ihn da sein, wenn er versuchte, sich selbst zu retten.

Nur die Zeit würde erweisen, ob Alex sich auf Dauer geändert hatte. Es war jedoch klar, dass er wild entschlossen war, Zoë ein guter Mann zu sein, ein Mann, wie sie ihn seiner Meinung nach verdiente.

„Wie ist es heute gelaufen?“, fragte Zoë atemlos, als Alex sich endlich von ihr löste.

Er lächelte sie an und nahm sich eins der Törtchen vom Tablett. „Sieht gut aus. Ich bin vorsichtig optimistisch.“

Justine wusste, was „vorsichtig optimistisch“ aus dem Mund von Alex bedeutete. Jeder andere hätte vor Begeisterung getanzt. „Und, was hältst du von Jason Black und seinen Mitarbeitern?“, fragte sie.

„Das ist irgendwie ein seltsames Völkchen“, antwortete er. „Alle wirken leicht überspannt. Reden schnell und intensiv, geben sich größte Mühe, Eindruck auf Jason zu machen.“ Alex schob sich das Törtchen in den Mund, genoss es einen Moment mit geschlossenen Augen und schluckte. „Himmel, schmeckt das gut“, wandte er sich an Zoë.

Sie strahlte ihn an. „Ich hole dir einen Kaffee.“

„Danke, mein Schatz.“

„Und probiere auch einen von den Schokoladenscones“, fügte Zoë hinzu. „Normalerweise überziehe ich sie mit Guss, aber diesmal …“

„Hör auf, ihn zu füttern“, fiel Justine ihr ins Wort. „Ich möchte mehr über Jason Black erfahren.“

Alex griff nach einem Schokoladenscone und schenkte Justine einen verschwörerischen Blick, der jeden Protest im Keim erstickte. „Er ist durch und durch Geschäftsmann", erklärte er. „Sehr gewitzt, sehr direkt. Wenn er eine Idee für bekloppt hält, sagt er das. Und wenn er eine Entscheidung trifft, dann war's das. Keine Konsensbildung, keine Kompromisse, einfach nur: ‚So machen wir das. Seht zu, wie ihr damit zurechtkommt'. Wie die meisten Leute in seiner Position ist er ein Kontrollfreak."

„Vielleicht wird er dir ja später noch sympathisch", meinte Zoë und reichte ihm eine Tasse Kaffee.

Alex lächelte über ihren Optimismus und trank einen Schluck. „Sein Projekt ist mir sympathisch", sagte er, „und sein Geld. Das ist schon mal nicht schlecht für den Anfang." Er warf Justine, die gerade einen Edelstahlsamowar mit Wasser füllte, einen amüsierten Blick zu. „Es interessiert dich vielleicht zu erfahren, dass er das Häuschen am Dream Lake haben möchte."

„Er will es kaufen?", fragte Justine und zog die Brauen hoch.

Alex nickte. „Wir hatten dort eine Besprechung und haben uns Sandwiches zum Essen kommen lassen. Dann hat er gefragt, warum das Haus nicht in dem Paket enthalten ist, über das wir verhandeln. Also habe ich ihm gesagt, dass es mir nicht gehört und ich es nur gemietet habe." Er schwieg einen Moment, verputzte den Rest seines Schokoladenscone und spülte ihn mit Kaffee hinunter. „Er hat sich erkundigt, wem es gehört, und im selben Moment griff jeder seiner Leute zum Smartphone oder Tablet. Denn wenn Jason Black etwas will, tut jeder alles dafür, dass er es bekommt."

Justine begann zu strahlen. „Was ist passiert, als du ihm gesagt hast, dass das Häuschen mir gehört?"

„Er schaute mich an, als hätte ich mich vor seinen Augen in einen zweiköpfigen Affen verwandelt. Deine Investition in das Haus wird sich mächtig auszahlen. Verkaufe ja nicht zum erstbesten Preis, den er dir anbietet."

„Vielleicht verkaufe ich gar nicht", meinte Justine. „So wie es gelegen ist, könnte ich eine Wahnsinnsmiete verlangen, wenn das Institut erst einmal fertig ist."

Alex grinste und wandte sich an Zoë. „Sieht ganz so aus, als müssten wir umziehen."

Justine schüttelte lachend den Kopf. „Nein, solange Zoë dort wohnen möchte, könnt ihr bleiben. Aber ich schätze, ihr werdet irgendwann ausziehen wollen."

Alex streckte erneut die Hand nach Zoë aus, zog sie zu sich heran und flüsterte ihr ins Ohr. „Möchtest du, dass ich dir ein Haus baue? Ein kleines viktorianisches Haus, das aussieht wie eine Hochzeitstorte?"

Zoë drehte sich zu ihm um, küsste ihn sacht auf die Lippen und nahm lächelnd das Tablett auf. „In den nächsten paar Jahren wirst du mehr als genug mit dem Dream Lake Projekt zu tun haben."

„Lass mich das tragen", bot Alex an.

„Nein, mach mir nur die Tür auf. Aber du kannst Justines Samowar tragen. Der ist wirklich schwer."

Er gehorchte sofort. „Danke, Alex", sagte Justine, als er ihr den wassergefüllten Behälter abnahm.

Einen Moment blieb er stehen und setzte den Samowar auf der Arbeitsplatte ab. „Wegen des Häuschens: Wenn du es verkaufen möchtest, tu's. Du musst dich uns gegenüber nicht verpflichtet fühlen. Wir werden glücklich sein, wo immer wir wohnen. Außerdem hast du dir den unerwarteten Geldsegen verdient. Du hast so viel getan, um Zoë zu helfen."

Justine lächelte ihn an. „Ich werde darüber nachdenken. Heute Abend gehe ich mit Jason essen. Ich bin sicher, dass er das Thema ansprechen wird."

Überraschung blitzte in Alex' Augen auf. „Davon hat er nichts gesagt." Kurzes Zögern. „Nimm dich in Acht, Justine."

„Warum?"

„Ich habe heute fast den ganzen Tag mit Jason verbracht, und eins kann ich dir mit Sicherheit sagen: Er ist der Typ, der jedes

Spiel so arrangiert, dass er immer gewinnt. Ich werde mich auf dieses Geschäft einlassen, aber wenn ich zu gründlich darüber nachdächte, würde ich in Panik geraten."

„Ich auch", gab Justine kleinlaut zu.

Alex musterte sie mit fragend hochgezogenen Brauen und nahm den Samowar wieder auf. „Warum gehst du dann mit ihm essen?"

„Er hat gesagt, dass er mich mag."

„Und?"

„Nachdem er das gesagt hatte, hatte ich das Gefühl, dass ich ihn sozusagen ... beinah ... auch mag."

„Frauen", seufzte Alex und trug den Samowar aus der Küche.

9. KAPITEL

Sehr viele von Jasons Romanzen hatten sich einfach so ergeben, weil die Frau praktischerweise in der Nähe war … eine Kollegin, die er auf einer Konferenz für Spieleentwickler getroffen hatte, eine Journalistin, die ihn interviewt hatte, eine Synchronsprecherin, die für zweihundert Stunden Aufnahmen für ein Inari-Spiel engagiert worden war.

Nie hatte er sich von jemandem ein Blind Date aufschwatzen lassen. Schon vor langer Zeit hatte er die Erfahrung machen müssen, dass so etwas die sicherste Methode war, eine Freundschaft zu ruinieren. Genau genommen hatte Jason absolut nichts für Verabredungen übrig, zwangen sie ihn doch, einen ganzen Abend einem Menschen zu widmen, den er kaum kannte und vermutlich auch nie wiedersehen wollte.

Seine Beziehungen waren im Allgemeinen nur von kurzer Dauer. Bisher hatte er noch jede damit beendet, dass er der Frau ein Schmuckstück schenkte, sozusagen als lindernde Salbe für verletzte Gefühle. Meistens funktionierte das gut. Nur in wenigen Fällen hatte die betreffende Frau ihm erklärt, das Abschiedsgeschenk vermittle ihr den Eindruck, für geleistete Dienste bezahlt zu werden. „Ein Verpiss-dich-Armband“, hatte seine letzte Freundin säuerlich festgestellt, als sie sich das Diamantarmband von Tiffany um das schlanke Handgelenk legte. Trotzdem hatte sie es behalten.

Justine Hoffman war die erste Frau seit Langem, bei der er den Verdacht hegte, sie würde ihm vermutlich klipp und klar sagen, wohin er sich das Schmuckstück schieben könne, wenn er es wagen sollte, ihr ein Verpiss-dich-Geschenk zu überreichen.

Vielleicht war er einfach schon zu sehr daran gewöhnt, von Frauen angehimmelt zu werden. Vielleicht ging es einfach zu oft und zu selbstverständlich nach seiner Nase. Jedenfalls war eine Frau, die kein Interesse an ihm zeigte, etwas Neues für ihn, und er musste ständig an Justine denken. Wieder und wieder fiel ihm ein, wie sie lachte, aus voller Kehle und ganz natürlich, und wie aus diesem Lachen ein strahlendes Grinsen wurde. Einfach unwiderstehlich.

Jason hatte bereits gegen eine seiner persönlichen Regeln verstoßen: Die Frau hatte den ersten Schritt zu tun und zu ihm zu kommen. Da Justine das offensichtlich nicht tun würde, musste er sich um sie bemühen. Eine weitere Regel lautete: Wenn er sich für eine Frau interessierte, versuchte er, so viel wie möglich über sie in Erfahrung zu bringen und gleichzeitig so wenig wie möglich über sich selbst zu offenbaren. Justine würde auf Gegenseitigkeit bestehen – gleiches Risiko für beide, gleiche Offenheit von beiden Seiten. Er war sich nicht sicher, wie weit er auf seinen Selbstschutz verzichten und sich jemandem öffnen konnte. Wenn er diese Frau aber wollte, würde er es zumindest versuchen müssen. Und das bedeutete, Türen aufzuschließen, die seit Ewigkeiten so fest verriegelt waren, dass er erst einmal auf die Suche nach dem Schlüssel gehen musste.

Es wäre so viel einfacher, sich einfach abzuwenden und zu gehen. Das konnte er gut – sich von Dingen abwenden, die er begehrte, Versuchungen ignorieren und seine Vernunft über sein Gefühl siegen lassen. Aber ganz selten passierte es doch, dass er etwas oder jemanden zu sehr begehrte, um zu verzichten.

Eine Minute vor sieben stand Jason vor der Tür des Hinterhauses der Pension und klopfte.

Justine öffnete, und er sah nur seidenglatte Haut und schlanke Kurven. „Hi.“ Sie musterte ihn lächelnd. „Kommen Sie rein.“

Jason gehorchte, wie hypnotisiert von ihrem Anblick, und wäre fast über die Türschwelle gestolpert. Justine trug ein kurzes, im Nacken gebundenes ärmelloses Kleid aus einem dünnen gewirkten Stoff in Pfirsichbeige. Die Farbe traf ihren Hautton so genau, dass er einen verblüfften Moment lang glaubte, sie unbekleidet vor sich zu sehen. Ihre Füße waren nackt, die Zehennägel mit rosa Glitzerlack versehen. Die Haare trug sie zu einem schlichten Pferdeschwanz gebunden, das Haargummi unter einer Haarsträhne verborgen, die sie geschickt darum gewickelt hatte.

„Ich muss mir nur noch Schuhe anziehen", sagte Justine.

Jason reagierte mit einem wortlosen Nicken. Er konnte den Blick nicht von ihr wenden und schaute ihr nach, wie sie ins Nebenzimmer ging. Ein winziger Haken am Rückenreißverschluss ihres Kleides stand offen, und in seiner Fantasie zog er den Reißverschluss auf, ließ den Stoff leise raschelnd auseinandergleiten und legte ihren seidig glatten Rücken frei.

In dem Versuch, sich von seinen erotischen Tagträumen abzulenken, konzentrierte Jason sich auf seine Umgebung. Die Wohnung war klein und picobello sauber. Wände und Möbel waren in Pastellfarben gehalten, auf dem Sofa türmten sich übergroße Kissen mit Streifen und Blümchenmuster, einige davon mit Quasten. Es war ein unverhohlen weiblicher Einrichtungsstil, stellte er fest. Die Wohnung wirkte gemütlich und einladend, wozu nicht zuletzt die abgestoßenen Möbel und einzelne Dekostücke beitrugen, die offensichtlich vom Trödler stammten.

Justine kam zurück, an den Füßen feine Riemchensandalen mit niedrigen Pfennig-Absätzen.

„Sie sehen hübsch aus", sagte Jason.

„Danke."

„Mir ist aufgefallen …" Die Worte blieben ihm im Hals stecken, und er musste von vorn anfangen. „Der Haken hinten an Ihrem Kleid – wenn Sie wollen, kann ich …" Er blieb erneut stecken, als er sah, wie sie errötete. Die Röte blühte nicht nur in ihrem Gesicht auf, sondern offenbar am ganzen Körper. Sie erglühte vom Ausschnitt ihres Kleides bis zum Haaransatz, und er wäre dieser sichtbaren Hitzewelle nur zu gern mit Lippen und Fingerspitzen gefolgt, hätte ihre Haut am liebsten mit Küssen bedeckt.

„Ja, danke", antwortete Justine. Sie gab sich Mühe, einen lockeren Ton anzuschlagen, aber es wollte ihr nicht ganz gelingen. „Ich bin nicht richtig drangekommen."

Damit wandte sie sich langsam um und zog ihren Pferdeschwanz nach vorn über die Schulter. Jasons Blick wanderte über die sich ganz leicht abzeichnenden Muskeln in ihrem Rücken, ihren zarten Nacken und die kaum sichtbaren feinen Härchen. Sie hatte die Figur einer Tänzerin, schlank und biegsam.

Ihr Kleid war im Nacken mit einer zierlichen Schleife gebunden. Er zögerte, hatte Mühe, sich zu beherrschen. Als er sich wieder unter Kontrolle hatte, griff er nach dem winzigen Verschluss aus Haken und Öse, als hätte er es mit einer Bombe zu tun, die er entschärfen müsste.

„Fertig“, stieß er heiser hervor.

Sie ließ den Pferdeschwanz wieder nach hinten fallen. Am liebsten hätte er hineingegriffen und sich die langen glänzenden Strähnen um die Hand gewickelt.

Justine drehte sich zu ihm um und schaute aus bitterschokoladenbraunen Augen zu ihm auf. Das Schweigen zwischen ihnen heizte sich auf, begann in einer dunklen, süßen Frequenz zu vibrieren.

„Wohin gehen wir?“, fragte sie.

Er brauchte ein paar Sekunden, um seine Gedanken in Worte zu fassen. „Ins Coho. Einverstanden?“

„Ja, das ist eins meiner Lieblingsrestaurants.“

Bis zum Coho war es nur ein kurzer Spaziergang. Es lag drei Blocks vom Fähranleger entfernt. Während Jason seine Begleiterin durch die stillen Straßen führte, passte er sein Tempo dem ihren an. Entspannt und ohne Eile schlenderten sie dahin.

Als sie das Restaurant, eine ehemalige Werkstatt mit nur wenigen Sitzplätzen, betraten, empfing sie eine stilvolle Atmosphäre mit sanft flackerndem Kerzenlicht, weißen Tischdecken, einer Handvoll Tische. Die Bedienung beherrschte die Kunst ihres Metiers perfekt, war zur Stelle, wenn sie gebraucht wurde, und blieb unsichtbar, wenn die Gäste ungestört sein wollten.

„Und wie war es? Ist Ihre Besprechung mit Alex positiv verlaufen?“, erkundigte sich Justine, nachdem ihnen Wein eingeschenkt worden war.

Jason nickte. „Er scheint mir genau der Richtige für den Job."

„Weil …?"

„Offensichtlich nimmt er jedes Detail wichtig. Er leistet gute Arbeit und bringt Projekte pünktlich zum Abschluss. Außerdem lässt er sich nicht leicht ins Bockshorn jagen. Zum Abschluss des Tages haben wir mit unseren Anwälten noch über eine Klausel bezüglich der Übertragung des finanziellen Risikos gesprochen, die in den Vertrag aufgenommen werden soll. Wenn das Projekt nicht wie geplant fertig wird, verlieren wir eine millionenschwere Abschreibung für die Kommunalsteuer, und dafür wird Alex geradestehen. Er hat damit kein Problem. Er weiß, dass er es schaffen kann. Solches Selbstvertrauen gefällt mir."

Justine reagierte beunruhigt. „Aber wenn etwas schiefgeht, ist Alex ruiniert. Er könnte niemals eine Million Dollar auftreiben."

Jason zuckte die Achseln. „Wer nichts wagt, der nichts gewinnt."

„Na schön." Damit griff Justine nach ihrem Weinglas. „Dann lassen Sie uns darauf trinken, dass Sie Ihre Abschreibung bekommen."

Sie lächelte unschuldig, aber Jason wusste, dass sie ihn neckte.

„Ich hätte einen poetischeren Trinkspruch vorgeschlagen."

„Nur zu."

„Jeder Tag ist eine Reise, und die Reise ist das Ziel", zitierte er nach einem kurzen Moment des Schweigens.

Justine sah ihn erstaunt und fragend an. „Wer hat das geschrieben?"

„Matsuo Basho. Ein japanischer Dichter."

„Sie lesen Gedichte?"

„Manchmal."

„Ich wusste nicht, dass Männer so etwas tun."

„Belesen zu sein ist einer der Vorteile von Schlaflosigkeit."

Sie stießen miteinander an, tranken und genossen das rauchige Beerenaroma eines Willamette Schwarzburgunders.

„Alex hat erwähnt, dass Ihnen das Häuschen am Ende der Dream Lake Road gehört", sagte Jason.

In Justines Augen blitzte es vergnügt auf, als hätte sie auf eine solche Bemerkung gewartet. „Aber ja, so ist es."

„Wie sind Sie dazu gekommen?"

„Bis letzten Sommer wusste ich nicht einmal, dass es dieses Häuschen gibt. Es gehörte Zoës Großmutter Emma, aber es stand schon seit Jahren leer und war in einem erbärmlichen Zustand." Sie senkte den Blick in ihr Weinglas und ließ die leuchtendrote Flüssigkeit darin kreisen. „Bei Emma wurde eine vaskuläre Demenz festgestellt, und sie schritt sehr schnell voran. Zoë wollte sich die letzten paar Monate ihres Lebens um sie kümmern. Also habe ich angeboten, das Haus zu kaufen und sanieren zu lassen. Auf die Weise bekamen Zoë und Emma ein bisschen Geld in die Hand und ein Häuschen, in dem sie mietfrei wohnen konnten."

„Das war sehr großzügig von Ihnen." Jason hatte Nachforschungen zu Justines finanzieller Situation anstellen lassen, und danach schwamm sie selbst nicht gerade in Geld.

„Ach was. Und Alex hat sich mit den Sanierungsarbeiten selbst übertroffen. Er hat allerhand Dinge auf Maß selbst angefertigt, ohne sie mir in Rechnung zu stellen." Sie lächelte. „Irgendwie glaube ich allerdings, das hatte mehr mit Zoë zu tun als mit mir."

„Das klingt nicht so, als würden Sie an dem Haus hängen."

„Doch – jetzt, wo ich weiß, dass Sie es haben wollen", gab Justine ernsthaft zurück und nippte an ihrem Wein.

Jason grinste. „Könnte sein, dass ich interessiert bin", meinte er lässig.

Ihre schlanken Finger spielten mit dem Stiel des Weinglases, und er verfolgte ihre Bewegungen mit den Augen. „Stört es Sie, dass es ein kleines Stück Seeufer gibt, das nicht Ihnen gehören wird?", hakte sie nach.

„Ich mag es nicht, wenn etwas unterbrochen ist", gab er zu. „Haben Sie sich überlegt, zu welchem Preis Sie das Haus abgeben würden?"

„Ich habe, ehrlich gesagt, noch nicht mal darüber nachgedacht, es überhaupt zu verkaufen."

„Ich biete Ihnen eine halbe Million dafür", erklärte er und genoss ihre Überraschung.

„Das ist nicht Ihr Ernst." Doch, er meinte es ernst. Das sah sie ihm an. „Mein Gott. Nein."

Ihre Reaktion trug ihr einen skeptischen Blick ein. „Das ist ein großzügiges Angebot."

„Das ist ein *dummes* Angebot. Warum sollten Sie mir so viel mehr anbieten, als das Haus wert ist?"

„Weil ich es kann. Warum sind Sie beleidigt?"

Verärgert stieß Justine ihren Atem aus. „Weil man ein solches Angebot ganz leicht als Versuch auslegen kann, jemanden zu kaufen."

Diese Bemerkung weckte den immer nur knapp unter der Oberfläche lauernden Zyniker in Jason, und er antwortete, ohne zu überlegen. „Jeder Mensch hat seinen Preis. Ich hoffe doch nicht, dass Sie das bestreiten wollen."

„Nein. Aber meinen Preis können Sie nicht aufbringen."

„Ich habe eine Menge Geld."

„Mein Preis ist mit Geld nicht bezahlbar." In ihrem Blick lagen so viel verletzte Ehre und Ernsthaftigkeit, dass er sich seltsam berührt fühlte. „Und lassen Sie das."

„Was soll ich lassen?"

„Versuchen Sie nicht, mich mit Ihrer dicken Geldbörse zu beeindrucken. Das ärgert mich, und es ist uns beiden gegenüber unfair."

Jason betrachtete sie eine Weile schweigend. „Ich bitte um Entschuldigung", sagte er schließlich leise.

Die Anspannung wich aus ihrer Miene. „Schon gut."

Sie schwiegen, während der Kellner ihnen die Vorspeise servierte: Heilbutt in Kartoffelkruste mit einer Chardonnay-Sahnesauce, die mit Basilikumblättchen garniert war.

Während sie das frisch und perfekt zubereitete Essen genossen, wandten sie sich dem Thema Familie zu und entdeckten schnell, dass sie etwas gemeinsam hatten: Keiner von ihnen hatte eine Familie, die diesen Namen verdiente. Auf Justines vorsichtiges Nachfragen erzählte Jason ihr von dem Augenblick in seinem Leben, in dem alles zerfallen war, mitten in seinem zweiten Studienjahr an der University of California.

„Es fing damit an, dass mir klar wurde, ich würde nie mehr als einen durchschnittlichen Footballspieler abgeben“, erklärte er. „Ich hatte einfach nicht die Instinkte, die aus einem guten einen genialen Spieler machen.“ Ein schiefes Lächeln begleitete das Geständnis. „Obendrein wurde ich geradezu besessen davon, Videospiele zu entwickeln. Bei jedem Ausdauer- oder Techniktraining dachte ich ständig nur daran, wann ich endlich zurück ins Computerlabor der Uni konnte.“ Er griff nach seinem Weinglas und spielte nachdenklich mit dem Stiel. „Also fuhr ich Weihnachten nach Hause, um meinen Eltern zu sagen, dass ich das Footballstipendium sausen lassen würde. Ich wollte das Studiengeld selbst aufbringen. Kurz zuvor hatte ich schon ein 2-D-Spiel geschrieben und verkauft, hatte also bereits einen Fuß in der Tür. Aber kaum stand ich meiner Mutter gegenüber, waren alle meine persönlichen Problemchen vergessen. In den zwei Monaten seit unserer letzten Begegnung war sie zum Skelett abgemagert.“

„Warum?“, fragte Justine leise.

„Man hatte ihr Leberkrebs diagnostiziert. Sie hatte mir nichts davon gesagt und sämtliche Behandlungen abgelehnt. Leberkrebs schreitet schnell voran. Sie starb nur eine Woche nach Weihnachten.“

Danach war ihm die Uni nicht mehr wichtig gewesen. Nichts war ihm noch wichtig gewesen. Er ging von der Hochschule ab, verließ sein Zuhause und alles, was ihm vertraut war, um sich auf Sinnsuche zu begeben.

„Es tut mir so leid“, sagte Justine.

Kurzes Kopfschütteln. Er wollte kein Mitleid. „Das ist lange her.“

Langsam näherte sich ihre Hand seiner eigenen. Jason reagierte, öffnete seine Finger, drehte die Handfläche nach oben. Sie berührte ihn zaghaft, und er spürte ihre Wärme.

„Was ist mit Ihrem Vater?", fragte Justine. „Sehen Sie ihn überhaupt noch?"

Jason schüttelte den Kopf, den Blick fest auf ihre verschränkten Hände gerichtet. „Nein. Womöglich würde ich ihn umbringen, wenn ich ihm begegnen würde."

Sie ließ ihre Finger ruhig in seiner Handfläche liegen. „Er war ein schlechter Vater?", fragte sie betont gleichmütig.

Jason zögerte. Man konnte einen Mann wie seinen Vater mit hunderttausend Wörtern beschreiben, doch eigentlich genügte ein einziges. „Gewalttätig."

Als Klempner hatten Ray Black jede Menge Werkzeuge zur Verfügung gestanden, um einen widerspenstigen Sohn zu züchtigen: Schraubenschlüssel, Rohre, Messingketten, Schläuche. Jason hatte mehr als einmal die Notaufnahme des Krankenhauses von innen gesehen, mit Krankenschwestern und Ärzten darüber gescherzt, was für ein tollpatschiger Teenager er doch war, dass er sich andauernd Prellungen und Knochenbrüche zuzog. Footballverletzungen. Irgendwie kam das ja jedem bekannt vor – Sport mit vollem Körpereinsatz und Feindberührung eben.

„Dein Vater weiß, dass er zu weit gegangen ist. Er hat versprochen, dass so etwas nie wieder vorkommt. Du musst lächeln und sagen, dass es ein Unfall war."

Und Jason hatte immer getan, worum seine Mutter ihn gebeten hatte. Er hatte gelächelt und gelogen und dabei ganz genau gewusst, dass es wieder passieren würde – und wieder und wieder. Genauso wie er gewusst hatte, dass es für ihn nur eine Möglichkeit gab, nicht so zu werden wie Ray: Er durfte niemals die Beherrschung verlieren.

„Bevor meine Mutter starb", hörte er sich selbst sagen, „bat sie mich, zu vergeben und zu vergessen. Beides ist mir bis heute nicht gelungen."

Seine Vorräte an Vergebung waren aufgebraucht. Was er in seiner Kindheit erlebt hatte, war wie in Stein gemeißelt und ließ sich nicht einfach ausradieren. Er erinnerte sich an Dinge, an die er sich gar nicht erinnern wollte. Und obwohl niemand ihn verstehen konnte, ohne wenigstens ein paar Einzelheiten zu kennen, hatte er es noch nie über sich gebracht, sich jemandem anzuvertrauen. Er wollte die Erfahrungen seiner Vergangenheit nicht nutzen, um jemandes Sympathie zu erringen, und bis heute hatte er auch nie irgendwelche Vorteile darin gesehen, jemanden zu haben, der ihn verstehen konnte.

Justines Finger glitten auf die Innenseite seines Handgelenks und strichen leicht darüber, als versuchte sie, seinen Herzschlag zu ertasten. „Mir auch nicht", gab sie zu. „Meine Mutter und ich, wir sind zerstritten. Und geben uns gegenseitig die Schuld daran. Sie kann mir nicht vergeben, dass ich …" Sie stockte, hilflos, verlegen. „Ach, so vieles, was ich getan habe. Vor allem kann sie mir nicht vergeben, dass ich ihre Lebensweise nicht übernehmen möchte."

„Und die wäre?"

„Oh …" Justine zuckte mit den Schultern und wandte verlegen lächelnd den Blick ab. Als sie Jason wieder anschaute, wirkte sie wie jemand, der durch eine dichte Hecke aus Geheimnissen späht. „Sie ist … anders."

„Anders? Auf welche Weise?"

„Sie hat sich voll und ganz einer Sache verschrieben, die man als alternative Religion bezeichnen könnte." Sie schwieg abwägend. „Einer Naturreligion."

„Wicca?"

„Mehr oder weniger jenseits davon."

Jason musterte sie aufmerksam.

Sie machte Anstalten, ihre Hand zurückzuziehen, aber er schloss sanft seine Finger darum und hielt sie fest.

„Ich bin heidnisch erzogen", fuhr Justine fort. „Einen Großteil meiner Kindheit habe ich auf heidnischen Festen, Geistversammlungen, Treffen für magische Künste, Trommelkreisen und Ähnlichem verbracht. Ich habe sogar an mehreren Heidenparaden teilgenommen. Das muss Außenstehenden ziemlich verrückt vorgekommen sein. Es kam auch mir als Eingeweihter ziemlich verrückt vor." Sie lächelte, bemühte sich um einen lässigen Ton, aber an ihren Schläfen pulsierte eine feine bläuliche Ader und verriet ihre innere Anspannung. „Ich war immer anders“, gab sie zu, „und ich habe das gehasst.“

Jason hätte am liebsten ihr Gesicht berührt und die Zeichen ihres Kummers weggestreichelt. Stattdessen fuhr er tröstend mit dem Daumen über ihre Fingerknöchel.

„Zu Halloween“, erzählte Justine weiter, „durfte ich mich nie kostümieren und mit den anderen Kindern durch die Nachbarschaft ziehen, um Süßigkeiten einzusammeln oder den Leuten Streiche zu spielen. Stattdessen musste ich mit zu einem Samhain-Essen und neben den leeren Tellern sitzen, die für die Geister der verstorbenen Verwandten aufgedeckt worden waren.“

Er zog leicht die Brauen hoch. „Sind Geister aufgetaucht?“

„Das kann ich dir nicht sagen. Sonst drehst du durch und rennst davon.“ Sie hatte ihm eines ihrer größten Geheimnisse offenbart. Da schien es nur selbstverständlich, zum Du überzugehen.

„Niemals vorm Dessert.“ Er schwieg einen Moment. „Ich habe den Eindruck, dass dein Heidentum ein paar Elemente von … Hexerei enthielt?“

Sie erbleichte und schwieg.

Zu ihrer Verwunderung blitzte in seinen Augen eine Spur von respektlosem Schalk auf. „Also, bist du nun eine gute Hexe oder eine böse Hexe?“

Da sie die Frage als Zitat aus dem „Zauberer von Oz“ erkannte, versuchte Justine zu lächeln. Vergebens. „Ich verzichte lieber auf ein Etikett.“

Sie hatte ihm zu viel erzählt. Schlimmer noch: Es entsprach alles der Wahrheit. Was hatte er nur an sich, dass sie sich in seiner Gegenwart in ein Plappermaul verwandelte? Ihr war ein wenig übel, und sie versuchte erneut, ihre Hand wegzuziehen, aber Jason hielt sie fest.

„Justine“, sagte er ruhig. „Warte. Darf ich etwas dazu sagen? Ich habe die letzten zehn Jahre damit verbracht, komplexe Fantasiewelten voller Drachen und Monster zu schaffen. Das ist ein

Job, den man als normaler Mensch gar nicht tun könnte. Ein paar meiner engeren Freunde, die zufällig auch Kollegen sind, tauchen auf Konferenzen auch schon mal mit spitzen Latexohren oder Hobbitfüßen auf. Und, wie schon erwähnt, ich bin ein pathologischer Workaholic, der an Schlaflosigkeit leidet und keine Seele hat. Daher kann es mir wohl kaum Probleme bereiten, wenn jemand sich in seiner Freizeit ein wenig mit schwarzer Magie befasst."

Justine hatte Angst, ihm zu glauben, aber sie versuchte nicht länger, ihm ihre Hand zu entziehen. Die Übelkeit ließ nach. Sie spürte die Wärme und den festen Halt seiner Hand, die ihre Finger umschloss, und sie dachte gar nicht mehr daran loszulassen.

Genauso wenig wie er.

10. KAPITEL

Den restlichen Abend fühlte Justine sich viel beschwipster, als sie von zwei Glas Wein hätte sein dürfen. Ihre Unterhaltung hatte sich verselbstständigt, wanderte mühelos von einem Thema zum anderen. Sie entdeckten, dass sie einen ähnlichen Musikgeschmack hatten: Death Cab for Cutie, The Black Keys, Lenny Kravitz. Jason versuchte, Justine den japanischen Anime als Kunstform nahezubringen. Er erläuterte ihr die stilistischen Übertreibungen und die lineare Qualität, die in der japanischen Kalligraphie wurzelte, und überredete sie so, sich unvoreingenommen „Das Wandelnde Schloss" anzusehen.

Manche Männer sahen so gut aus, dass sie nicht auch noch sexy sein mussten. Wieder andere waren so sexy, dass sie nicht auch noch gut aussehen mussten. Dieser Mann war beides, gut aussehend und sexy, und damit der Beweis dafür, dass das Leben einfach ungerecht war. Er war einer der ganz großen genetischen Lotteriegewinner, die die Natur nach dem Zufallsprinzip hervorbrachte.

Niemand würde mir einen Vorwurf daraus machen, wenn ich mit ihm schliefe. Dieses schöne Gesicht, diese Hände … Nicht einmal ich selbst würde mir einen Vorwurf daraus machen.

Sie teilte sich mit ihm eine Portion Orangen-Ingwer-Sorbet, fruchtig-scharf auf der Zunge, süß schmelzend in ihrem heißen Mund.

Ich möchte ihn küssen. Hilflos starrte sie auf seine Lippen.

In dem Versuch, sich abzulenken, stellte sie ihm weitere Fragen nach seiner Familie und seiner Mutter. Er beantwortete sie bereitwillig. Seine Mutter hieß Amaya, was auf Japanisch Nachtregen bedeutete. Sie war eine freundliche, aber leicht unterkühlte Frau, die ihr Haus sauber und ordentlich hielt und immer eine Vase mit Blumen auf dem Tisch stehen hatte.

Ich möchte mit ihm im Bett liegen, seine Hände auf mir spüren. Ich möchte ihn überall fühlen, ihn überall berühren, seinen Atem auf meiner Haut erleben.

„Haben deine Eltern sich geliebt?“, hörte sie sich fragen. „Wenigstens zu Anfang?“

Jason schüttelte den Kopf. „Mein Vater glaubte, wenn er eine Halbjapanerin heiratete, bekäme er eine gehorsame Ehefrau. Doch sie wurde einfach nur eine unglückliche Ehefrau.“

Ich möchte fühlen, wie er sich in mir bewegt, möchte die Lust in seinem Gesicht sehen. Ich möchte, dass er mich reizt, bis ich um mehr bettele.

„Warum hat sie ihn geheiratet?“

„Ich glaube, sein Antrag kam einfach zur richtigen Zeit. Sie war einsam, und er hat sie gebeten, seine Frau zu werden. Also hat sie sich damit zufriedengegeben.“

„Das würde ich niemals tun“, sagte Justine.

„Du warst nie so einsam wie meine Mutter damals. Sie war Außenseiterin. Ihre Angehörigen lebten fast alle in Japan …“

„Ich weiß, was es heißt, einsam zu sein. Nirgendwo dazuzugehören, in manchen Nächten das Gefühl zu haben, Stück für Stück zu sterben. Man ist so verzweifelt, dass man nicht einmal auf Leute anziehend wirkt, auf die man sich früher niemals einlassen wollte. Also stürzt man sich in die Arbeit, füllt jeden Persönlichkeitstest aus, den man in irgendeiner Zeitschrift findet, und gibt sich Mühe, keinen Hass auf Paare zu entwickeln, die sich dämlich im Partnerlook kleiden und glücklich wirken, einfach nur, weil sie irgendetwas völlig Lapidares zusammen tun …“

Sie unterbrach sich abrupt, als Jason ihre Hand in seine Hände nahm. Er schaute sie unverwandt an, streichelte mit dem Daumen ihre Handfläche, die inzwischen so sensibel reagierte, als krabbelten Ameisen über ihre empfindsame Haut.

Entsetzt und beschämt stellte sie fest, dass sie die Stimme gehoben hatte. Für das winzige Restaurant hatte sie viel zu laut gesprochen. Sich ereifert. Über *Einsamkeit.*

Geister, bitte, tötet mich jetzt.

Das war so peinlich, dass sie es nicht ertragen konnte. Sie würde auswandern und ihren Namen ändern müssen. Flucht war die einzig mögliche Reaktion.

„Normalerweise benehme ich mich bei einer ersten Verabredung nicht so daneben", flüsterte sie.

„Schon in Ordnung", erwiderte er sanft. „Was immer du tust, sagst oder fühlst. Es ist alles in Ordnung."

Justine konnte ihn nur anstarren. Was immer sie tat, war in Ordnung? Was war das für ein Mann, dass er so etwas sagen konnte? Bestand womöglich sogar die Chance, dass er es auch so meinte?

Jason hatte bereits die Rechnung bezahlt. Jetzt trat er hinter ihren Stuhl, half ihr hoch und zog ihren Stuhl gekonnt aus dem Weg.

Gemeinsam verließen sie das Restaurant. Der trübgraue Himmel war wolkenverhangen, in der Luft hing ein feiner Nebel, der nach Meer schmeckte. Die Sirene der einfahrenden Zehn-Uhr-Fähre dröhnte durch die Straße und wurde als Echo von dunklen Ladentüren und schlafenden Häusern zurückgeworfen.

Laut krächzend ließ sich eine Krähe vernehmen, das Geräusch zerrte an Justines Nerven. Sie sah dem schwarzen Vogel nach, der sich schwerfällig vom Dach des Restaurants erhob und davonflatterte. Ein böses Omen.

Jason nahm sie am Ellenbogen und lenkte sie in einen kleinen Gang neben dem Gebäude. Seine Bewegungen waren langsam und sehr bedacht.

Sie zog überrascht die Luft ein, als er sie in die Arme nahm. Der Weg lag im Schatten der Laternen, es war kühler hier, und aus den Mauern drang der feuchte Geruch nach Stein. Feiner Kies bohrte sich in die dünnen Sohlen ihrer Sandalen. Die Dunkelheit um sie herum nahm ihr kurz die Orientierung, dann spürte sie, wie Jason eine Hand in ihren Nacken schob, und die Berührung durchfuhr sie wie ein elektrischer Schlag. Gleichzeitig legte er die andere Hand auf ihren Po und zog sie an sich. Die Wolle seines Sakkos war weich und warm, ihr Geruch vermischte sich mit dem Duft seiner Haut und einem Hauch frischer Seife zu einem reinen, berauschenden Wohlgeruch.

Er beugte sich über sie, voller Begehren presste er seinen Mund auf ihren. Ein Keuchen entrang sich ihrer Kehle, und er schien dem unterdrückten Laut mit seinen Lippen nachspüren zu wollen. Federleichte, langsame Küsse, schmelzende Hitze in der Kühle des Abends.

Mit den Fingern strich er ihr eine Haarsträhne aus dem Gesicht, die sich aus ihrem Pferdeschwanz gelöst hatte, und ließ seine Lippen über ihren nackten Hals wandern. So sanft, als wäre ihre Haut so empfindlich wie die Blütenblätter des Jasmin. Er fand jene empfindliche Stelle, an der ihr Blut heiß und schnell direkt unter der Haut pulsierte, und sie presste sich erschauernd an ihn. Lust baute sich in ihr auf, ballte sich in ihrem Magen zusammen, floss in ihre Brustspitzen und zwischen ihre Schenkel.

Justine zitterte so heftig, dass sie sich kaum auf den Beinen halten konnte. Aufseufzend lehnte sie sich an ihn. Jason umfing sie mit den Armen, hielt sie im Gleichgewicht. Sanft legte er seinen Mund über ihren, öffnete ihre Lippen, und sie nahm seinen Geschmack nach Orangen und einer verlockenden Süße wahr. Ihre Atemzüge wurden zu lustvollen Seufzern, die sie zu unterdrücken versuchte. Sie wollte still bleiben, keinen Ton von sich geben.

Noch leidenschaftlichere, tiefere Küsse, so langsam und umwerfend, dass sie weder atmen noch denken konnte. Alles an ihr war nur noch Gefühl, ihr Körper nahm die überbordenden Empfindungen auf, bis er beinah zu bersten drohte. Jegliches Zeitgefühl kam ihr abhanden. Als Jason sich von ihr löste, hatte sie keine Ahnung, wie viele schmerzliche Minuten vergangen waren. Nur zögernd löste er seine Lippen von ihren, schlich sich für einen gehauchten Kuss zurück zu ihrem Mund, streifte ihre Wangen, als könnte er es einfach nicht lassen, ihren Geschmack zu kosten.

Inzwischen war es kühl und dunkel geworden. Jason zog seinen Mantel aus und hängte ihn Justine über die Schultern. Dankbar ließ sie ihre Arme in die seidengefütterten Ärmel gleiten und genoss es, wie seine Wärme und sein Duft sie einhüllten. Jason nahm ihre Hand.

Sie wechselten nur wenige Worte, während sie zurück zur Pension gingen. So viel war in den vergangenen paar Stunden gesagt, so viel Privates willig offenbart worden. Selbst wenn Justine etwas davon hätte zurücknehmen können – sie hätte nicht gewusst, was. Sie versuchte, sich zu erinnern, wann sie die Grenze überschritten und zu viel preisgegeben hatte. Aber es hatte keine Grenze gegeben, und es gab sie immer noch nicht.

Auf dem Weg über den Steinpfad, der von der Rückseite der Pension zu ihrer Wohnung im Hinterhaus führte, spürte Justine, wie ihr Magen im luftleeren Raum zu schweben schien, als befände sie sich in der Gondel eines abstürzenden Heißluftballons. Alles war viel zu intensiv, zu empfindlich.

Sollte es sich etwa so anfühlen? Diese qualvolle Anziehungskraft, die sie gleichzeitig betäubte, ihr Angst einjagte und sie erbeben ließ? Vielleicht fanden andere Menschen das völlig normal.

Großer Gott, wie halten sie das aus?

Als sie sich dem Hinterhaus näherten, fiel Licht von einer Zimmerlampe durchs Fenster und malte zitronengelbe Rechtecke auf den Boden. Nervös und bis zum Äußersten angespannt drehte Justine sich auf der Schwelle zu Jason um. Im Innern fühlte sie sich wie ein Flipperautomat voller Rasseln, Glocken und Federn.

„Was hast du morgen vor?“, fragte sie.

„Ich stehe früh auf, um mir ein Charterboot anzusehen.“

„Was für ein Boot willst du chartern?“

„Einen Sechs-Meter-Bayliner. Ich will mit einigen von den Jungs rausfahren, ein bisschen Angeln, ein bisschen Rumgondeln.“

„Auf einem Boot dieser Größe hat man nicht viel Platz zum Angeln.“

„Für uns wird es reichen.“

„Es gibt hier in der Gegend ein paar tückische Untiefen und Felsen.“

„Ich kann eine Seekarte lesen.“

„Das ist gut." Sie überlegte, ob sie etwas zu dem Kuss – nein, zu den Küssen – vor dem Restaurant sagen sollte. Jason schwieg. Sie tastete nach der Klinke, öffnete die Tür und drehte sich noch einmal zu ihm um. „Danke für das Abendessen. Es hat mir mehr Spaß gemacht, als ich erwartet hätte. Das heißt … eigentlich habe ich nichts erwartet. Ich meine … ich hätte nicht gedacht, dass du und ich …"

„Ich versteh schon", gab Jason mit leichtem Lächeln zurück. „Bis morgen."

Er wollte sie also nicht anbaggern. Justine rechnete damit, Erleichterung zu verspüren, aber nein. Da war nur das niederschmetternde Gefühl, eine weitere lange einsame Nacht vor sich zu haben. „Morgen werde ich fast den ganzen Tag fort sein", informierte sie ihn. „Ich besuche ein paar Freunde auf Cauldron Island. Zwei Frauen, die im alten Leuchtturm wohnen."

„Nimmst du ein Wassertaxi?"

„Nein, ich habe ein Kajak."

Jasons Miene wurde ernst. „Du fährst allein rüber?"

„Es ist nicht weit. Höchstens zwei Meilen. Und ich kenne die Strecke. Das schaffe ich in einer Stunde oder weniger."

„Hast du Signalgerät an Bord?"

„Und Werkzeug."

„Du solltest trotzdem nicht allein fahren. Ich bringe dich mit dem Bayliner hin."

Sie musterte ihn skeptisch. „Und wie soll ich wieder nach Hause kommen?"

„Ich hole dich wieder ab. Oder schicke dir ein Wassertaxi, wenn dir das lieber ist."

„Danke, aber ich warte nicht gern darauf, abgeholt zu werden. Und ich lasse auch nicht gern jemanden auf mich warten. Ehrlich, du brauchst dir keine Sorgen zu machen. Ich paddle gern raus nach Cauldron Island. Das habe ich schon oft getan, und es gab noch nie Probleme."

„Von wo startest du?"

„Roche Harbor."

„Wirst du einen Neoprenanzug tragen?“

Seine Sorge um ihre Sicherheit schmeichelte ihr einerseits, ärgerte sie aber auch ein wenig. Sie war es nicht gewohnt, sich vor jemandem für ihre Entscheidungen zu rechtfertigen. „Nein, für die kurze Strecke macht das niemand hier. Kajakfahrer hier in der Gegend ziehen sich entsprechend der Lufttemperatur an, es sei denn, sie sind bei heftigem Wind und hohem Seegang unterwegs.“

„Du kannst nie sicher wissen, ob das Wetter plötzlich umschlägt. Und du kannst so oder so mit dem Boot kentern. Zieh dir einen Neoprenanzug an.“

„Zieh dir einen Neoprenanzug an?“, wiederholte Justine verärgert. „Sind wir jetzt wieder beim Befehlston angelangt?“

Offensichtlich war Jason alles andere als überzeugt, aber ihre Bemerkung brachte ihn zum Schweigen. Er schob die Hände in die Hosentaschen und wandte sich zum Gehen.

Wollte er etwa ohne ein weiteres Wort verschwinden? Sie einfach stehen lassen?

„In ein paar Minuten bringe ich dir deinen Wodka nach oben“, bot sie an.

Er verharrte kurz. „Danke, aber heute Abend will ich keinen“, gab er zurück, ohne sich umzudrehen.

„Es macht keine Mühe. Und ich will mir morgen früh keine Vorwürfe von Priscilla anhören müssen, weil ich eine ihrer Anweisungen nicht ausgeführt habe.“

Jetzt drehte er sich doch zu ihr um, sichtlich verärgert. „Du brauchst den Wodka nicht zu bringen, wenn ich dir sage, dass du ihn nicht bringen sollst.“

„Ich stelle dir das Tablett vor die Tür. Du kannst ihn nehmen oder es lassen, aber er wird für dich bereitstehen.“

Er musterte sie kalt. „Warum beharrst du darauf, etwas zu tun, von dem ich dir gerade gesagt habe, dass du es nicht tun sollst? Zumal du dir damit nur unnötige Arbeit aufhalst.“

„Du lehnst den Wodka nicht ab, um mir unnötige Arbeit zu ersparen“, gab sie zornig zurück. „Du bist sauer auf mich, weil ich morgen allein mit dem Kajak rausfahren will. Deshalb lehnst du ab."

Ohne ein Wort machte Jason plötzlich einen Schritt auf sie zu und drängte sie ins Haus. Sein Mantel glitt ihr von den Schultern und fiel auf den Boden. Er packte sie an den Oberarmen, zog sie hoch und presste sie an sich, bis sie auf den Zehenspitzen stand, mit ihrem ganzen Körper dicht an ihn gedrückt. Seine körperliche Nähe war elektrisierend.

Er beugte sich über sie, sodass sie sein Gesicht nicht sehen konnte, und sprach leise und eindringlich auf sie ein. Der raue Klang seiner Stimme sorgte dafür, dass sich sämtliche Härchen an ihrem Körper aufrichteten.

„Es gibt nur einen Grund, warum ich nicht will, dass du mir etwas aufs Zimmer bringst, Justine: Irgendwann wird die Versuchung einfach zu groß für mich. Für den Fall, dass du es wirklich noch nicht bemerkt hast …" Er zog sie noch fester zu sich heran, und als sie spürte, wie hart er war, keuchte sie unwillkürlich auf. „Ich begehre dich. Jedes Mal, wenn ich dich heute Abend in diesem verdammten Kleid angeschaut habe, habe ich dich in meiner Fantasie nackt vor mir gesehen. Ich möchte …" Er unterbrach sich, hielt sie immer noch fest und kämpfte darum, seinen Atem zu beruhigen. „Komm heute Abend nicht zu mir rauf", sagte er schließlich, „oder du landest in meinem Bett und ich vögle dich in die Steinzeit und wieder zurück. Hast du das verstanden?"

Justine nickte automatisch. Die dünnen Lagen Stoff, die sich zwischen ihnen befanden, konnten seine Erregung, die aggressive Härte und seine Hitze nicht verbergen. Das wunderbare Gefühl, seinen Körper so dicht zu spüren, machte es ihr unmöglich, sich zu bewegen. Sie konnte seine Haut riechen. Er duftete nach Salz, Ambra und Nachtluft.

Einen Moment verloren sie sich beide in ihrer Glut. Dann atmete Jason tief ein und wieder aus. „Ich muss dich loslassen", sagte er und sprach dabei offenbar mehr mit sich selbst als mit ihr.

Justine klammerte sich an ihn. „Du könntest bei mir bleiben", brachte sie flüsternd hervor.

„Nicht heute Nacht."

„Warum nicht?"

„Du bist nicht bereit."

„Dann sorg dafür, dass ich es bin."

Sein Atem stockte. Ruhelos strich er mit der Hand über ihren Rücken, auf und ab. „Justine ... hast du jemals bei der ersten Verabredung mit einem Mann Sex gehabt?"

„Ja", gab sie prompt zurück.

Jason griff nach ihrem Kinn und zwang sie, ihn anzusehen. Ein paar Sekunden hielt sie seinem Blick stand, dann wurde sie rot. „Nein. Aber bleib trotzdem bei mir."

Er schaute ihr unverwandt in die Augen. Das Licht schien grell auf seine rechte Gesichtshälfte und betonte seine scharfen Züge, während die linke Hälfte beinah gespenstisch im Schatten lag. „Es ist zu früh", sagte er tonlos. „Manche Leute können einfach so Sex haben, ohne sich am Morgen danach schlecht zu fühlen. Du gehörst nicht dazu. Ganz egal, wie schön es wäre, morgen würdest du es bereuen."

„Würde ich nicht", widersprach sie.

„Es steht dir ins Gesicht geschrieben. Also lassen wir es langsam angehen." Sie öffnete den Mund, um zu protestieren. „Nicht um meinetwillen. Um deinetwillen", fügte er ruhig hinzu.

Ihr ganzer Körper schmerzte. Das Verlangen ließ sie innerlich glühen und machte es unmöglich, einen klaren Gedanken zu fassen. Ein Leben lang hatte sie sich nach diesem Augenblick, nach diesem Mann gesehnt. „Aber ich will dich", stieß sie hervor – und schämte sich des klagenden Tonfalls in ihrer Stimme.

Seine Miene wurde weicher. Er näherte sich langsam, griff nach ihr. Seine Hände glitten über ihren Körper, betasteten sie durch den seidigen Stoff hindurch, fassten sanft nach den Kurven ihrer Hüften. Blind hob sie ihm ihr Gesicht entgegen, als er seine Lippen auf ihre senkte. Alle Gedanken zerstoben in heftiger Erregung. Er ließ die Hand von ihrer Taille aufwärts wandern, umfasste die pralle Rundung ihrer Brust, strich mit dem Daumen aufreizend kreisend über die hart aufgerichtete Knospe. Ihr brach der Schweiß aus, und das Kleid wirkte auf einmal eng und unbequem auf ihrer Haut. Sie dachte nur noch daran, wie gern sie es ausziehen wollte.

Fordernd griff Jason an ihren Po, ertastete ihren String, ließ die Fingerspitzen unter den schmalen elastischen Stoffstreifen wandern und zog ein ganz klein wenig daran. Nur so viel, dass das winzige Stück Stoff in ihrem Schritt sich fest zwischen ihre Schenkel drückte. Justine erschauerte, als die Seide ein hartes, dringliches Pochen auslöste.

„Lass es uns tun", flüsterte Jason.

„Du … du hast deine Meinung geändert?", fragte sie atemlos.

Er ließ den String los, schob ihr den Rock hoch und ließ seine Hand darunter gleiten. Streichelte die empfindliche Haut auf ihrer Hüfte. „Nein. Aber ich werde dir Lust bereiten. Gleich hier und jetzt." Sein Daumen glitt unter den elastischen Stoff des Strings. „Du musst dich nur an mir festhalten. Sag mir, dass du es willst. Sag mir einfach …"

Seine Hand glitt über ihren Po, und Justine griff nach hinten und hielt sein Handgelenk fest. „Moment. Du willst nicht mit mir schlafen, aber … Du denkst an Petting?"

Seine Lippen zuckten leicht amüsiert. „Ich weiß zwar nicht genau, was du dir darunter vorstellst", erklärte er trocken, „aber es klingt ungefähr nach dem, was ich vorhabe."

„Und nur ich soll etwas davon haben?"

„Ja."

„Nein." Sie funkelte ihn zornig an und rückte von ihm ab. „Du herablassender Schuft. Du lehnst es ab, mit mir zu schlafen, weil du entschieden hast, dass ich zu unreif …"

„Unerfahren."

„Das ist dasselbe."

„Nein, ist es nicht."

„Ich bin also zu unreif", wiederholte sie hitzig, „um entscheiden zu können, was ich mit meinem eigenen Körper anstellen will."

„Es ist keine Beleidigung, wenn ein Mann es mit dir langsam angehen möchte."

„Was ist es dann?"

„Ein Kompliment."

„Es fühlt sich aber nicht so an." Irgendwo in ihrem Inneren war ihr klar, dass sie ihm seinen Versuch, sich wie ein Gentleman zu benehmen, eigentlich hoch anrechnen sollte. Aber im Augenblick war ihr sexueller Frust dafür zu groß. Mit finsterer Miene wandte sie sich zur Tür und hielt sie ihm auf. „Geh. Und mach dir nicht die Mühe, mich noch einmal einzuladen. Ich gebe keine zweiten Chancen."

Schmunzelnd gehorchte Jason. Er bückte sich nach seinem Mantel auf dem Fußboden, hob ihn auf und drehte sich an der Türschwelle noch einmal um. „Du solltest zweite Chancen nicht grundsätzlich ausschließen. Mitunter eröffnen sie ganz neue Möglichkeiten."

Nach einer ziemlich unruhigen Nacht wachte Justine früh auf und startete wie immer in ihren Tag. Sie füllte die große Kaffeemaschine in der Küche, schaltete sie ein, deckte die Tische im Frühstücksraum und heizte die Backöfen für Zoë vor.

Als ihre Cousine ankam, fröhlich und gut gelaunt wie immer, genügte ihr ein Blick auf Justines Miene. „Was ist passiert?"

„Nichts", murrte Justine. Sie saß am Küchentisch, einen Kaffeebecher in beiden Händen. Entschlossen hob sie den Becher an die Lippen und trank ihn in einem Zug aus.

Zoë goss einen frischen Becher Kaffee ein, rührte Sahne und Zucker hinein und brachte ihn ihr an den Tisch. „Dein Rendezvous war also ein Schlag ins Wasser?"

„Im Gegenteil, es war fantastisch. Unglaublich gutes Essen, erstklassiger Wein, tolle Unterhaltung und all das mit dem umwerfendsten Mann, der mir je begegnet ist. Nach dem Essen war ich bereit, auf der Haube des nächstbesten Autos mit ihm zu schlafen."

„Und warum …?"

„Er wollte nicht. Irgendwas von wegen ‚zu früh' und ‚nur zu meinem Besten'. Jeder weiß, dass das alles nur freundliche Männer-Umschreibungen für ‚nichts fürs Bett' sind. Und dann ist er abgehauen, als wäre ein ganzer Schwarm Wespen hinter ihm her."

„Du übertreibst", meinte Zoë mit unterdrücktem Lachen. „Könnte es vielleicht sein, dass er dich genügend respektiert, um nichts zu übereilen?"

„Männer sind nicht so gestrickt. Ihre Vorstellung von einem großartigen ersten Rendezvous lautet nicht: ‚Wow, ich möchte dieser Frau unglaublich gern beim Essen zusehen und anschließend allein nach Hause gehen'." Missmutig schüttelte sie den Kopf. „Ist bestimmt besser so. Er ist zu reich, zu herrschsüchtig, zu … einfach alles."

„Was kann ich für dich tun?", fragte Zoë, Sorge im Blick.

„Könntest du heute ein Auge auf Annette und Nita haben, wenn sie arbeiten? Ich möchte nach Cauldron Island rauspaddeln und Rosemary und Sage besuchen."

„Natürlich. Ich freue mich, dass du sie besuchen willst. Das scheint dir immer sehr gut zu tun."

Es war nahezu unmöglich, sich so anzuziehen, dass man gleichermaßen für vierundzwanzig Grad Luft- und zehn Grad Wassertemperatur gerüstet war. Kajakbekleidung, die im Wasser ausreichend warm hielt, war beim Paddeln unerträglich heiß und beengend. Unter diesen Umständen gingen die meisten Kajakfahrer das Risiko ein, auf Neoprenanzüge zu verzichten. Justine entschied sich für einen Kompromiss und wählte eine kurzärmelige Paddel-Trockenjacke aus Goretex und eine knielange Neoprenhose. Nicht ganz so bequem wie ein einfaches T-Shirt und Shorts, aber wenn sie kenterte, brauchte sie den Wärmeschutz.

Selbst für erfahrene Schwimmer und Kajakfahrer war es gefährlich, wenn sie plötzlich ins kalte Wasser fielen. Justine hatte das bereits etliche Male erlebt, als sie Kajakfahren gelernt hatte.

Der Kälteschock war übel und überwältigend, auch wenn man darauf vorbereitet war. Man schnappte unwillkürlich nach Luft, ob man wollte oder nicht, und das brachte jeden in ernste Schwierigkeiten, wenn das Gesicht unter Wasser war. Selbst über Wasser konnte es zu einem Krampf im Kehlkopf kommen, der die Luftröhre blockierte und zum sogenannten trockenen Ertrinken führte.

Der Himmel war wolkenverhangen, es ging ein kräftiger Wind, der für mäßigen Wellengang sorgte. Ein Tiefdrucksystem war im Anzug, das möglicherweise leichten Regen und stärkere Winde mit sich brachte. Da sie schon öfter unter solchen Bedingungen mit dem Kajak losgefahren war, machte Justine sich keine Sorgen.

„Ich würde an Ihrer Stelle nicht lange draußen bleiben", meinte ein Bootsfahrer am Dock von Roche Harbor, als Justine ihre Kajakkarre zusammenklappte und verstaute. Der ältere Mann stand mit einer Tasse Kaffee in der einen und einem Donut in der anderen Hand da. „Es gibt schlechtes Wetter."

Justine wedelte kurz mit ihrem Smartphone, bevor sie es in eine wasserdichte Hülle steckte. „Meine Wetter-App sagt, das Wetter hält sich."

„App", gab der Mann abfällig zurück und biss erneut von seinem Donut ab. „Gestern sahen die Wolken aus wie Makrelenschuppen. Das heißt, es gibt Sturm. Sehen Sie die Möwen da draußen? Sie fliegen tief und landeinwärts. Sehen Sie die Stinte, die kurz unter der Wasseroberfläche jagen? Alles Zeichen. Mutter Natur ist die App, die ich seit fünfzig Jahren nutze, und sie liegt immer richtig."

„Diese Stinte haben die lokale Wettervorhersage nicht gelesen", gab Justine grinsend zurück. „Sie behauptet auch, das Wetter hält sich."

Er schüttelte resigniert den Kopf, ein alter Seemann, auf dessen Rat die vorlauten jungen Leute von heute kaum einmal hören wollten. „Wettervorhersagen sind wie tote Fische: Beide halten sich nicht lange."

Nachdem sie ihre Schwimmweste angelegt hatte, machte Justine sich auf den Weg. Sie hatte sich eine effektive Paddeltechnik angeeignet und passte ihr Tempo der Strecke so an, dass sie es eine Stunde lang mühelos durchhalten konnte. Die Luft war zwar warm, aber der Wind kühlte angenehm. Justine konzentrierte sich darauf, das Paddel immer nach einer entgegenkommenden Welle einzutauchen.

Dann drehte der Wind, und Justine sah sich gezwungen, von ihrem ursprünglichen Kurs abzuweichen. Tief über das Boot gebeugt, um dem Wind weniger Widerstand zu bieten, tauchte sie das Paddel wieder und wieder ein und schob sich so vorwärts. Das war ein anstrengendes Sportprogramm. Ihr Schwung wurde immer wieder gebrochen, weil sie ständig gegen den Drang des Kajaks kämpfen musste, sich quer zu den Wellen zu legen.

Immer stärkere Böen, die Regenschauer mit sich brachten, fielen über sie her. Schräg einfallende Winde drängten ihr Boot in die eine Richtung, die Strömung in eine andere. Die Wellen wurden länger, und es bildeten sich Schaumkronen. Ein Blick in den Himmel ließ Justine erschrecken. Die Wolkenfront war viel dunkler und dicker geworden, türmte sich enorm hoch auf und kam mit beängstigender Geschwindigkeit näher.

Die Wolken zogen viel zu schnell. Eine solche Front hatte sie noch nie erlebt.

Das ist nicht natürlich, durchzuckte es sie, und Angst stieg in ihr auf.

„Versuch nicht, das Schicksal auszutricksen", hatte Rosemary sie einst gewarnt.

Mittlerweise paddelte sie schon mindestens eine Stunde. Eigentlich hätte sie Cauldron Island längst erreicht haben sollen. Beim Versuch, ihre Position festzustellen, wurde ihr mit Entsetzen klar: Die fünfzehn Meter hohe Klippe von Cauldron Island war immer noch fast zwei Kilometer entfernt, und die Strömung hatte sie weit vom Kurs abgebracht. Wenn sie nicht schnell vorankam, trieb es sie in die offene See der Haro Strait hinaus, wo sie Wind und Wetter wie ein Spielzeug ausgeliefert wäre.

Wellen schlugen hart über die Bordwand und spülten Dinge fort, die sie unter die elastischen Deckleinen geklemmt hatte … eine Flasche Sportschorle, ihr Signalgerät.

Ihr Puls raste vor Anstrengung. Am liebsten hätte sie dem Himmel mit der Faust gedroht, doch sie hatte keine Hand frei. Mit neuer Wut griff sie an und kämpfte sich durch die tosenden Wogen. Wenige Minuten später siegte die Vernunft, und sie versuchte, ihre schmerzenden Armmuskeln zu schonen, indem sie die Paddel flach eintauchte und die ganze Kraft ihres Oberkörpers einsetzte. Inzwischen konnte sie sich nur noch darauf konzentrieren, irgendwie zu überleben.

Die ganze Welt schien aus Wasser zu bestehen. Regen und Meer, über ihr und unter ihr, spritzend und schaukelnd, schiebend und stoßend.

Ihr Kajak drehte sich, legte sich quer zu den Wellen, die jetzt von der Seite anbrandeten. Sie lehnte sich in jede auflaufende Woge, um zu verhindern, dass ihr Boot kenterte, und paddelte mit aller Macht, um den Bug in die Schaumkronen zu steuern. Erneut traf sie eine Welle, aber ihre Reaktion kam zu spät.

Das Kajak schlug um.

11. KAPITEL

Brennende Kälte, Finsternis. Schmerz, überall, als stünde sie in Flammen. Sie wollte eine Eskimorolle ausführen, aber das Kajak kippte ausgerechnet zu ihrer schwächeren Seite hin, und sie schaffte es nicht, den Schwung zu halten und wieder hochzukommen. Jetzt hing sie kopfüber im Wasser, orientierungslos durch den Kälteschock, und versuchte die Schlaufe zu fassen zu kriegen, mit der die wasserfeste Spritzdecke ihres Kajaks befestigt war, die sie ans Boot fesselte. Die Kälte lähmte bereits ihren Verstand. Sie fand die Schlaufe nicht und drohte in Panik zu geraten.

Irgendwie schaffte sie es, sich seitlich hochzukämpfen, sodass ihr Gesicht für den winzigen Moment, den sie brauchte, um Luft zu holen, an die Wasseroberfläche kam. Als sie wieder untertauchte, suchte sie erneut nach der Schlaufe – und fand sie. Hektisch zerrte sie daran, bis sich die Spritzdecke löste und sie sich aus dem Kajak befreien konnte. Sobald sie die Wasseroberfläche erreicht hatte, klammerte sie sich an das kieloben treibende Boot und füllte ihre Lungen, bevor eine neue Welle sich über ihr brach.

Es war unglaublich kalt. Ihre Haut und ihre Muskeln waren taub, ihr Blutdruck schoss in die Höhe. Das Paddel trieb keine zwei Meter entfernt auf den Wellen. Es hing an einer Leine, die mit Karabinerhaken am Bug des Kajaks befestigt war. Keuchend hangelte sie sich nach vorn, klammerte sich dabei an die elastische Außenhaut des Bootes, um nicht fortgetrieben zu werden. Sie packte die Leine und zog daran, bis sie das Paddel fassen konnte. Es fiel ihr schwer, die Hand um den Schaft zu legen.

Sie musste raus aus dem Wasser. Ihre Feinmotorik war bereits stark gestört. In ungefähr zehn Minuten würden alle nicht lebensnotwendigen Muskeln von der Blutversorgung abgeschnitten werden.

Tastend griff sie von unten in das umgekippte Kajak und suchte nach dem Paddelfloat aus Schaumstoff, fand es unter dem Gummiseil auf Deck und zerrte es heraus. Sie brauchte das Paddelfloat, um wieder ins Boot zu gelangen. Ihre Hände reagierten inzwischen so ungeschickt, als steckten sie in dicken Topfhandschuhen. Schwerfällig bemühte sie sich, ein Blatt ihres Paddels in die Nylontasche auf der Rückseite des Floats zu schieben.

Bevor sie das geschafft hatte, traf sie eine Welle mit der Wucht einer Betonwand. Der Aufprall raubte ihr fast das Bewusstsein. Keuchend und würgend musste sie mit ansehen, wie ihr Paddelfloat außer Reichweite trieb. Hastig packte sie das Paddel, das glücklicherweise immer noch mit der Leine gesichert war, und kämpfte sich zurück zu ihrem Kajak, mehr als froh über den Auftrieb ihrer Schwimmweste.

Jetzt, wo sie das Paddelfloat verloren hatte, konnte sie nur noch versuchen, das Kajak umzudrehen und vom Heck her an Bord zu klettern. Bei ihrem Versuch, die Decksleine zu fassen, stellte sie jedoch fest, dass sie kaum noch zupacken konnte.

Alles geschah viel zu schnell. Die Kälte kroch immer tiefer in sie hinein, ihre Muskeln wurden steif, es war, als verwandelte sich ihr ganzer Körper in Stein. Sie hatte Angst, aber wenigstens das war ein gutes Zeichen. Erst, wenn man keine Angst mehr hatte, wenn alles egal war, dann war man ernstlich in Gefahr, wusste sie.

In Gedanken suchte sie nach einem Zauberspruch, einem Gebet, nach irgendetwas, das Sinn machte, aber die Worte trieben durch ihren Kopf wie die kleinen Nudeln in einem Topf mit Buchstabensuppe.

Die gelbe Kunststoffhaut des Kajaks stieß gegen ihren Kopf. Das rüttelte sie auf.

Sie hatte nur eine Wahl: wieder ins Boot klettern und überleben. Oder im Wasser bleiben und sterben.

Keuchend und stöhnend vor Anstrengung richtete sie das Kajak auf und arbeitete sich zum Heck vor. Die Wellen schleuderten sie wild hin und her, auf und ab.

Jede Bewegung verlangte ihr ungeheure Willenskraft und Konzentration ab. Sie wusste, was sie zu tun hatte. Das Paddel sicher im Boot verstauen. Das Heck mit dem Körpergewicht nach unten drücken. Mit den Füßen Schwung holen und sich aus dem Wasser auf das Heck werfen. Zum Cockpit kriechen.

Aber Justine war sich nicht sicher, ob sie all das wirklich tat oder nur daran dachte. Nein, sie befand sich immer noch im Wasser. Der Bug des Kajaks hatte sich gehoben. Also musste sie das Heck heruntergedrückt haben. Sie hätte nicht sagen können, ob ihre Beine sich bewegten, geschweige denn, ob sie die Kraft hatte, sich mit genügend Schwung aus dem Wasser zu katapultieren, um auf dem Deck zu landen. Wenn sie das jetzt nicht packte, würde sie keine zweite Chance bekommen.

Im nächsten Moment fand sie sich rittlings ausgestreckt auf dem Heck, die Beine rechts und links vom Boot. *Ich danke euch, ihr Geister.* Bemüht, das Boot im Gleichgewicht zu halten, begann sie nach vorn zu kriechen.

Aber schon rollte die nächste Welle heran, gut anderthalb Meter hoch und quer zum Boot. Hilflos und mit einem seltsamen Gefühl von Resignation sah Justine sie kommen. Sie wusste, dass sie gleich wieder kentern würde. Es war vorbei. Sie schloss die Augen und hielt den Atem an, als die Welt sich drehte. Kajak und Paddel wurden ihr entrissen, und sie landete in einer Hölle nasser, wirbelnder Kälte. Nur ihrer Schwimmweste war zu verdanken, dass sie wieder an die schäumende Oberfläche gelangte.

In dem Chaos um sie herum konnte sie kaum etwas sehen oder hören, aber ein donnerndes Dröhnen schoss heran, als wollte der Himmel einstürzen. Schlotternd vor Kälte drehte sie sich um und entdeckte in Luv eine massive weiße Silhouette, die in der aufgewühlten See auf und ab tanzte. Es dauerte lange, bis sie begriff, dass sie ein Boot sah. Sie war schon kurz vor dem Punkt, an dem ihr alles egal war, sogar, ob sie gerettet würde oder nicht.

Irgendwer rief etwas. Sie verstand die Worte nicht, aber nach dem Klang der Stimme zu urteilen, fluchte er aus Leibeskräften. Wieder traf sie eine Welle. Hustend würgte sie Salzwasser aus, versuchte einen nassen Vorhang aus Haaren aus ihren Augen zu wischen, aber sie hatte kein Gefühl mehr in den Händen. Wieder

Rufen. Eine leuchtend orange Tasche mit einer Schlaufe daran landete genau vor ihr im Wasser.

Sie konnte keinen klaren Gedanken mehr fassen, starrte das Ding verständnislos an und begriff einfach nicht, wie sie reagieren sollte. Ihre Glieder und ihr Leib schlotterten wild.

Wütende Befehle wurden ihr zugeschrien, zwangen sie zum Handeln. Sie wusste, dass sie Worte hörte, aber sie ergaben keinen Sinn. Obwohl sie nicht verstand, was sie tun sollte, übernahm ihr Körper die Kontrolle, versuchte schwerfällig, sich auf die Tasche zu stürzen, ungelenk wie ein junger Hund, der sich auf seinen Ball stürzte. Beim zweiten Versuch gelang es ihr, die Arme um den orangen Schaumstoffkörper zu schlingen und ihn an die Brust zu drücken. Sofort wurde sie durch das eisige Wasser gezogen.

Ihre Gedanken lösten sich auch weiterhin auf, bevor sie begreifen konnte, was sie bedeuteten. Es spielte keine Rolle, obwohl irgendein verschütteter Teil ihres Gehirns wusste, dass es eine Rolle spielen sollte. Die ganze Welt bestand nur noch aus Wasser, Wasser oben, Wasser unten, Wasser, das an ihren Füßen zerrte und sie drängte, sich einfach fallen zu lassen und zu schlafen, dort, wo es dunkel und still war, weit unter den tosenden Wellen.

Stattdessen wurde sie mit Wucht nach oben gezerrt. Kurz meldete sich ihr Bewusstsein zurück, als sie auf eine gepolsterte Bank hinten im Boot gelegt wurde. Sie zitterte so heftig, dass sie weder reden noch denken konnte, lag einfach nur da auf der Bank und schaute zu einem Mann hoch, dessen Gesicht ihr bekannt vorkam, an dessen Namen sie sich aber nicht erinnern konnte. Er zog seine Windjacke aus und wickelte sie darin ein. Ein Blitz zuckte über den Himmel, als der Mann zum Ruderhaus ging.

Es war ein Freizeitboot mit abnehmbarer Bugabdeckung, das für schwere See ungeeignet war. Der Außenborder knurrte auf, als der Mann den Gang einlegte. Da die Wellen zu hoch waren, um in schneller Fahrt über die Wasseroberfläche zu gleiten, musste er langsam fahren.

Jason. Die Erkenntnis bahnte sich ihren Weg durch den Nebel der Erschöpfung, und zugleich meldete sich ganz zaghaft ein Gefühl. Sie konnte sich nicht erklären, wie er hierher gekommen war. Kein Mensch, der bei klarem Verstand war, würde sein Leben für eine Frau riskieren, die er kaum kannte.

Er arbeitete methodisch am Ruder, kreuzte gegen die Wellen, die von allen Seiten gegen das Boot anbrandeten. Für das, was er da tat, musste er sowohl Erfahrung als auch Übung haben. Er nahm jede Welle im genau richtigen Winkel und verlangsamte jedesmal die Fahrt, wenn sie über den Kamm hinweg waren, damit der Bug nicht unter die Wasseroberfläche geriet. Das Boot rollte und gierte, während die Wellen das Heck zur Seite zu drücken drohten. Justine rechnete jeden Moment damit, dass sie in einem Wellental kenterten.

So gut es ging, kuschelte sie sich in die dünne wasserdichte Jacke, während ihr Kreislauf sich ganz vorsichtig bemühte, wieder in Gang zu kommen. Dabei zitterte sie so heftig, dass ihre Zähne aufeinanderschlugen und ihr Schädel zu vibrieren schien. Kurzfristig gelang es ihr, sich gegen das Zittern zu wehren, aber es setzte immer nur für eine Sekunde aus und begann sofort wieder von Neuem. Jegliches Zeitgefühl kam ihr abhanden, sie spürte ihre Hände nicht mehr, aber das Hämmern ihres Pulses in ihren Armbeugen.

Schicksalsergeben schloss sie die Augen, wappnete sich gegen die Qual des schwindelerregenden Auf und Ab des Bootes und das eiskalte Wasser, das wieder und wieder über die Bordwand schwappte. Obwohl sie Jason nicht beobachtete, war ihr bewusst, wie er gegen Wind und Wellen kämpfte, um das Boot auf Kurs zu halten.

Irgendwann schien die See nicht mehr ganz so rau. Der Außenborder lief ruhiger, langsamer. Justine hob den Kopf, warf einen trüben Blick nach vorn zum Bug und erkannte den Leuchtturm auf der vertrauten Klippe. Jason hatte sie nach Cauldron Island gebracht. Unglaublich.

Er warf die Steuerbord-Fender aus und ließ das Boot im Leerlauf schräg auf den Anleger zulaufen, bis der Bug ihn berührte. Genau im richtigen Moment legte er den Rückwärtsgang ein, das Heck schwang sauber herum, und das Boot legte sich längsseits ans Dock.

Der Motor erstarb, und Jason vertäute das Boot am Anleger. Als er sah, dass Justine sich bemühte, sich aufzusetzen, drohte er ihr mit dem Zeigefinger und fauchte ihr etwas zu. Wegen des Sturms verstand sie kein Wort, aber sie begriff auch so, dass sie liegen bleiben sollte. Voller Verzweiflung schaute sie zu den Stufen hoch, die an der Klippe entlang nach oben führten. Selbst an guten Tagen war dieser Aufstieg für sie eine Herausforderung. Heute würde sie ihn nicht bewältigen können.

Nachdem Jason das Boot sicher festgemacht hatte, beugte er sich über die Bordwand zu Justine hinunter. Sie streckte ihm ihre steife bleiche Hand entgegen und ließ sich von ihm aus dem Boot ziehen. So gut sie konnte, half sie mit. Aber kaum stand sie auf dem Anleger, legte er sie sich über die Schulter, und sie sank hilflos in sich zusammen. Wie ein Feuerwehrmann trug er sie die Stufen hinauf, einen Arm in ihren Kniekehlen, die andere Hand am Geländer.

Sie versuchte, das heftige Zittern, das ihren Körper schüttelte, zu unterdrücken, weil es Jason die Arbeit nur erschwerte, aber es gelang ihr nicht. Dennoch hielt er sie sicher fest. Mit erstaunlicher Leichtigkeit stieg er die Stufen hinauf, gelegentlich zwei auf einmal nehmend. Oben angekommen, atmete er zwar heftig, aber gleichmäßig. Vermutlich hätte er sie zweimal so weit tragen können, ohne eine Pause einlegen zu müssen.

An der Eingangstür des Kalksteinhauses angekommen, hämmerte er mit der Faust dagegen.

Nur Sekunden später wurde die Tür aufgerissen. Justine hörte Rosemary und Sage erschrocken aufrufen: „Große Erdmutter!“ und „Was um Hades’ willen …?“

Jason hielt sich nicht mit Erklärungen auf, sondern trug Justine in den Wohnbereich und begann Befehle zu erteilen, noch bevor er sie aufs Sofa gelegt hatte.

„Bringt Decken. Lasst ein Bad ein. Warm, nicht heiß. Und gießt einen Tee mit Zucker oder Honig auf."

„Was ist passiert?", fragte Rosemary, während sie die Sitztruhe neben dem Sofa öffnete und mehrere Steppdecken herausholte.

„Das Kajak ist gekentert", erklärte Jason kurz, beugte sich über die schlotternde Justine und zog ihr die nassen Neoprenstiefel aus. „Ist dir je der Gedanke gekommen, es könne sich lohnen, die verdammten fünf Minuten zu investieren, um die Wettervorhersage im Radio anzuhören, Justine? Hast du je von einer Wetterwarnung für kleine Boote gehört?"

Betroffen versuchte sie zu erklären, dass es keine Warnung gegeben hatte, als sie losfuhr, aber sie brachte nur ein paar unverständliche Töne über ihre zitternden Lippen.

„Halt die Klappe", fuhr er sie grob an und riss ihr die Socken von den Füßen.

Rosemary, die ohnehin nicht allzu viel von Männern hielt, warf ihm einen zornigen Blick zu.

Sage legte ihr beruhigend eine Hand auf den Arm. „Lass das Badewasser ein. Ich mache inzwischen Tee."

„Hast du gehört, wie er …

„Er ist einfach nur ein bisschen erschöpft", murmelte Sage. „Lass gut sein."

Jason war nicht erschöpft, hätte Justine ihr am liebsten erklärt. Er war stinksauer und hatte einen immensen Adrenalinkick. Angesichts seiner Laune hatte sie Bedenken, mit ihm allein gelassen zu werden.

Während die beiden älteren Frauen den Raum verließen, machte Jason sich an die schwierige Aufgabe, Justine die Neoprenshorts auszuziehen. Das feste Material wollte sich trotz der Nylonkaschierung auf der Innenseite nicht von ihren Beinen lösen. Jason begann zu keuchen, als er Justine die Hose mit Gewalt auszog. Er zerrte so heftig daran, dass das Neopren riss. Derweil lag Justine mit geballten Fäusten da. Sie schlotterte so sehr, dass sie das Gefühl hatte, ihr Fleisch werde von den Knochen gerüttelt.

Jason ließ die Neoprenshorts achtlos fallen und griff nach ihrer knielangen Unterhose. Als Justine begriff, dass er sie komplett ausziehen wollte, begann sie zu protestieren.

„Still“, befahl Jason grob und stieß ihre Hände zur Seite. „Du schaffst das nicht allein.“

Ihr wasserdichtes Oberteil und ihr T-Shirt kamen als Nächste dran und landeten wie die Hose als durchweichter Haufen auf dem Boden. Der nasse BH und ihr Höschen folgten. Sie zitterte so heftig, dass sie nicht einmal ihre Blöße bedecken konnte. Justine schloss die brennenden Lider, um die Tränen zurückzuhalten, die ihr in die Augen schossen. Sie fühlte sich wie ein halbtotes Meerestier, das als unerwünschter Beifang in einem Fischernetz gelandet war.

Jason, der immer noch vor ihr stand, griff nach dem Saum seines feuchten T-Shirts und zog es in einer einzigen Bewegung aus. Justines Augen weiteten sich. Er war kräftig gebaut, nur feste, wohlgeformte Muskeln ohne jedes überflüssige Gramm Fett, glatte goldbraune Haut, feine dunkle Haare, die sich von seinem Bauchnabel abwärts unter den Bund seiner Shorts zogen.

Dann streifte er seine Segelschuhe ab und legte sich neben Justine. Er zog ihren nackten Körper an sich und wickelte sie beide in die Decken ein.

„So kriegen wir dich am besten wieder warm“, hörte sie ihn schroff sagen.

Sie nickte an seiner Schulter, um ihm zu verdeutlichen, dass sie ihn verstanden hatte.

Er drückte sie fester an sich und zog die Schultern hoch, um ihr so viel wie möglich von seiner Körperwärme abzugeben. Unmenschliche Hitze ging von ihm aus. Jedenfalls kam ihr das so vor, weil sie halb erfroren war. Diese Wärme tat so unglaublich gut, dass sie mehr davon wollte, viel mehr. Erneut überfiel sie ein heftiges Zittern, und sie drückte sich noch enger an ihn.

„Ich halte dich. Versuch dich zu entspannen.“ Sein Atem ging immer noch schnell vor Erschöpfung, und sie spürte seine heißen Atemzüge an ihrem Hals. Seine rau behaarten Beine umschlangen ihre eigenen, die festen Muskeln seiner Oberschenkel spannten sich an, um sie ruhig zu halten.

Ohne seine Körperwärme, die sie förmlich in sich aufsaugte und die ganz allmählich die Kälte in ihrem Inneren verdrängte, hätte sie nicht überlebt, das war ihr klar. Sie war vollständig von ihm umgeben, sein Atem mischte sich mit ihrem, und sie schmeckte das Salz auf seiner Haut, das Schweiß und Meerwasser dort hinterlassen hatten. Sie spürte seinen Puls, die Anspannung seiner Muskeln, die Bewegung in seiner Kehle, wenn er schluckte. Irgendwann, wahrscheinlich schon bald, würde ihr die Erinnerung an diesen Moment zutiefst peinlich werden, aber jetzt, in diesem Augenblick, war ihr das völlig egal.

Wieder und wieder wurde sie von heftigem Zittern erfasst, während er leise auf sie einredete und sie fest an sich drückte. Ganz allmählich kehrte das Gefühl in ihre Gliedmaßen zurück, und ihre Haut begann zu prickeln. Ihre Hände schmerzten, in den Fingern stach es. Krampfhaft ballte Justine sie zu Fäusten und öffnete sie wieder. Wortlos griff Jason nach ihren Händen und drückte sie fest an seinen Körper.

„Tut mir leid“, krächzte sie, wohl wissend, dass ihre Hände eiskalt waren.

„Alles in Ordnung“, gab er schroff zurück. „Entspann dich.“

„Du bist wütend.“

Er machte sich nicht die Mühe, es zu leugnen. „Als ich dein Kajak kieloben im Wasser treiben sah …“ Er stockte, holte kurz Luft. „Ich wusste, selbst wenn ich es schaffen sollte, dich zu finden, würdest du in sehr schlechter Verfassung sein.“ Er klang zornig. „Weißt du, was passiert wäre, wenn ich ein paar Minuten länger gebraucht hätte, du leichtsinnige Idiotin?“

„Ich war nicht leichtsinnig“, platzte Justine heraus. „Das Wetter war nicht so schlecht, als ich …“ Ein heftiger Hustenanfall unterbrach sie.

„Du warst dickköpfig“, erwiderte er. „Stur wie ein Panzer.“

Und das ausgerechnet von dir, hätte sie am liebsten gesagt, aber sie schwieg, schwer atmend. Jedes Mal, wenn sie Luft holen wollte, musste sie schluchzen.

Sie spürte, wie Jason mit der Hand sanft über ihre nassen zerzausten Haare fuhr. „Weine nicht“, bat er leise und deutlich freundlicher. „Ich sage nichts mehr. Du hast genug für heute, mein armes Baby. Alles ist gut. Jetzt bist du in Sicherheit.“

Bemüht, die peinlichen Tränen zurückzuhalten, stemmte sie sich gegen ihn.

„Lass mich dich halten“, sagte er. „Ich bin zwar ein Arschloch, aber ich bin warm. Du brauchst mich.“ Er setzte sich auf, zog sie auf seinen Schoß und wickelte die Decken um sie beide. „Du hast mir entsetzliche Angst eingejagt“, murmelte er. „Als ich dich aus dem Wasser gezogen habe, warst du kaum noch bei Bewusstsein und schon blau angelaufen.“ Mit einem Zipfel der Decke trocknete er ihr die nassen Wangen. „Wenn das Rückschlüsse darauf zulässt, wie du auf dich achtest, dann schwöre ich, dass ich das künftig übernehmen werde.“ Er wiegte sie in seinen Armen, als wäre sie ein Kind, und murmelte ihr ins Haar. „Irgendwer muss auf dich aufpassen.“

Justines Schluchzen ließ nach, wurde zu einem leichten Schniefen. In seinen Armen fühlte sie sich geborgen, und sie konnte seinen Herzschlag hören. Noch nie, seit sie erwachsen war, hatte sie sich so sehr von jemandem abhängig gefühlt. Das sanfte Schaukeln hatte einschläfernde Wirkung. Sie wollte so gern schlafen, aber Jason stellte andauernd Fragen … Ob sie Krämpfe in den Beinen habe. Welcher Wochentag sei. Was draußen auf dem Wasser geschehen sei.

„Ich bin müde“, wehrte sie irgendwann ab, den Kopf an seiner Brust geborgen. „Ich will nicht reden.“

„Ich weiß, Baby, aber ich darf dich noch nicht einschlafen lassen.“ Seine Lippen streiften ihr Ohr. „Womit hast du als Kind am liebsten gespielt?“

Ein paar letzte Schauder durchliefen sie, gejagt von seinen warmen Händen.

„Plüschtier."
„Was für eins?"
„Hundebaby. Weiß mit schwarzen Flecken."
„Dalmatiner?"
Justine nickte. „Ich habe immer versucht, mir Zaubersprüche auszudenken, um ihn lebendig zu machen."
„Wie war sein Name?"
„Er hatte keinen." Mit der Zungenspitze leckte sie das Salz von ihren trockenen Lippen. „Ich wusste, dass ich ihn nicht behalten konnte. Kein Spielzeug konnte ich lange behalten. Wir sind zu oft umgezogen. War besser, nichts zu gern zu haben … Nein …", protestierte sie, als er sie aufrichtete.
„Deine Freundin hat dir Tee gebracht. Heb den Kopf. Nein, du hast keine Wahl. Du musst davon trinken."
Zögernd öffnete Justine den Mund, als er ihr den Becher an die Lippen hielt, und schluckte zaghaft. Die Flüssigkeit war warm und sehr süß, der Honig tat ihrer schmerzenden Kehle gut. Sie spürte, wie der Tee die Speiseröhre hinunterlief und gegen die innere Kälte kämpfte. „Noch einen Schluck", drängte Jason, und sie gehorchte, hob die Hände an den Becher und umklammerte ihn.
Je mehr sie trank, desto wärmer wurde ihr. Mit erschreckender Geschwindigkeit stieg die Temperatur unter der Decke zu der eines Lagerfeuers. Sie fühlte sich, als wäre sie von Kopf bis Fuß von der Sonne verbrannt. Keuchend versuchte sie, die Decke loszuwerden und frische Luft an sich heranzulassen.
„Halt still", befahl Jason.
„Mir ist zu heiß."
„Dein Wärmeempfinden ist gestört. Du bist noch lange nicht warm genug. Trink noch mehr Tee und bleib unter der Decke."
„Wie lange noch?"
„Bis du anfängst zu schwitzen."
„Ich schwitze schon." Sie konnte die Feuchtigkeit zwischen ihren Körpern spüren.

Er strich mit der Hand über ihren nackten Oberschenkel, ließ sie auf ihrer Hüfte liegen. „Ich schwitze“, erklärte er. „Du bist knochentrocken.“

Als sie zum Widerspruch ansetzte, hielt er ihr den Becher an die Lippen und zwang sie, noch einen Schluck zu trinken.

Dann schloss er sie wieder fest in die Arme und wandte seine Aufmerksamkeit Sage und Rosemary zu, die inzwischen auf den Stühlen neben dem Sofa Platz genommen hatten. Justine wollte sich gar nicht ausmalen, was sie aus der Situation schlossen.

Sage saß auf einem zierlichen Queen-Anne-Stuhl wie ein brütender Kolibri. Klein, mit rosigen Wangen und weißen Haaren, die ihr Gesicht in weichen Wellen wie Zuckerwatte umrahmten, strahlte sie Jason aus himmelblauen Augen an. Es fehlte nicht viel, und sie hätte ihn regelrecht angeschmachtet.

Rosemarys Haltung war viel weniger eindeutig. Sie saß auf dem zweiten Queen-Anne-Stuhl und musterte Jason aus schmalen Augen. Während Sage etwas Bezauberndes an sich hatte, war Rosemary groß, kantig, von hoheitsvoller Schönheit und ähnelte so einer schon etwas in die Jahre gekommenen Löwin.

Beide überschütteten Jason mit Fragen, und er erklärte, dass er am Morgen mit dem Boot und dem Kapitän der Chartergesellschaft rausgefahren sei, als es zwar schon bewölkt, aber doch noch relativ ruhig gewesen sei. Er hatte sich ein paar Stunden Zeit genommen, sich mit dem Boot vertraut zu machen, und war dann in den Hafen zurückgekehrt, um den Papierkram hinter sich zu bringen. Als das erledigt war, zog bereits der Sturm herauf, und es war eine Unwetterwarnung herausgegeben worden. Priscilla hatte Jason angerufen, bevor er den Hafen verließ, und ihm gesagt, dass Zoë sich Sorgen um Justine machte.

Justine hörte der Unterhaltung nur halb zu und hatte die ganze Zeit das Gefühl, gleich einen Hitzschlag zu erleiden. Unter der Decke, dicht an Jasons Brust gepresst, glühte sie förmlich. Als sie den Tee ausgetrunken hatte, nahm Jason ihr den leeren Becher ab und beugte sich vor, um ihn auf den Tisch zu stellen. Diese Bewegung ließ sie erstickt aufkeuchen. Jetzt, wo sie langsam auftaute, drohten die Hitze und seine körperliche Nähe sie beinah zu überwältigen. Nur der dünne Synthetikstoff seiner Shorts lag zwischen ihnen. Das machte es unmöglich, seinen harten maskulinen Körper zu ignorieren.

Sie war sich ihrer Nacktheit unter der Decke und der überaus intimen körperlichen Nähe nur zu bewusst. Dieses Gefühl der Verletzlichkeit gefiel ihr gar nicht. Angespannt lag sie neben ihm, doch sie konnte nicht verhindern, dass sie seine Hüfte direkt an ihrem Körper spürte und von einem unbändigen Begehren ergriffen wurde. Sie versuchte, ein Stück von ihm abzurücken, doch er legte unter der Decke seine Hand fest auf ihre Hüfte und zwang sie so zu Bewegungslosigkeit. Zitternd barg sie ihr Gesicht an seiner Schulter.

„Zoë hat uns angerufen, als sie den Sturm heraufziehen sah", erzählte Rosemary. „Justine war noch nicht da, und wir haben uns alle große Sorgen gemacht."

Jason erklärte, er sei mit dem Bayliner noch einmal rausgefahren, um nach Justine zu suchen. Der rasch an Stärke gewinnende Sturm verwandelte das, was eigentlich nur eine kurze Ausfahrt hätte werden sollen, in einen endlosen Kampf, das Boot auf Kurs zu halten. Schließlich entdeckte er Justines knallgelbes Kajak zwischen den Wellen und holte sie aus dem Wasser.

„Wir können Ihnen gar nicht genug danken", sagte Sage. „Justine ist wie eine Nichte für uns. Es wäre entsetzlich für uns gewesen, wenn ihr etwas passiert wäre."

„Für mich auch", erwiderte Jason.

Justine hob überrascht den Kopf und sah ihn an.

Er lächelte leicht und berührte ihr Gesicht, strich ihr mit dem Daumen über die Wange, wo sich ein feiner Schweißfilm gebildet hatte. „Ich glaube, jetzt ist sie warm genug", wandte er sich an Rosemary. „Ich bringe sie ins Bad, wenn Sie mir den Weg zeigen."

„Ich kann gehen", protestierte Justine.

Jason schüttelte den Kopf und strich ihr eine salzverkrustete Haarsträhne aus dem Gesicht. „Ich will nicht, dass du dich mehr als nötig bewegst. Mitunter kommt es bei Unterkühlung zu einem Rückfall, einem Afterdrop, bei dem die Körpertemperatur weiter absinkt, obwohl man nicht mehr der Kälte ausgesetzt ist."

„Nein, wirklich, mir …", setzte Justine zum Widerspruch an, aber er ignorierte sie und hob sie auf seine Arme, als wäre sie federleicht.

„Sieht ganz so aus, als würden Sie über Nacht bleiben, Mr Black", sagte Sage. „Dem letzten Wetterbericht nach zu urteilen hält der Sturm wahrscheinlich bis morgen an."

„Es tut mir leid, Ihnen zur Last zu fallen."

„Von Last kann keine Rede sein. Es steht ein Topf Suppe auf dem Herd, und wir haben zwei Laibe Brot der Dunklen Mutter im Ofen."

„Der Dunklen Mutter?", fragte Jason höflich interessiert.

„Das bezieht sich auf Hekate. Die Tag- und Nachtgleiche des Herbstes steht kurz bevor – wir nennen das Mabon. Das ist die modernere Bezeichnung für die Feier der …"

„Sage", unterbrach Justine sie. „Das will er doch gar nicht hören."

„Doch, will ich durchaus", widersprach Jason. „Vielleicht später. Wie wäre es mit heute Nachmittag?"

Sage lächelte ihn an. „Gern. Ich zeige Ihnen unseren Ernte-Altar. Ich glaube, er ist dieses Jahr besonders schön geworden …" Immer noch fröhlich plappernd, eilte Sage in Richtung Küche.

Jason folgte Rosemary durch das Haus ins Hauptschlafzimmer und das daran angrenzende Bad. Der Sturm wütete gegen den unerschütterlichen Leuchtturm aus Kalkstein und Holzschindeln, und der Regen prasselte so laut gegen die Fenster, als würden Murmeln auf den Boden geschüttet. Der Leuchtturm, der schon Tausenden Böen und Stürmen standgehalten hatte, ächzte in seinen Fundamenten. Auch diese lange ungemütliche Nacht würde er geduldig überstehen.

„Ich muss dringend ein paar Telefonate erledigen", wandte Jason sich an Rosemary.

„Wir haben schon in der Pension angerufen und Bescheid gesagt, dass Sie Justine hierhergebracht haben. Hier draußen haben Sie vermutlich keinen Empfang auf Ihrem Handy, aber Sie dürfen gern unser Festnetztelefon in der Küche benutzen."

„Danke." Er trug Justine ins Bad, stellte sie dort auf die Beine, wickelte ein Handtuch um sie und öffnete den Toilettendeckel. „Die Nieren arbeiten wie wild, wenn man heftig unterkühlt ist", erklärte er sachlich.

Justine warf ihm einen entsetzten Blick zu. Natürlich hatte er recht, aber so, wie er dastand, hatte er offenbar die Absicht, im Bad zu bleiben, während sie ihre Blase entleerte. „Bitte, ich kann dabei keine Zuschauer gebrauchen."

Zu ihrer Überraschung und Verärgerung schüttelte er den Kopf. „Jemand sollte bei dir bleiben, falls es Probleme gibt."

„Das tue ich natürlich", warf Rosemary von der Tür her ein.

„Lassen Sie sie aber keine Minute allein!"

„Ganz sicher nicht", gab die ältere Frau mit ärgerlich zusammengezogenen Brauen zurück. „Es gibt noch ein zweites Bad im Turmschlafzimmer des Hauses. Sie können dort duschen."

„Danke", erwiderte Jason, „aber erst einmal muss ich zurück an den Anleger, das Boot abdecken und das Wasser auspumpen. Das kann eine Weile dauern."

„Nein", widersprach Justine besorgt. Sie wollte nicht, dass Jason allein in den Sturm hinausging. Er musste müde sein nach allem, was er getan hatte – erst ihre Rettung aus dem Wasser, und dann hatte er sie an Land gebracht und all die Stufen vom Anleger hoch zum Haus getragen. „Du solltest dich erst ausruhen."

„Keine Sorge, mir wird schon nichts passieren." In der Tür blieb er stehen, den Blick abgewandt. „Nach dem Bad gehst du sofort ins Bett."

„Du kommandierst mich schon wieder herum", beschwerte Justine sich, aber ihre Stimme klang viel zu schwach, um wirklich anklagend zu sein.

Er schaute sie immer noch nicht an, aber sie sah, wie ein Lächeln um seine Lippen zuckte. „Gewöhn dich dran“, meinte er. „Jetzt, wo ich dir das Leben gerettet habe, bin ich für dich verantwortlich.“

Damit verließ er das Bad, und Rosemary sah dem merkwürdigen Fremden entgeistert nach.

Nachdem Justine sich vorsichtig in die warme Behaglichkeit der Wanne hatte gleiten lassen, legte Rosemary ein mit Kräutern gefülltes Säckchen ins Wasser. „Das hilft gegen die Muskelschmerzen“, sagte sie. „Und der Tee, den Sage für dich aufgebrüht hat, war ein besonderer Heiltee. Schon bald wirst du dich wieder wie neu fühlen.“

„Ich habe mir schon gedacht, dass sie irgendwas Heilendes hineingetan hat“, meinte Justine. „Gleich nach dem Trinken habe ich mich viel wärmer gefühlt.“

„Ich schätze, unter einer Decke mit Mr Black zu kuscheln hat erheblich dazu beigetragen, dass dir wärmer wurde“, gab die ältere Frau mit sanft bissigem Unterton zurück.

„Rosemary“, protestierte Justine und lachte verwirrt.

„Wie lange bist du schon mit ihm zusammen?“

„Wir sind nicht zusammen.“ Justine starrte auf die Wasseroberfläche, die durch das kaum merkliche Zittern ihrer Beine winzige Wellen schlug. „Wir sind einmal gemeinsam essen gegangen. Das ist alles.“

„Was ist aus deinem letzten Freund geworden? Wie hieß er doch gleich?“

„Duane.“

„Ich mochte ihn.“

„Ich auch. Aber ich hab’s vermasselt. Wir haben uns über irgendeine dumme Kleinigkeit gestritten. Ich weiß nicht mal mehr, worüber. Jedenfalls bin ich furchtbar wütend geworden und habe …“ Sie brach ab und wühlte mit einer Hand die Wasseroberfläche auf. „Der Scheinwerfer seines Motorrades ist explodiert. Ich habe versucht, dafür eine Erklärung zu liefern, aber

Duane wusste genau, dass ich das verursacht hatte. Jetzt bekreuzigt er sich jedes Mal, wenn wir uns in der Stadt begegnen, und macht sich schnellstens vom Acker."

Rosemary musterte sie scharf. „Warum hast du mir nichts davon erzählt?"

„Das habe ich gerade." Justine spürte leises Unbehagen in sich aufsteigen angesichts von Rosemarys bestürztem Tonfall. „Ich wollte dich nicht mit jeder kleinen Wendung meines Liebeslebens belästigen, und außerdem ..."

„Ich meine nicht die Sache mit Duane", fiel Rosemary ihr ins Wort, „sondern die Lampe, die explodiert ist."

„Oh ... Nun ja, das ist ja nichts so Ungewöhnliches, oder? Ich habe dich und Sage und ein paar von den anderen Mitgliedern des Zirkels schon solche Zaubertricks zeigen sehen."

„Nach jahrelangem Training, aber nicht als Anfänger." Rosemarys Gesichtsausdruck ließ Justine bedauern, dass sie den Scheinwerfer erwähnt hatte. „Das ist kein Zaubertrick, Justine, sondern eine gefährliche Fähigkeit. Besonders, wenn man sich noch nicht die nötigen Techniken für Konzentration und Erdung angeeignet hat. Außerdem sollte so etwas nie passieren, nur weil man wütend ist."

„Ich tu's nicht wieder", beschwichtigte Justine sie. „Ich wollte es ja auch gar nicht tun."

Rosemary griff nach einem Handtuch, das auf dem Waschbeckenrand lag, schüttelte es aus und faltete es unnötigerweise neu. „Ist das nur das eine Mal passiert?"

„Ja", gab Justine prompt zurück.

Rosemary zog die Brauen hoch.

„Nein", räumte Justine ein und bemühte sich, locker zu klingen. „Kann sein, dass ich schon mal einen Kurzschluss verursacht habe."

„Was?"

„Mir ist eine Dose Bohnerwachs auf den Fuß gefallen", verteidigte sie sich. „Ich bin auf einem Bein durchs Zimmer gehüpft, habe geflucht, und plötzlich gab es einen Kurzschluss. Ich musste runter in den Keller zum Sicherungskasten und die Sicherung wieder einschalten."

„Bist du sicher, dass du den Kurzschluss ausgelöst hast? Das war kein Zufall?"

Justine schüttelte den Kopf. „Nein, ich habe gespürt, wie eine seltsame Energie unter meiner Haut floss."

„Depolarisation." Rosemary schüttelte das Handtuch noch einmal aus und faltete es wieder. „Alle lebenden Zellen erzeugen natürliche elektrische Ladungen. Aber ein paar Menschen können so starke Ladungen aufbauen, dass schließlich ein Stromschlag erzeugt wird. Wie ein Zitteraal."

„Kann das jede Hexe?"

„Nein, nur geborene Hexen und auch von ihnen nur wenige."

Entschlossen, die Sache herunterzuspielen, wedelte Justine mit den Fingern in der Luft. „Und was meinst du, wie viel Energie ich da drin habe?"

„In etwa so viel wie ein durchschnittlicher Defibrillator", gab Rosemary mit gemessener Strenge zurück.

Verdutzt ließ Justine ihre Hände sinken.

„Du hast keine Wahl, Justine. Du brauchst eine Ausbildung. Ein Mitglied des Zirkels – am besten Violet oder Ebony – wird dir helfen, damit umzugehen. Sonst wirst du zur Gefahr für dich und andere."

Justine stöhnte. Sie wusste, je mehr sie mit dem Zirkel zu tun hatte, desto mehr würde man sie bedrängen, sich ihm anzuschließen. „Ich komme allein damit klar. Das passiert nicht wieder."

„Weil du es so beschlossen hast?", fragte Rosmary scharf.

„Genau."

Das trug ihr einen strengen Blick ein. „Du kannst deine Kräfte nicht kontrollieren, Justine. Du bist wie eine Sechsjährige am Steuer eines Autos. Sage wird später mit dir darüber reden. Ich bin sicher, dass sie dich zur Vernunft bringen kann."

Justine verdrehte die Augen und stupste das treibende Kräutersäckchen mit ihren Zehen an. Müßig spielte sie mit der Kette um ihren Hals, ließ die Finger daran entlang wandern bis zu dem kleinen Kupferschlüssel, der zwischen ihren Brüsten hing. Sie nahm den Schlüssel und klopfte damit gedankenverloren an ihre Lippen. Eine Sturmbö peitschte mit erschreckender Wucht und wild heulend gegen das Badezimmerfenster.

Justine hörte, wie Rosemary scharf die Luft einzog, und schaute zu ihr hinüber.

Die ältere Frau wandte den Blick vom Fenster ab, ließ ihn zu dem Schlüssel in Justines Hand und wieder zurück zum Fenster wandern. „Du hast die Ges gebrochen", stieß sie benommen hervor. „Nicht wahr? Die Geister sind in Aufruhr."

„Ich …", setzte Justine an, aber die Worte erstarben ihr auf den Lippen, als sie Rosemarys Gesichtsausdruck wahrnahm, einen Ausdruck, den sie noch nie an ihr gesehen hatte.

Angst.

„Oh, Justine", stöhnte Rosemary schließlich. „Was hast du getan?"

Bevor Justine irgendetwas zugab, bestand sie darauf zu erfahren, was Rosemary und Sage über die Ges wussten und warum sie ihr nie etwas davon gesagt hatten. Damit gerieten sie in eine Sackgasse. „Wir sprechen später darüber, wenn du dich ausgeruht hast", sagte Rosemary schließlich.

Und wenn Sage hier ist, um zu verhindern, dass das Gespräch aus dem Ruder läuft und in Streit endet, ergänzte Justine im Stillen.

Rosemary half ihr aus der Wanne und gab ihr ein weißes Flanellnachthemd, das sie anziehen konnte. „Du legst dich jetzt hin und ruhst dich für den Rest des Nachmittags aus", wies sie Justine an. „Heute Nacht kannst du im Turmschlafzimmer bleiben." Sie machte eine diplomatische Pause. „Wird Mr Black bei dir schlafen oder hier unten auf dem Sofa?"

„Auf dem Sofa, denke ich." Justine seufzte behaglich auf und ließ sich auf das alte Himmelbett mit seiner dicken weichen Matratze zurücksinken. Rosemary schob ihr ein paar Kissen zurecht und deckte sie mit einem Quilt aus Seiden-, Samt- und

Brokatstoffen zu, die auf einen Trägerstoff aus weichem Leinen aufgebracht waren.

Der Sturm hatte noch zugenommen, und der Nachmittagshimmel war tiefgrau. Ein Blitz ließ Justine zusammenzucken. Sie dachte an Jason. Hoffentlich kam er bald zurück. Sie wollte ihn im Haus in Sicherheit wissen.

Rosemary setzte sich an ihr Bett und begann, ihre frisch gewaschenen, noch feuchten Haare zu einem Zopf zu flechten.

Die Hände der alten Frau in ihrem Haar erinnerten Justine an die unzähligen Male, die Rosemary das für sie getan hatte, als sie noch klein war. In dem permanenten Wirbelsturm einer Kindheit mit Marigold hatte Justine ihre Besuche im Leuchtturm genossen. Hier war das Leben ruhig und entspannt gewesen, und daran hatte sich bis heute nichts geändert. Sage hatte altmodische Lieder auf dem Klavier gespielt, Rosemary hatte Justine mit auf den Leuchtturm genommen und sie beim Reinigen der Fresnellinsen helfen lassen. Unter ihrer bedingungslosen Zuneigung war Justine aufgeblüht.

Spontan kuschelte sie sich an Rosemary.

Sanft berührte deren Hand ihre Wange.

Sage betrat das Zimmer und summte „Pennies From Heaven" vor sich hin. In den Armen hielt sie einen Stapel in Seidenpapier gewickelte Kleidungsstücke, die sie vorsichtig aufs Bett legte.

„Was ist das?", fragte Rosemary und nahm ihre Arbeit an Justines Haaren wieder auf.

„Mr Black braucht etwas zum Anziehen. Ich habe die Zederntruhe geöffnet und ein paar von Neils alten Sachen herausgesucht. Sie werden ihm gut passen."

Justine unterdrückte ihr Grinsen, als sie sah, wie sehr Sage es genoss, mal wieder einen Mann im Haus zu haben.

„Großer Hades", erklärte Rosemary verdrießlich, „diese Sachen stammen noch aus den Sechzigern des vorigen Jahrhunderts."

„Sie sind einwandfrei erhalten", gab Sage bedächtig zurück und wickelte sie aus dem Papier. „Und der Vintage-Stil ist heutzutage wieder ganz in Mode." Sie hielt ein cremefarbenes

Leinenhemd mit schlichtem Kragen hoch. „Perfekt. Und die hier …“ Mit diesen Worten schüttelte sie eine schmal geschnittene, dezent rotbraun karierte Freizeithose aus.

„Die reicht Mr Black nicht mal bis zu den Knöcheln“, warf Rosemary säuerlich ein. „Neil war kaum größer als du, Sage.“

Sage breitete die Kleidungsstücke auf der Bettdecke aus und musterte sie prüfend. „Natürlich muss ich ein paar Änderungen vornehmen.“ Dann murmelte sie ein paar Worte in sich hinein und wedelte mit ihrer Hand. „Wie groß ist Mr Black deiner Meinung nach, Justine?“

„Ungefähr eins achtzig.“

Sage zog am Saum eines Hosenbeins. Mit jedem kleinen Zug dehnte sich der Stoff, bis er schließlich etwa acht Zentimeter länger war. Sie wirkte den Zauber so lässig und leicht, dass Justine sie dafür bewunderte. „Ein sehr gut aussehender Mann, nicht wahr?“ Das war keine Frage, sondern eine Feststellung. „Und von der Natur so gut ausgestattet.“

„Sage“, protestierte Justine.

„Ich meine doch nicht, was du denkst, Liebes. Ich meine gut ausgestattet in Sachen Aussehen und Intelligenz. Obwohl …“ Sage machte sich daran, auch den Schritt der Hose ein wenig zu weiten. Dann hielt sie sie hoch. „Was meinst du? Ist das so weit und bequem genug für ihn?“

„Ich glaube, du hast ein bisschen zu viel Interesse an seiner körperlichen Ausstattung“, stellte Justine fest.

Rosemary schnaubte abfällig. „Sage versucht nur auf ihre übliche umschweifende Art herauszufinden, ob du mit ihm geschlafen hast, Justine.“

„Nein“, gab Justine lachend zurück. „Habe ich nicht, und ich habe es auch nicht vor.“

„Das ist vermutlich auch besser so“, meinte Sage.

„Sehe ich genauso“, setzte Rosemary prompt hinzu.

Sage lächelte ihre Partnerin an. „Du hast es also auch bemerkt.“ Damit wandte sie sich dem Leinenhemd zu und verlängerte die Ärmel.

„Natürlich." Rosemary war mit Justines Zopf fertig und sicherte ihn mit einem Haarband.

Verwirrt ließ Justine ihren Blick zwischen den beiden Frauen hin und her wandern. „Was habt ihr bemerkt? Wovon redet ihr eigentlich?"

„Mr Black hat keine Seele, Liebes", antwortete Sage gleichmütig.

12. KAPITEL

Und was bedeutet das?" Gespannt riss Justine die Augen auf. „Jason hat mir neulich Abend genau das Gleiche erzählt."

„Er weiß es also?", fragte Sage und legte die Hose sorgfältig zusammen. „Faszinierend. Normalerweise haben sie keine Ahnung." Dabei warf sie Rosemary einen vielsagenden Blick zu.

„Kann mir bitte jemand erklären, was das bedeutet", drängte Justine. „Wollt ihr damit sagen, dass er ein gefühlskalter Soziopath oder so was ist?"

„Aber nein, ganz und gar nicht." Sage lachte in sich hinein, beugte sich vor und tätschelte Justine das Knie. „Ich habe etliche absolut liebenswerte Menschen kennengelernt, die keine Seele haben. Daran ist überhaupt nichts zu kritisieren, und man kann auch nichts dagegen tun. Es ist einfach so."

„Woher wisst ihr, dass er keine Seele hat? Wer hat euch das erzählt?"

„Geborene Hexen haben normalerweise ein Gespür für Seelenlose. Hast du nichts gefühlt, als du Mr Black zum ersten Mal begegnet bist?"

„Eine Sekunde lang hatte ich sozusagen den Drang, Abstand zwischen uns zu bringen", antwortete Justine nach einigem Überlegen. „Ich wusste aber nicht, warum."

„Genau. Ab und an überkommt einen dieses Gefühl, wenn man jemanden kennenlernt. Aber natürlich darfst du das niemals erwähnen. Die meisten Seelenlosen wissen nicht, was ihnen fehlt, und sie würden es auch niemals wissen wollen."

Justine war auf unerklärliche Weise durcheinander. „Ich verstehe nur Bahnhof."

„Selbst ohne Seele", erklärte Rosemary, „hättest du immer noch Gefühle, Gedanken, Erinnerungen. Du wärst immer noch derselbe Mensch. Aber dir würde ... Transzendenz fehlen. Wenn der Körper stirbt, würde nichts bleiben."

„Kein Himmel, keine Hölle“, erwiderte Justine langsam. „Kein Walhall, kein Sommerland, keine Unterwelt ... einfach nur puff, und weg bist du – für immer?“

„Genau.“

„Ich habe mich schon oft gefragt, ob sie es nicht doch irgendwie spüren. Unterbewusst“, sinnierte Sage. „Menschen ohne Seele scheinen selten alt zu werden, und sie leben meistens sehr intensiv. Als wäre ihnen klar, wie begrenzt ihre Zeit ist.“

„Das erinnert mich an das kleine Gedicht, das du so sehr magst, Sage. Das über die Kerze.“

„Edna St. Vincent Millay. ‚Meine Kerze brennt an beiden Enden. Sie dauert nicht die Nacht. Aber ach, ihr Feinde und Freunde, ein schönes Licht sie macht!‘“

„Das beschreibt die Seelenlosen am besten“, wandte Rosemary sich an Justine. „Sie sind Getriebene, wollen alles erleben, was sie nur erleben können, bevor sie endgültig dahingehen. Menschen mit unersättlicher Gier. Aber ganz gleich, wie viel Erfolg sie haben, was sie alles erreichen, es ist ihnen nicht genug ... und sie begreifen nie, warum.“

„Wie kommt es dazu, dass ein Mensch keine Seele hat?“, fragte Justine mit gedämpfter Stimme.

„Manche Leute werden einfach ohne Seele geboren. Das ist eine Eigenschaft wie die Farbe der Augen oder die Schuhgröße.“

„Aber das ist so unfair!“

„Ja. Das Leben ist oft unfair.“

„Wie kann man das in Ordnung bringen?“, bohrte Justine weiter. „Wie könnte jemand, der keine Seele hat, eine bekommen?“

„Gar nicht“, gab Rosemary zurück. „Es geht nicht. Unmöglich. Zumindest habe ich noch nie gehört, dass so etwas geschehen wäre.“

„Aber wenn ihnen bewusst wird, dass sie keine Seele haben“, fiel Sage ein, „dann wird es wirklich gefährlich. Jedem Lebewesen ist der Selbsterhaltungstrieb zu eigen: Es hat den Drang, das eigene Dasein zu bewahren. Wenn irgendetwas einem Mann wie

Jason Black eine Chance auf die Ewigkeit verspräche – gäbe es was, vor dem er zurückschrecken würde?“

Nein. Er würde vor nichts haltmachen.

Justines Hand kroch unwillkürlich an ihre Brust, wo der kleine Kupferschlüssel unter ihrem Nachthemd verborgen war.

Rosemary betrachtete sie voller Mitgefühl. „Wie ich sehe, verstehst du jetzt. Sich mit einem Mann wie Jason Black einzulassen, könnte zu einem Tanz mit dem Teufel werden.“

„Könnte Jason jemanden lieben, wenn er keine Seele hat?“

„Natürlich“, erwiderte Sage. „Er hat schließlich ein Herz. Das Einzige, was er nicht hat, ist Zeit.“

Nachdem er sich um das Boot gekümmert hatte, machte Jason sich auf den langen, beschwerlichen Aufstieg zurück zum Leuchtturm. Die alten Steinstufen waren in keinem guten Zustand, etliche hatten sich geneigt, viele waren gesprungen, alle waren in der Mitte rundlich ausgetreten. Der Regen hatte sie gefährlich rutschig werden lassen, Windböen trafen Jason aus verschiedenen Richtungen und drohten, ihn aus dem Gleichgewicht zu bringen. Er wusste immer noch nicht, wie er es geschafft hatte, Justine über diese Stufen nach oben zu tragen, ohne zu stürzen. Wahrscheinlich war er zu vollgepumpt mit Adrenalin gewesen, um auch nur einen Gedanken daran zu verschwenden, was hätte passieren können.

Er bezweifelte, dass er sich jemals von dem Anblick erholen würde, der sich ihm geboten hatte, als er Justine im Kampf mit den Wellen fand. Ihr Gesicht war grau gewesen, resigniert in dem Wissen, sterben zu müssen. Ohne jeden Zweifel hätte er alles für sie getan, alles riskiert. Er hätte sein Leben für sie gegeben, ihr sein eigenes Blut übertragen, wenn sie das hätte retten können. Und diese Bereitschaft zur Selbstaufopferung war gelinde gesagt etwas gänzlich Neues für ihn.

Er hatte nicht versucht, vernünftige Gründe zu finden, die dagegen sprachen. Mehr noch: Er *wollte* keine Gründe finden. Und das war besonders seltsam. Seine Empfindungen für Justine ließen ihm keine Wahl, genauso wenig wie er eine Wahl hatte, ob er atmen, schlafen oder essen sollte. Eigentlich war es noch zu früh, um sich seiner Gefühle für sie so sicher zu sein. Aber selbst das war ihm egal.

Seine bisherigen Beziehungen hatte er stets beendet, wenn sie unbequem oder langweilig geworden waren. Und jedes Mal hatte Jason sich neuen Zielen zugewandt, in der arroganten Überzeugung, dass die Liebe ihn niemals bezwingen würde.

Was für ein Idiot er doch gewesen war.

Jetzt wusste er: Wahre Liebe konnte man nicht einfach beenden. Sie war so unausweichlich wie die Schwerkraft. Sich wirklich zu verlieben, das war ein unaufhaltsamer Sturz ins Bodenlose, und es gab nur eine Möglichkeit, sich dabei nicht wehzutun – weiterzufallen und niemals unten aufzuschlagen.

Als Jason die obersten Stufen erreichte, sah er sich den Leuchtturm genauer an. Er war im Stil der Jahrhundertwende gebaut, aus Kalkstein und Holzschindeln, mit einer umlaufenden Veranda, die von Holzsäulen gestützt wurde. Der achteckige Turm, der in das Leuchtturmwärterhaus integriert war, ragte hoch über das steile Giebeldach hinaus.

Jason ging an der Nebelglocke auf der Vorderveranda vorbei, schob die Tür auf und drückte sie, gegen den Sturm ankämpfend, wieder zu. Er zog seine Jacke aus und hängte sie auf einen Haken, dann streifte er die durchweichten Segelschuhe ab. Das T-Shirt, das er sich wieder angezogen hatte, bevor er zum Anleger hinuntergestiegen war, klebte ihm kalt und feucht auf der Haut. Seine Shorts waren zwar inzwischen wieder trocken, aber er fühlte sich am ganzen Körper klebrig und salzverkrustet. Der Duft ofenwarmen Brotes zog durch das Haus, und ihm lief das Wasser im Mund zusammen. Er war am Verhungern.

„Mr Black." Mit wippenden silbernen Locken eilte Sage auf ihn zu, einen Stapel weißer Handtücher in den Armen. „Die sind für Sie", sagte sie fröhlich.

„Danke. Nennen Sie mich bitte Jason." Er rubbelte sich kurz mit einem Handtuch über die Haare und den Nacken. „Wie geht es Justine?", wollte er wissen.

„Sie schläft gemütlich in unserem Schlafzimmer. Rosemary ist bei ihr."

„Vielleicht sollte ich nach ihr sehen", meinte Jason. Er spürte eine seltsame Enge in der Brust, wie eiserne Bande um sein Herz. Sorge. Noch eine neue Flagge auf seiner Landkarte der Gefühle.

„Justine ist eine gesunde junge Frau", beruhigte Sage ihn sanft. „Ein bisschen Ruhe, und schon ist sie wieder obenauf." Sie warf ihm einen gehemmten Blick zu, als hätte irgendetwas an seinem Gesichtsausdruck sie irritiert. „Was Sie heute getan haben, war sehr mutig von Ihnen. Ich verstehe, was es für einen Mann in Ihrer Lage bedeutet, solch ein Risiko einzugehen."

Ein Mann in seiner Lage? Was genau mochte sie damit meinen?

„Kommen Sie, ich zeige Ihnen unser Gästebad", fuhr sie fort. „Sie können eine schöne heiße Dusche nehmen und sich etwas Trockenes anziehen."

Er verzog das Gesicht. „Leider habe ich kein trockenes Hemd oder …"

„Keine Sorge, mein lieber Junge. Ich habe Ihnen ein paar Sachen herausgesucht, die meinem verstorbenen Mann gehört haben. Er würde sich freuen, dass jemand sie gebrauchen kann."

„Ich möchte eigentlich nicht …", begann Jason. Der Gedanke, Kleidung von einem Verstorbenen anzuziehen, war ihm äußerst unbehaglich. Aber dann wurde ihm bewusst, was Sage gesagt hatte. „Sie waren verheiratet?"

„Ja. Neil war hier der Leuchtturmwärter. Nach seinem Tod habe ich seine Aufgaben übernommen. Kommen Sie, ich zeige Ihnen das Gästezimmer. Wir machen die große Runde. So lernen Sie das ganze Haus kennen."

„Der Leuchtturm ist nicht mehr in Betrieb, oder?"

„Nein. Er wurde in den frühen Siebzigern stillgelegt. Die Küstenwache hat ihn mir für einen Appel und ein Ei verkauft. Und dafür, dass ich das Haus in Schuss halte, bekomme ich eine lebenslange Rente von einer privaten Stiftung, die sich um die Erhaltung historischer Bauten kümmert. Nachher müssen Sie unbedingt den Turm besteigen. Die Original-Fresnellinsen sind noch alle vorhanden. Sie sind aus französischem Kristall – sehr hübsch, wie Skulpturen des Art Déco."

Die Zimmer waren in zarten Schattierungen von Türkis und Seegrün gestrichen und mit gemütlichen Polster- und Holzmöbeln eingerichtet. Das Hauptzimmer grenzte an eine große Küche und einen kleineren Raum, der offenbar verschiedenen Zwecken diente. „Dieses Zimmer ist sozusagen unser Arbeitszimmer", erklärte Sage. „Meistens benutzen wir es für unsere Projekte, aber wenn wir Gäste haben, so wie heute, dann ziehen wir den Tisch aus und benutzen den Raum als Esszimmer."

In einer Ecke des Zimmers entdeckte Jason einen antiken Taucherhelm aus Bronze in einem Einbauregal. Er trat näher. Der Helm hatte eine Frontscheibe aus Glas, einen mit Kette und Stift gesicherten Bolzenverschluss und eine Dichtung aus Leder. „Der sieht aus wie aus einem Roman von Jules Verne. Wie alt ist er?"

„Baujahr neunzehnhundertachtzehn – ungefähr." Sage lachte erstaunt auf. „Neil hat dasselbe gesagt, als er ihn kaufte. Der Helm erinnere ihn an Jules Verne. Haben Sie einen seiner Romane gelesen?"

„Die meisten", gab Jason lächelnd zurück. „Jules Verne hat es geschafft, eine Menge Erfindungen vorherzusagen, die später Wirklichkeit wurden. U-Boote, Videokonferenzen, Raumschiffe … Ich konnte mich nie entscheiden, ob er nun ein Genie oder ein Magier war."

Das schien ihr zu gefallen. „Vielleicht von beidem ein wenig."

Sage führte ihn in das Gästezimmer im Stockwerk unterhalb der alten Lichtanlage des Turms. Es war ein Zimmer wie aus einem Märchen, achteckig mit Erkerfenstern und gepolsterten Bänken, die an den Wänden entlangliefen. Die einzigen Möbelstücke darin waren ein geräumiges Eisenbett mitten im Zimmer und ein winziger bemalter Holztisch daneben. Offenbar wurde es nachts kalt in dem Zimmer. Jedenfalls lagen mehrere elfenbeinfarbene Quilts und ein Haufen Kissen auf dem Bett. Auf der obersten Decke waren ein schlichtes Hemd und eine Hose ausgebreitet. „Ich fürchte, wir haben keine passenden Socken für Sie“, meinte Sage bedauernd. „Bis Ihre Schuhe trocken sind, werden Sie barfuß gehen müssen.“

„Im Haus meiner Großmutter in Japan bin ich immer barfuß gegangen“, gab Jason zurück.

„Sie sind teilweise Japaner? Ah, das erklärt ihre Wangenknochen und die schönen braunen Augen.“

Er lachte leise in sich hinein. „Sie flirten ja, Sage.“

„In meinem Alter kann ich es mir leisten, so viel zu flirten, wie ich will, ohne dass das Ärger macht.“

„Ich glaube, Sie könnten eine Menge Ärger machen, wenn Sie wollten.“

Sage kicherte. „Und wer flirtet jetzt?“ Sie deutete auf ein kleines Badezimmer mit einer altmodischen Dusche. „Die Toilettenartikel für Gäste liegen in dem Korb unter dem Waschtisch. Sie haben jede Menge Zeit, ein Nickerchen zu machen. Ruhen Sie sich aus, und niemand wird Sie stören.“

„Danke, aber normalerweise mache ich kein Nickerchen.“

„Sie sollten es mal versuchen. Nach ihrer heutigen Heldentat müssen Sie müde sein.“

„Das war nicht heldenhaft“, widersprach Jason. Das Lob löste Unbehagen in ihm aus. „Ich habe nur getan, was nötig war.“

Sie lächelte ihn an. „Ist das nicht genau das, was einen Helden ausmacht?“

13. KAPITEL

Drei Stunden später ging Jason wieder nach unten. Er hatte geduscht, sich rasiert und Sages Rat beherzigt, sich ein wenig hinzulegen. Obwohl es ihm normalerweise nahezu unmöglich war, ein Nickerchen zu machen, war er innerhalb weniger Minuten eingeschlafen. Wahrscheinlich lag es an dem Turmzimmer, entschied er. Der hochgelegene und isolierte Raum, umgeben von Sturm und Meer, hatte es ihm ermöglicht, sich so tief zu entspannen, als hätte er stundenlang meditiert.

Die Kleidungsstücke, die Sage ihm herausgesucht hatte, waren weich und bequem. Weder rochen sie muffig, noch hatten sie Stockflecken oder waren verblichen, wie er es bei so alten Sachen erwartet hätte. Dem Stoff entströmte ein frischer Zederngeduft. Jason besaß maßgeschneiderte Hemden aus London und Hongkong, die weniger gut passten. Diese Kleider hätten durchaus extra für ihn angefertigt sein können, und ihm war bewusst, dass das vermutlich kein Zufall war.

Bis jetzt, ging es Jason durch den Kopf, genoss er die Gesellschaft von Hexen weitaus mehr, als er gedacht hätte.

Im Erdgeschoss angelangt, fand er das Hauptzimmer leer vor. Appetitliche Düfte hingen in der Luft, und aus der Küche hörte er Stimmen und das Geklapper von Kochgeschirr. Er blieb in der Tür zum Arbeitszimmer kurz stehen und sah, dass der Tisch mit einer weißen Leinendecke, Essgeschirr, Besteck und funkelnden Gläsern gedeckt war.

Justine war dabei, die Kerzen anzuzünden. Sie lief barfuß, ihr Haar fiel offen über die Schultern. In dem dünnen blauen Sweater und dem langen geblümten Rock, der ihre schlanke Figur betonte, wirkte sie ungemein attraktiv. Da sie mit dem Rücken zu ihm stand, hatte sie ihn noch nicht bemerkt. Er sah zu, wie sie etliche Male den Butan-Feueranzünder betätigte, aber es kam einfach keine Flamme. Der Sweater rutschte ihr von der blassen, elfenbeinfarbenen Schulter. Ungeduldig zog sie ihn wieder hoch, legte dann den Kerzenanzünder beiseite und schnippte vor jeder Kerze einfach mit den Fingern. Eine nach der anderen flammten die Dochte hell auf.

Wieder Hexerei. Obwohl Jason rein äußerlich keine Reaktion zeigte, überraschte es ihn, wie Justine mit ihren Fingerspitzen Funken erzeugen konnte. Herr im Himmel, welche Fähigkeiten mochte sie noch haben? Ohne den Blick von ihr zu wenden, schob er die Hände in die Hosentaschen und lehnte sich lässig an den Türpfosten.

Die Dielen knarzten unter seinen Füßen. Justine zuckte zusammen und wirbelte herum.

Das Blut wich aus ihrem Gesicht, ihre Augen weiteten sich erschrocken. „Oh. Ich …" Eine hilflose Geste zum Tisch hinter ihr. „Trickkerzen."

Um seine Lippen zuckte es leicht. „Wie geht es dir?"

„Gut. Sehr gut." Sie klang außer Atem und musterte ihn rasch, ein wenig nervös. „Und dir?"

„Ich habe Hunger."

Sie deutete kurz in Richtung Küche und hätte dabei beinah einen Kerzenleuchter umgeworfen. „Das Abendessen ist fast fertig. Die Sachen stehen dir großartig." Erneut schob sie den Sweater über ihre Schulter nach oben.

„Wie geht es dir wirklich?"

„Besser, seitdem du mich aufgetaut hast." Sie errötete leicht. „Danke."

„Keine Ursache. Ich habe das gern getan", gab Jason zurück und strich ihr mit den Fingern leicht durch die Haare. Dann schob er sanft den Sweater wieder von ihrer Schulter und streichelte die seidenweiche Haut. Er hörte, wie sich ihr Atemrhythmus änderte, und dachte daran, was er am liebsten mit ihr getan hätte. Wie er sich wünschte, langsam in sie einzudringen, ihr Lust zu bereiten und sie in Besitz zu nehmen. Er musste sich zwingen, sie loszulassen, solange er dazu noch in der Lage war.

Justine zog sich in die Küche zurück. Sie wirkte verstört. Jason ging zur Haustür und öffnete sie. Er brauchte dringend frische Luft.

Eine eiskalte Bö traf ihn, und er versuchte, sich in Gedanken eine friedvolle Szenerie auszumalen ... einen Gletscher in Alaska, eine schneebedeckte Bergspitze. Als das nicht funktionierte, dachte er an Finanzkrisen in aller Welt. Piranhas. Oompa Loompas. Als auch das nicht funktionierte, ging er im Geiste die Primzahlen durch, und zwar rückwärts von tausend bis eins. Bei 613 angelangt, hatte er sich endlich wieder so weit gefangen, dass er ins Arbeitszimmer zurückgehen konnte.

Justine stellte Suppentassen mit Gemüsesuppe auf den Tisch. Sie warf ihm einen kurzen Blick zu, die Wangen gerötet.

„Kann ich irgendwie helfen?“, bot er an.

„Nicht nötig, es ist alles fertig“, antwortete Rosemary, die mit Körben voller ofenwarmem Brot aus der Küche kam. „Nehmen Sie bitte Platz.“

Er rückte die Stühle für Rosemary und Sage zurecht und setzte sich dann neben Justine.

Rosemary segnete das Mahl, dankte der Erde, die diese Nahrungsmittel hatte wachsen lassen, der Sonne, die sie hatte reifen lassen, dem Regen, der sie gewässert hatte, und so weiter.

„Jason“, bat Sage nach dem Segensspruch, „erzählen Sie uns doch bitte von Ihren ausländischen Verwandten. Ich finde das so faszinierend. Waren Ihre Großeltern beide Japaner?“

„Nein, mein Großvater war ein amerikanischer Soldat, der während des Vietnamkriegs in Naha Port stationiert war. Das ist eine Versorgungsbasis auf Okinawa. Er heiratete meine Großmutter gegen den Willen ihrer Familie. Wenig später ist er gefallen, aber da war meine Großmutter bereits schwanger mit meiner Mutter.“

Justine hielt ihm einen Brotkorb hin. „Wie ist deine Mutter schließlich in Amerika gelandet?“

„Als Teenager hat sie Sacramento besucht, um ein paar ihrer amerikanischen Verwandten kennenzulernen – und ist kurzerhand geblieben.“

„Warum ist sie nicht zurück nach Japan gegangen?"

„Ich glaube, sie wollte die Chance nutzen, eine Weile unabhängig zu leben. In Okinawa behielt ihre Familie sie sehr intensiv im Auge. Dort lebten alle unter einem Dach: meine Großmutter, etliche Tanten, Onkels, Cousins und Cousinen."

„Himmel und Hekate", rief Rosemary, „Wie groß war denn das Haus?"

„Ungefähr 270 Quadratmeter Wohnfläche, aber dort bieten sie sehr viel mehr Platz, als das hier in Amerika der Fall wäre. Die Zimmer sind äußerst sparsam möbliert, und nirgends steht etwas herum. Außerdem konnte das Innere durch Papierschiebewände unterteilt werden. Wenn es Schlafenszeit war, legten alle ihre Futons auf den Boden, und die Schiebewände wurden geschlossen."

„Wie hält man das aus – so ganz ohne Privatsphäre?", fragte Justine.

„Ich habe gelernt, dass Privatsphäre nicht von Wänden und Türen abhängig sein muss. Zumindest nicht von äußeren. Zwei Menschen können in einem Raum sitzen und lesen oder arbeiten, ohne auch nur ein Wort miteinander zu wechseln. Man eignet sich die Fähigkeit an, im Geiste Mauern zu errichten, die niemand überwinden kann."

„Das kannst du sehr gut, nicht wahr?", hakte Justine nach.

Er genoss die Provokation und erwiderte gleichmütig ihren Blick. „Du etwa nicht?"

Sie senkte als Erste die Augen.

Jason wandte sich an Sage und fragte sie, wie das Leben auf Cauldron Island gewesen sei, als sie hierhergezogen war. Sie beschrieb die Jahre, in denen sie als Insellehrerin ungefähr ein halbes Dutzend Schüler unterrichtet hatte. Jeden Morgen hatten sie sich in einem Schulhaus mit nur einem einzigen Klassenzimmer in Crystal Cove getroffen, nicht weit vom Leuchtturm. Inzwischen lebten nur noch Rentner auf der Insel und ein paar Leute, die nur einen Teil des Jahres hier verbrachten. Die Schule war längst geschlossen.

„Ab und zu nutzen wir das Schulhaus noch", schloss Sage. „Das Gebäude ist hervorragend in Schuss."

„Wofür nutzen Sie es?", fragte Jason und spürte, wie Justine ihn unter dem Tisch warnend mit dem Fuß anstieß.

„Für Treffen", erklärte Rosemary knapp. „Schmeckt Ihnen das Abendessen?"

„Es ist ganz ausgezeichnet." Die Suppe aus Kartoffeln, Grünkohl, Mais, Tomaten und Kräutern schmeckte herzhaft und frisch. Dazu gab es Brot der Dunklen Mutter, mit Honig gebacken, selbstgemachte Apfelbutter und weißen Käse aus der Region.

Das Dessert bestand aus einem eifreien, mit Melasse und Trockenobst gesüßten Brotkrumenkuchen. Laut Sage stammte das Rezept aus der Zeit der Weltwirtschaftskrise in den Dreißigerjahren des vorigen Jahrhunderts, als Eier und Milch für viele ein unerschwinglicher Luxus gewesen waren.

Die beiden älteren Frauen schwelgten wie ein altes Ehepaar in Erinnerungen ihres Insellebens und erzählten Geschichten aus Justines Kindheit, auch jene von der Überraschungsgeburtstagsfeier. „Sie war so erpicht auf eine solche Feier, dass sie sie selbst minutiös geplant und in Auftrag gegeben hatte. Wir brauchten nur ihren Anweisungen zu folgen. Natürlich haben wir ihr die Party ausgerichtet und sie Justines Unüberraschungsfeier genannt."

Während eines Besuchs im Winter hatte Justine sich über die heidnischen Julfestbräuche beklagt, denn sie hätte gern einen Weihnachtsbaum gehabt.

„Ich habe Justine erklärt", erzählte Rosemary, „dass nach unserem Brauch ein Julbock aus Stroh auf den Hof gestellt wurde. Sie fragte, was wir denn täten, wenn es keinen Julbock gäbe, und ich meinte, das wüsste ich nicht. Am nächsten Morgen …" – sie hielt inne, als Sage in sich hinein kicherte und Justine das Gesicht in den Händen verbarg –, „schaute ich aus dem Fenster, und der Julbock war weg. Auf dem Boden schwelte nur noch ein Haufen Asche. Justine hat natürlich nicht zugegeben, dass sie etwas damit zu tun hatte, aber sie verkündete überglücklich: ‚*Jetzt* können wir einen Baum aufstellen.'"

„Du hast den Julbock verbrannt?", fragte Jason belustigt.

„Ich habe ein rituelles Opfer dargebracht", erklärte Justine verlegen. „Er musste einfach weg."

„Seitdem haben wir jedes Jahr einen Weihnachtsbaum", fuhr Sage fort. „Auch wenn Justine gar nicht zu Besuch kommt."

Justine beugte sich vor und legte der Älteren eine Hand auf die Schulter. „Wenn irgend möglich, habe ich euch immer zu den Feiertagen besucht. Das hat in den letzten Jahren gut funktioniert, nicht wahr?"

„Oh ja, das hat es", meinte Sage lächelnd.

Nach dem Essen gingen sie alle gemeinsam ins Hauptzimmer und machten es sich mit einem Glas Holunderbeerwein am Kamin gemütlich. Schließlich setzten Sage und Rosemary sich ans Klavier und gaben eine gekonnte, mit eigenen Interpretationen ausgeschmückte Darbietung von „Stardust" von Hoggy Carmichael zum Besten.

Justine rollte sich in einer Ecke des Sofas zusammen, die Knie unter dem langen Rock angezogen und einen Arm darum geschlungen. Als Jason sich neben ihr niederließ, lächelte sie ihn an. „Sie mögen dich", meinte sie leise.

„Woran erkennst du das?"

„‚Stardust' ist ihr Lieblingsstück. Sie spielen es nur für Menschen, die sie mögen."

„Sind sie … ein Paar?", fragte er taktvoll.

„Ja. Normalerweise reden sie nicht über ihre Beziehung. Das Einzige, was Sage mir mal zu dem Thema gesagt hat, lautete: Egal, wie alt man wird, man kann sich immer noch selbst überraschen."

Jason betrachtete Justines Gesichtsausdruck, während die melancholischen Klänge von „Autumn Leaves" durch den Raum schwebten. Das war ein Stück, das keine Worte brauchte – Gefühle, die von jeder einzelnen Note getragen wurden. Das Kaminfeuer warf tanzende Lichter auf Justines Haut und ihre

Lippen, auf denen ein wehmütiger Zug lag. Feine Schatten umwölkten ihre Augen. Sie war müde, und er hätte gern ihren entspannten, traumschweren Körper in den Armen gehalten, während sie schlief.

Ein Blitz zuckte über den Himmel, gefolgt von einem ohrenbetäubenden Knall, der Justine zusammenzucken ließ. „Anscheinend will das Unwetter gar nicht mehr aufhören", sagte sie.

„Ich denke, der Sturm wird morgen so weit nachgelassen haben, dass du die Insel verlassen kannst", meinte Sage, ohne ihr Klavierspiel zu unterbrechen. „Natürlich müssen wir vorher noch einen starken Schutzzauber für dich wirken."

Justines Miene spannte sich an, und sie warf Jason einen misstrauischen Blick zu.

„Schutz wovor?", fragte er so leise, dass die beiden älteren Frauen ihn nicht hören konnten. „Vor dem Sturm?"

„Sozusagen." Nervös zupfte sie mit den Fingern an ihrem Rock herum, zog ihn zurecht und strich die Falten glatt.

Jason legte seine Hand über ihre, um ihre Unruhe zu dämpfen. „Kann ich irgendwie helfen?"

Die Frage entlockte ihr ein schwaches Lächeln. „Du hast mir das Leben gerettet. Das ist schon mehr als genug."

Als „Autumn Leaves" verklang, wandte Rosemary sich zu Justine um. „Wir haben etwas Wichtiges zu besprechen", sagte sie.

Obwohl er wusste, dass es ihn nichts anging, konnte Jason nicht anders. „Es wäre besser, damit bis morgen früh zu warten", sagte er. Justine war noch von den Ereignissen des Tages geschwächt und hatte sich noch nicht wieder völlig im Griff. Im Moment, befürchtete er, würde eine Auseinandersetzung oder gar ein Streit wohl nur zu allseitigem Frust führen.

Justine runzelte die Stirn und entzog ihm ihre Hand. „Das ist etwas, worüber ich mit den beiden reden muss", erklärte sie ihm. „Ich könnte sonst nicht schlafen. In erster Linie deshalb bin ich hierhergekommen." Ihre Lippen verzogen sich zu einem entschuldigenden kleinen Lächeln. „Ich möchte nicht unhöflich sein, aber … könntest du dich für eine Weile ins Gästezimmer zurückziehen?"

„Natürlich." Er stand auf und ging hinüber zu dem eingebauten Bücherregal neben dem Kamin. „Ich nehme mir ein paar Bücher mit. Ich hatte sowieso vor, mal wieder was zu lesen." Damit zog er wahllos ein paar Bücher aus dem Regal. „Besonders …" Er unterbrach sich, um einen Blick auf den obersten Titel zu werfen. *„Pilze des Pazifischen Nordwestens.* Und *Die Geschichte der Schiffsantriebe.*"

„Das wird dir besonders gefallen", meinte Justine.

„Erzähl mir nicht, wie's ausgeht. Soll doch spannend bleiben", gab er mit ironischem Lächeln zurück.

Jason hatte darauf bestanden, den Tisch abzuräumen, bevor er nach oben ins Turmschlafzimmer ging. Es hatte Justine angenehm überrascht, dass ein Mann in seiner Position bereit war, bei der Hausarbeit zu helfen. Und es amüsierte sie zu sehen, wie sehr Rosemary ihn mochte, obwohl sie Männern normalerweise mit tiefem Misstrauen begegnete.

„Ist ja nicht so, dass ich Männer generell nicht mag", verteidigte sich Rosemary, als Justine sie darauf ansprach. „Aber es gibt nur wenige, die wirklich sympathisch sind."

Diese Bemerkung und das sauertöpfische Gesicht dazu ließen sowohl Justine als auch Sage, die das Geschirr vorspülten, in Gelächter ausbrechen.

Würdevoll wischte Rosemary die Arbeitsplatte sauber. „Ich gebe ja zu", sagte sie nach einer Weile, „dass Jason ein charmanter und wortgewandter Mann ist. Obendrein auch noch intelligent. Ich kann kaum glauben, dass er früher Football gespielt hat."

Justine gab sich äußerst besorgt. „Ich hoffe, er hat keines deiner Vorurteile über den Haufen geworfen, Rosemary."

„Ich habe keine Vorurteile. Ich verallgemeinere."

„Gibt es da einen Unterschied?", fragte Justine grinsend. „Dann musst du ihn mir erklären. Ich sehe nämlich keinen."

„Ich erkläre es dir“, mischte Sage sich ein. „Würde Rosemary sagen, dass alle Männer unsensible Wüstlinge sind, die Football lieben und Bier trinken, dann wäre das ein Vorurteil. Wenn sie hingegen sagt, dass die meisten Männer unsensible Wüstlinge sind, die Football lieben und Bier trinken, dann ist das eine Verallgemeinerung.“

Justine hörte mit zweifelnder Miene zu. „Bei beiden Versionen kommen die Männer nicht besonders gut weg.“

„Das liegt daran, dass sie es alle nicht besser verdienen“, erklärte Rosemary.

„Und *das* ist ein Vorurteil“, meinte Sage im Flüsterton zu Justine.

Die drei kümmerten sich weiter um das schmutzige Geschirr, spülten Teller und Besteck vor und räumten die Teile in die Spülmaschine, bis sie voll war. Justine erklärte sich freiwillig bereit, den großen Suppentopf von Hand zu waschen. Als sie die Hände in die heiße Seifenlauge tauchte und den Topf schrubbte, überlegte sie, wie sie am besten das Thema anschneiden sollte, das ihr auf der Seele brannte: den Fluch. Aber Sage kam ihr zuvor.

„Justine, Schätzchen … Rosemary ist offenbar davon überzeugt, dass du es irgendwie geschafft hast, die Ges zu brechen. Ich habe ihr gesagt, das könne nicht stimmen, denn es sei für dich nahezu unmöglich, so etwas ganz allein fertigzubringen.“

Justine schrubbte scheinbar ungerührt weiter. „Ihr gebt also zu, dass es eine Ges gab?“

Nervenzerreißendes Schweigen war die Antwort.

Es erstaunte Justine, dass sie versuchten, etwas vor ihr geheim zu halten, das so starke Auswirkungen auf ihr Leben hatte. Es gab niemanden außer Zoë, dem Justine jemals mehr vertraut hatte als diesen beiden Frauen. Von ihnen hintergangen worden zu sein, tat weh, und der Schmerz reichte tiefer als alles, was Marigold ihr je angetan hatte.

„Es gab eine Ges“, räumte Rosemary ruhig ein. „Komm, wir gehen zurück ins Wohnzimmer und machen es uns dort gemütlich, während wir …“

„Geht nicht, der Topf ist noch nicht sauber." Justine schrubbte äußerst heftig an dem Edelstahltopf herum. Sie brauchte etwas, um sich zu beschäftigen. Wenn sie jetzt stillsitzen musste, würde sie womöglich explodieren.

„Na schön." Die beiden Frauen setzten sich auf die Holzstühle an dem kleinen Küchentisch.

„Justine, erzählst du uns, wie du dahintergekommen bist?", meldete sich erneut Sage zu Wort. „Und was du unternommen hast?"

„Ja. Aber zuerst möchte ich euch sagen, *warum* ich es getan habe. Obwohl ihr das bereits wisst."

„Du wolltest Liebe", lautete die leise Antwort. Justine hätte nicht sagen können, welche der beiden Frauen gesprochen hatte.

„Ich wollte wenigstens eine Chance auf Liebe." Sie leerte den Topf und begann, ihn eifrig mit klarem Wasser zu spülen. Obwohl sie sich um einen ruhigen Ton bemühte, klang ihre Stimme zum Bersten gespannt. „Wie oft habe ich in dieser Küche gesessen, euch was vorgejammert und geheult? Immer wieder habe ich gesagt, ich wüsste, dass irgendwas mit mir nicht stimmt. Ich habe euch sogar einmal gefragt, ob es an einem Zauber liegen könnte, und ihr habt das beide verneint. Ihr habt mich abgespeist mit: ‚Eines Tages wird es passieren, Justine. Du musst einfach Geduld haben, Justine.' Aber ihr habt gelogen. Ihr habt gewusst, dass ich nicht die geringste Chance hatte, jemals Liebe zu erleben. Dass ich immer allein bleiben würde. Wie konntet ihr mir das antun?"

„Man kann allein sein, ohne einsam zu sein", antwortete Rosemary. „Und einsam sein, ohne allein zu sein."

Wütend knallte Justine den Topf auf die Arbeitsplatte. „Ich will keine Glückskeks-Weisheiten hören. Ich will Antworten."

Sage mischte sich sanft ein. „Justine, du wolltest uns sagen, wie du von der Ges erfahren hast."

Immer noch mit dem Rücken zu ihnen, stützte Justine sich mit nassen Händen auf den Rand der Spüle. „Das Triodecad", murmelte sie. „Seite dreizehn."

Ihre Schultern versteiften sich, als sie hörte, wie die beiden erschrocken aufkeuchten.

„Ach du liebes bisschen", stieß Rosemary hervor.

„Oh, Justine", setzte Sage stockend hinzu, „man hat dir doch gesagt, dass du das niemals tun darfst."

„Man hat mir vieles gesagt. Leider nichts über die Ges. Also musste ich das mit Hilfe des Triodecad selbst herausfinden." Sie drehte sich um und schaute die beiden Frauen trotzig an. „Es ist *mein* Zauberbuch und *meine* Entscheidung."

Rosemary klang eher verwundert als vorwurfsvoll. „Du bist doch nicht wirklich so naiv zu glauben, dass du eine der Regeln der Magie brechen kannst, ohne dass es Konsequenzen für alle Mitglieder des Zirkels hat."

„Ich gehöre nicht zum Zirkel. Also ist das allein meine Angelegenheit und geht niemanden sonst etwas an. Ich habe das Triodecad auf Seite dreizehn aufgeschlagen, es nannte mir einen Zauber, um eine Ges zu brechen, und ich habe mich an die Anleitung gehalten." Sie warf beiden einen kämpferischen Blick zu. „Und jetzt habe ich ein paar Fragen: Wer hat mich mit diesem Fluch belegt und warum? Weiß meine Mutter davon? Warum hat mir nie jemand davon erzählt? Ich kann mir nämlich einfach nicht vorstellen, was ich getan haben soll, dass mich jemand so sehr hasst."

Keine der beiden wollte antworten. Während Justines Blick von der einen zur anderen wanderte, überkam sie eine böse Vorahnung. Ein Gefühl, als stünde sie auf den Gleisen, und ein Zug brauste heran.

„Das geschah nicht aus Hass", erklärte Sage schließlich vorsichtig. „Sondern aus Liebe."

„Wer zum Teufel hat das getan?"

„Marigold", antwortete Rosemary leise. „Sie hat es getan, um dich zu schützen."

Justine verschlug es die Sprache. Sie war wie gelähmt. Das ergab keinen Sinn. „Schützen wovor?", brachte sie schließlich nach einigen Minuten mühsam heraus, obwohl es ihr die Kehle zerriss, die Worte auszusprechen.

„Marigold hat es kaum überlebt, deinen Vater zu verlieren", erklärte Sage. „Sie war lange danach noch … einfach nicht sie selbst."

„Sie war nicht bei Verstand", ergänzte Rosemary. „Sie litt so sehr, dass in ihren Gedanken nichts anderes mehr Platz hatte, und selbst als sie sich wieder gefangen hatte, wurde sie nie wieder die Alte. Sie kam zu uns, als du noch ganz klein warst, und erklärte, sie habe entschieden, ihr einziges Kind dürfe niemals solches Leid erfahren. Deshalb wollte sie dich mit einer Ges belegen, um dich für alle Zeiten vor Verlust zu schützen."

„Mich vor Verlust zu schützen", gab Justine mit dumpfer Stimme zurück, „indem sie sicherstellte, dass ich nie etwas zu verlieren habe." Sie schlang die Arme um sich selbst, ein instinktiver Versuch zu verhindern, dass sie einfach zerbrach. In der abgrundtiefen Leere in ihrem Innern wirbelten Gefühle herum wie Wasserfarben, die auf nassem Papier verlaufen.

„… waren nicht ihrer Meinung", hörte sie Sage sagen. „Aber sie war deine Mutter. Eine Mutter hat das Recht, Entscheidungen für ihr Kind zu treffen."

„Nicht solche Entscheidungen", fauchte Justine. „Manche Entscheidungen stehen nicht einmal einer Mutter zu." In den Mienen der beiden alten Damen erkannte sie, dass sie einen Nerv getroffen hatte, und das machte sie nur noch wütender. „Warum habt ihr sie nicht daran gehindert?"

„Wir haben ihr geholfen", erwiderte Rosemary. „Der ganze Zirkel hat ihr geholfen. Die Ges war ein viel zu mächtiger Zauber, als dass sie ihn hätte allein wirken können."

Justine bekam kaum noch Luft. „Ihr alle habt ihr geholfen?"

„Marigold gehörte zum Zirkel. Wir waren verpflichtet, ihr zu helfen. Das war eine kollektive Entscheidung."

„Aber … *ich* hatte nie eine Wahl!"

Sie hatten sie verraten, sie alle hatten sie verraten.

Ihr war, als wäre alles im Universum eine einzige Lüge. Justine fühlte sich wie ein verwundetes Tier, bereit zum Angriff, willens jemanden zu verletzen, sich selbst eingeschlossen.

„Es diente deiner Sicherheit“, vernahm sie Rosemarys Stimme über dem Hämmern des Blutes in ihren Ohren.

„Marigold wollte mich nicht in Sicherheit wissen“, rief sie aus. „Sie wollte mich in ein Gefängnis stecken, das sie selbst gebaut hat. Ich würde allein sein, und dann – welche Wahl bliebe mir, als so zu leben wie sie? Das war es, was sie für mich wollte. Ich sollte mich dem Zirkel anschließen und ihren Plänen folgen. Sie wollte alles kontrollieren, was ich tat, und irgendwann würde ich genauso werden wie sie. Sie wollte keine Tochter. Sie wollte einen Klon.“

„Sie hat dich geliebt“, widersprach Sage. „Ich weiß, dass sie dich immer noch liebt.“

Es versetzte Justine in rasende Wut, mehr als alles andere, dass Sage das, was ihr angetan worden war, als Akt der Liebe bezeichnen konnte. „Woher willst du das wissen? Weil sie es sagt? Verstehst du nicht den Unterschied zwischen Liebe und Kontrolle?“

„Justine, bitte versuch zu verstehen …“

„Ich verstehe sehr gut“, fiel sie Sage ins Wort. Ihre Wut war inzwischen so gewaltig, dass sie kaum mehr atmen konnte. „*Du* verstehst nicht. Du willst glauben, dass jede Mutter nur das Beste für ihr Kind will. Aber für manche Mütter stimmt das einfach nicht.“

„Sie wollte dir nicht wehtun, Justine …“

„Sie wollte genau das tun, was sie getan hat.“

„Sie mag vielleicht keine vollkommene Mutter gewesen sein, aber …“

„Erzählt mir bitte nicht, was für eine Mutter Marigold war. Ich bin der einzige Mensch auf der Welt, der weiß, wie es war, von ihr aufgezogen zu werden. Eine Mutter sollte sich für ihr Kind eine Ausbildung und ein stabiles Zuhause wünschen. Stattdessen wurde ich herumgezerrt wie ein billiger Koffer. Meine Mutter ist nie irgendwo oder bei irgendwas geblieben, wenn es sie nicht mehr interessierte. Und wann immer ihr die Mutterrolle keinen Spaß machte – und das war die meiste Zeit der Fall – musste ich allein zurechtkommen. Weil ich ihr lästig war.“

Das war die Wahrheit, aber keine der beiden Frauen wollte sie hören. Sie waren nicht anders als die meisten Menschen, wenn sie mit unbequemen Wahrheiten konfrontiert werden, stellte Justine fest. Ihre Beziehung zu Marigold und Justine, ihre Mitschuld an der Ges, ihr Vertrauen in die kollektive Weisheit des magischen Zirkels, all das war plötzlich in Gefahr. Und Justine wusste genau, wie sie damit umgehen würden. Sie würden ihr die Schuld geben, weil sie aufmüpfig und schwierig war. Es war immer leichter, den Unruhestifter, das unglückliche Opfer verantwortlich zu machen, statt auf sich selbst zu schauen.

„Natürlich bist du verärgert", sagte Sage. „Du brauchst Zeit, dich daran zu gewöhnen, aber diese Zeit haben wir nicht. Wir müssen *jetzt* etwas unternehmen, Liebes, denn durch den Eingriff in dein Schicksal hast du es geschafft ..."

„Ich habe nicht in mein Schicksal eingegriffen", fiel Justine ihr ins Wort. „Ich habe einen Eingriff rückgängig gemacht." Unbändige Energie schwelte unter ihrer Haut und pflanzte sich von Zelle zu Zelle fort.

Rosemary sah sie eigenartig an, von Kummer gezeichnet. „Justine", begann sie vorsichtig, „du kannst niemals etwas so rückgängig machen, dass alles ist wie vorher. Dein Schicksal wurde von jedem Handeln, jedem Entschluss beeinflusst, den du jemals getroffen hast. Jede Aktion ruft eine Reaktion hervor. Und indem du die Ges gebrochen hast, hast du das Gleichgewicht zwischen dem geistigen und dem physischen Reich gestört. Du hast in mehr als einer Hinsicht einen Sturm entfacht."

Soweit es Justine anging, war das der Tropfen, der das Fass zum Überlaufen brachte. Musste sie sich tatsächlich eine Gardinenpredigt von einer Frau anhören, die dabei mitgeholfen hatte, sie mit einem lebenslangen Fluch zu belegen? „Dann hättet ihr von vornherein nie helfen sollen, mich zu verfluchen!" Die Energie wurde freigesetzt, heftig, unkontrolliert und ungezielt. Sie fuhr in die Lampenfassung an der Decke. Alle drei Glühlampen zerbarsten, und die Scherben fielen glitzernd im Licht der verbleibenden Ecklampe zu Boden.

„Justine", mahnte Rosemary scharf, *„beruhige dich."*

Das Besteck neben der Spüle fing an zu klappern und zu hüpfen. Justine schmeckte Asche in ihrem Mund, Zorn und Schmerz durchfuhren sie wie Messerklingen.

Sage war bleich vor erstaunter Sorge. „Wir wollen dir doch nur helfen …"

„Ich brauche eure Art von Hilfe nicht." Ein Gemüsemesser und ein paar magnetisierte Besteckteile schossen über die Arbeitsplatte und blieben an der Kühlschranktür hängen. Justine war inzwischen fast blind vor Wut. Nichts war so, wie sie geglaubt hatte. Nichts war real oder wahr. Sie hörte die beiden ihren Namen rufen, Rosemarys Stimme klang zornig, Sages bittend.

Inmitten des Aufruhrs wurde ihr bewusst, dass Jason den Raum betreten hatte. Rosemary befahl ihm harsch, zurückzutreten, und sagte, Justine habe die Beherrschung verloren und könnte ihn verletzen. Irgendwo unter ihrer Wut bekam Justine es mit der Angst zu tun. Womöglich hatte Rosemary recht.

Jason ignorierte die Warnung, war mit wenigen Schritten bei ihr und zog sie an sich. Er nahm ihren Kopf in die Hände und zwang sie, ihn anzusehen. „Justine", sagte er leise und drängend, „schau mich an. Es ist alles gut, Baby. Weißt du noch, was ich dir gesagt habe? … Alles, was du tust oder sagst oder empfindest. Schau mich an."

Keuchend und weinend hob Justine ihren Blick, unruhig zunächst, unfähig, etwas zu fokussieren. Doch seine dunklen Augen fingen sie ein, hielten sie fest. Er schaute sie an, als würde er sie in- und auswendig kennen. Ruhig und gelassen zwang er sie, sich auf ihn einzulassen, und rettete sie aus einem Sturm. Schon wieder. „Bist du verletzt?" Er strich ihr die Haare aus dem Gesicht. „Bist du in irgendwelche Scherben getreten?"

„Ich g-glaube nicht." Sie spürte, wie die weißglühende Energie verebbte. Der Zorn und der Schmerz aber waren noch da und hatten nichts von ihrer Kraft eingebüßt. Es gelang ihr nicht, Rosemary oder Sage anzusehen. „Das ist der Grund", erklärte sie Jason, zitternd, lachend und weinend zugleich. „Die Frage bei unserem Spiel, weißt du noch? Warum ich mich von meinem Freund getrennt habe. Er hatte Angst vor mir. Das solltest du auch. Du solltest …"

Jason brachte sie zum Schweigen, küsste sie auf die Stirn und strich ihr eine Haarsträhne aus dem Gesicht, die an ihrer feuchten Wange klebte. Er griff nach einer Rolle Küchenpapier und riss ein Blatt ab. Damit tupfte er ihr die Tränen von den Augen und hielt ihr das Papier hin, damit sie sich die Nase putzte. Sie gehorchte.

Sage stieß einen Seufzer aus, als sie sah, dass der Sturm vorüber war. „Wir kümmern uns schon um das hier", wandte sie sich an Jason, als er den Blick über das Chaos in der Küche schweifen ließ. „Danke, Jason. Wir bringen das Gespräch mit Justine noch zu Ende, jetzt wo sie …"

„Nein." Er starrte auf das Besteck und das Gemüsemesser, die am Kühlschrank klebten. „Ich bringe sie nach oben."

Justine verspannte sich, als sie seinem Blick folgte. Er sollte vor ihr davonlaufen, so wie Duane es getan hatte. Stattdessen legte er ihr fest den Arm um die Schultern. „Pass auf, wohin du trittst", warnte er sie. „Mit Unterkühlung kann ich umgehen, aber wenn es darum geht, Schnittwunden zu nähen, muss ich passen."

„Sie hat mehr Fähigkeiten, als wir dachten", sinnierte Rosemary. „Wahrscheinlich sogar mehr, als ich je an einem einzelnen Menschen gesehen habe. Und sie hat nicht die geringste Kontrolle darüber."

Erschöpft und verdrießlich schwieg Justine. Ihr Kinn zitterte, als ihr erneut die Tränen zu kommen drohten und sie sich dagegen wehrte.

„Ich schätze, wir lassen's gut sein für heute", meinte Jason in bewusst freundlichem Ton und führte Justine aus der Küche.

„Es gibt da etwas, das ihr beide wissen müsst", sagte Rosemary.

„Das hat Zeit bis später", gab Jason zurück.

„Nein, hat es nicht. Ihr begreift nicht …"

„Rosemary", fiel Jason ihr entschlossen ins Wort, „bei allem Respekt … Sie sollten jetzt den Mund halten."

Die ältere Frau setzte zu einer Entgegnung an, überlegte es sich anders und schaute zu Sage hinüber. „Ja, vielleicht haben Sie recht", stimmte sie kleinlaut zu.

14. KAPITEL

Ganz allmählich wurde Justine wach. Sie hörte den Regen rauschen ... spürte den Schmerz in allen Gliedern ... nahm den Duft und die Weichheit sauberer Baumwolllaken wahr. Das trübe Grau des heraufdämmernden Morgens drängte sich durch ihre Lider, doch sie kniff die Augen fester zusammen. Es war kalt im Turmschlafzimmer, aber ihr Rücken, ihr Po und ihre Beine fühlten sich warm an, als würden sie von der Sonne beschienen. Jason war bei ihr. Er hatte in seinen Kleidern geschlafen, oben auf den Laken und Decken, in die Justine sich eingekuschelt hatte. Als Zudecke diente ihm nur einer der Quilts.

Erinnerungen an die vergangene Nacht stürmten auf sie ein. Sie hatte geredet, ohne Punkt und Komma. Es konnte Jason nicht leichtgefallen sein, zwischen all den hicksenden Schluchzern den Sinn ihrer Worte zu begreifen, aber er hatte sie im Arm gehalten und geduldig zugehört, während sie ihm Dinge erzählte, die sie noch niemandem anvertraut hatte. Ob er nun etwas davon glaubte oder nicht, war egal. Er hatte sie gehalten und getröstet, als sie das am meisten brauchte, und dafür würde sie ihm ewig dankbar sein.

Selbst jetzt konnte sie immer noch nicht glauben, dass ihre eigene Mutter sie mit einem Fluch belegt hatte. Ein herrschsüchtiger Akt, getarnt als Liebe. Diesen Widerspruch konnte sie einfach nicht begreifen. Ganz egal, wie sie es betrachtete: Es ergab keinen Sinn.

„Du wirst nie den Sinn dahinter erkennen“, hatte Jason gesagt, „weil es ganz einfach keinen gibt.“

Dabei hatte er so überzeugt geklungen, dass Justine ihm beinah geglaubt hätte. „Bist du sicher?“, flüsterte sie, an seiner Schulter geborgen. „Rosemary und Sage glauben, es sei zu meinem Besten geschehen. Setzt mich das ins Unrecht? Darf ich mich überhaupt darüber aufregen?“

Während er antwortete, spielte er mit ihren Haaren, ordnete die langen wilden Locken, sammelte sie in einer einzigen Strähne.

„Justine, wann immer jemand zu dir sagt: ‚Das ist nur zu deinem Besten', dann kannst du hundertprozentig davon ausgehen, dass dieser Jemand drauf und dran ist, dir irgendwie Schaden zuzufügen."

„So wie du das sagst, weißt du, wovon du sprichst."

„Mein Vater hat mich regelmäßig nach Strich und Faden verprügelt", erklärte er. „Mit Leitungsrohren, Ketten, mit allem, was er in die Finger kriegen konnte. Aber das Schlimmste waren nicht mal die Prügel. Das Schlimmste war, dass er behauptete, er tue das nur, weil er mich liebe. Ich habe mich immer gefragt, wie Liebe jemanden in die Notaufnahme des Krankenhauses bringen kann."

Justine schlang ihre Arme um ihn und strich ihm übers Haar.

„Was ich damit sagen wollte: Wenn dir jemand wehtut, kann er das nennen, wie immer er will. Sogar Liebe", fuhr Jason nach kurzem Schweigen fort. „Aber Worte lügen, Taten nicht."

Die Wahrheit zu hören tat Justine gut, obwohl diese Wahrheit schmerzhaft war.

„Du bist nicht im Unrecht", murmelte Jason. „Und du darfst dich durchaus darüber aufregen. Morgen. Jetzt solltest du erst einmal schlafen."

Jetzt lag sie ruhig da, während der Wind in Böen um den Turm toste. Es war lange her, dass sie beim Aufwachen nicht allein im Bett gelegen hatte. Selbst durch die Decken hindurch, die zwischen ihren Körpern lagen, spürte sie die Wärme, die von Jason ausging. Ein wohliger Schauder überlief sie, und sie rutschte ein Stückchen zurück, um sich noch enger an ihn zu kuscheln.

Jason bewegte sich, aber sein Atem ging ruhig und gleichmäßig. Er ließ seine Hand wie zufällig auf ihre Seite wandern – und sie spürte, wie lustvolle Schauer über ihren ganzen Rücken wanderten.

Schlagartig wurde ihr bewusst, dass diese Situation eine Premiere darstellte. Noch nie hatte sie mit einem Mann das Bett geteilt, ohne vorher mit ihm Sex zu haben. Jason hätte ihre psychische Verfassung, ihren Kummer und ihre Trostbedürftigkeit in der vergangenen Nacht ausnutzen können. Aber er hatte es nicht getan, sondern sich zurückgehalten. Sie fragte sich, wodurch seine eiserne Selbstdisziplin wohl zu erschüttern sein mochte. Als sie sich leicht drehte, berührte er mit seiner Hand ihre Brust. Das Gefühl, das durch diese Berührung ausgelöst wurde, fuhr ihr wie ein Blitz in den Magen.

Jason streckte sich, wechselte die Haltung und legte seinen Arm bequemer über sie. Sie spürte seinen Atem im Nacken, fühlte, wie er die feinen Härchen dort streifte. War er wach? Sollte sie etwas sagen? Er ließ seine Hand über ihre Seite gleiten, umfasste ihre Brust. Eindeutig wach. Erregung durchlief sie, als sie spürte, wie er locker und bedächtig daranging, die lange Knopfleiste ihres Nachthemdes zu öffnen.

Seine Finger glitten unter den dünnen weißen Flanellstoff. So sanft ... was für ein Gegensatz zu der brutalen Kraft, mit der er sie gestern gepackt hatte. Ihr Herzschlag beschleunigte sich. Er rieb mit dem Daumen über die Brustwarze, bis sie sich aufrichtete und versteifte. Heißes Verlangen pulsierte in Justines Körper.

„Jason ...“

Er legte den Zeigefinger auf ihren Mund, ließ ihn kurz auf ihren Lippen ruhen. Zugleich küsste er ihren Nacken, mit offenem Mund, und seine Zungenspitze berührte ihre Haut ... schmeckte sie, als wäre sie eine exotische Köstlichkeit. Er griff in das Durcheinander aus Laken und Decken, bekam den Stoff ihres Nachthemds zu fassen und zog es ihr über die Hüfte nach oben. An ihren Beinen, die plötzlich der kalten Luft ausgesetzt waren, bildete sich Gänsehaut. Jason ließ seine warme Hand über ihren straffen Bauch gleiten und zog mit einer Fingerspitze Kreise um ihren Bauchnabel.

Gierig griff Justine nach unten, um sein Handgelenk zu packen.

„Geduld“, mahnte er sie.

„Ich kann doch nicht einfach daliegen wie eine Statue ...“

„Maguro", wisperte er ihr ins Ohr und streifte dabei mit den Lippen die empfindliche Ohrmuschel.

„Was?"

„Das japanische Wort für eine Frau, die im Bett stillliegt." Seine Stimme klang tief und noch halb verschlafen. Erneut ließ er seine Hand über ihren Bauch wandern, streichelte sie beruhigend. Sie spürte, wie sich seine Lippen an ihrem Hals zu einem Lächeln verzogen. „Außerdem das Wort für Thunfisch."

„Thunfisch?", fragte sie empört zurück und wollte sich umdrehen.

Jason hielt sie fest. „Beim Sushi", erklärte er mit leicht amüsiertem Unterton. „Eine teure Delikatesse in Japan. Ein Genuss."

„Sie … sie wollen, dass die Frau sich nicht bewegt?"

Jason zog den Quilt weg. „Sexuelle Passivität wird als besonders weiblich erachtet." Die Decken und Laken folgten, und nun lag er so hinter Justine, dass sie die harten Muskeln seines Körpers unter dem Leinenhemd und der Hose spürte, die er immer noch trug. „Es gibt immer einen passiven und einen aktiven Partner."

Ihr Magen zog sich erwartungsvoll zusammen, als sie den Druck seiner Erektion an ihrem Po fühlte. Er schob seinen Schenkel zwischen ihre Beine, hielt sie offen.

„Und der Mann ist immer der aktive Partner?", brachte sie mühsam hervor.

„Natürlich." Er schnupperte an ihrem Hals und ließ seine Hand in ihre Haare gleiten.

„Das ist sexistisch." Sie keuchte auf, als er direkt an der Kopfhaut zupackte und Zug auf ihre Haare ausübte. Leicht zwar nur, aber bestimmt. „Was tust du …"

„Still." Heiß streifte sein Atem ihr Ohr. „Stell keine Fragen. Beweg dich nur, wenn ich es dir sage. Sei ein braves Mädchen für mich", setzte er flüsternd hinzu, die Lippen ganz dicht an ihrem Ohr.

So hatte noch niemand mit ihr geredet, und Justine hätte nie erwartet, dass sie das einfach hinnehmen könnte. Aber sie war gefangen. Er hielt sie an ihrem Haar fest und drückte mit seinem Bein ihre Oberschenkel auseinander. Sie hatte das Gefühl, nicht schnell und tief genug atmen zu können. Ihre Muskeln verkrampften sich, als stünde sie unter Drogen. Sie konnte nichts tun als warten, hilflos vor Anspannung und Verlangen.

Er löste seine Hand aus ihren Haaren, spreizte ihre Schenkel noch weiter und ließ seine Finger über die empfindliche Spalte wandern. Ganz sanft reizte er die geschwollene Knospe. Das Gefühl, das er damit auslöste, war so wunderbar und quälend zugleich, dass Justine überrascht aufstöhnte. Sie spürte, wie sie feucht wurde.

Ihre Oberschenkelmuskeln entwickelten einen unkontrollierbaren eigenen Rhythmus, spannten sich an, lösten sich wieder. Ein frustrierter Laut entrang sich Justines Kehle, als Jason seine Hand und sein Bein zurückzog.

Voller Verlangen wand sie sich, um nach ihm zu greifen. „Jason …"

Wieder legte er ihr die Finger auf die Lippen, ein wortloser Befehl. Ein leicht salziger Duft stieg ihr in die Nase, das intime Aroma ihrer eigenen Lust. Sie verstummte, zitternd vor Verwirrung und Hitze.

„Leg dich auf den Rücken", befahl Jason leise.

Sie gehorchte, keuchte auf, als er ihr den offenen Ausschnitt ihres Nachthemdes über Schultern und Arme nach unten zog, bis ihre Brüste frei lagen und ihre Arme von dem straff gespannten Stoff gefesselt waren.

Noch immer vollständig bekleidet, wandte er sich ihren nackten Brüsten zu. Sie spürte eine sanfte Berührung … seinen Mund … seine elektrisierend stacheligen Bartstoppeln. Mit seinen Lippen umschloss er ihre Brustwarze, zog leicht daran, liebkoste sie mit seiner Zunge. Sie biss die Zähne zusammen, um die Laute zurückzuhalten, mit denen sie ihrer unbändigen Erregung Luft machen wollte.

„Öffne dich für mich", sagte er an ihrer Brust.

Wie in Trance spreizte sie die Schenkel. Sie war längst mehr als bereit für ihn.

„Weiter."

Sie gehorchte wieder, knallrot vor Verlegenheit und stärker erregt, als sie das jemals für möglich gehalten hätte. Mit dem Daumen berührte er ihre Mitte, ließ ihn kurz dort ruhen und begann dann, sie zu streicheln. Der Reiz war sanft wie die leichte Berührung eines Schmetterlingsflügels. Sie gierte nach mehr Druck, und ihr Verlangen wurde so groß, dass sie sich gegen seine Hand presste.

Sofort zog er sie zurück.

Schluchzend stieß sie seinen Namen aus, ließ Hüften und Arme zurücksinken und ballte die Hände zu Fäusten, um zu verhindern, dass sie sich selbstständig machten. Jason wartete in völliger Selbstbeherrschung. Die Stille im Zimmer wurde nur von ihrem keuchenden Atem übertönt. Flehende Worte lagen ihr auf der Zunge ... *Tu etwas. Irgendwas.* Nach einer gefühlten Ewigkeit berührte er ihre empfindlichste Stelle erneut und begann, sie dort sanft zu massieren. Justines ganzer Körper stand unter Spannung, sie baute sich auf, Stück für Stück, wurde immer gewaltiger, bis sie kurz vor der Erfüllung ihrer Lust stand.

Er schob zwei Finger in sie hinein, sanft zwar, aber mit Nachdruck. Sie spürte, wie er sie dehnte. Noch ein Finger. Der innere Druck wurde unangenehm, und sie protestierte, aber er hörte nicht auf, stieß immer wieder langsam zu und erklärte ihr dabei, dass sie alles nehmen müsse, was er ihr gab. Dann glitt er auf ihrem Körper tiefer, fuhr mit der Zunge über ihre Haut, knabberte an ihr – und sie war verloren, bekam zwischen Schluchzen und Keuchen kaum noch Luft.

Er saugte, küsste ihre empfindsamste Stelle. Sie schrie auf, erschauerte, konnte den Ansturm ihres Höhepunktes nicht mehr aufhalten, hatte keinerlei Kontrolle mehr über ihren Körper. Noch mehr Gefühl, ganz tief in ihrem Inneren, und noch mehr, bis sie glaubte, gleich das Bewusstsein verlieren zu müssen. Stattdessen wurde sie in einen heißen, quälend-süßen Höhepunkt geschleudert, der keinerlei Ähnlichkeit mit den schwachen Muskelzuckungen hatte, die sie von früher kannte.

Das Gefühl brach von allen Seiten zugleich über sie herein, durchflutete sie in wilder Wucht und verebbte schließlich ganz allmählich wieder. Jason ließ dabei seine Zunge die ganze Zeit auf ihr ruhen. Seine Finger krümmten sich in ihr, und Justine stöhnte auf – erschöpft und erfüllt zugleich.

Aber er war noch nicht fertig, stieß tiefer vor, eher pulsierend als drängend, wieder und wieder. Mit teuflischer Geduld baute er erneut Spannung auf, nur mit seinem Mund. Er blieb bei ihr und ließ nicht zu, dass sie sich ihm entwand. Unglaublich, wieder wurde sie von einer Hitzewelle überrannt. „Nein", flüsterte sie in der Gewissheit, das nicht noch einmal überleben zu können. Aber er hörte einfach nicht auf, sondern trieb sie unerbittlich in einen weiteren Höhepunkt. Als er fertig war, lag sie schlaff und halb bewusstlos da.

Er drückte einen Kuss auf die Innenseite ihrer Oberschenkel, stand auf und verschwand ins Bad.

Als sie das Wasser in der Dusche laufen hörte, setzte sich Justine auf und rieb sich blinzelnd die Augen. „Und was ist mit dir?", fragte sie benommen, aber er konnte sie wegen des rauschenden Wassers nicht hören.

Justine erhob sich mit zittrigen Beinen, wankte ins Bad und öffnete die Glastür der Duschkabine. Sie zuckte zusammen, als eisiger Sprühnebel ihr Gesicht traf. Er duschte kalt. Mit dem Rücken zu ihr stand er da und ließ sich das kühle Wasser auf die Brust prasseln und über seinen erregten Körper laufen. Dabei bot er einen fantastischen Anblick mit seiner feucht glänzenden honigbraunen Haut und den straffen Muskeln, die seinen Körper wie den eines Kämpfers erscheinen ließen.

„Jason", stieß sie verwundert hervor, „warum tust du das? Komm wieder ins Bett. Bitte …"

Er warf ihr einen bedauernden Blick über die Schulter zu. „Wir haben keine Kondome."

Justine wappnete sich gegen das eisige Spritzwasser und griff nach dem Temperaturregler der Dusche, um ihn hochzudrehen. Als das Wasser warm genug war, trat sie zu Jason in die Duschkabine, umarmte ihn von hinten und legte ihre Wange auf seinen glatten Rücken. „Wir brauchen keine Kondome", meinte sie. „Ich nehme die Pille."

„Ich benutze immer Kondome", gab er in entschuldigendem Tonfall zurück. „Eine meiner persönlichen Regeln."

„Oh. Okay." Damit drückte sie sich an seinen Rücken und genoss das warme Wasser, das auf sie beide hinabströmte, als wären sie nicht zwei, sondern ein Lebewesen. Langsam ließ sie ihre Hände um seine Taille wandern, ertastete seinen unregelmäßigen Atemrhythmus mit den Handflächen. Vorsichtig erforschte sie mit den Fingerspitzen die leichten Vertiefungen zwischen seinen Rippen.

Sie fuhr mit den Handflächen über seinen Oberkörper, spürte sein raues Brusthaar, dann führte ihre Reise sie weiter den schmalen Pfad hinunter, der ihr den Weg wies. Sämtliche Muskeln seines Körpers spannten sich an, als sie ihre Finger um seine Erektion schloss. Sie ließ die Hand auf und ab gleiten, mal mit mehr, mal mit weniger Druck.

Ein scharfes Keuchen entrang sich seiner Kehle. Und noch eines. Und dann drehte er sich in ihren Armen um, packte sie, zog sie hoch und fest an sich. Sie wurde fast von den Füßen gerissen und taumelte gegen ihn. Glitschig vom Wasser, rieb er sich in heftigen Stößen an ihrem Bauch. Nur Sekunden später hörte sie ein gedämpftes Stöhnen, das er in ihren nassen Haaren zu ersticken suchte. Und in der Wärme des immer noch laufenden Wassers baute sich eine Woge der Lust auf, brandete gegen sie an, lief wieder ab und ließ sie beide engumschlungen und erschöpft zurück.

Ihr war, als seien sie ein Körper, hätten einen Herzschlag.

Glücklicherweise wurde das Frühstück nicht am Esstisch serviert. Stattdessen hatte Rosemary auf der Küchenarbeitsplatte ein kleines Büffet mit Feigenmuffins, geschnittenem Obst und Naturjoghurt aus der Inselmolkerei aufgebaut. Justine war zwar versucht, gekränkt zu schweigen, beteiligte sich dann aber doch an der lässigen Unterhaltung, mit der alle die unterschwellige Spannung wie mit einer Plane zudeckten.

Sie war von Rosemary und Sage hintergangen worden. Aber das änderte nichts an all dem Guten, das die beiden früher für sie getan hatten. Sie liebte sie. Zwar war sie nicht sicher, wie sie wieder Vertrauen zu ihnen gewinnen sollte, aber Liebe warf man nicht einfach so weg. Nicht einmal, wenn es sich um unvollkommene Liebe handelte.

Außerdem war es grässlich schwer, sich kühl und nachtragend zu geben, wenn die Glut in ihrem Innern sie noch immer wärmte und ihre Nervenenden glommen wie Holzscheite im Kamin. Von Zeit zu Zeit warf sie Jason verstohlene Blicke zu. Athletisch und sexy sah er aus in seinem T-Shirt und den Shorts, die Sage für ihn gewaschen hatte. Ab und zu schenkte er ihr ein verstohlenes Lächeln, das sie schwindlig machte. So sollte es also sein, riefen ihre Sinne. Das ist es, was dir gefehlt hat.

Und sie wollte mehr davon.

Nur eine Sache machte ihr zu schaffen, obwohl sie sich so wohlfühlte wie nie zuvor. Die Frage, wohin all dies führen sollte. Sie wollte nicht darüber nachdenken, denn die Antwort lautete ganz offensichtlich: nirgendwohin. Ihre Wege hatten sich gekreuzt, und sie liefen nach dieser Kreuzung wieder auseinander. Jasons temporeicher Lebensstil konnte Justine überhaupt nicht reizen. Und wenn sie sich auszumalen versuchte, wo er in das geruhsame Muster ihrer Tage passte, dann gelang ihr das nicht.

Die Frage lautete also nicht, ob ihre Beziehung halten würde. Eindeutig waren sie nicht füreinander bestimmt. Kein glückliches ‚Bis an ihr seliges Ende'. Dennoch hätte sie den glücklichen Teil dieser Beziehung gern so lange hinausgezogen wie nur irgend möglich. Merkwürdigerweise fühlte sie sich ihm auf einer Ebene verbunden, die nichts mit Vernunft zu tun hatte, und das, obwohl sie wusste, dass sie niemals zusammenkommen konnten. Ihr war beinah so, als wären sie Seelengefährten.

Aber wie konnte ein Mann ohne Seele jemandem ein Seelengefährte sein?

„Das Wasser ist nicht mehr so aufgewühlt“, stellte Jason nach dem Frühstück fest. „Wir haben zwar noch ein bisschen Seegang, aber damit wird der Bayliner spielend fertig. Entscheide du, Justine. Wenn du lieber noch warten und erst am Nachmittag fahren möchtest, geht das in Ordnung.“

„Nein, ich muss zurück zur Pension“, antwortete Justine, obwohl es ihr fast den Magen umdrehte, wenn sie daran dachte, wieder in ein Boot zu steigen und auf das raue Meer hinauszufahren.

Jason musterte sie lange. „Es wird schon gut gehen“, sagte er schließlich sanft. „Ich werde nicht zulassen, dass dir etwas passiert. Das weißt du doch, oder?“

Überrascht, dass er so leicht ihre Gedanken lesen konnte, schaute sie ihn mit großen Augen an und nickte.

„Justine“, meldete sich Sage ruhig zu Wort. „Bevor du gehst, haben wir noch etwas für dich.“

Sie stand auf und bedeutete Justine, sich mit ihr aufs Sofa zu setzen, während Rosemary an die Türschwelle trat. Jason blieb am Fenster stehen, die Arme nachlässig vor der Brust verschränkt.

„Bei Sonnenaufgang waren wir in Crystal Cove“, erklärte Sage, „um einen Schutzzauber zu wirken. Er hält nicht vor. Wir wissen nicht einmal, wie gut er helfen wird, aber schaden kann er jedenfalls nicht. Trage dies, um seine Wirkung zu unterstützen.“ Damit reichte sie Justine ein Armband aus rosa durchscheinenden Steinen, die zu einem glitzernden Band aufgereiht waren.

„Rosenquarz?“ Justine streifte sich das Armband übers Handgelenk und hob es ins Licht, um die Schönheit der Kristalle zu bewundern.

„Ein ausgleichender Edelstein“, erläuterte Rosemary von der

Tür her. „Er wird helfen, die Geister zu beruhigen und dich vor negativer Energie zu schützen. Trage ihn so oft wie möglich."

„Danke", brachte Justine mit Mühe über die Lippen. Am liebsten hätte sie darauf hingewiesen, dass sie weder Schutzzauber noch Edelsteine gebraucht hätte, wenn die beiden nicht geholfen hätten, sie mit einer Ges zu belegen.

„Trage es auch zu Jasons Sicherheit", fügte Sage hinzu und nickte kurz in seine Richtung. „Wir haben versucht, den Zauber auf ihn auszuweiten."

„Warum sollte Jason Schutz brauchen?", fragte Justine argwöhnisch. „Er hatte keinen Anteil daran, die Ges zu brechen."

„Es gibt da noch etwas, was man dir nie gesagt hat", fuhr Sage fort. „Bisher gab es dazu auch keinen Anlass. Aber da die Ges gebrochen ist, besteht eine ganz bestimmte Gefahr, über die du dir im Klaren sein musst."

„Es ist mir egal, ob ich in Gefahr bin. Sag's mir nicht."

„Nicht du bist in Gefahr", entgegnete Rosemary. „Er ist es."

Justine schaute zu Jason hinüber. Sein Gesicht verriet keine Regung. Sie ließ den Blick wieder zurück zu den beiden Frauen wandern, und ein flaues Gefühl breitete sich in ihrem Magen aus.

„Lass mich das erklären", sagte Rosemary. „Wie du bereits weißt, Justine, strebt das Universum nach Ausgleich. Für die Macht, die eine geborene Hexe genießt, muss sie einen Preis bezahlen."

„Ich genieße sie nicht", warf Justine ein. „Ich würde sie fortgeben, wenn ich könnte."

„Das kannst du nicht. Sie gehört zu dir, ist Teil deiner selbst. Und wie wir alle wirst du einen Preis dafür zahlen."

„Was für einen Preis?"

„Jeder Mann, den eine Hexe von Herzen liebt, muss sterben. In der Tradition ist das als Fluch der Hexe bekannt."

„*Was?* Warum?"

„Als Hexe geboren zu sein ist eine Berufung", erklärte Sage. „Eine Verpflichtung, anderen zu dienen. Ähnlich der Berufung zur Nonne. Ich weiß nicht, wann oder wie es zu diesem Fluch gekommen ist, aber ich war immer der Meinung, er diene dazu, die Ablenkung durch Mann und Familie auszuschalten.“

Es stürmte einfach zu viel auf sie ein. Nach den Enthüllungen der letzten vierundzwanzig Stunden konnte sie das einfach nicht mehr verarbeiten. Justine zog die Knie an, ließ den Kopf darauf sinken und schloss die Augen. „Es ist ja auch überhaupt keine Ablenkung, wenn der Mann stirbt, den man liebt“, murmelte sie.

„Marigold wollte dir dieses Leid ersparen“, fuhr Sage fort. „Und das ist auch der Grund, warum ich – vielleicht war das ein Fehler – geholfen habe, die Ges zu wirken. Ich dachte, es wäre leichter für dich, wenn du von dieser Last befreit wärst. Wenn du nie den Schmerz einer verlorenen Liebe erleben müsstest.“

Jason hatte bisher schweigend zugehört, ein ironisches Lächeln um die Lippen. „Jeder Mensch muss sterben, der eine früher, der andere später“, warf er jetzt ein.

„In deinem Fall vermutlich früher“, gab Rosemary zurück. „Es wird dir eine Zeitlang gut gehen. Niemand kann sagen, wie lange. Aber eines Tages beginnt das Unglück … du wirst krank … oder hast einen Unfall. Und wenn du das überlebst, passiert am nächsten Tag wieder etwas. Und am übernächsten. Und schließlich stößt dir etwas zu, das du nicht überlebst.“

„Nur, wenn ich mich in ihn verliebe“, rief Justine hastig, ohne Jason anzusehen. „Und das habe ich nicht. Das werde ich nicht.“ Sie stockte. „Gibt es eine Ausnahmeklausel? Ein Schlupfloch? Eine Art Schutzzauber oder -ritual oder …“

„Leider nein, fürchte ich.“

„Und wenn ich nicht daran glaube?“, fragte Jason.

„Mein Neil hat nicht daran geglaubt“, erwiderte Sage bedauernd. „Genauso wenig wie Justines Vater. Es spielt keine Rolle, ob du daran glaubst oder nicht, mein lieber Junge.“

Bei diesen Worten machte sich Kälte in Justine breit. Sie stellte fest, dass sie angsterfüllt ihre Gefühle unter die Lupe nahm. Noch war es nicht zu spät. Sie liebte Jason nicht. Sie würde es sich nie gestatten, jemanden zu lieben, wenn er deshalb einer übernatürlichen Strafe anheimfiel.

In Gedanken versunken bemerkte sie erst, dass Jason zu ihr getreten war, als sie seine warme Hand auf ihrem Rücken spürte.

„Justine …“

„Lass das“, wehrte sie ab und entzog sich seiner Hand.

„Was soll ich lassen?“

Rühr mich nicht an. Sorg nicht dafür, dass ich dich liebe.

„Ich will nicht mehr über dieses Thema reden“, sagte sie tonlos und wandte den Blick ab. „Jetzt will ich nur noch nach Hause. Und dann gebe ich mir allergrößte Mühe, dir aus dem Weg zu gehen.“

15. KAPITEL

Auf der Überfahrt nach Friday Harbor war das Wasser noch ein wenig kabbelig, aber zwischen dichten Wolken lugte immer wieder blauer Himmel hervor. Jason steuerte das Boot sehr umsichtig und umfuhr geschickt die Felsen und Inselchen im Wasser. Viele davon dienten als Vogelschutzgebiete für Möwen, Alke, Austernfischer und Kormorane. Ein Adler überblickte das Meer von seiner Warte auf einem abgestorbenen Ast. Als der Hafen schon in Sichtweite war, kreuzte ein Zug Singschwäne den Kurs des Bayliners. Sie waren auf dem Weg in ihr Winterquartier in Kalifornien.

Justine schien ihre Umgebung kaum wahrzunehmen, stellte Jason fest, als er ihr einen verstohlenen Blick zuwarf. Sie spielte mit dem Rosenquarzarmband an ihrem Handgelenk, die Lippen verkniffen und mürrisch dreinschauend. Seitdem sie den Leuchtturm verlassen hatten, war sie unnahbar, geradeso, als könnte schon der Versuch, sich zu unterhalten, Jason in tödliche Gefahr bringen.

Sie legten an der Slipanlage an, und zwei der mit roten Shirts bekleideten Mitarbeiter der Marina eilten ihnen zu Hilfe, machten die Taue fest und kümmerten sich um die Wartung des Bootes. Jason half Justine von Bord und ging mit ihr den hölzernen Anlegesteg hinunter. Als er ihr einen Arm um die Schulter legte, spürte er, wie sie sich verspannte.

„Tut mir leid wegen deines Kajaks“, sagte er. „Vielleicht wird es ja irgendwo angetrieben.“

„Wahrscheinlich liegt es längst auf dem Grund des Ozeans.“ Sie atmete kurz und heftig aus, gab sich Mühe, fröhlich zu klingen. „Aber wenigstens ohne mich, dank deiner Hilfe.“

„Darf ich dir anbieten, dir ein neues zu kaufen? Wobei ich vorsorglich darauf hinweisen möchte, dass ich nicht versuche, mit meiner prallen Geldbörse Eindruck bei dir zu schinden.“

Justine schüttelte den Kopf und lächelte zögernd. „Danke, lieb gemeint. Aber nein, das möchte ich nicht.“

„Und jetzt?“, fragte er.

Ein wehmütiger Zug legte sich um ihre Lippen. „Wir kehren zur Pension zurück“, sagte sie. „Du gehst wieder an deine Arbeit und ich an meine. Und … das war’s dann.“

Jason blieb am Ende des Anlegers stehen und versperrte ihr den Weg. Sie wich rückwärts an das Geländer aus, und er griff mit beiden Händen links und rechts von ihr nach den kühlen Eisenstreben. Sie berührten einander nicht, aber er wusste, wie sie sich anfühlen würde. Sein Körper erinnerte sich gut an die sanfte Wärme, die sie ausstrahlte.

Er schaute in ihre braunen Augen, in denen ein besorgter Ausdruck lag. „Wir haben noch etwas zu Ende zu bringen.“

Sie verstand sofort, was er meinte. „Ich … ich kann das nicht mit dir tun.“

„Heute Morgen wolltest du.“

„Da habe ich nicht klar denken können.“ Röte stieg ihr ins Gesicht. „Aber jetzt funktioniert mein Kopf wieder einwandfrei.“

„Du hast Angst, dass du anfangen könntest, mich zu mögen.“ Ein Hauch von Sarkasmus schlich sich in seine Stimme. „Und dass mich das in Gefahr bringen würde. Richtig?“

„Nein. Ja. Schau, kein klar denkender Mensch käme auf die Idee, wir beide passten zusammen. Ich meine, würdest du mich für dich aussuchen?“

„Das habe ich gerade getan.“

Sie versuchte, sich aus seiner Quasi-Umarmung zu befreien, aber er ließ es nicht zu. „Das ist es nicht wert“, sagte sie und wandte den Blick ab. „Jason, ich weiß, was passiert, wenn ein Mensch ohne Seele stirbt. Das war’s dann. Nichts bleibt von dir. Deine Zeit ist auch so begrenzt genug.“

„Aber wie ich diese Zeit verbringe, darüber entscheide ich.“

„Aber wenn ich dir auf irgendeine Weise Schaden zufüge, dann bin ich diejenige, die damit leben muss.“ Ihr Gesicht verzerrte sich im Kampf gegen eine plötzliche Tränenflut. „Und das könnte ich einfach nicht ertragen“, stieß sie erstickt hervor.

„Justine." Er zog sie an sich, doch sie wandte sich ab und kehrte ihm den Rücken zu, seine Arme um ihre Taille geschlungen. Er beugte sich vor, bis sein Mund ihr Ohr streifte. „Ich bin bereit, dieses Risiko einzugehen. So etwas passiert einem nur einmal im Leben. Du begegnest einer Frau, und es kommt zu dieser verrückten Reaktion … Du berührst ihre Haut, und sie fühlt sich besser an als jede Haut, die du jemals berührt hast. Kein Parfüm der Welt könnte besser duften als sie. Und du weißt, mit ihr würde es niemals langweilig werden, denn sie ist sogar dann faszinierend und interessant, wenn sie nichts tut. Ohne etwas über sie zu wissen, verstehst du sie. Du weißt, wer sie ist. Es funktioniert einfach. Auf jeder Ebene deines Seins."

Er schloss sie fester in seine Arme. „Ich habe die letzten zehn Jahre nur mit den falschen Frauen verbracht. Deshalb erkenne ich jetzt ganz genau, dass ich endlich die Richtige gefunden habe." Sanft küsste er sie hinterm Ohrläppchen. „Du fühlst es doch auch. Du weißt, dass wir zusammengehören."

Justine schüttelte den Kopf. Ohne ihn ansehen zu müssen, spürte sie an der Bewegung seiner Lippen, dass er an ihrem Ohr lächelte.

„Ich sorge dafür, dass du es zugibst", sagte er. „Heute Abend."

„Nein."

Jason drehte sie zu sich herum. „Dann finde einen Zauber", forderte er leise. „Finde einen Ausweg für uns."

Justine biss sich auf die Unterlippe und schüttelte den Kopf. „Ich habe mir schon den Kopf zerbrochen. Mir fällt nur ein Zauber ein, ein Langlebigkeitszauber, und das kann ich nicht tun."

Seine Augen verengten sich leicht. „Warum nicht?"

„Das fällt in den Bereich der höheren Magie. Alles, was in Leben oder Tod eingreift, ist verboten. Solche Zauber sind gefährlich, selbst in den Händen der erfahrensten Hexen. Und wenn ein Langlebigkeitszauber wirken sollte, dann wäre das ganz schrecklich. Die Leute glauben meist, dass Langlebigkeit ein Segen sei, aber in nahezu allen Zauberbüchern findest du diesen Zauber unter den Flüchen. Es ist ein grausames Schicksal, länger zu leben, als die Natur vorgesehen hat … Du würdest jeden überleben, an dem dir etwas liegt. Dein Körper und dein Geist würden zerfallen, aber ganz gleich, welche Schmerzen, Einsamkeit oder Kummer du empfindest, du würdest weiterleben. Schließlich würdest du darum flehen, dass deinem Leiden ein Ende gesetzt wird, weil der Tod für dich eine Gnade wäre."

„Und wenn ich es trotzdem versuchen wollte? Wenn ich sage, dass ein Zusammenleben mit dir mir das wert wäre?"

Sie schüttelte den Kopf. „Das würde ich dir nicht antun. Selbst, wenn ich dazu bereit wäre und den Zauber richtig wirken könnte, würde er für uns nichts bringen. Wir sind zu verschieden. Ich würde dein Leben verabscheuen; nie könnte ich mich damit anfreunden, es mit dir teilen. Und ich kann mir nicht vorstellen, dass du alles aufgibst, wofür du gearbeitet hast, um auf einer beschaulichen kleinen Insel zu leben. Schließlich würdest du unglücklich werden. Und mich dafür verantwortlich machen." Sie drehte sich zu ihm um, hielt das Gesicht aber abgewandt. „Es hat keinen Zweck", fuhr sie mit erstickter Stimme fort. „Wir sind besser dran, wenn wir getrennte Wege gehen. Das ist unser Schicksal."

Jason schlang seine Arme um sie und hielt sie lange Zeit so, ohne auf die Fremden zu achten, die an ihnen vorbeigingen. Es sah ganz so aus, als hätte er sich in das Unabänderliche ergeben.

Aber als er schließlich den Mund wieder aufmachte, klang er alles andere als resigniert. „Ich glaube nur an eine Art von Schicksal, Justine, und zwar das Schicksal, das einen ereilt, wenn man keine Entscheidung trifft. Ich will dich. Und ich will verdammt sein, wenn ich zulasse, dass sich mir irgendetwas in den Weg stellt."

Jasons Rückkehr ins Artist's Point wurde von den übrigen Mitgliedern der Inari-Gruppe mit Erleichterung aufgenommen. Dazu gehörten Gil Summers, ein Freund aus Collegezeiten, der die Entwicklungsabteilung leitete, Lars Arendt, Jasons Rechtsanwalt, Mike Tierney, Manager im Bereich Buchhaltung und Ankäufe, sowie Todd Winslow, der Architekt des Firmengebäudes in San Francisco.

„Ich hätte nicht gedacht, dass du ohne Mobilfunkanbindung überleben kannst", meinte Gil, und in seiner betont sorgenvollen Stimme war die Ironie unüberhörbar.

„Ich habe die Pause genossen", gab Jason spitz zurück. „Ich komme durchaus auch ohne Internet zurecht."

Mike schien das zu bezweifeln. „Du hast mir mal gesagt, wenn es Himmel und Hölle gäbe, bestünden beide aus Kleinstädten im Mittleren Westen. Der einzige Unterschied: In der Hölle gäbe es kein Internet."

„Ich vermute einfach mal", warf Todd anzüglich grinsend ein, „dass Jason gut ohne Internet ausgekommen ist, weil eine langbeinige Brünette diesen Mangel mehr als wettgemacht hat."

Das trug ihm einen warnenden Blick ein, und obwohl Todd reulos grinste, verkniff er sich jeden weiteren Kommentar. Es gab Grenzen der Privatsphäre, die niemand, auch Jasons Freunde nicht, zu überschreiten wagte.

Priscilla dagegen hatte keine Hemmungen, Themen anzuschneiden, die niemand sonst angesprochen hätte. Vor einem Jahr hatte Jason ein Bewerbungsgespräch mit ihr geführt und sie aus einer Gruppe von Praktikanten ausgewählt und zu seiner Assistentin gemacht, nachdem einer seiner Manager eine Vorauswahl von drei Kandidaten getroffen hatte. Mit ihrem breiten hinterwäldlerischen Akzent und ihrem unkonventionellen Hintergrund war sie eine ungewöhnliche Wahl. Ihre Intelligenz und Kompetenz hatten jedoch bereits damals dafür gesorgt, dass sie zwischen den anderen Praktikanten herausragte.

Den Ausschlag gegeben hatte jedoch etwas anderes. Nämlich ihre Bemerkung gegen Ende des Einstellungsgesprächs, als Jason sie fragte, ob es noch etwas gebe, was sie ihn wissen lassen wolle. „Ich glaube schon", sagte sie. „Mir ist aufgefallen, dass Sie keine Seele haben." Und während er sie noch anstarrte, fügte sie hinzu:

„Vielleicht kann ich Ihnen in dieser Angelegenheit behilflich sein."

Sie hatte es nicht wissen können. Er hatte sie bedrängt, sich zu erklären, und sie sagte schließlich, sie könne das spüren. Also hatte er sie eingestellt – in der Hoffnung, dass er später mehr erfahren würde. Und diese Hoffnung hatte nicht getrogen. Schließlich gestand sie ihm, dass sie eine geborene Hexe war.

„Man könnte mich und meine Familie als den Abschaum der Fiveash-Linie bezeichnen", erläuterte sie. „Wir haben Hexenblut, aber keiner in meinem Zweig der Familie hat je etwas damit angefangen. Außer meiner Granny. Sie hat eines Nachts 1952 den Mond vom Himmel fallen lassen. Er plumpste auf den Horizont und sprang gleich wieder hoch. Das Ganze dauerte nur zehn Minuten. Immer wenn Granny darüber sprach, wie sie den Mond vom Himmel geholt hatte, beteuerte meine Mutter, dass es in Wirklichkeit nur ein Wetterballon gewesen sei. Aber ich wusste, dass Granny die Wahrheit sagte."

Laut Priscilla wollte ihre Mutter nicht, dass die Tochter über das magische Erbe der Familie Bescheid wusste, weil sie sonst riskiert hätten, aus der gottesfürchtigen Gemeinde von Ozark ausgeschlossen zu werden. Also hatte Priscilla heimlich alles daran gesetzt, von ihrer Großmutter und ihrer Tante so viel wie möglich zu lernen, denn beide praktizierten insgeheim ihre Hexenkunst.

Nach ihrer Einstellung bei Jason hatte Priscilla die Geschichte einiger uralter Zauberbücher erforscht. Dazu gehörte auch das Triodecad. Sie spürte die Nachkommen der ursprünglichen Eigentümer auf und stieß schließlich auf Justine Hoffman als vorerst Letzte der Abstammungslinie. Mit an Sicherheit grenzender Wahrscheinlichkeit gehörte das Zauberbuch inzwischen ihr. Und wenn es ein Buch gab, das Geheimnisse enthielt, die Jason helfen konnten, dann das legendäre Triodecad. Entweder war es Zufall oder Schicksal – jedenfalls stellte sich nach dieser Entdeckung heraus, dass Justine auf der Insel lebte, auf der Jason Grundbesitz erwerben wollte.

Jason war Priscilla dankbar, ihn hierher geführt zu haben. Und er hatte sie nicht nur schätzen gelernt, sondern mochte sie – soweit man jemanden mögen konnte, der in Erinnerungen an Paprikakäse und Sandwiches aus Weißbrot schwelgte oder den Film mit dem Orang-Utan für den Höhepunkt von Clint Eastwoods Karriere hielt.

Er hatte die Rolle des Mentors übernommen und versucht, Priscilla den Wert von Subtilität und Mäßigung zu vermitteln. Man brauchte nun mal keinen Vorschlaghammer, um eine Fliege zu erschlagen. Ihre Unverblümtheit und Unerschrockenheit hatten ihr geholfen, der Gosse zu entkommen. Doch ganz allmählich lernte sie, dass diese Fertigkeiten nicht unbedingt zu jenen gehörten, an denen man festhielt, wenn man erst einmal draußen war.

„Wie geht es Justine?", erkundigte sich Priscilla, als sie sich an den Tisch in Jasons Zimmer setzte und ihren Laptop öffnete.

Jason ließ sich auf die Bettkante fallen. „Gut."

„Hast du …"

Er unterbrach sie mit einer kurzen Geste. „Zuerst das Geschäftliche."

Priscilla strich sich eine Strähne ihres kupferroten Haares hinters Ohr und öffnete eine Datei auf ihrem Bildschirm. „Ich brauche nur ein paar Antworten. Du bist als Hauptredner zur QuakeCon in Dallas im nächsten Sommer eingeladen."

Das ließ sich leicht beantworten. „Nein."

„Willst du wenigstens an einer Podiumsdiskussion teilnehmen? Eine Stunde?"

Jason schüttelte den Kopf. „Ich fahre nächste Woche zur Cal-Con. Mehr als eine Konferenz im Jahr überfordert mich." Er erklärte sich bereit, eine private Spendengala für eine Krebshilfeorganisation auszurichten, aber das war eine Veranstaltung ohne große Öffentlichkeitswirkung. Anschließend besprachen sie ein paar weitere geschäftliche Angelegenheiten: die letzten Updates zur Fehlerbehebung für Skyrebels einschließlich eines logischen Fehler mit aus Add-Ons geladenen Eingabemasken sowie ein paar Verbesserungen hinsichtlich Speicherverwaltung und Laufstabilität.

Priscilla klappte ihren Laptop zu und schaute Jason erwartungsvoll an. „Was ist passiert?“, fragte sie. „Zwischen dir und Justine.“

Jason zögerte. Er wusste nicht recht, was er darauf antworten sollte. Eine grundlegende Aufzählung der Fakten würde nicht rüberbringen, was in Wahrheit geschehen war – und immer noch geschah. Es war ihm nicht möglich, in Worte zu fassen, was er wollte oder empfand.

„Hast du schon mal von einer sogenannten Ges gehört?“, fragte er.

Priscilla verneinte.

Während er ihr erklärte, worum es ging, hörte sie schweigend zu, wie sie das immer tat, wenn sie in Gedanken Informationen abspeicherte, um sie später zu benutzen. Anders als Justine hatte sie keine Probleme damit, Magie zu gebrauchen. Sie wollte so viel wie nur möglich lernen. Die Tücken der Magie interessierten sie nicht. Noch nicht.

Eines Tages würden sie es.

„Armes Ding“, merkte sie mitfühlend an. „Ich kann mir nicht einmal vorstellen, wie das wäre, von einem Angehörigen verflucht zu werden.“

„Es hat sie sehr schwer getroffen“, sagte Jason. „Und zu erfahren, dass Rosemary und Sage dabei geholfen haben, macht es ihr nicht gerade leichter. Die beiden sind sozusagen ihre Familie. Sie war am Boden zerstört.“

„Aber glücklicherweise warst du ja da, um ihr beizustehen.“ Irgendetwas an Priscillas Tonfall machte aus dieser Bemerkung eine leichte Spitze.

„Ich war als Freund für sie da“, stellte Jason knapp klar.

„Ein Freund würde keine Pläne schmieden, ihr Zauberbuch zu stehlen.“

„Ich habe nicht vor, ihr irgendwas zu stehlen. Sie bekommt das Buch zurück, sowie ich die Informationen habe, die ich brauche.“

„Warum bittest du Justine nicht, dir das Buch zu leihen?"
„Sie würde ablehnen."
„Warum das? Wenn ihr befreundet seid ..."
„Das ist kompliziert."
Priscilla musterte ihn eingehend. „Ich habe das Zauberbuch gefunden, während ihr fort wart", sagte sie schließlich. „Unter Justines Bett in ihrer Wohnung im Hinterhaus. Das Buch ist verschlossen."
„Ich weiß, wo der Schlüssel ist. Justine trägt ihn an einer Kette um den Hals."
„Selbst wenn es dir gelingt, ihr den Schlüssel abzunehmen, ist das Buch durch etwas geschützt, das viel stärker ist als ein Kupferschloss. Du kämst damit nie aus der Tür."
Jason schüttelte verständnislos den Kopf.
„Ein Zauberbuch", erklärte Priscilla, „ist durch eine ganze Reihe von Bindezaubern an seinen Eigentümer gefesselt. Wenn du versuchst, es ihm wegzunehmen, leistet es Widerstand. Wie ein Magnet."
„Und wie kann ich das umgehen?"
„Ich vermute mal, du musst Justine dazu bringen, dir zu vertrauen. Dich zu mögen." Ein Hauch von Sorge verdüsterte Priscillas Miene. „Die Vereinbarung, die wir getroffen haben ... du hältst dich doch daran? Du tust Justine nicht weh, indem du ihr das Zauberbuch für immer entwendest?"
„Ich sagte doch schon, dass ich es zurückgeben werde. Ich habe nicht im Geringsten vor, Justine wehzutun oder sie mir zur Feindin zu machen. Ganz im Gegenteil."
Leicht überrascht sah Priscilla ihn an. „Du hast doch nicht etwa vor, im Anschluss an diese Geschichte die Freundschaft zu ihr aufrechtzuerhalten?"
„Das ist meine Sache."
Priscilla musterte seine ausdruckslose Miene. „Vergiss nicht, was ich dir gesagt habe: Lass dich niemals mit einer Hexe ein. Wenn sie sich in dich verliebt, bist du verloren. Selbst die Nettesten unter uns töten ihre Männer. Wir können nichts dafür.

Jeder Mann in meiner Familie ist viel zu früh gestorben, auch mein Vater. Du willst dich nicht auf so etwas einlassen. Du kannst nicht dagegen gewinnen."

„Du hast mir gerade gesagt, ich solle Justine dazu bringen, mich zu mögen."

„Dich zu mögen, ganz recht. Aber nicht lieben. Wenn du hast, was du willst, sieh zu, dass du Justine so schnell wie möglich verlässt. Und schau nicht zurück."

„Bist du sicher, dass es dir gut geht?", erkundigte sich Zoë zum wiederholten Mal, während sie Lebensmittel in die Speisekammer einräumte.

„Es ist alles in bester Ordnung", rief Justine, die damit beschäftigt war, die große Kaffeemaschine zu reinigen. „Es geht mir gut. Ich habe lediglich mein Kajak verloren, aber das lässt sich ersetzen. Und ich schätze, mein Stolz hat ein wenig gelitten. Ich kam mir vor wie ein Idiot, als ich in diesen Sturm geraten bin."

„Du musst erleichtert gewesen sein, als Jason aufkreuzte."

„Mehr als erleichtert." Justine entschied, Zoë nicht noch nachträglich unnötig in Sorge zu versetzen, indem sie ihr erklärte, dass sie zu dem Zeitpunkt schon halb tot gewesen war.

Nach ihrer Rückkehr in die Pension hatte Justine dankbar festgestellt, dass in ihrer kurzen Abwesenheit alles bestens gelaufen war. Annette und Nita hatten die Zimmer und die Aufenthaltsräume geputzt. Zoë hatte sich um die Küche gekümmert. Keiner der Gäste hatte sich beklagt. Sie alle hatten es sich zufrieden im Lesezimmer vorm Kamin gemütlich gemacht, während draußen der Sturm tobte und Zoë sie mit Erfrischungen versorgte.

Zoë schien zu spüren, dass Justine ihr etwas verheimlichte. Nachdem sie sich die entschärfte Version ihrer Cousine über die Nacht im Leuchtturm angehört hatte, hakte sie zweifelnd nach. „Und zwischen dir und Jason ist wirklich nichts passiert?"

Vor Justines geistigem Auge stieg ein Bild auf – sie an Jasons muskulösen Körper gedrückt … seine Haut, goldfarben und heiß wie das Sonnenlicht –, und sie spürte, wie sie errötete. „Ich schätze, ich wäre keine Frau, wenn ich nicht ein bisschen in ihn verknallt wäre", erklärte sie bemüht locker.

„Und Jason?", fragte Zoë und reichte ihr eine Rolle Küchentücher zum Reinigen der Kaffeemaschine. „Empfindet er auch etwas für dich?"

„Nun … das spielt keine Rolle."

„Warum nicht?"

„Er ist das komplette Gegenteil von mir, Zoë. Er kennt weder Rücksichtnahme noch Kompromissbereitschaft. Ihm steht ein Firmenjet zur Verfügung. Er besitzt drei Häuser und wohnt in keinem davon. Ich kann nicht mit jemandem wie ihm leben."

Zoës Blick drückte Zuneigung und Missbilligung zugleich aus. „Ist er nett zu dir? Bringt er dich zum Lachen? Unterhältst du dich gern mit ihm?" Nachdem Justine alle drei Fragen mit einem Nicken beantwortet hatte, riet Zoë: „Vielleicht solltest du dich nur auf diese Fragen konzentrieren."

„Ganz so einfach ist das nicht."

„Ich glaube doch. Manche Leute benutzen Probleme einfach nur als Ausrede, um viel zu schnell aufzugeben." Zoë half Justine, die schwere Kaffeemaschine wieder an ihren Platz zu stellen. „Ein paar der Mädchen möchten dieses Wochenende gemeinsam losziehen. Hast du Lust auf einen Kinoabend?"

„Aber ja. Nur tu mir einen Gefallen: Sag ihnen bitte vorher, dass sie mich nicht über Jason ausfragen sollen."

„Irgendwas wirst du ihnen schon erzählen müssen", sagte Zoë. „Eine offizielle Version sozusagen. Sonst lassen sie dich keine Sekunde in Ruhe."

„Sachlich und informativ? Oder meinst du sinnfreies Geschwafel?"

„Ich meine provokativ-gewagte Schlüpfrigkeiten", erwiderte Zoë augenzwinkernd.

Justine lächelte, trat an einen der hohen Küchenschränke und öffnete die Tür. „Wo finde ich den kleinen Marmormörser samt Stößel, den du zum Zerstoßen von Kräutern verwendest?"

„Ich gebe ihn dir.“ Damit öffnete Zoë einen der Hängeschränke, holte Mörser und Stößel heraus und reichte Justine beides. „Kann ich dir bei irgendwas helfen?“

„Nein, ich möchte nur ein Rezept für eine Hafer-Honig-Maske ausprobieren.“

„Nimm einen Spritzer Zitronensaft dazu“, schlug Zoë vor und griff nach der Obstschale. „Das hellt deinen Teint auf.“ Sie wählte eine reife Zitrone und reichte sie Justine. „Zurück zum Thema von eben ... Versuch, aufgeschlossen zu bleiben, Justine. Liebe taucht einfach auf, manchmal dort, wo man sie nicht erwartet.“

Justine warf ihr einen finsteren Blick zu. „So wie Unkraut.“

Zoë lächelte. „Okay, ich mach mich jetzt auf den Heimweg.“

Sobald Zoë fort war, eilte Justine in ihre Wohnung, holte ihr Zauberbuch unter dem Bett hervor und nahm es mit in die Küche. Sie blätterte den Abschnitt über Tränke, Elixiere und Tinkturen durch, bis sie das Rezept fand, nach dem sie gesucht hatte. Ein Entmutigungstrank, der garantiert die Fesseln jeder romantischen Zuneigung oder Anziehung sprengen würde. Wenn sie Jason diesen Trank eigenhändig verabreichte, würde er jegliches Interesse an ihr verlieren.

Da er den Trank kaum freiwillig zu sich nehmen würde, musste sie einen Weg finden, ihm das Gebräu ohne sein Wissen unterzujubeln. Das verursachte ihr mehr als nur leichte Gewissensbisse, aber sie hatte nun mal keine andere Wahl. Schließlich war es nur zu seinem Besten.

Dabei fiel ihr ein, was er zu ihr gesagt hatte. „*Wann immer jemand zu dir sagt: ‚Das ist nur zu deinem Besten‘, dann kannst du hundertprozentig davon ausgehen, dass dieser Jemand drauf und dran ist, dir irgendwie Schaden zuzufügen.*“ Und sie wand sich innerlich.

Gab es nicht ein Wort dafür, wenn man nur die Wahl zwischen zwei gleich großen Übeln hatte? „Angeschissen“, murmelte sie kläglich.

In ihrem Kräutergarten sammelte sie frische Süßholzwurzel, Minze, Koriander und Majoran. Mit den duftenden Kräutern zurück in der Küche, schloss sie zunächst beide Türen ab. Es war wichtig, sich ganz genau an das Rezept zu halten. Da konnte sie nicht riskieren, gestört zu werden.

Sie mörserte die Kräuter zu einer beißend riechenden grünen Paste, kratzte sie in eine Kupferkasserole und gab Wasser hinzu. Dann stellte sie das Ganze auf den Herd, kochte es auf und ließ es simmern. Währenddessen holte sie einen Pappkarton vom obersten Regal der Speisekammer. Darin bewahrte sie ein paar grundlegende magische Zutaten auf, unter anderem kleine Gläschen, Flaschen und Päckchen mit Harzen. Sie zerstieß einen kleinen Klumpen Myrrhe und eine Prise Drachenbaumharz zu Pulver und gab sie ebenfalls in den Topf.

Während die Mischung vor sich hin köchelte, entzündete Justine einen Räucherstab aus weißem Salbei und wedelte damit in der Küche umher, um sie von negativer Energie zu reinigen. Nach der vorgeschriebenen Kochzeit seihte Justine die Brühe in eine kleine Schüssel ab. Sie räumte die Küche auf, reinigte sie und kehrte an den Tisch zurück, um den Trank zu vollenden. Dafür schlug sie erneut das Rezept auf. Was fehlte noch? Jungferntränen.

„Na großartig“, meinte Justine ironisch zu dem Buch. „Ich bin mir ziemlich sicher, dass ich nicht als Jungfrau durchgehe.“ Da aber keine weinenden Jungfrauen verfügbar waren, würden trotzdem ihre eigenen Tränen reichen müssen.

Und wie sollte sie sich selbst zum Weinen bringen?

Schnell ging sie zurück in die Speisekammer und fand den Behälter, in dem Zoë die Zwiebeln aufbewahrte. „Wehe, das ist es nicht wert“, brummte sie in sich hinein, als sie eine dicke gelbe Zwiebel auf das Schneidbrett legte und sie halbierte. Widerwillig beugte sie sich dicht über die beißenden Dämpfe und hielt gewaltsam die Augen offen. Sie begannen sofort zu brennen und zu tränen.

„Verdammt noch mal“, keuchte Justine und tastete nach einem kleinen Glasfläschchen. Irgendwie schaffte sie es, ein paar Tränen darin aufzufangen. Nachdem sie sich die Augen mit

Papierservietten abgetupft hatte, trug sie die Flasche zum Tisch und füllte sie mithilfe einer Pipette mit der Kräuterlösung.

Jetzt musste sie nur noch den Zauberspruch aufsagen, und der Entmutigungstrank war fertig.

Aber als sie nach dem Triodecad griff, blätterten die Seiten blitzschnell um, und das Buch knallte zu.

„Hey", protestierte Justine. „Hör auf, Spielchen zu treiben, und lass mich das hier zu Ende bringen." Sie öffnete das Buch mit Gewalt und fand den Zauber wieder. Hastig sprach sie die Worte, wobei sie das Buch mit den Unterarmen offenhalten musste, weil es sich bemühte, wieder zuzuschlagen.

Leidenschaft kann nimmer walten
Wo Jungferntränen im Spiele sind
Elixier lässt sein Herz erkalten
Tötet die Liebe, bevor sie beginnt

Mühsam atmend schloss Justine das Triodecad und schraubte den Pipettenverschluss auf die kleine Flasche. „Geschafft", sagte sie laut. „Ein Tropfen davon, und Jason wird gar nicht schnell und weit genug vor mir davonlaufen können."

Wieder begannen ihre Augen zu brennen. „Blöde Zwiebel", murrte sie und griff nach einer frischen Serviette.

Dabei lag die Zwiebel am anderen Ende der Küche.

Genau um neun klopfte Justine an Jasons Tür. Sie packte das Silbertablett fester als nötig. Die Wodkagläschen und das Eis klirrten in ihren Händen.

Die Tür wurde geöffnet.

Jason stand vor ihr, musterte sie mit diesem Blick, der sie immer fassungslos machte und in ihr ein ganzes Karussell von Empfindungen in Gang setzte: Wärme, Verlangen, Sehnsucht.

Er bat sie in sein Zimmer, nahm ihr das Tablett ab und stellte es auf den Tisch.

Ich liebe ihn nicht, ermahnte sie sich selbst, als er nach ihr griff. Trotz der berauschenden Wirkung, die der saubere Duft seiner Haut nach Meersalz und die tröstliche Geborgenheit in seiner Umarmung auf sie ausübten. Trotz der Enge in ihrer Kehle und des Gefühls, gleich in Tränen ausbrechen zu müssen. *Ich liebe ihn nicht.*

„Übermorgen reist du ab“, hörte sie sich selbst unbeholfen sagen.

„Und?“

„Das hier wird vorbei sein.“

„Nichts wird vorbei sein“, widersprach er. „Wir haben gerade erst angefangen.“

„Jede andere Frau wäre besser für dich. Ich weiß, dass ich nicht in dein Leben passe.“

Jason beugte sich vor und küsste sie auf den Hals. „Ich glaube, du passt perfekt zu mir. Lass es uns ausprobieren“, flüsterte er betörend und legte die Hände auf ihre Hüften.

Seine Verführungskünste waren teuflisch. Ihr Gesicht brannte. Sie konnte kaum stillhalten, weil jede Nervenfaser in ihr sich vor Verlangen wand. Obwohl sie sich dagegen wehrte, musste sie sich ausmalen – nur für einen kleinen Augenblick – wie er sich in ihr anfühlen würde.

„Ich habe dir deinen Wodka gebracht“, sagte sie und löste sich von ihm. Hypernervös fuhr sie sich mit den Händen durch die Haare, brachte sie völlig durcheinander und zupfte am Saum ihres T-Shirts. „Trink ein Glas. Das hilft dir, dich zu entspannen.“

„Das würde nicht mal ein ganzes Wasserglas voll Wodka schaffen“, entgegnete er.

Justine schlang die Arme um ihren Körper, trat ans Fenster und schaute zum Hinterhaus hinüber. Draußen hatte sich die Nacht kühl und dunkel über die Pension gesenkt. Die kleine Türlampe bildete einen Lichthof wie die gemalten goldenen Heiligenscheine der Gestalten auf mittelalterlichen Kirchengemälden.

„Was hältst du davon, wenn ich dir mein Haus am Dream Lake verkaufe?“, fragte sie, ohne Jason anzuschauen. „Zu einem angemessenen Preis. Dann könntest du dort wohnen, wenn du dich von den Fortschritten auf der Baustelle überzeugen möchtest. Du brauchtest nicht mehr im Artist's Point abzusteigen."

„Versuchst du, mich zu bestechen, damit ich dir fernbleibe?"

Die Härchen in Justines Nacken stellten sich auf, als sie das Eis auf dem Tablett klirren hörte. Er hatte nach einem der Wodkagläser gegriffen.

„Nicht bestechen", antwortete sie. „Ich möchte nur die Situation so klären, dass wir künftige Probleme umgehen können."

„Du kannst künftige Probleme nicht umgehen", gab er zurück. „Selbst wenn es dir gelingen sollte, mich aus deinem Kopf zu verbannen und mir völlig aus dem Weg zu gehen, wird es andere Probleme geben. So ist das Leben nun mal. Ein Problem nach dem anderen, und du hast keine Kontrolle darüber. Du kannst nur nach etwas Gutem greifen, sooft sich die Gelegenheit bietet. Und es festhalten, was auch geschieht."

„Das kann ich nicht", erwiderte sie heftig. „Denn ich versuche, dich zu retten."

Langes Schweigen folgte. Sie hörte, wie das Glas auf den Tisch gestellt wurde. „Versuch nicht, mich zu retten. Versuch nur, mich zu lieben."

„Das wäre einfach." Ihre Stimme klang gequält. „Dich zu lieben wäre lächerlich einfach." Immer noch wandte sie sich nicht zu ihm um. „Oh Gott, ich wünschte, ich hätte niemals die Ges gebrochen. Sie hatten recht. Ich war vorher besser dran. Und du auch."

„Du warst nicht …"

Er unterbrach sich. Holte tief und gepresst Luft.

Justine drehte sich um und sah, wie Jason sich mit beiden Händen am Tisch abstützte, den Kopf über das leere Wodkaglas gesenkt. Sein Rücken verspannte sich, bis sich jeder Muskel unter dem Stoff seines Poloshirts abzeichnete.

„Justine." Seine Stimme klang merkwürdig.

Er hatte den Entmutigungstrank getrunken. Wirkte er schon?

Oder hatte sie etwas falsch gemacht? Er atmete schwer. Großer Hades, hatte sie ihn etwa krank gemacht?

„Ja?“, fragte sie und näherte sich ihm vorsichtig.

„Was hast du mir in den Wodka gemischt?“ Trügerische Milde lag in seinen Worten.

„Oh, nur einen Tropfen von einer Kräutertinktur. Eine Art … ähm … Gesundheitselixier. Wie fühlst du dich?“

Schwer atmend schluckte er, und tiefe Röte überzog seine Haut. „Wie ein gedoptes Rennpferd.“

Entsetzt schüttelte Justine den Kopf. Das klang nicht gut. Irgendetwas war schiefgegangen.

Endlich hob Jason den Blick und schaute sie an, die Pupillen riesige Teiche glutflüssiger Schwärze. „Justine“, murmelte er, „was zum Teufel hast du mit mir angestellt?“

16. KAPITEL

Setz dich hin", drängte Justine verängstigt. „Ich hole dir Wasser. Du …" Verblüfft brach sie mitten im Satz ab. Er war unübersehbar erregt. Hochgradig erregt. Nein, das war definitiv nicht die Nebenwirkung eines Entmutigungstranks. Erstaunt griff sie nach dem zweiten Wodkaglas und nippte vorsichtig daran, wobei sie kaum ihre Lippen benetzte.

Hitze durchzuckte ihren Körper von Kopf bis Fuß wie ein Blitz und nahm ihr den Atem. Sie spürte Feuer in ihren Adern und einen harten intimen Puls zwischen ihren Schenkeln. Benebelt von Verlangen und Verwirrung konnte sie kaum einen klaren Gedanken fassen. Und all das, obwohl sie nur einen Tropfen von dem Wodka probiert hatte.

Jason hingegen hatte ein ganzes Glas geleert.

„Das ist das Gegenteil von dem, was ich wollte", rief sie entsetzt. „Was mag da nur schiefgegangen sein?"

Jason füllte seine Hand mit zerstoßenem Eis vom Tablett und drückte es sich in den Nacken. Das Eis schmolz, als hätte man es in eine heiße Pfanne gegeben. Glitzernde Wasserbäche liefen über seinen Hals und versickerten im Stoff seines Shirts. Er atmete durch die zusammengebissenen Zähne, keuchend und zitternd.

„Es tut mir so leid", erklärte Justine kläglich, streckte die Hände nach ihm aus, um ihn zu berühren, und zog sie hastig zurück, als er ihr einen unheilvollen Blick von der Seite zuwarf. „Ich wollte doch nicht … Ich hätte besser nicht … Wie kann ich dir helfen? Mehr Eis? Eine kalte Dusche?"

Jason schien sie nicht gehört zu haben. Er rieb sich mit den nassen kalten Händen über Gesicht und Kinn. Seine hohen Wangenknochen stachen regelrecht aus seinem Gesicht hervor, und an den langen schwarzen Wimpern hingen Wassertropfen. Hastig zog er sein Poloshirt aus, knüllte es zusammen und tupfte sich damit Hals und Schultern ab. Einen Moment lang konnte Justine ihn nur anstarren.

„Es tut mir leid", wiederholte sie. „Andauernd mache ich alles nur noch schlimmer."

Die langen Muskeln in seinem Rücken zuckten, als sie ihn anfasste, als löste schon eine ganz leichte Berührung Folterqualen aus. Reumütig presste sie ihre Wange auf seine glutheiße Haut.

Jason drehte sich langsam um, als fürchtete er, eine schnelle Bewegung könnte ihn den letzten Rest Selbstbeherrschung kosten. Er zog sie an sich, und sie spürte die harte, gierige Spannung eines sprungbereiten Leoparden.

„Ich habe mich exakt an das Rezept gehalten", stieß sie hervor. „Es müsste funktionieren."

Jason drückte seine Lippen in ihre Schulterbeuge und sog ihren Duft ein. „Paradoxe Reaktion", sagte er.

„Du meinst, so wie ein Antidepressivum, das bei manchen Leuten Selbstmordgedanken auslöst, oder …" Sie erschrak, als sie seine Hände am Bund ihrer Jeans spürte, fühlte, wie der obere Knopf aufsprang und der Reißverschluss geöffnet wurde. „Oder wie ein Schmerzmittel, das bei manchen Kopfschmerzen verursacht …" Ein halb unterdrücktes Keuchen stieg aus ihrer Kehle auf, als er seine Hand in ihre Jeans schob, unter ihren Slip.

„Ich will dich", murmelte er an ihrer Haut, „und ich hoffe, das beruht auf Gegenseitigkeit …"

„Ja, aber ich …"

„… denn es besteht nicht die geringste Aussicht, dass du dieses Zimmer verlässt, bevor ich dich flachgelegt habe."

Justine riss die Augen auf. Sie konnte keinen klaren Gedanken fassen, solange er sich so an ihr rieb und ihren Körper voller Verlangen mit Mund und Händen erforschte. Schockiert lauschte sie dem, was er zwischen keuchenden Atemzügen hervorstieß. Er wollte jeden Quadratzentimeter ihres Körpers küssen und berühren und in Besitz nehmen … dafür sorgen, dass sie ihn um Gnade anflehte … sie so heftig kommen lassen, dass sie glaubte, ihr Inneres kehre sich nach außen. „Und, verdammt noch mal, all das wollte ich auch schon, bevor du mir ein Beruhigungsmittel untergejubelt hast", murmelte er.

„Das war kein Beruhigungsmittel", widersprach sie. „Ich habe einen Entmutigungstrank gebraut, damit du … mich nicht mehr begehrst."

Er presste seine Lippen hart auf ihre Kehle, biss nicht besonders sanft in die zarte Haut an ihrem Hals. „Fühlt sich das so an, als wäre ich entmutigt?", fragte er, schob ihr die Jeans über die Hüften nach unten und packte mit beiden Händen ihren Po.

Unwillkürlich schloss sie die Augen und ließ ihren Kopf in den Nacken sinken, als er sie gegen seine prall verlockende Erektion drückte. „Nein", stieß sie matt hervor. „Wenn du willst, gehe ich und schlage ein Gegenmittel nach."

„Ich habe schon eins im Sinn." Er zog ihr das Shirt über den Kopf und griff nach dem Verschluss ihres BH. Sie fühlte, wie ihre Jeans zu Boden rutschten, und befreite sich mit einer kurzen Beinbewegung von dem störenden Stoff. Nachdem er ihr den Slip abgestreift hatte, zog Jason seine eigenen Jeans aus, ohne Justine auch nur einen Moment aus den Augen zu lassen, als fürchtete er halb, sie könne ihm davonlaufen. Kein Gedanke daran, dass sie erst reden würden, die Lampe dimmen, das Fenster schließen und ihre Kleider ordentlich über einen Stuhl hängen. Im Gegenteil, es sah ganz so aus, als würden sie es nicht einmal bis ins Bett schaffen.

Er riss sie an sich, küsste sie eine Ewigkeit, mal sanft, mal wild. Die Hitze, die von ihm ausstrahlte, war unerträglich, Bauch, Brust und Lenden glühten. Justine befreite sich von seinen Lippen und rang nach Atem. Die Luft strömte heiß wie in einer Sauna in ihre Lungen und versengte sie. Jason streckte die Hand zum Tisch hinter ihr aus, tastete nach dem zerstoßenen Eis und drückte ihr eine Handvoll gegen die Brüste, zog damit eine eisige Spur über ihren Leib. Justine erschauerte und keuchte vor Erleichterung. Tauwasser rann ihr über den Körper und löste eine Gänsehaut aus. Er schloss den Mund um ihre steif aufgerichtete Brustwarze und saugte die Feuchtigkeit fort. Erneut griff er nach dem zerstoßenen Eis, schüttete es sich über die Brust und seinen Leib. Dann nahm er ein wenig Eis in den Mund.

Glühend und verwirrt klammerte Justine sich an die Tischkante, als Jason vor ihr in die Hocke ging. Sie ließ den Kopf sinken, sodass ihre Haare wie ein Schleier um ihr Gesicht fielen. Dann spürte sie seine kalten Hände auf ihren Oberschenkeln, fühlte, wie er seine Daumen streichelnd immer höher bewegte, dorthin, wo die Haut dünn und qualvoll empfindlich war. Weit öffnete er ihre vor Lust angeschwollenen Schamlippen. Ein undefinierbarer Laut, ein heftiges Aufbäumen, als sie seinen Mund spürte, erschreckend kalt, seine Zunge an ihrem empfindlichen Fleisch, kühle Kreise um ihre schwellende Knospe ziehend. Sie schluchzte bei jedem Atemzug, bemühte sich, still zu bleiben, schaffte es aber nicht. Deshalb legte sie sich eine Hand auf den Mund, um einen leisen Aufschrei zu ersticken, und drückte zugleich verzweifelt gegen seinen dunklen Kopf.

Er blieb dort, küsste sie langsam und schamlos und verstärkte den süßen Schmerz … ein heiseres Murmeln … und dann stand er auf. Sanft drängte er sie in Richtung Bett, aber ihre Beine waren so schwach, dass sie nicht gehen konnte. Also nahm er sie mit erstaunlicher Leichtigkeit auf die Arme, trug sie zum Bett und legte sie sanft ab.

Schamlos öffnete sie weit ihre Schenkel und streckte die Arme wehrlos hinter ihren Kopf. Sie spürte, dass sie unmittelbar vor ihrem Höhepunkt war. Atemlos zog sie Jason zu sich herunter und nahm seinen Kopf in beide Hände. Er küsste sie, schob seine Zunge tief in sie hinein, und das fühlte sich so gut an, dass sie an seinem Mund aufstöhnte. Mit den Knien öffnete er ihre Schenkel noch weiter. Mit einem fordernden Stoß drang er tief in sie ein. Sie zog die Knie hoch, und ihr Körper bog sich seinem köstlichen männlichen Gewicht entgegen.

Ein feiner Schweißfilm ließ seine Haut metallisch glänzen, und das Licht vergoldete die Venen auf seinen Armen und an seinem Hals. Jetzt hatte er die Augen geschlossen und die Brauen zusammengezogen, als litte er Schmerzen. Er bewegte sich in einem schnellen, heftigen Rhythmus in ihr, hielt nichts zurück, und genau so wollte sie es. Sie kam seinen Stößen entgegen, wurde höher und höher gehoben, während ihr Fleisch sich immer fester an ihm rieb, bis sie beide aufstöhnten und vor Lust erschauerten, während Schockwellen ihre Nerven vibrieren ließen. Jason stieß noch einmal tief zu und hielt inne, und dann fühlte sie, wie er sich heiß in sie ergoss.

Schließlich rollte er sich auf die Seite und zog sie mit sich. Sein Atem hatte sich beruhigt, seine Brust hob und senkte sich in einem gleichmäßigen Rhythmus. Sie waren immer noch miteinander verbunden, und sie spürte ihn tief in sich pulsieren und zittern.

Später würde sie das bereuen … aber im Moment konnte sie sich nicht dazu überwinden, sich darüber Gedanken zu machen. Sie keuchte auf, als er sich aus ihr zurückzog. „Oh. Du bist immer noch …"

„Allerdings", gab er trocken zurück. „Ich habe noch nie Viagra genommen, aber soweit ich das beurteilen kann, hast du ein verdammt gutes Konkurrenzmittel zusammengebraut."

„Es tut mir so leid. Das wollte ich dir wirklich nicht antun. Ganz, ganz ehrlich." Als er schwieg, hakte sie zaghaft nach: „Bist du böse auf mich?"

„Ja. Aber es fällt mir schwer, mich darauf zu konzentrieren, solange ich von Endorphinen überschwemmt werde."

Mit leichtem Lächeln lehnte sie sich entspannt an ihn.

Träge strich er ihr mit dem Handrücken über die Brust. „Nimmst du immer noch die Pille?"

Sie nickte. „Wir haben deine Regel bezüglich der Kondome gebrochen. Es tut mir s…"

„Hör endlich auf, dich andauernd zu entschuldigen." Sanft nahm er ihre Brustwarze zwischen seine Finger und zog leicht daran.

Noch nie hatte jemand sie nach dem Sexualakt so lange gehalten. Noch nie hätte sie sich das von jemandem gewünscht.

Aber Jasons Hände bereiteten ihr ein Lusterlebnis nach dem anderen, und er war zärtlich dabei und liebevoll.

„Das geht in Ordnung, solange ich mich nicht in dich verliebe", hörte sie sich sagen.

„Aber das wirst du."

Damit holte er sie von ihrer rosa Wolke herunter. Sie stützte sich auf ihren Ellenbogen und schaute ihn mit gerunzelter Stirn an. „Nein, werde ich nicht. Der einzige Grund, warum ich mit dir im Bett bin, besteht darin, dass du in einer dieser vierstündigen Notlagen bist, von denen im Fernsehen so oft die Rede ist, wenn das Potenzmittel zu lange wirkt."

„Von dir verursacht", stellte er klar.

„Ja. Und ich will nur helfen. Aber ich wüsste es sehr zu schätzen, wenn du nicht versuchen würdest, daraus etwas Romantisches oder Bedeutungsvolles zu machen."

„Was möchtest du, das ich tue?", fragte er trocken.

Justine überlegte einen Augenblick. „Erzähl mir das Schlimmste über dich selbst. Mach dich so unsympathisch, dass ich mich auf keinen Fall in dich verlieben könnte."

Er musterte sie zweifelnd und zog sie aus dem Bett.

Justine folgte ihm ins Bad. „Erzähl mir von deinen schlechten Angewohnheiten", beharrte sie. „Lässt du feuchte Handtücher im Bett liegen? Schneidest du dir im Wohnzimmer die Nägel?"

„Nein." Jason betrat die Duschkabine und bedeutete ihr, es ihm gleichzutun.

„Was dann?" Sie stand neben ihm, wohlig erschauernd, als das warme Wasser auf sie herabströmte. „Du bist nicht vollkommen. Irgendwas muss es geben."

Jason griff nach der Seife und schäumte sich die Hände ein. „Wenn ich krank bin", sagte er, „entwickle ich mich zum tollwütigen Bullterrier." Er begann sie zu waschen, ließ seine großen Hände voll weichem, knisterndem Seifenschaum über ihren Körper wandern. „Wenn ich mir einen Film anschaue, weise ich ständig auf die logischen Fehler hin, während alle anderen versuchen, sich auf die Handlung zu konzentrieren." Als er das aufkeimende Lächeln auf Justines Gesicht bemerkte, beugte er sich vor und küsste sie. „Es kommt schon mal vor, dass ich während einer Diskussion mein Smartphone hervorhole, um mit Informationen aus dem Internet zu beweisen, dass ich recht habe, und dann wieder in die Diskussion einsteige, wenn das Thema längst abgehakt ist." Er überlegte kurz. „Ich lasse leere Verpackungen im Kühlschrank stehen. Wenn irgendwo eine Schale mit gemischten Nüssen steht, picke ich alle Mandeln und Cashewkerne heraus und lasse den anderen nur die Erdnüsse. Und manchmal, wenn ich nachts nicht schlafen kann, mache ich mich daran, anderer Leute Wikipedia-Seiten zu korrigieren." Seine Lippen streiften die ihren, und er küsste ihren lachenden Mund, als könnte er den Moment der Unbeschwertheit so noch besser auskosten. „Und jetzt erzähl mir von deinen schlechten Angewohnheiten."

Sie trat hinter ihn und begann, ihm den Rücken einzuseifen, nicht ohne seinen durchtrainierten Körper zu bewundern. „Ich pfeife, wenn ich den Fußboden wische oder absauge. Meistens den Anfang eines Songs der Black Keys, der so häufig in der Fernsehwerbung läuft. Einmal habe ich das so ausdauernd getan, dass Zoë mir allen Ernstes mit einem Pfannenwender gedroht hat." Sie hielt inne, als sie ihn lachen hörte. „Wenn mir langweilig ist", fuhr sie fort, „kaufe ich im Internet Dinge, die ich nicht brauche. Und ich kann mitten in einem laufenden Spiel einfach aussteigen und es nie zu Ende spielen. Egal was für ein Spiel – einfach mittendrin."

„Tatsächlich? Wie machst du das?" Jason klang ehrlich verwundert.

„Ich kann mich nicht lange auf etwas konzentrieren", erklärte sie leichthin. „Und ich erteile auch gern unerbetene Ratschläge." Sie schlang die Arme um seine Hüften, ließ ihre seifige Hand über seine Lenden wandern und packte den straffen schweren Schaft. „Und wie du selbst kürzlich erfahren durftest, verabreiche ich ahnungslosen Gästen meiner Pension Aphrodisiaka."

Er war vollständig erregt und zog scharf den Atem ein. „Du tust das also öfter?", stieß er mühsam hervor.

„Bei dir war es das erste Mal, um ehrlich zu sein."
„Es wird auch das letzte Mal sein."
Ihre Finger schlossen sich fester um ihn und glitten mit leichtem Druck auf und ab. „Wie hättest du es gern?", flüsterte sie gegen seinen nassen Rücken. „So? ... Oder lieber so?"
„So ist es ..." Er schnappte nach Luft. „Großer Gott. Ja. *Genau so.*" Aufstöhnend ließ er den Kopf nach vorn sinken, stützte sich mit den Händen an der Wand ab und atmete schwer.
Justine drängte sich an seinen Rücken und streichelte ihn, während das Wasser auf sie beide hinabrauschte und weißer Dampf die Luft erfüllte. Er murmelte ein paar Worte, Zärtlichkeiten, Flüche, und sie lauschte verzückt, packte noch fester zu, pumpte mit der Hand, trieb ihn immer stärker zum Höhepunkt und spürte, wie schnell und heftig Hitze von ihm aufstieg. Er kam mit einem leisen hilflosen Laut, und sie begleitete ihn mit sanftem Gurren, ergötzte sich an seinem Vergnügen und genoss das raue männliche Beben zwischen ihren Fingern.
Anschließend drehte er die Dusche ab und trocknete sie beide mit einem flauschigen weißen Handtuch ab. „Jetzt du."
Sie schüttelte den Kopf. „Ich brauche nichts."
Jason packte sie vorsichtig im Nacken und senkte seinen Mund an ihr Ohr. „Du brauchst, was ich dir geben werde", flüsterte er, und ihr stellte sich jedes Härchen am Körper auf. Er trug sie zum Bett zurück, zog die Decken weg und legte sie lang ausgestreckt auf die Laken.
Dann beugte er sich über sie, strich mit den Fingerspitzen über ihren Körper, folgte dabei den empfindlichsten Nervenbahnen. Sie wand sich, bat ihn flüsternd, schneller zu machen. Aber er behielt sein eigenes, langsames Tempo bei, bis sie endlich still und ruhig dalag und gleichmäßig atmete. Wo seine Lippen sie berührten, sein Körper sich an ihren drückte, da stieg Hitze aus ihrem Inneren auf und breitete sich auf ihrer Haut aus.
So gut hatte er sie bereits erforscht, dass er sie benutzen und auf ihr spielen konnte wie auf einem Musikinstrument. Er glitt zwischen ihre Schenkel, streichelte mit der Zunge ihre Scham-

lippen und zupfte daran. Als ihr Verlangen übermächtig wurde, begann sie leise zu wimmern und drückte gegen seinen Kopf. Aber er packte ihre Hände und hielt sie fest, sorgte dafür, dass sie stillhielt und einfach hinnahm. Dabei weckte er Empfindungen, die ihren ganzen Körper durchströmten, von den Zehenspitzen bis zur Schädeldecke. Bei jedem Streicheln zuckte sie zusammen, während die Lust durch ihre Adern jagte und Funken sprühten. Sie spreizte weit die Beine und verkrampfte die Zehen, als die ersten Wellen des Höhepunkts sacht anrollten, aber er hielt plötzlich inne und hob den Kopf.

Bedächtig hielt er sie mit seinem Gewicht an Ort und Stelle und drang mit einem langsam gleitenden Stoß in sie ein. Er hielt ihre Arme über ihrem Kopf fest und beobachtete sie genau. Ihre Blicke trafen sich, und sie sah, dass seine Augen tief dunkel waren vor Leidenschaft. Langsam ließ er seine Hüften kreisen und reizte sie gnadenlos. Sie zappelte und wand sich in Qualen höchster Anspannung, stieß unzusammenhängende Laute aus ... *oh bitte, jetzt, bitte ...* und hörte ihn leise lachen, spürte, wie er sie qualvoll langsam liebte und in hilflose Zuckungen versetzte.

Später in der Nacht erwachte sie, weil sie erneut seine Hände auf ihrem Leib fühlte, seinen Mund an ihrer Brust. Aufstöhnend nahm sie ihn in sich auf, ließ ihren Kopf gegen seinen stützenden Arm zurücksinken. Eine wohlige Erregung ergriff sie, plätscherte erst sanft dahin und wurde schließlich zu kräftigen Wellen, die pausenlos anbrandeten.

Die Stunden verschmolzen zu einem langen dunklen Traum. Nie hätte sie erwartet, dass sexuelle Erfüllung so unterschiedlich und überwältigend daherkommen könnte. Und dann gab es da noch die schläfrigen Unterhaltungen zwischendrin, wenn sie nur dalagen und Worte genossen, als wären es Küsse.

„Wie war es im Kloster?“, flüsterte Justine, begierig, mehr zu erfahren über diese Erfahrung, die ihr völlig fremd war. „Warst du gern dort?“

Er streichelte bedächtig und sanft ihren Rücken. „Nein. Aber ich hatte es nötig.“

„Warum?"

„Ich war es leid, ständig das Gefühl zu haben, als sei alles egal. Alles nur mechanisch zu tun. Zen lehrt dich, dass alles wichtig ist. Selbst eine so einfache Aufgabe wie das Auswaschen einer Schüssel ist es wert, gut erledigt zu werden. Das hilft, achtsam zu sein, sodass dir nicht unbemerkt ganze Tage und Wochen des Lebens entgleiten."

Justine legte ihren Kopf auf seine Schulter und die Hand auf seine Brust, sodass sie seinen Herzschlag spürte. „Hast du viel meditiert?"

„Jeden Abend. Der Tag begann um vier Uhr morgens mit einer gemeinschaftlichen Belehrung. Danach gab es Frühstück, und anschließend ging es an die Arbeit: Unkraut jäten im Garten, Holz hacken und so weiter. Am Nachmittag hatte jeder Schüler eine private Unterredung mit dem Zenmeister, dem Rōshi. Meditiert wurde nach dem Abendessen. Eingangs stellt der Rōshi jedem eine Frage. Und während man darüber meditiert, versucht man, den Geist zur Ruhe zu bringen und die Bedeutung der Frage zu verstehen. Manche Leute suchen Jahre nach der Antwort."

Seine Fingerspitzen stießen an die feine Kette um ihren Hals, fuhren sanft daran entlang, während er fortfuhr. „Eines Abends hatte ich beim Meditieren eine Vision. Ich war im Tempel, ging auf einen Schatten zu, der genauso aussah wie ich. Und ich begriff, dass ich der Tempel war – und dass der Schatten die leere Stelle war, an der eine Seele hätte sein sollen."

Justine überlief ein leichtes Gefühl von Unbehagen und Mitgefühl. „Hast du dem Rōshi davon erzählt?"

Jason nickte. „Dass ich keine Seele habe, hielt er für nichts, worüber ich mir Sorgen machen müsste. Stattdessen gab er mir den Rat, mich damit abzufinden. Leere ist im Zen ein Schlüsselkonzept. Ein Teil des Weges zur Erleuchtung." Seine Stimme nahm einen ironischen Unterton an. „Leider erwies ich mich als lausiger Zen-Buddhist."

„Wahrscheinlich wäre ich sogar noch ein schlechterer Buddhist als du. Fragen, auf die es keine klaren Antworten gibt, kann ich nicht ausstehen." Justine hob den Kopf, um ihn anzuschauen. „Du hast dich also nie damit abgefunden? Damit, dass du keine Seele hast?"

„Würdest du das?", fragte er spöttisch.

Sie zögerte und schüttelte dann den Kopf. Nein. Vermutlich wäre sie genauso wie er … und würde versuchen, die seelenförmige Leere in ihrem Inneren zu füllen.

Der Morgen danach war grauenvoll.

Justine wachte wie gewohnt früh auf und schaffte es, sich anzuziehen und aus dem Zimmer zu schleichen, bevor Jason die Augen aufschlug. Sie fühlte sich zerschlagen, wund, schwerfällig vor Erschöpfung und beinah krank vor Sorge. Fluchend und stolpernd kämpfte sie sich zum Hinterhaus und duschte so heiß, wie sie es gerade noch ertragen konnte.

Ein Blick in den Spiegel zeigte ihr dunkle Ringe unter blutunterlaufenen Augen. Auf ihrer Kehle prangte eine schwach gerötete Stelle, wo Jasons Bartstoppeln ihre Haut aufgeschürft hatten. Stöhnend band sie sich ihre Haare zu einem Pferdeschwanz hoch und legte eine getönte Feuchtigkeitscreme auf.

Nach ein paar Kopfschmerztabletten, die sie mit einer Tasse Kaffee hinunterspülte, griff sie zum Telefon und wählte Sages Nummer. Sie kannte nicht allzu viele Menschen, bei denen sie es gewagt hätte, zu dieser frühen Stunde anzurufen. Aber Sage war ein ausgeprägter Morgenmensch und immer schon sehr früh auf.

„Guten Morgen", meldete sie sich gewohnt munter. „Wie geht es dir, Justine?"

„Ganz gut. Und dir?"

„Hervorragend. Wir haben gestern Holunderbeeren gepflückt. Wenn du uns nächstes Mal besuchst, gibt es Pfannkuchen mit Holundersirup."

„Klingt vielversprechend." Müde rieb Justine sich die Stirn. „Tut mir leid, dass ich so früh schon störe, aber …"

„Oh, du störst doch nicht."

„… ich habe eine Frage, und ich hoffe, dass du mir helfen kannst. Gestern habe ich einen Trank gebraut, der nicht gewirkt hat, und ich muss dahinterkommen, warum nicht.“

„Erzähl mir alles ganz genau.“ Alchemie war Sages Fachgebiet. Sie tat nichts lieber, als magische Mittel zu mixen und zu brauen. Früher hatte sie Unterricht darin gegeben, wie man Öle, Puder, Elixiere, Salben und Brühen herstellte. Sie wusste, welche Bestandteile sich durch andere ersetzen ließen und was man hinzufügen konnte, um die Kraft eines Tranks zu verstärken.

„Es war ein Entmutigungstrank“, erklärte Justine. „Ich habe gestern beschlossen, ihn Jason zu verabreichen.“

„Eine sehr gute Idee.“

„Ja, das dachte ich auch. Aber es hat nicht funktioniert.“

„Bist du sicher? Du solltest dem Trank ein bisschen Zeit lassen, um seine Wirkung zu entfalten.“

„Oh ja, ganz sicher“, erwiderte Justine und wand sich innerlich, als ihr die sexuellen Aktivitäten der letzten Nacht vor Augen traten.

„Bist du dir sicher, dass die Zutaten die richtige Qualität hatten? Hast du deinen Arbeitsbereich vorher rituell gereinigt?“

„Ja.“ Justine beschrieb ganz genau, wie sie vorgegangen war, und zählte die Zutaten des Rezepts auf. „Kann es daran liegen, dass ich ihn Jason in einem Wodka gegeben habe? Kann Alkohol den Trank verderben?“

„Nein“, meinte Sage nachdenklich. „Das sollte nichts ausmachen.“

„Dann liegt es vielleicht daran, dass ich keine Jungfrau bin …?“

Verständnisloses Schweigen am anderen Ende der Leitung.

„Als Zutat waren Jungferntränen aufgelistet“, erläuterte Justine, „aber ich dachte, es kommt vielleicht nicht so darauf an, dass ich nicht mehr, du weißt schon … unschuldig bin. Deshalb habe ich …“

„Justine! Willst du etwa sagen, dass du richtige Tränen in den Trank gemischt hast? Du hast dich zum Weinen gebracht?“

„Nun ja … schon. Ich habe schon Tränke mit verrückteren Zutaten gesehen und nicht groß darüber nachgedacht."

Sages Stimme nahm einen leicht bissigen Unterton an. „Jungferntränen sind eine Pflanze, meine Liebe."

„Eine Pflanze?"

„Genauer gesagt, ein Wildkraut, das allgemein als Taubenkropf-Leimkraut bekannt ist. Es steht in dem Buch über Kräuterkunde, das ich dir gegeben habe. Du hast mir versprochen, es ganz durchzulesen."

„Ich habe einiges nur überflogen", gab Justine zu. „Es fällt mir schwer, wach zu bleiben, wenn ich seitenweise Abhandlungen über Pflanzen lese."

„Wenn du vorhast, Magie auch nur auf grundlegender Ebene zu praktizieren, Justine, musst du lernen und dich gründlich vorbereiten. Kein Überfliegen, kein Stümpern. Der Trank hat doch hoffentlich keine schädliche Wirkung auf Jason ausgeübt?"

Justine war viel zu müde, um sich taktvoll auszudrücken. „Abgesehen davon, dass er ihn so scharf gemacht hat wie einen liebestollen Kater mit drei Hoden, meinst du?"

„Oh je." Betroffenes Schweigen. „Wirst du diesen Trank noch einmal brauen?"

„Nein, Jason reist morgen früh ab."

„Gepriesen sei Hekate!", rief Sage spontan aus.

„Du sagst es. Ich hätte niemals die Ges brechen sollen, Sage. Ich hatte ja keine Ahnung, dass ich Pandoras Büchse damit öffne."

„Mach dir keine Vorwürfe, es ist nicht deine Schuld. Ich bin intensiv in mich gegangen, und inzwischen bedaure ich die Entscheidung, die ich vor langer Zeit für dich getroffen habe. Es war ein Fehler – zwar in bester Absicht begangen, aber dennoch ein Fehler … Der Hexenzirkel von Crystal Cove ist ein sehr talentierter Zirkel", füge sie kläglich hinzu, „aber ich kann nicht gerade behaupten, dass das Studium der Ethik der Magie jemals zu unseren Stärken gehört hätte."

„Du hast immer gesagt, Magie sei eine wunderbare Sache, solange man niemandem damit schadet. Du hast mir erklärt, warum so viele Zaubersprüche mit der Formel enden: Und möge es niemandem schaden."

„Richtig. Aber wie können wir im Voraus wissen, wann ein Zauber jemandem schadet oder nicht? Wir können nie sicher sein, welche Konsequenzen er letztlich haben wird. Vor diesem Dilemma standen wir, als Marigold uns bat, dich mit einer Ges zu belegen. Aber sie hat uns davon überzeugt, dass wir dir damit Leid ersparen."

„Vielleicht hatte sie recht", meinte Justine traurig.

Sage stieß einen langen Seufzer aus. „Ach, Justine. Gestern musste ich den ganzen Tag daran denken, wie es sich angefühlt hat, Neil zu verlieren. Selbst jetzt verschlägt es mir manchmal noch den Atem, wenn mir einfällt, dass er von mir gegangen ist. Aber ohne Trauer erhalten wir manche Gaben nie."

„Ich will nicht über den möglichen Gewinn nachdenken, den Trauer mir eintragen kann", wandte Justine ein. „Ich will nur Jason in Sicherheit wissen."

„Und? Wird er in Sicherheit sein?"

Justine wusste, was Sage meinte. Ihre eigentliche Frage lautete: Liebst du ihn? „Ich weiß es nicht." Sie umklammerte ihr Handy. „Ich habe Angst. Ich bin mir nicht sicher, wie weit es schon ist. Wieder und wieder sage ich mir, so schnell kann es nicht passieren. Ich meine, ich kann mich doch nicht in jemanden verlieben, den ich gerade erst getroffen habe."

„Natürlich kannst du das", widersprach Sage sanft. „Bei manchen geht das unglaublich schnell."

Justine schnürte es die Kehle zu. „Wenn ich ihn in Gefahr gebracht habe, muss ich das wieder in Ordnung bringen", sagte sie. „Es muss eine Antwort im Triodecad zu finden sein. Irgendwas muss ich doch tun können."

„Mein armer Liebling, meinst du nicht, dass ich alles versucht habe, um meinen Neil zu retten? Meinst du nicht, dass deine Mutter nach Wegen gesucht hat, damit dein Vater verschont bleibt? Was immer du tust, es wird alles nur noch schlimmer machen. Der Fluch der Hexe ist im Kern ein Opfer."

Ein Menschenopfer. War das der Preis, den jemand wie sie für die Liebe zahlen musste?

„Du hast mir mal gesagt, mit Magie sei nichts unmöglich, höchstens unwahrscheinlich."

„Ja. Aber ich habe dir auch gesagt, dass wir niemals versuchen sollten, das Unwahrscheinliche zu erreichen. Leben und Tod gehören zu den Dingen, mit denen wir nicht herumpfuschen dürfen. Sie gehören zum spirituellen Reich der höheren Magie, die unsere Kräfte übersteigt. Jeder Versuch in dieser Richtung kommt dem Versuch gleich, zur Verfolgung menschlicher Ziele eine gottgleiche Rolle zu übernehmen. Und das kann *niemals* gutgehen."

17. KAPITEL

Jason verbrachte den größten Teil des Tages damit, mit Alex Nolan an einem Tisch zu sitzen, wo sie beide stapelweise Dokumente unterzeichneten, während ihre Rechtsanwälte und der Makler ihnen genau auf die Finger sahen. Ein Vorvertrag zu Entwurf und Bau, Vorverträge zum Grundstücksverkauf, in denen es um Begriffserklärungen, Zeitpläne, gegenseitige Verpflichtungen und den Eigentumsübergang ging. Jason setzte effizient und ohne zu zögern seine Unterschrift unter jedes Dokument.

Schon seit seinem ersten großen Erfolg bei Inari war es sein Wunsch gewesen, ein Lehrinstitut zu gründen, weil er zu dem Schluss gekommen war, er wolle etwas Gutes in die Welt setzen, bevor er sie verlassen musste. Darin, nur für sich Reichtum anzuhäufen, erkannte er keinen Sinn. Er hielt es für besser, das Geld zu nutzen, um einen Ort zu schaffen, an dem Menschen Anschluss und Gemeinschaft finden sowie Dinge lernen konnten, die ihr Leben bereichern würden.

Die Entscheidung, das Institut auf San Juan Island zu gründen, wurde ihm dadurch erleichtert, dass er damit Justine näher war. Ständig musste er an sie denken. Sie spukte in seinem Kopf herum wie ein sanftes herbstliches Parfüm mit dem Duft nach Erde, Blättern und Regen. Er und sie waren füreinander gemacht. Sie passten zusammen wie Dunkelheit und Licht, Tag und Nacht. Inyodo war das japanische Wort für dieses Verhältnis, das die Chinesen als Yin und Yang bezeichneten. Wenn Justine ihm einen Platz in ihrem Leben einräumen wollte, würde er alles tun, um mit ihr zusammen zu sein.

Im Laufe der nächsten Stunden stellte er verärgert, aber keineswegs überrascht fest, dass Justine ihn trotz mehrmaliger Anrufe nicht zurückrief. Zwar hatte Zoë ihm gesagt, Justine sei für den Rest des Tages außer Haus, aber Jason wusste genau, warum sie ihm aus dem Weg ging. Sie versuchte, sich mit dem zu arrangieren, was geschehen war – und zweifellos auch eine Strategie zum künftigen Umgang mit ihm zu finden.

Also zügelte er seine Ungeduld und packte für die Abreise am nächsten Morgen. Gegen Abend – von Justine hatte er immer noch nichts gehört – ging Jason mit seinen Kollegen essen. Alex und Zoë schlossen sich ihnen an, um mit ihnen den Abschluss der Vorverträge für das Dream Lake Projekt zu feiern.

„Ich habe heute gar nichts von Justine gehört", wandte Jason sich beim Essen beiläufig an Zoë. „Es ist doch hoffentlich alles in Ordnung mit ihr."

„Ja, es geht ihr gut", erwiderte Zoë und errötete dabei leicht. „Sie hatte eine Menge Besorgungen zu machen."

„Den ganzen Tag?"

Zoë reagierte verlegen. „Justine sagt, dass sie ein bisschen Zeit für sich allein braucht", erklärte sie entschuldigend und so leise, dass keiner der anderen am Tisch es hören konnte.

„Wie war ihre Stimmung?"

„Sie war … still … Sie meinte, es gehöre zu den schlimmsten Dingen, die sie jemals erlebt habe, dass einer ihrer Wünsche in Erfüllung gegangen sei", fügte sie nach kurzem Zögern hinzu.

Jason musterte sie verwirrt. „Was hat sie sich denn gewünscht?"

Zoë schwieg so lange, dass er schon befürchtete, keine Antwort zu bekommen. „Dich, glaube ich", meinte sie schließlich, ohne ihn anzusehen.

Das Licht in Justines Wohnung brannte, als Jason nach dem Essen in die Pension zurückkam. Er wartete, bis es in allen Zimmern still geworden war. Dann ging er über den Rasen zum Hinterhaus. Die Nacht war klar, und die Sterne funkelten am Himmel, als sendeten sie Botschaften aus. Die schmale Sichel des Mondes schlug eine Schneise durch das Dunkel des Himmels. Im Schatten der Bäume jagte eine Falkennachtschwalbe scharf zirpend nach Insekten.

Jason klopfte an die Eingangstür. Sein Magen hatte sich zu

einem schmerzhaften Knoten zusammengezogen. Er war es gewohnt, Risiken einzugehen. Schon oft hatte er Verträge abgeschlossen, in denen es um irrwitzige Geldsummen ging, und Spiele auf den Markt geworfen, die die Firma ruinieren würden, wenn sie sich nicht gut verkauften. All das ließ ihn nicht mal mit der Wimper zucken. Aber die Vorstellung, Justine zu verlieren, machte ihn wahnsinnig nervös.

Die Tür wurde langsam geöffnet, und Justine stand vor ihm. Sie hatte ihre Haare straff zu einem Pferdeschwanz zurückgebunden und sich gerade das Gesicht gewaschen. In ihrer Haltung lag etwas Verletztes. Sie erinnerte ihn an eine Blüte mit geknicktem Stiel, und er verspürte das heftige Verlangen, sie zu trösten und wieder aufzubauen, ihr Vergnügen zu bereiten und innere Ruhe zu schenken.

„Ich habe dich heute vermisst", sagte er.

Sie schluckte hörbar. „Ich hatte etwas zu erledigen."

Jason schob die Hand unter ihr Kinn, hob ihren Kopf leicht an und schaute ihr in die müden Augen. „Sprich mit mir. Fünf Minuten. Bitte. Ich kann morgen nicht abreisen, ohne dass ein paar Dinge zwischen uns geklärt sind."

Sie schüttelte den Kopf, noch bevor er ausgeredet hatte. „Es gibt nichts zu klären."

Den Blick unverwandt auf sie gerichtet, überlegte Jason, welche Möglichkeiten ihm jetzt noch blieben. Charme. Verführung. Bestechung. Selbst Betteln kam infrage. „Doch, mindestens eine Sache."

„Und die wäre?"

Sein Ton wurde geschäftsmäßig. „Ich bin hier, um mich über mein Zimmer zu beschweren."

Ihre Augen verengten sich zu schmalen Schlitzen. „Was ist damit?"

„Das Bett ist zu hart. Und die Laken sind kratzig." Als er merkte, dass Justine drauf und dran war, sich mit ihm über seine Einschätzung ihrer luxuriösen Gästezimmer zu streiten, fügte er hinzu: „Und meine Orchidee welkt."

„Versuch es mit ein bisschen Wasser."
„Davon wird das Bett weicher?"
Justine bemühte sich um Strenge im Blick. „Wasser für die Orchidee – damit sie nicht vertrocknet. An deinem Bett kann ich nichts ändern. Außerdem leidest du doch an Schlaflosigkeit. Du schläfst also sowieso nicht darin."
„Ich möchte dich heute Nacht im Arm halten", wechselte er das Thema. Sein Tonfall war bittend. „Kein Sex. Ich möchte nur neben dir liegen, während du schläfst."
An ihrem Gesichtsausdruck änderte sich nichts, aber er bildete sich ein, einen Hauch von Belustigung in ihren Augen zu erkennen. „Das glaubst du doch selbst nicht!"
„Na schön, ich will Sex", gab er zu. „Aber danach würde ich dich schlafen lassen."
Der eben noch sichtbare Anflug eines Lächelns schwand. „Ich kann nicht noch einmal mit dir schlafen. Und frag mich nicht, warum. Du weißt es längst."
Jason streckte die Arme nach ihr aus, weil er es nicht länger aushielt. „Die Entscheidung liegt nicht allein bei dir. Ich habe da auch ein Wörtchen mitzureden."
„Ganz egal, was du sagst …"
„Sag mir, was du möchtest, Justine. Nicht, wovor du Angst hast. Nicht, was du bereits entschieden hast. Sag einfach nur, was du hier empfindest." Damit legte er ihr seine Hand flach auf die Brust, genau auf ihr wild pochendes Herz.
Sie schüttelte den Kopf, sichtlich verunsichert, aber immer noch störrisch.
„Du willst es also nicht zugeben?", fragte er mit sanftem Spott. „Was für ein kleiner Feigling du doch bist. Dann spreche ich es eben für dich aus: Du willst mich. Du liebst mich. Und das heißt, dass meine Uhr bereits abgelaufen ist."
„Sag so etwas nicht", fuhr Justine ihn an und versuchte, ihn von sich zu stoßen, aber er ließ es nicht zu. Stattdessen zog er sie an sich, nahm sie fest in seine Arme.
„Ich bin ein zum Tode Verurteilter, der auf die Vollstreckung

des Urteils wartet“, sagte er in ihr Haar. „Ein Todgeweihter. Ich bin geliefert. Mein letztes Stündlein hat geschlagen. Ich bin erledigt.“

„Hör auf damit“, rief sie. „Wie kannst du über so etwas Witze machen?“

Er schloss die Arme fester um sie. „Keine Seele zu haben, birgt einen einzigen Vorteil: Du hast nur eine Wahl – du musst den Augenblick leben. Jeden Augenblick. Und jeder Augenblick, den ich dich in meinen Armen halte, ist ein guter.“ Er küsste sie aufs Haar. „Lass mich rein, Justine. Es ist einsam hier draußen.“

Sie erstarrte, atmete einmal tief und zittrig ein. Als sie endlich den Blick zu ihm hob, ließen ihre Augen erkennen, welch ein Gefühlssturm in ihr tobte. „Nur ein paar Minuten“, gab sie nach und ließ ihn eintreten.

Sowie sie die Tür geschlossen hatte, umarmte er sie und drückte sie fest an sich. Er griff nach ihren Handgelenken und legte sich ihre Arme um den Hals. Schnell und unruhig ging ihr Atem dicht an seiner Haut.

„Hilf mir, das Richtige zu tun“, bat sie.

„Das ist das Richtige.“ Damit legte er seine Finger auf ihren Hinterkopf und schob ihren Kopf an seine Schulter. Es fühlte sich irrsinnig gut an, sie zu halten, und die letzten Glutreste der vergangenen Nacht wurden zu neuer Flamme entfacht. „Morgen reise ich ab“, erklärte er, „aber in einer Woche oder vielleicht auch schon früher komme ich wieder. Ich muss nur ein paar Vorbereitungen treffen.“

„Was für Vorbereitungen?“

„Umorganisation. Es spricht nichts dagegen, ein paar meiner Aufgaben bei Inari zu delegieren. Das, was nur ich tun kann, erledige ich entweder von hier, oder es muss warten, bis ich wieder im Büro bin.“

Justine klang benommen. „Was willst du mir damit sagen?“

Jason strich mit dem Daumen über ihre Ohrmuschel und küsste ihr Ohrläppchen. „Ich möchte Teil deines Lebens werden. Ich *muss* Teil deines Lebens werden. Da du in der Pension bleiben musst, um dein Geschäft zu führen, werde ich so oft wie möglich auf die Insel kommen."

„Und wo ... wo willst du dann wohnen?"

„Das hängt von dir ab."

„Ich möchte, dass du fortgehst. Für immer."

„Weil du mich nicht magst? Oder weil du mich gern hast?"

Justine antwortete nicht, schaute ihn auch nicht an, und er hielt sie einfach weiter fest in den Armen und versuchte, ihr Schweigen richtig zu interpretieren.

„Ich verliere jeden, den ich mag", sagte sie schließlich. „Ich habe meinen Vater verloren, noch bevor ich ihn kennenlernen konnte. Ich habe meine Mutter verloren, weil ich nicht werden konnte, was sie wollte. Ich habe Duane verloren, weil ich nicht damit umgehen kann, was ich bin. Und jetzt bittest du mich, dich gern zu haben, obwohl du weißt, dass ich auch dich verlieren werde. Das kann ich einfach nicht." Niedergeschlagenheit klang aus jedem Wort und machte es zu einem Ziegelstein in der Mauer, die sie zwischen ihnen zu errichten versuchte. Sie befreite sich aus seinem Griff und wandte sich ab.

Aber er wollte sie. Und er würde sie bekommen. Verdammt sei alles, was sich ihm in den Weg stellte. Er war weiß Gott noch nie einem Kampf ausgewichen.

„Machst du dir Sorgen, dass ich sterben könnte?", fragte er. „Oder eher, dass ich möglicherweise nicht sterbe?"

Justine wirbelte zu ihm herum. Ihr Gesicht lief rot an, als sie begriff, was er damit sagen wollte. „Du Arschloch!", rief sie.

„Was, wenn ich nicht sterbe?", bohrte er skrupellos weiter. „Was, wenn ich so lange bei dir bleibe, dass du mit einer richtigen Beziehung fertigwerden musst? Mit Kompromissen, Intimität, Vergebung, Opfern ... kannst du mit all dem umgehen? Du weißt es nicht."

Justine funkelte ihn wütend an. „Du bleibst nicht lange genug, als dass ich es herausfinden könnte."

„Jeder hat ein Verfallsdatum", erklärte er. „Wenn du jemanden liebst, gehst du immer ein Risiko ein."

Sie schlug die Hände vors Gesicht. Offensichtlich war sie sich nicht zu schade, ein bisschen zu dramatisieren. „Ich versuche zu tun, was für dich am besten ist, du widerwärtiger Holzkopf."

Erneut zog er sie an sich, ließ sie seine Kraft spüren, seine feste Entschlossenheit. „*Du* bist am besten für mich. Und ich werde nicht wegen irgendeines dummen Aberglaubens den Schwanz einziehen und davonlaufen."

„Es ist kein Aberglaube, es ist … eine übernatürliche Kausalität. Es wird geschehen. Und tu nicht so, als würdest du nicht an Übernatürliches glauben, Mr Ich-habe-keine-Seele."

Jason lächelte. „Als Buddhist muss ich nicht konsequent sein."

Justine schnaubte wütend auf und versuchte, ihn wegzustoßen, aber er hielt sie mit spielerischer Leichtigkeit fest. Beugte sich vor, um sie zu küssen, öffnete ihren Mund mit seinem. Justine erschauerte und schmiegte sich an ihn, ließ ihre Hände über seinen Rücken wandern. Er spürte, wie sie kaum merklich erbebte, fühlte ihre Glut, die zu verbergen ihr kaum gelang, auch wenn sie sich unnahbar gab. Er wollte in diese Energie eindringen, sie verstärken, anheizen.

Als er den Kuss beendete, atmete er den leichten Duft ihrer Haut ein und ließ ihn seine Sinne kitzeln. „Lass mich heute Nacht bei dir bleiben."

Ihre Stimme klang erstickt. „Kommt gar nicht infrage."

„Eine Nacht, gib mir nur *eine Nacht*. Wenn du mir morgen früh sagst, du willst immer noch, dass ich dich verlasse, dann tue ich es."

„Du lügst."

„Ich schwöre, ich komme nicht wieder, es sei denn, du bittest mich darum."

Sie drehte sich in seinen Armen, bis sie sein Gesicht sehen konnte. „Was hast du vor?", fragte sie argwöhnisch. „Warum glaubst du, eine Nacht könne so viel verändern?"

18. KAPITEL

Es beunruhigte sie, wie er sie ansah. Sie traute dem Glitzern in seinen Augen nicht. „Ich weiß bereits, wie gut du im Bett bist", fuhr sie fort. „Was das angeht, brauchst du mir nichts mehr zu beweisen."

„Ich möchte etwas mit dir ausprobieren", entgegnete er. „Eine Art … Ritual."

„Ritual", wiederholte sie und verengte argwöhnisch die Augen.

„Es wird *Kinbaku* genannt."

Ein fremdartiges Wort, nur drei kurze klare Silben. Wie feinste Hammerschläge trafen sie ihr Trommelfell und ließen sie erschauern.

„Ist das was Sexuelles?"

„Etwas Körperliches. Sexuell muss es nicht sein, wenn du das nicht möchtest."

Verständnislos kaute Justine an ihrer Unterlippe. „Was bedeutet das Wort?"

Ein schwaches Lächeln huschte über seine Lippen. „Es wird übersetzt als ‚Schönheit der straffen Fesselung'. Hast du irgendwelche Schnüre oder dünnen Seile?"

„Ja, ich habe welche im Schrank, um …" Sie brach ab, und ihre Augen weiteten sich. „Sprechen wir etwa von Bondage? Nein. Nein, ich habe kein Seil."

„Du hast gerade gesagt, du hättest welches."

„Dafür nicht. Ich stehe nicht auf Schmerzen."

„Das verursacht keine Schmerzen. Es …" Er zögerte, überlegte offensichtlich, wie er die Bedeutung eines japanischen Wortes erklären sollte, für das es keine Entsprechung in ihrer Muttersprache gab. „Es ist etwas Künstlerisches. Seilarbeiten, die einen Körper zu einer lebenden Skulptur formen. Die Grundform dieser Kunst nennt man *Shibari*, aber wenn es um Gefühle geht, wird sie zu *Kinbaku*."

Justine glaubte ihm nicht. „Das klingt wie eine raffinierte

Umschreibung der Tatsache, dass du vorhast, mich zu binden wie ein Grillhähnchen in der Auslage des Feinkosthändlers. Ich verstehe nicht, wozu das gut sein soll."

„Wie soll ich jemandem, der noch nie mit dem Fallschirm abgesprungen oder Ski gefahren ist, erklären, wozu das gut sein soll? Um es zu verstehen, muss man es selbst erleben."

„Hast du das schon mal gemacht?"

Seine Miene verriet nichts. „Ich hatte mal ein Verhältnis mit einer Frau in Japan, die mich in diese Kunst eingeführt hat. Es gibt dort Shows, in denen Shibari als Kunstform vorgeführt wird, ja, sogar Seminare ..."

„Was für eine Frau?", fiel Justine ihm ins Wort, selbst überrascht von dem bitteren Unterton von Eifersucht in ihrer Stimme. „So was wie eine Hostess oder ..."

„Ganz und gar nicht. Sie war leitende Angestellte in einer Softwarefirma. Klug, erfolgreich und sehr schön."

Das war nicht gerade geeignet, ihrer Eifersucht die Spitze zu nehmen. „Wenn sie eine so tolle Frau war, warum hat sie dir erlaubt, das mit ihr zu tun? Hat sie sich denn nicht ..." Justine stockte und schluckte hörbar. „... geschämt?"

„Es gibt keinen Grund, sich zu schämen, wenn man jemandem freiwillig Macht über einen selbst gibt. Die Seile sind eine Art Verlängerung des dominanten Partners ... er benutzt sie, um die Frau zu halten, sich auf sie zu konzentrieren ... sie in noch tiefere Hingabe hineinzuführen. Meine Partnerin hat mir erklärt, sie gewinne innere Freiheit und Enthemmung durch die äußere Fesselung. Das hat ihr Dinge über sich selbst offenbart, von denen sie vorher keine Ahnung hatte."

Sie schauten einander in die Augen, das Schweigen zwischen ihnen war aufgeladen und motivierend.

Justine wusste nicht, was sie sagen sollte. Ihre eigene Reaktion, die Hitzeblitze, die sie durchzuckten, überraschten sie. Zugegeben, sie war fasziniert. Allerdings klang das Ganze nicht wie eine Sache, die gut enden konnte. Trotzdem konnte sie sich nicht dazu durchringen, Nein zu sagen.

„Ich kann das für dich tun“, redete Jason weiter, „wenn du bereit bist, mir zu vertrauen.“

Ihre Lippen waren trocken. „Sollte ich?“

„Ich hoffe, du tust es.“

„Das heißt nicht Ja.“

„Es heißt nicht Nein.“

Justine lachte verunsichert. „Du verdammter Kerl. Warum sagst du nicht einfach Ja?“

„Weil Vertrauen nichts ist, wozu ich dich überreden kann. Du musst deine eigene Entscheidung treffen. Was sagt dir dein Bauchgefühl?“

„Ich traue meinem Bauchgefühl nicht.“

Jason schwieg, wartete geduldig ab.

Sie verstand sich selbst nicht mehr, begriff nicht, warum sie überhaupt darüber nachdachte. Ihre rationale Seite war sich darüber im Klaren, dass er sie zu einem neuartigen Sexspiel verführen wollte. Ihre intuitive Seite neigte zu einer anderen Auslegung. Während sie ihm in die mitternachtsschwarzen Augen schaute, kam ihr ein Begriff in den Sinn: Zauberer. Nicht wie das Wort heutzutage verstanden wurde, sondern in der ursprünglichen, der uralten Bedeutung. Jemand, der Zauber wirkte, Segen oder Flüche an ein Objekt band und dazu geknotete Schnüre verwendete.

Eine Nacht nur. Dann würde er verschwinden.

„Versprich mir, dass du mich weder reinlegst noch mir wehtust“, stieß sie plötzlich aus.

„Das garantiere ich dir.“

Erregung stieg in ihr auf, als er ihr die Hände um die Taille legte. „Was, wenn es mir nicht gefällt? Wenn ich möchte, dass du aufhörst?“

„Ich gebe dir ein Passwort. Wenn du es sagst, höre ich sofort auf.“

„Und wenn ich es vergesse?“

Um seine Lippen zuckte es. „Dann musst du nur eine Sicherheitsfrage beantworten, und ich schicke dir eine E-Mail mit einem neuen Passwort.“

Justine lächelte unsicher und atmete zittrig ein. Es gab keinen überzeugenden Grund, ihm zu trauen. Objektiv betrachtet, kannten sie einander kaum. Und dennoch schien er sie besser zu verstehen als jeder andere Mann.

„Okay", brachte sie schließlich über die Lippen. „Du kannst heute Nacht hierbleiben. Und morgen früh verschwindest du. Abgemacht?"

„Abgemacht."

Sie ging voran ins Schlafzimmer, wobei sie sich seiner Schritte hinter ihr quälend bewusst war. Drinnen schaltete sie die Nachttischlampe an und öffnete den Kleiderschrank.

„Zimt", stellte Jason fest, als er den würzigen Duft wahrnahm, der der geöffneten Schranktür entströmte.

„Ein Duftkissen", erklärte Justine knapp. Tatsächlich entstammte der Wohlgeruch dem Reisigbesen, der hinten an der Schrankwand lehnte. Seine Reiser waren mit Zimtöl getränkt. Sie hatte jedoch nicht vor, all ihre magischen Utensilien zur Schau zu stellen, weder ihren Besen noch die Kerzen und Kristalle, geschweige denn ihr Zauberbuch. Auf den Zehenspitzen stehend, langte sie auf das oberste Regalbrett und holte ein aufgerolltes rotes weiches Hanfseil hervor, das gerade mal fünf Millimeter dick war. Zögernd reichte sie Jason das kleine Knäuel.

Der ließ prüfend das Seil durch die Finger gleiten, um festzustellen, ob es weich genug war, und schaute sie dann fragend an. „Wofür benutzt du das?"

„Zauberkreise."

„Das ist bestens geeignet. Hast du noch mehr davon?"

Nach kurzem Zögern holte sie zwei weitere Knäuel aus dem Schrank. Als sie Jason das Seil gab, ging ihr durch den Kopf, was für eine interessante Idee es doch war, Schnüre, die sie für *ihre* Rituale brauchte, für eines *seiner* Rituale zu verwenden. Sie sah zu, wie er ein Seil entrollte. „Du willst mich nicht wie eine Mumie verschnüren, oder?"

Er schüttelte den Kopf. „Ich kenne nur ein paar Grundlagen.

Aber ein Shibari-Meister würde für seine komplexen Muster und Aufhängungen mehr Seil brauchen."

„Aufhängungen?", echote sie leicht beunruhigt. „Richtig aufhängen, meinst du? Wie Weihnachtsschmuck?"

Er grinste kurz. „Keine Bange. Du bleibst auf dem Boden."

Sie ließ sich von ihm zum Bett ziehen. Er bewegte sich entspannt und wohlüberlegt. Ein Ritual, hatte er gesagt. Sie wusste um den Wert von Ritualen, die dazu erdacht waren, Struktur und Bedeutung zu verleihen. Aber Sex als Ritual, das war ihr neu. Wie hatte er etwas erraten können, was sie nicht einmal selbst über sich wusste? Woher nahm er die Überzeugung, ihre innersten Sehnsüchte könnten sich bis auf so etwas erstrecken? Was hatte sie verraten? Was hatte sie gesagt oder getan, dass er sie durchschaute?

Sie blieb stehen, als er sich auf die Bettkante setzte, und er zog sie zwischen seine gespreizten Knie. „Was, wenn mir das gefällt?", fragte sie beunruhigt. „Welche Bedeutung hätte das?"

Er begriff, was ihr Sorge bereitete. „Jeder hat seine Geheimnisse. Eigenheiten und Schwächen, von denen andere nicht unbedingt erfahren sollen. Fantasien zu hegen ist nichts Schlimmes."

Geschickt öffnete er den Bund ihrer Jeans. Justine streifte ihre Sandalen ab, hielt sich an seinen Schultern fest und zog erst ein Bein aus der Hose, dann das andere. Verwirrung, Angst und Aufregung erfüllten sie. Jason schob den Saum ihres Shirts hoch, und sie zog es sich über den Kopf. Als er den winzigen Kupferschlüssel sah, der an einer Kette um ihren Hals hing, fragte er: „Macht es dir etwas aus, die Kette abzunehmen?"

Sie zögerte, bevor sie die lange Kette über ihren Kopf hob und auf das Nachttischchen legte.

Jason berührte ihre Brust durch den dünnen Stoff ihres ungefütterten BH, streichelte ihre Kurven erst mit den Fingerspitzen, dann mit den Knöcheln. Er beugte sich vor und drückte seine geöffneten Lippen auf die pralle Wölbung. Sie spürte seinen heißen Atem, spürte, wie er durch den Stoff hindurch an ihr saugte, bis dieser nass war und ihre Brustwarze sich steif aufgerichtet hatte.

„Wie lautet dein Passwort?", flüsterte er.

„Hähnchen."

Er lächelte, öffnete ihren BH und streifte ihn ihr von den Schultern. Dann zog er sie neben sich auf das Bett. Als er spürte, wie sie zitterte, summte er beruhigend. „Du brauchst keine Angst zu haben. Ich werde dir nicht wehtun."

„Davor habe ich keine Angst. Ich habe Angst, mir dumm vorzukommen."

Er dachte darüber nach. „Sex und Würde passen nie wirklich zusammen."

„Ja, schon, aber …" Sie keuchte auf, als er einen Finger seitlich in den Bund ihres Höschens schob und es nach unten schob.

„Entspann dich."

„Darin war ich noch nie gut."

„Ich weiß", meinte Jason sanft und zupfte auf der anderen Seite an ihrem Höschen. „Genau deshalb will ich dich fesseln."

Ihr stockte der Atem, als er ihr das Höschen ganz abstreifte. Die Schenkel fest zusammengepresst, sich schmerzhaft jeder seiner Bewegungen bewusst, beobachtete sie, wie er einen einfachen Knoten mit einer Schlaufe knüpfte. Dann hob er ihren Pferdeschwanz und legte das Seil um ihren Nacken. „Ich beginne mit einem Blitzgeschirr", sagte er und fädelte ein Stück Seil durch die Schlaufe. „Das wird dich auf keine Weise in deiner Beweglichkeit behindern."

„Warum nennt man es Blitzgeschirr?"

„Wegen des Zickzackmusters."

Justine schaute ihn unverwandt an, während er das Seil hoch mitten auf ihrer Brust verknotete. Jetzt, wo er sein Werk begonnen hatte, wirkte er so hochkonzentriert wie jemand, der ein komplexes Rätsel zu lösen versucht, oder wie jemand, der sich in ein faszinierenden Hobby vertieft hat.

Er beugte sich vor und hielt die Schlaufe mit den Zähnen an Ort und Stelle, während er mit beiden Armen hinter ihren Rücken griff, um das Seil nach vorn und durch die Schlaufe zu ziehen. Justine zuckte leicht zusammen, als sie seinen Mund so nah an ihrer Haut spürte, dass sein heißer Atem sie beinah versengte. Er zog den Kopf zurück, knüpfte eine zweite Schlaufe und wiederholte das Ganze. Jedes Mal wenn er das Seil um ihren Rücken wand, benutzte er die Zähne, um die Schlaufe vorn festzuhalten. Schlaufe für Schlaufe arbeitete er sich an ihr hinab. Das Seil begann ein Zickzacknetz über ihren Oberkörper zu bilden.

„Die meisten dieser Knoten sind Slipsteks, die man einfach aufziehen kann", erklärte er. „Wann immer du willst, dass ich aufhöre, kann ich dich also blitzschnell wieder befreien."

Justine wollte nicht, dass er aufhörte. Diese langsame und peinlich genaue Fesselung fühlte sich unerwartet angenehm an. Sie sprach, als wäre sie in Trance. „Darf ich mit dir reden, während du das tust?"

Er legte eine neue Schlaufe. „Rede, so viel du möchtest."

„Das ist wie eine neue Sportart: Extrem-Makramee."

„Fühlst du dich unbehaglich?"

Sie schüttelte den Kopf. Es war seltsam, sich so geborgen und so ungeschützt zugleich zu fühlen. Ihre Brüste ragten zwischen den Schnürungen auf eine Weise hervor, die sie größer und voller erscheinen ließen. Das Geschirr bildete ein leichtes Korsett, das alle Empfindungen ihres Körpers in sich festzuhalten und zu konzentrieren schien. Justine spürte ihren Herzschlag zwischen den Schenkeln, in den Armbeugen und an den Brustwarzen. Als Jason die letzte Schlaufe in Höhe ihres Nabels geknüpft hatte, sicherte er sie mit einem Anbindeknoten. Er strich mit den Händen über das Netz um ihren Körper, seine Handflächen fühlten sich warm und wohltuend an.

„Mehr?", fragte er und schaute ihr in die Augen.

Justine nickte.

„Steh auf, Süße", forderte er sie sanft auf.

Sie gehorchte, und ihr Herz begann zu hämmern, als er das Seil zwischen ihren Beinen nach hinten durchzog, um einen der

Seilstränge in ihrem Rücken schlang und wieder nach vorn führte. Jetzt lag links und rechts von ihrer weiblichsten Stelle je ein Seil. Das war schon deutlich intimer, erotischer. Justine räusperte sich. „Das könnte unangenehm werden."

„Ich lasse das Seil lose." Mit einem Finger strich er unter dem Seil entlang, und sie keuchte leicht auf, als seine Fingerspitze die weiche lockige Schambehaarung streifte. „Ist das in Ordnung so?"

Justine konnte kaum sprechen. „Ja."

Er wiederholte das Spiel mit dem Seil auf der anderen Seite, wohl wissend, was er ihr damit antat. „Nicht zu fest?"

Sie schüttelte den Kopf.

Den Finger immer noch unter das Seil gehakt, ließ er den Knöchel zwischen ihre Schenkel gleiten und zog damit sanfte Kreise auf ihrer Scham. Ihr wurden die Knie weich, und sie packte seine Schultern, um nicht zu fallen.

Unendlich vorsichtig legte Jason sie auf den Rücken. Ihre Glieder waren entspannt ausgebreitet, ihre Brüste straff hochgebunden. Er griff nach einem weiteren Seil und band ihre Hände zusammen, fesselte sie an einen Seilstrang in Höhe ihrer Taille. Jede seiner Bewegungen war bedächtig, die Fesselung ging in einem fließenden wohltuenden Rhythmus voran. Dabei schaute er Justine immer wieder in die Augen, achtete auf jede Änderung ihres Gesichtsausdrucks.

Ihr Atem ging tief und gleichmäßig. Sie war wie hypnotisiert von dem Gefühl, Schritt für Schritt gefesselt zu werden, in dem Netz aus Seilen langsam anzuschwellen. Gebunden. Von einem Zauber gebunden. Da blieb kein Raum für Scham, für Worte und für Gedanken.

Jason kletterte aufs Bett hinter sie, drehte sanft ihren Kopf zur Seite und löste ihr Haar, sodass die losen Strähnen ihm über die Hände fielen. Sie spürte, wie er seine Hände leicht unter ihren Kopf schob und ihre Kopfhaut massierte. Vor Lust aufstöhnend entspannte sie sich, ließ ihren Kopf auf seinen Fingern ruhen. Mit einer Hand arbeitete er sich langsam vor zu ihrem

Nacken, packte die verhärteten Muskeln, drückte und knetete sie, bis sie locker wurden.

Dann beugte er sich von hinten über sie und streifte ihre Lippen mit einem Kuss. „Mehr?“, fragte er flüsternd.

„Ja. Ja.“ Sie hob ihm ihr Gesicht entgegen, berührte mit der Zunge den Rand seines Mundes, wo die männliche Rauheit rasierter Bartstoppeln auf die seidige Glätte der Lippen stieß. Sie fühlte, wie er lächelte, roch den heißen Minzduft seines Atems. Mit den Fingern streichelte er ihr sanft über Hals und Gesicht. Sie war verloren, trieb dahin, und das Blut in ihren Adern rauschte.

Mit geschlossenen Augen wartete sie, während er sich ans andere Ende des Bettes begab und eins ihrer Fußgelenke packte. Er nahm ihren Fuß in beide Hände, wärmte die Sohle, die Zehen, massierte mit dem Daumen das empfindliche Gewölbe. Sie wand sich, während die Lust in ihr erblühte wie eine Knospe, die sich Blütenblatt um Blütenblatt entfaltet. Seine Lippen streiften ihre Ferse, bevor er mit den Zähnen sanft zubiss. Das leichte Kneifen ließ sie überrascht zusammenzucken. Hitze durchflutete sie, und sie wurde feucht. Er knabberte an ihren Zehen, kitzelte sie mit einem Kuss, und dann begann er, ihr Fußgelenk einzuwickeln. Seine Hände bewegten sich sanft und geschickt. Er beugte ihr Bein, bis sie mit der Ferse fast ihr Gesäß berührte, und wand das dünne weiche Seil spiralförmig um Unter- und Oberschenkel bis hoch ans Knie.

Justine öffnete die schweren Lider, um Jasons dunkle Silhouette zu studieren. Er wusste, was er tat. Jeder Zug am Seil steigerte ihre innere Spannung. Gier und Verwirrung verknüpften sich zu einem exquisiten Gefühl, bis sie sich vor Verlangen wand. Eine große warme Hand legte sich auf ihren Bauch.

Jason beugte sich über sie und schob einen Arm unter ihr gebeugtes Knie. „Wunderschön“, hörte sie ihn leise sagen. „Die Muster auf deinem Körper. Rote Seile und elfenbeinfarbene Haut. Wie ein Shunga-Holzschnitt.“ Er küsste sie auf die Innenseite ihres Knies. „Wenn ich eine Seele hätte – ich hätte sie verkauft um dieses Anblicks willen.“

Wie seltsam, dass sie sich nackt und sicher zugleich fühlen konnte, so gänzlich ungeschützt und preisgegeben. Sie war nichts außer einem Bündel bloßen Fleisches, mit roten Seilen gefesselt, die Nerven schreiend vor Verlangen. Jason arbeitete sorgfältig und zielstrebig, band, verknotete und führte die Seile, um ihren Körper in die Form zu bringen, die er anstrebte. Ihre Knie waren jetzt hochgezogen und unbeweglich, sodass sie hilflos und vollkommen ausgeliefert war. Ihr ganzer Körper schien zu pulsieren, sie war bereit für ihn, und die Luft strich kühl über ihre feuchte Mitte.

Jason strich mit den Händen über ihre Beine, zeichnete das Muster der Seile nach. Nur ihr beider Atem war zu hören. Selbst mit geschlossenen Augen konnte Justine fühlen, wie intensiv Jason sich auf sie konzentrierte. Von ihm gehalten, gestreichelt und gebunden, hatte sie nur noch die Wahl, sich ihm zu ergeben, und meinte, beinah körperlos zu schweben.

Jason griff nach den Seilen zwischen ihren Schenkeln, straffte sie beide vorsichtig und rückte sie so zurecht, dass sie ihre äußeren Schamlippen offenhielten. Sie begann zu zittern und sich anzuspannen, innerlich zu pulsieren und zu zucken.

Wieder ein Flüstern. „Mehr?"

„Ja", stieß sie schluchzend hervor.

Sekundenlang wand sie sich in ihren Fesseln, drehte die gebundenen Handgelenke hin und her, krümmte die Zehen. Seine Hände packten ihren Leib und zwangen sie stillzuhalten. Sie keuchte, kämpfte gegen das Seil. Langsam drang er mit dem Daumen in sie ein und zog tiefe Kreise in ihr, während ihre Muskeln sich hilflos gegen den Eindringling verkrampften. Ihr Rückgrat schmolz, sie selbst löste sich in der Hitze auf, und sie kam mit solcher Macht, dass sie nicht einmal Luft holen konnte, um zu schreien.

Er zog den Daumen zurück, ließ spielerisch seine Lippen über ihre pulsierende Haut gleiten, linderte ihre Spannung. Minuten vergingen in Schweigen. Das Licht der Lampe beschien den dunklen Kopf zwischen ihren Schenkeln und legte einen goldenen Schimmer auf seine Haare. Sie wimmerte erschrocken, als sich neue Lust in ihr aufbaute, ihre Perle sich anspannte und zu zucken begann.

Dann spürte sie, wie sein Atem sie sanft streifte. „Sag das Passwort, Justine“, stieß er heiser hervor, „oder ich nehme dich, gefesselt, wie du bist. Verstehst du mich, Liebste? Sag mir, ich soll aufhören, bevor es zu spät ist.“

„Hör nicht auf“, gab sie mühsam zurück, und die Worte klangen süß und scharf zugleich in ihrer Kehle.

Rau und wild küsste er den Eingang zu ihrem Körper und stand auf, um sich zu entkleiden. Schatten fielen wie Tigerstreifen über seine golden schimmernde Haut, seinen schlanken kräftigen Körper. Vom Bettrand aus packte er das Netz aus Seilen und zog Justine zu sich heran. Erstaunlich, wie stark er war, wie mühelos er sie heben konnte. Sie war völlig hilflos, konnte sich weder bewegen noch in irgendeiner Weise teilnehmen, denn ihr Körper war so sorgfältig gefesselt, dass er mit ihr spielen konnte wie mit einer Puppe.

Er griff nach unten, brachte sich in Position und drang mit einem einzigen Stoß in sie ein. Sein Mund senkte sich auf ihre Lippen und nahm ihr lustvolles Stöhnen in sich auf. Ohne den Kuss zu unterbrechen, fasste er die Seile, hob sie daran hoch und schwang sie gegen sich. Es fühlte sich an wie ein Ritt auf Meereswellen, ein ständiges Wogen, während die Seile sie offenhielten. Sein Mund bedeckte den ihren, seine Zunge füllte sie aus, während seine Hände die Seile nutzten, um sie auf jedem seiner harten Stöße reiten zu lassen. Schwerelos und blind schwang sie hin und her, wurde von der Wucht eines Höhepunkts übermannt, der sich so lange hinzog, dass sie nicht hätte sagen können, wann er anfing und wann er endete.

Noch nie hatte sie sich jemandem so völlig hingegeben. Nie hatte sie es für möglich gehalten, und doch war es genau das, wonach sie sich immer gesehnt hatte: die völlige Auflösung in reines Empfinden. Ihren Namen zu hören, von Jason gerufen, seinen Körper an ihrem zu spüren, als heftige Schauder ihn überliefen, sein kräftiges Pulsieren tief in ihrem Inneren zu erleben. Seine Arme um sich zu spüren, sein Gesicht an ihrem Hals vergraben.

Als die letzten Zuckungen verebbten, ließ Jason sie aufs Bett zurücksinken und öffnete langsam und ruhig Knoten um Knoten. Er hielt nur gelegentlich inne, um sie zu streicheln. Jedes einzelne der roten Hanfseile rollte er sorgfältig zusammen und legte es beiseite. Benommen und verträumt lag Justine einfach nur da, während er die schwachen Fesselungsspuren auf ihrem Körper rieb und küsste. Ihre Glieder waren schwer, ihr Herz schlug ruhig. Mit jeder Faser genoss sie das Vergnügen seiner Hände auf ihrer Haut, die vertraute Energie, die zwischen ihnen hin und her floss.

„Was ist ein Shunga-Holzschnitt?“, fragte sie schließlich mit schläfriger Stimme.

„Alte erotische Kunst.“ Jason wickelte eine Decke um sie und zog sie an seine Brust. „Farbholzschnitte, die Paare in verschiedenen sexuellen Stellungen zeigen.“ Sanft spielte er mit ihren Haaren. „Um die Bilder möglichst anregend zu gestalten, werden die Männer üblicherweise mit übertrieben großen Genitalien dargestellt.“

„In deinem Fall wäre das nicht übertrieben.“

Sie fühlte, wie er lächelte. Aber nur eine Sekunde später ließ er ihren Kopf zurücksinken, um sie leicht besorgt anzuschauen. „Habe ich dir wehgetan?“

„Nein.“ Mit der Fingerspitze zog sie seine Oberlippe nach. „Ich meinte einfach nur, dass du mich sehr … zufriedenstellst.“ Gähnend lehnte sie ihren Kopf wieder an seine Brust. „Und du hattest recht.“

„Womit?“

„Mit der Fesselung. Ich fühle mich irgendwie ein bisschen anders. Ich fühle …“ Sie suchte nach den richtigen Worten. „Es gab da einen Moment, an dem ich offen war, alles fühlte, alles hinnahm, und obwohl du die Kontrolle hattest, hatte ich das Empfinden …“ Sie zögerte, wollte es nicht aussprechen.

„Ich gehörte dir", vollendete Jason in aller Ruhe ihren Satz. „Du wusstest, ich bin dein."

Justine konnte nicht antworten, obwohl es wahr war. Nein, *weil* es wahr war. Sie kuschelte sich enger in seine Arme und bemerkte dabei, dass sie hier und da leicht wund gerieben war – subtile Erinnerungen an Seile, Fleisch und Lust.

Nach einer Weile fiel ihr auf, dass Jason das Bett verlassen hatte. Jetzt kam er mit einem feuchten Waschlappen zurück. Sie spürte, wie die feuchte Hitze über ihr Gesicht wanderte, ihre Glieder und zwischen ihre Schenkel. Ihr Schlafbedürfnis drohte sie zu überwältigen. Er zog die Decken über sie beide, und sie versank beinah augenblicklich in der einladenden Dunkelheit.

„Ich komme zu dir zurück, Justine", hörte sie ihn sagen. „Du weißt das, nicht wahr?"

„Du hast versprochen, dass du es nicht tust."

„Du wirst es wollen." Da er keine Antwort bekam, zog er sie fester an sich. „Hab keine Angst", flüsterte er.

Justine hatte allen Grund, Angst um sie beide zu haben. Die Sicherheit, die sie in seinen Armen empfand, war nur eine Illusion. Aber für den Augenblick war ihr das genug.

Das Schrillen des Weckers riss Justine aus dem Schlaf. Sie war sofort hellwach, das Herz schlug ihr bis zum Hals. Leise vor sich hin schimpfend drehte sie sich auf die andere Seite der Matratze und drückte die Schlummertaste. Dann ließ sie sich stöhnend auf den Rücken fallen. Der Gedanke daran, gleich aufstehen und ihr Tagwerk beginnen zu müssen, war alles andere als angenehm.

Sie reckte und streckte sich ausgiebig, gähnte und schaute sich gemächlich im Zimmer um. Durch die geschlossenen Jalousien drang gerade so viel Morgenlicht, dass es den Raum in gedämpfte Farben tauchte, wie man sie auf alten Postkarten fand. Ihr Blick wurde magisch angezogen von einem roten Farbklecks, der irgendwie fehl am Platz wirkte … drei aufgerollte Hanfseile auf dem Nachttisch.

Schamesröte überzog sie, als ihr wieder einfiel, was geschehen war. Wenn sie wenigstens behaupten könnte, die letzte Nacht sei das Ergebnis von einem Glas Wein zu viel gewesen! Denn nüchtern war solcher Sex eigentlich ausgeschlossen. Verrückter Sex. Wahnsinns-Sex. Danach-kann-ich-dir-nicht-mehr-in-die-Augen-sehen-Sex.

Justine verkroch sich tiefer in ihre Decken. Ohne diese Seilbündel hätte sie sich vielleicht einreden können, nur geträumt zu haben. Leider konnte sie sich jedoch an jede Einzelheit erinnern. Daran, wie Jason die Seile gepackt hatte, um ihren Körper an sich zu ziehen. Daran, wie er die Fesselungsspuren auf ihrer Haut hinterher mit den Fingern nachgezogen und geküsst hatte. Daran, wie er ausgesehen hatte – so bedächtig und konzentriert, das Gesicht vor Leidenschaft gerötet. An sein rauchig-heiseres Flüstern … *„Ich gehörte dir."*

Sie hatte es gefühlt. Er gehörte ihr mit all seiner Leidenschaft. Er war ihr völlig ergeben, als er ihren Mund mit harten, süßen Küssen nahm, als er zwischendurch immer wieder ihren Namen hauchte, als er sich mit jeder Faser seines Seins bemühte, ihr noch näher zu kommen, noch tiefer in sie einzudringen. Zum Schluss war ihm ein Laut in der Kehle stecken geblieben, fast wie ein Schmerzensschrei. Da sie ihn nicht in den Armen halten konnte, hatte sie ihn fest umschlossen, während er sich in sie ergoss.

Diese Bilder vor Augen, seufzte sie zittrig. Ihr war warm ums Herz, die Restwärme der erotischen Glut der letzten Nacht.

Dieses Gefühl schwand jedoch, als sie sich ins Gedächtnis rief, dass Jason fort war. Sofern die Geister es zuließen, war er jetzt – fern von ihr – in Sicherheit. *Denk nicht an ihn. Sehn dich nicht nach ihm oder seinem blendenden Lächeln oder seinen langen Küssen oder nach seiner Haut, die immer heißer zu sein scheint als normal, immer ein wenig fiebrig.*

Wie konnte man sich verkneifen, jemanden zu lieben? Eine Beziehung zu beenden, das ging, aber die Gefühle, die zu dieser Beziehung geführt hatten, ließen sich nicht einfach abschalten. Das konnte nur mit der Zeit kommen … vielleicht.

Justine setzte sich auf, strich sich die zerwühlten Haare aus dem Gesicht und streckte eine Hand zum Nachttisch aus, um ihre Kette aufzunehmen, die lange Kette mit dem Kupferschlüssel.

Sie war nicht da.

War sie zu Boden gefallen? Stirnrunzelnd stand Justine vom Bett auf und suchte den Fußboden nach der Kette ab. Sie schaute sogar hinter den Nachttisch. Nichts.

Ihr wurde übel. Adrenalin schoss ihr durch die Adern, vermittelte ihr ein Gefühl, als wäre sie gestolpert und hätte sich gerade noch rechtzeitig gefangen, die Nerven noch in angespannter Erwartung von Schmerz durch den Sturz. Mund und Kehle wurden ihr trocken. Sie fühlte sich zu betäubt, um auch nur ihr Herz schlagen zu fühlen. Noch bevor sie sich dazu durchrang, unters Bett zu schauen, wusste sie, was sie entdecken würde.

Das Triodecad war verschwunden.

19. KAPITEL

Immerhin ein Gutes hatte die Situation: Jetzt, wo die Gäste abgereist waren, konnte niemand den Wutschrei hören, der aus dem Hinterhaus drang. Und niemand bekam mit, wie ein Wecker, zwei Glühlampen und ein Toaster explodierten.

Als Justine sich endlich wieder unter Kontrolle hatte, hing leicht beißender Rauch in ihrer Wohnung, und sie kauerte auf dem Fußboden des Wohnzimmers. Ihre Augen brannten heiß vor Zorn und ungeweinten Tränen. Sie würde Jason Black töten. Auf kreative Weise. *Sehr langsam.*

Beide Hände an die Schläfen gepresst, versuchte sie, trotz der roten Wolke aus wilder Wut, die sie benebelte, einen klaren Gedanken zu fassen.

Wie war es möglich, dass er ihr Zauberbuch entwendet hatte? Niemand konnte es ihr stehlen … das ging einfach nicht. Und doch hatte er es geschafft.

„Ich schwöre, ich komme nicht wieder, es sei denn, du bittest mich darum.“

Der Bastard hatte gewusst: Sie würde ihn wiedersehen wollen, und sei es nur, um ihr das Zauberbuch zurückzugeben. Erneut stieß sie einen kehligen Wutschrei aus.

Was zum Teufel wollte er mit dem Triodecad anfangen? Glaubte er etwa, das Buch einfach aufschlagen und einen Zauberspruch aufsagen zu können, als läse er ein Rezept aus einem Kochbuch?

Nein. Jason mochte alles Mögliche sein, aber dumm war er nicht. Er wusste, dass er die Hilfe einer praktizierenden Hexe brauchte. Die Idee, jemanden dafür zu bezahlen, dass er einen Zauber wirkte – Magie in Auftrag zu geben –, war nicht neu. Das gab es schon ewig. Aus Jasons Sicht war der Diebstahl des Triodecad der Griff nach dem letzten Strohhalm. Bei diesem Spiel gab es nichts mehr zu verlieren. Wie er ihr in der letzten Nacht gesagt hatte, lebte er sowieso schon auf Abruf. Er plante, genau das zu tun, was er ohnehin vorhatte, und dann Justine dazu zu überreden, ihm zu vergeben. Wenn du dich da mal nicht geschnitten hast! dachte sie finster.

Mühsam kam sie auf die Beine, stolperte in ihr Schlafzimmer zurück und zog ein Paar Leggings sowie ein übergroßes T-Shirt an. Ihr Blick wanderte zu dem Schatten unter ihrem Bett, und ihr Kinn begann zu zittern. Seit Marigold ihr das Triodecad übergeben hatte, hatte sie sich nie davon getrennt.

Sie verließ das Hinterhaus und ging hinüber in die leere Pension. Die Inari-Gruppe war abgereist, und Zoë würde erst am Nachmittag kommen. Vier der Zimmer waren fürs Wochenende gebucht, aber bis dahin hatte sie noch ein paar Tage Zeit.

Eilends lief sie die Treppe hinauf und betrat das Klimt-Zimmer. Jason hatte nichts zurückgelassen. Keine Notiz. Keine Nachricht auf ihrem Anrufbeantworter. Das Bett war sorgfältig gemacht. Justine setzte sich auf die Bettkante und wählte Priscillas Nummer. Es ärgerte sie ganz besonders, dass sie nicht einmal Jasons Handynummer kannte und versuchen musste, ihn über seine Assistentin zu erreichen.

„Dumm, dumm, dumm", stieß sie zwischen zusammengebissenen Zähnen hervor und meinte damit sich selbst. „Justine Hoffman, schlaf niemals mehr mit einem Mann, ohne dir vorher seine Telefonnummer geben zu lassen."

Im Augenblick saßen Priscilla, Jason und die anderen im Firmenjet und flogen zurück nach San Francisco. Oder vielleicht reiste auch nur die Inari-Gruppe nach San Francisco, und Jason flog irgendwo anders hin. Mit dem Triodecad. Verdammter Mistkerl, was wollte er damit?

Ihr Anruf wurde auf Priscillas Mobilbox umgeleitet, und sie hörte die Aufforderung, eine Nachricht zu hinterlassen. „Priscilla", sagte sie kurzangebunden, „Jason soll mich schnellstmöglich zurückrufen. Er hat etwas, das mir gehört. Ich will es wiederhaben."

Damit unterbrach sie die Verbindung, ließ sich auf das Bett zurückfallen und versuchte zu entscheiden, was sie als Nächstes tun sollte. Zweifellos sollte sie Rosemary und Sage anrufen, damit sie ihr einen Rat gaben, aber allein schon die Vorstellung, den beiden beichten zu müssen, wie grandios sie die Sache vermasselt hatte ... Dass sie eines der kostbarsten Zauberbücher der Tradition verloren hatte! Nein, kam überhaupt nicht infrage. Sie würde allein damit fertigwerden müssen. Sie hatte den Karren in den Dreck gefahren, sie ganz allein, und sie würde ihn auch wieder herausziehen – koste es, was es wolle.

Immer noch auf dem Bett liegend, wählte sie noch einmal Priscillas Nummer und hinterließ eine weitere Nachricht. „Ich bin's noch mal. Das ist sehr wichtig, Priscilla: Sag Jason, dass er nicht weiß, was er tut. Er bringt sich und womöglich auch andere in Gefahr. Sorg dafür, dass er mich umgehend anruft."

Kochend vor Wut beendete sie das Telefonat und starrte an die Decke. Priscilla musste etwas darüber wissen, was Jason vorhatte. Wahrscheinlich hatte er sie damit beauftragt, jemanden zu finden, der einen Zauber wirken konnte. Und Justine war sich ziemlich sicher, dass Priscilla sich keine Gedanken über die fragwürdige Moral von Jasons Plänen machen würde. Sie war viel zu ehrgeizig, um sich von irgendwas ihre Karriere ruinieren zu lassen. Wenn Jason etwas von ihr wollte, egal was, würde Priscilla es ohne Zögern tun.

Ich muss ihn erreichen, bevor er irgendwas versucht.

Arroganter, verlogener Mistkerl ... Die Frage, was Jason mit dem Triodecad anstellen mochte, wenn er auch nur die geringste Chance hatte – die Möglichkeiten waren beängstigend.

Während sie sich bemühte, nicht das Undenkbare zu denken, wurde Justine plötzlich voller Wut klar, dass sie unbewusst ihre Wange an Jasons Kissen rieb und versuchte, Trost in seinem Geruch zu finden. *Knochen des Hades!* Sie packte das Kissen und schleuderte es an die Wand.

Um sich abzureagieren, verbrachte Justine drei Stunden damit, ein paar alte beschädigte Fußbodendielen im Speisezimmer auszutauschen. Geplant hatte sie diese Arbeit schon lange, sie aber mangels Zeit immer wieder aufgeschoben. Wenn der Zeitpunkt jetzt nicht günstig war, wann dann? Die neuen Dielen mit kräftigen Schlägen einzupassen bereitete ihr besonderes Vergnügen, denn dabei konnte sie sich vorstellen, den Gummihammer auf Jason Blacks Körper niedersausen zu lassen.

Das Klingeln ihres Handys brachte ihr Herz aus dem Tritt. Eine Nummer, die sie nicht kannte, erschien auf dem Display. Hastig nahm sie das Gespräch an und hielt sich das Handy ans Ohr.

„Hallo?"

Widerstrebende Gefühle durchtosten sie, als sie Jason mit aufreizender Ruhe sagen hörte: „Du weißt, warum ich es getan habe."

„Ja, das weiß ich. Und trotzdem bleibst du ein hinterhältiger, selbstsüchtiger Scheißkerl. Wo bist du?"

„Unterwegs."

„Unterwegs wohin?"

„Zur Ostküste."

„*Wo* an der Ostküste?"

„Wir reden später darüber."

„Ich will mein Buch *jetzt* zurück", fauchte sie entrüstet. „Das Triodecad kann dir nicht helfen. Du hast nicht die geringste Ahnung von Magie. Was du vorhast, kann nur in einer Katastrophe enden."

„Du bekommst dein Buch bald zurück."

„Wenn ich dich das nächste Mal treffe, werde ich dir mit bloßen Händen einen Elektroschock verpassen!"

Seine Stimme nahm einen schmeichelnden Unterton an. „Ich verstehe, warum du verärgert bist."

„Oh ja, wirklich lustig, wie sehr ich zu Überreaktionen neige, wenn man mich beraubt."

„Ich habe es nicht gestohlen. Nur geliehen."

„Ich *bitte* dich!", gab sie sarkastisch zurück und legte auf.

Keine dreißig Sekunden später klingelte ihr Handy erneut.

Justine antwortete ohne lange Vorrede. „Sag mir, wer den Zauber wirken soll, oder ich lege wieder auf."

Er zögerte. Lange. „Priscilla."

Priscilla? Justine schlug erschrocken die Hand vor den Mund. Als sie die Sprache wiedergefunden hatte, zitterte ihre Stimme. „Fiveash. Ich wusste, dass ihr Nachname eine Bedeutung hat. Sie ist eine praktizierende Hexe. Sie ist … Mein Gott. Ist sie eine geborene Hexe?"

„Ja. Unerfahren … aber glaubwürdig."

Herzenskummer? Nein, viel mehr. Körperliche und seelische Pein. Eine toxische Mischung aus Scham, Zorn und Schmerz, die ihr direkt in die Venen gespritzt wurde. „Du hast Priscilla benutzt, um hierher zu kommen und mich auszunutzen. Du hattest von Anfang an vor, dir das Triodecad unter den Nagel zu reißen. Noch bevor du mich überhaupt gekannt hast!"

Wenigstens beleidigte Jason sie nicht mit dem Versuch zu leugnen. „Nachdem ich dich kennengelernt hatte, haben sich meine Motive verändert. Vorher ging es mir nur um eigennützige Zwecke. Jetzt tue ich es, weil ich mit dir zusammen sein möchte. Weil ich …"

„Es ist mir scheißegal, ob du jetzt andere Gründe für dein Verhalten hast oder was dich dazu gebracht hat", fiel sie ihm hitzig ins Wort. „Für mich zählt nur, was du getan hast. Und was immer du versuchst, mit meinem Zauberbuch zu erreichen, es wird nach hinten losgehen."

„Das Risiko gehe ich ein."

„Ich spreche nicht nur von dir, du egoistisches Arschloch! Das kann für Priscilla ins Auge gehen oder für mich oder irgendeinen Unbeteiligten, der überhaupt nichts mit dieser Sache zu tun hat. Hör mir gut zu: Die Verantwortung, dafür zu sorgen, dass ein bestimmter Zauber niemandem Schaden zufügt, liegt bei der praktizierenden Hexe. Du weißt nicht, wer alles in die Schusslinie gerät."

„Ich weiß, dass ich Risiken eingehe, wenn ich diese Sache durchziehe. Aber wenn ich es nicht tue … Justine, ich habe keine

Chance. Meine Lebensuhr ist so gut wie abgelaufen. Und mit dir zusammen zu sein – so lange wie nur irgend möglich – bedeutet mir zurzeit mehr als alles andere."

„Du kannst Magie nicht einsetzen, um in Angelegenheiten von Leben und Tod herumzupfuschen. Die Geister werden einen Weg finden, sich an dir zu rächen."

„Dann triff du die Entscheidung", gab Jason kühl zurück. „Du liebst mich. Wir beide wissen, was das bedeutet. Willst du, dass ich einfach nur dasitze und darauf warte, dass das Damoklesschwert fällt?"

„Ich liebe dich nicht", wollte Justine sagen, aber sie brachte es nicht über die Lippen. Mittendrin brach sie ab, schnappte nach Luft, weil sich ihr die Brust schmerzhaft zusammenzog, und musste zu ihrem Entsetzen mit den Tränen kämpfen.

Liebe, durchfuhr es sie bitter, war nichts, mit dem man feilschen oder einen Kompromiss schließen konnte. Liebe hatte ihre eigenen Regeln. Sie kam, wenn man sie nicht wollte, und weigerte sich, wieder zu gehen. Sie war wie eine invasive Pflanzenart, die ohne Vorwarnung den eigenen Garten eroberte, sich blitzschnell ausbreitete und mit keiner Methode wirksam zu bekämpfen war.

Im Grunde war Liebe so etwas wie Giersch.

„Ich will nur eines", sagte Jason. „Ich will diese Sache zu Ende bringen und wieder zu dir zurückkommen. Von da an tue ich alles, was du willst. Ich gebe dir alles, was du dir jemals gewünscht hast."

„Wage es ja nicht, mich kaufen zu wollen!"

„Ich massiere dir die Füße, wenn du müde bist. Ich halte dich, wenn du dich einsam fühlst. Ich liebe dich, wie noch nie eine Frau auf Erden geliebt wurde." Er schwieg einen Moment. „Du musst mir nur diese kleine Sache durchgehen lassen."

Sie zog die Brauen zusammen. „Ich lasse dir nicht durchgehen, dass du mein Zauberbuch gestohlen hast."

„Geliehen."

„Du wirst es wieder tun, wenn du meinst, du brauchtest mal eben einen Zauber, um eine Sache in Ordnung zu bringen."

„Das werde ich nicht."

„Und das soll ich dir glauben? Für wie blöd hältst du mich eigentlich?"

Er schwieg lange. „Du bist nicht blöd", sagte er schließlich leise. „Du magst mich, und ich habe das ausgenutzt. Es tut mir leid."

„Du bedauerst nicht, was du getan hast. Es tut dir nur leid, dass ich sauer auf dich bin."

„Ich weiß nicht, was mir alles leidtut. Ich weiß nur, dass es eine gewaltige Menge ist."

„Wenn das stimmt, dann lass Priscilla nicht versuchen, einen Zauber aus dem Triodecad zu wirken. Schick es mir zurück."

„Und dann?"

„Finde ich einen Weg, der dich in Sicherheit bringt. Ich werde aufhören … dich zu mögen. Wenn nötig, reiße ich mir das Herz heraus."

Schweigen, dann ein langsames Ausatmen. „Das kannst du nicht", sagte er. „Du hast dein Herz bereits mir gegeben."

Dann war die Leitung unterbrochen.

„Jason? Jason …" Verzweifelt wechselte Justine zur Liste der letzten Anrufe und wählte die oberste der angezeigten Nummern. Sie landete direkt auf Jasons Mobilbox. „Du verdammter Bastard!" Ihr Blick fiel auf das Material und das Werkzeug, das um sie herum auf dem Fußboden lag. Sie zitterte vor Verlangen, etwas Drastisches zu tun, irgendetwas zu zerstören.

In solcher Stimmung, dachte sie in wütender Überzeugung, sollte keine Frau mit Elektrowerkzeugen allein gelassen werden.

20. KAPITEL

Schon wieder eine Nachricht von Justine", sagte Priscilla finster und schob ihr Handy zurück in ihre Tasche. „Sie ist fuchsteufelswild."

„Sie wird darüber hinwegkommen."

„Würde ich nicht an ihrer Stelle." Priscilla schaute auf das Triodecad hinunter und strich mit der Hand über den Leinenstoff, in den es eingewickelt war. Sowohl das Buch als auch der Stoff waren durchtränkt von dem angenehm trockenen süßen Duft von weißem Salbei. Obwohl Jason vorgeschlagen hatte, den schweren Band auf den Rücksitz zu legen, hatte sie darauf bestanden, ihn auf dem Schoß zu halten.

„Du wirkst nervös", sagte Jason, während er den gemieteten Nissan steuerte und sich immer weiter vom Little Rock National Airport entfernte. Die Nachmittagssonne schien kräftig und tauchte alles in ein gelbes Licht. Selbst hinter den polarisierten Gläsern seiner Sonnenbrille musste er die Augen zusammenkneifen, um nicht geblendet zu werden. „Liegt es daran, dass du nicht möchtest, dass ich deine Familie kennenlerne, oder hast du Angst, der Zauber könne nicht wirken?"

„Beides, schätze ich. An meine Leute muss man sich erst gewöhnen. Die meisten von ihnen haben ihr ganzes Leben im Umkreis von zehn Meilen rund um Toad Suck Park verbracht."

„Ich werde schon mit ihnen zurechtkommen und … Sagtest du eben *Toad Suck*?"

„Dorthin fahren wir. Toad Suck in Arkansas. Die Leute nennen es eine Stadt, aber in Wirklichkeit ist es eine gemeindefreie Ortschaft."

„Woher rührt der Name? Ich meine – Krötenlutscher! Was ist das denn für ein Name für einen Ort?"

„Man erzählt sich, dass früher die Mannschaften der Dampfboote sich in der Kneipe verschanzten und dort darauf warteten, dass das Wasser des Arkansas River stieg. Die Einheimischen behaupteten, diese Bootsleute würden so lange an einer Flasche lutschen, bis sie anschwellen wie Kröten."

Jason grinste und bog auf die I-40 nach Norden ab.

„Es gibt noch eine andere, glaubwürdigere Erklärung", fuhr Priscilla fort. „Die ersten französischen Siedler sollen die Gegend Tout Sucre genannt haben, also ‚Alles Zucker'. Im Laufe der Jahre vergaß man den französischen Ursprung, und die Aussprache änderte sich, bis schließlich Toad Suck daraus wurde."

Verständlich, dass die ersten Siedler das Land Tout Sucre genannt hatten. Es war üppig und fruchtbar. Die Hügel waren dicht bewachsen mit Hartholzbäumen, die Täler bestanden aus reichem Schwemmland. Die ersten Vogelaugenahornbäume färbten sich in herbstlichem Feuerorange. Etliche Bäche schlängelten sich von den Ozark Mountains ins Flusstal hinab und von dort weiter Richtung Ouachitas.

„Die Fiveashes leben in Toad Suck, solange ich denken kann", erzählte Priscilla. „Sie arbeiten hart, besuchen die Kirche und schicken ihre Kinder zur Schule. Sie kaufen im Dollar Tree ein, weil sie keine Lust haben, sich für Walmart umzuziehen. Regionale Küche heißt für sie, selbst Eichhörnchen schießen und zubereiten. Und wenn meine Leute den Mund aufmachen, wirst du dir einen Lauftext mit Untertiteln wünschen."

„Es wird schon keine Probleme geben", meinte Jason. Ihr defensiver Unterton überraschte ihn ein wenig. „Du weißt doch, dass ich kein Snob bin."

„Ja, Sir. Ich versuche nur, dir Folgendes klarzumachen: Du glaubst, ich hätte raue Ecken und Kanten gehabt, als ich bei Inari anfing. Nun, verglichen mit dem Rest meiner Familie war ich Prinzessin Di."

„Verstehe", gab Jason zurück, insgeheim amüsiert. „Mach dir keine Sorgen, Priscilla. Es wird alles gut."

Sie nickte, wirkte aber nicht überzeugt. „Du wirst übrigens meine Mutter nicht kennenlernen. Seit Daddy tot ist, will sie nichts mehr mit der Hexerei zu tun haben. Wir fahren zu Granny

Fiveashs Baracke. Du wirst sie kennenlernen und meine Großtante Bean und meinen Onkel Cletus. Cletus wird natürlich nicht bei dem Zauber mithelfen. Er ist schließlich ein Mann."

„Gibt es männliche Hexen? Hexer?"

„Nein, das ist ein Märchen. Im *Malleus Maleficarum* heißt es …"

„Was ist das?"

„Ein Hexenjäger-Buch, geschrieben von einem Dominikaner im fünfzehnten Jahrhundert. Darin heißt es, der Teufel habe Frauen in Versuchung geführt, indem er ihnen schöne gefallene Engel schickte, die sie verführen sollten … und die Frauen wurden seine Dienerinnen. So sind die ersten Hexen entstanden. Hypothetisch. Aber heutzutage hat Hexenkunst nichts mit Satanismus zu tun."

„Beunruhigt dich der Gedanke an den Fluch der Hexe?", fragte Jason und überraschte sich selbst damit. „Eigentlich müsste es das doch. Du musst dir doch Sorgen machen, dass du dich in jemanden verlieben könntest."

Priscilla wirkte betroffen. Sie wurde rot. Solche persönlichen Gespräche führten sie höchst selten. „Um ehrlich zu sein, nein, mache ich nicht. Mein ganzes Leben lang hatte ich nur ein Ziel: rauszukommen aus Toad Suck. Mir Bildung anzueignen, mir den Arsch abzurackern … da bleibt keine Zeit für romantische Gefühle. Obwohl ich nicht mehr hier lebe", fügte sie nachdenklich hinzu, „fühlt es sich immer noch so an, als versuchte ich, von hier fortzukommen. Ich wollte immer etwas anderes. Ohne zu wissen, was eigentlich. Geld vermutlich. Mama sagt, ich würde erst glücklich werden, wenn ich stinkreich wäre."

„Nein", widersprach Jason leise. „Wenn jemand unbedingt eine Menge Geld machen will, dann geht es nie wirklich ums Geld."

Priscilla verfiel in Schweigen, während sie darüber nachdachte.

„Mach dich nicht wegen des Zaubers verrückt", meinte Jason nach ein paar Minuten. „Gib einfach dein Bestes."

„Du hast gut reden. Ich bin diejenige, die es richtig hinbekommen muss. Magie ist nicht wie Mathematik, wo es nur eine richtige Antwort gibt. Manchmal gibt es eine Wahl zwischen vielen schlechten Antworten. Oder noch schlimmer, zwischen vielen richtig klingenden Antworten."

Jason suchte in Gedanken nach etwas, das ein wenig den Druck von ihr nehmen konnte. „Priscilla, kennst du den schwierigsten Schlag beim Golf?"

„Die Windmühle."

„Die was? ... Nein, ich spreche nicht von Minigolf. Ich meine Golf. Der schwierigste Schlag ist der lange Bunkerschlag." Sie schaute ihn verständnislos an. „Wenn der Ball in einem Sandbunker landet, gibt es zwei Möglichkeiten, ihn da wieder herauszubefördern. Du kannst ihn entweder pitchen oder ihn mit einem langen Fairway-Schlag aus dem Sand holen. Der Pitch ist ein kurzer, risikoarmer Schlag, der den Ball nur aus dem Bunker heraus aufs Grün befördern soll. Der lange Fairway-Schlag führt entweder zum Triumph oder zur totalen Niederlage."

„Du willst also damit sagen, wenn wir heute Abend diesen Zauber versuchen, möchtest du, dass wir das hohe Risiko eingehen."

„Nein. Geht auf Nummer sicher. Das ist zu wichtig, um alles zu riskieren. Wählt den kurzen Pitch, holt mich einfach nur aus der verdammten Grube. Wenn ihr mir damit auch nur ein paar Jahre mit Justine erkaufen könnt, ist mir das so viel wert wie ein ganzes Leben."

Priscilla starrte ihn verwundert an. „Du liebst sie."

„Natürlich liebe ich sie. Was dachtest du denn?"

„Ich dachte, du machst ihr nur was vor, um dir das Zauberbuch krallen zu können."

Er warf ihr einen gekränkten Blick zu. „Warum ist es so schwer zu glauben, ich könnte mich in jemanden verlieben?"

„Weil du mir jedes Mal, wenn du mit einer Frau Schluss machst, sagst, ich solle ein teures Schmuckstück kaufen und hübsch für sie einpacken lassen. Deine Einkäufe bei Tiffany sind der Grund für den Preisanstieg auf dem Edelmetallmarkt."

Jasons Blick verfinsterte sich. „Justine ist anders als die anderen", sagte er, ohne den Blick von der Straße zu wenden.

„Warum? Weil sie eine Hexe ist?"

„Weil sie Justine ist."

Priscilla schaute auf das Triodecad in ihrem Schoß hinunter und streichelte es in sanften Kreisen. „Liebt sie dich?", fragte sie vorsichtig.

„Ich glaube." Jason wich einem Geier aus, der sich an einem überfahrenen Tier gütlich tat. „Und ich würde gern lange genug leben, um mein Glück mit ihr zu versuchen und mir ihre Liebe zu verdienen."

„Dann sollte ich wohl besser nach einem besonders mächtigen Zauber suchen", gab sie bissig zurück.

Nach etwa fünfunddreißig Minuten Fahrzeit nahmen sie die Ausfahrt Richtung Toad Suck Park. Priscilla wies Jason den Weg. Etliche Abzweigungen später wurde die Straße zusehends schmaler und schlechter, bis sie schließlich eine private Zufahrt erreichten, einen Schotterweg mit tiefen Schlaglöchern. Am Ende der Zufahrt stand eine große Baracke in einem Hain aus Hartriegelbäumen. Vor dem Eingang war eine kleine improvisierte Terrasse aus einer aufgeworfenen Sperrholzplatte errichtet worden, auf der ein paar Plastikgartenstühle standen. Ein Hund undefinierbarer Rasse, der dort döste, begann mit dem struppigen Schwanz zu wedeln, als er das nahende Auto bemerkte.

„Wahrscheinlich kommen sie dir zuerst ein bisschen verrückt vor", meinte Priscilla, als Jason den Wagen zum Stehen brachte. „Aber wenn du sie erst ein wenig besser kennst ... kommen sie dir noch viel verrückter vor."

„Ich habe keine Vorurteile", versicherte Jason ihr. Das gehörte zu den Dingen, die er in den knapp zehn Jahren gelernt hatte, seit er in San Francisco wohnte. Jemand, dessen Haare in allen Regenbogenfarben prangten und den etliche Piercings schmückten, konnte trotzdem ein Millionär sein. Jemand, der sich kleidete, als hätte er seine Kleidung aus dem Müllcontainer, konnte dennoch ein angesehener Gemeindeleiter sein. Vorgefasste Meinungen brachten nichts, und dumm waren sie obendrein.

Aus dem Wagen ausgestiegen, fiel ihm als Erstes die Ruhe auf, die hier herrschte. In einem nahen Gehölz aus Kiefern und Zedern klopfte ein Specht, und irgendwo plätscherte ein Bach. Mehr war nicht zu hören. Die Luft dampfte, als wäre sie frisch gebügelt. Kaum ein Lüftchen regte sich, und es roch nach sonnenverbranntem Gras und heißem Kiefernharz.

Plötzlicher Lärm zerriss die Stille, als zwei ältere Frauen aus der Baracke kamen. Beide waren über und über mit Schmuck behängt, keinen Tag jünger als achtzig und einheitlich in Flip-Flops, grellbunte Tuniken und Hosen mit über den Knien abgeschnittenen Beinen gekleidet. Die eine trug ihre vanillegelb gefärbten Haare zusammengedreht und hochgesteckt, die andere kurzgeschnitten und leuchtend rot gefärbt. Juchzend und plappernd eilten sie auf Priscilla zu und umarmten sie stürmisch.

„Prissy, Schätzchen, du bist ja nur noch Haut und Knochen", rief die Rothaarige. „Kriegst du in Kalifornien nichts zu essen?"

„Natürlich nicht", antwortete die zweite Frau, bevor Priscilla reagieren konnte. „Die Hippies von der Westküste essen doch nur Grünkohl-Chips." Sie strahlte Priscilla an. „Wir haben dir was Richtiges gemacht, Mädchen: Würstchenauflauf und frittierte Apfelküchlein."

Priscilla lachte und küsste sie auf die ledrige Wange. „Granny, Tante Bean … darf ich euch meinen Chef vorstellen – Mr Black."

„Dem gehört die Computerfirma, wo du arbeitest?"

„Videospiele", korrigierte Jason und kam um das Auto herum, um die beiden zu begrüßen. Er streckte der Rothaarigen die Hand entgegen. „Nennen Sie mich bitte Jason."

„Computer werden die Welt zugrunde richten", erklärte sie, ohne seine ausgestreckte Hand zu beachten. „Wir halten uns hier nicht mit Händeschütteln auf, Süßer. Komm an meine Brust." Damit warf sie ihre Arme um ihn und hüllte ihn in eine verwirrende Duftwolke aus Haarstylingprodukten, Parfüm, Deodorant, Körperlotion und dem leicht scharfen Geruch eines Insektensprays. „Ich bin Priscillas Granny“, erklärte sie, „und du nennst mich auch so.“

Die vanilleblonde Frau nahm Jason ebenfalls in den Arm. Sie war kräftig gebaut, eher klein und sehr rundlich. „Eigentlich heiße ich Wilhelmina, aber die Leute haben mich schon als Kind Bean gerufen, und dabei ist es geblieben.“

Da keine der beiden Frauen geneigt schien, seine Arme loszulassen, ging Jason flankiert von Granny und Bean zur Baracke. Priscilla folgte mit dem Zauberbuch unterm Arm. Eiskalte Luft traf sie, als sie die Eingangstür öffnete. Eine kleine Klimaanlage summte in einem der Fenster und kühlte den Innenraum auf arktische Temperaturen herunter. Sie betraten ein Wohnzimmer, dessen eine Wand von oben bis unten mit Nummernschildern aus Blech verziert war.

Die Wohnung war sauber, aber vollgestellt mit Tischen und Regalen voller Krimskrams: Figürchen, alte kunstvoll gearbeitete Fliegen für die Fliegenfischerei, Kronkorken, Keksdosen. Jason, der sparsam möblierte und aufgeräumte Zimmer bevorzugte, spürte einen leichten Anflug von Beklemmung. Als er obendrein sah, dass beide Küchenfensterbänke mit Biergläsern und Metallthermosflaschen vollgestellt waren, musste er tief Luft holen, um sich zu beruhigen und die aufsteigende Klaustrophobie zu überwinden.

„Also dann“, wandte Granny sich an Priscilla, „zeig uns mal das Zauberbuch.“

„Es ist sehr alt“, sagte Jason. Der Gedanke, Justines hoch geschätztes Zauberbuch neben eine mit Folie abgedeckte Auflaufform, die aufdringlich nach Würstchen und Ketchup roch, auf den Esstisch zu legen, behagte ihm überhaupt nicht. „Es darf keinen Schaden nehmen.“

„Wir passen schon auf.“ Granny warf Jason einen listigen Blick zu. „Hätte nie gedacht, mal so eins in die Finger zu kriegen. Schon gar nicht eins, das einen Namen hat.“

„Wir haben unsere Magie nie aus Zauberbüchern gelernt", setzte Bean hinzu. Da sie merkte, wie angewidert Jason die Auflaufform musterte, nahm sie die Schüssel vom Tisch, drehte sich um, stellte sie auf die Arbeitsplatte und wischte sich die Hände an ihrer Tunika ab. „Nur Hexen der besseren Gesellschaft haben so was. Wir haben unsere Zaubersprüche und Formeln immer auf Rezeptkarten gesammelt."

„So ein Buch", sagte Granny, „hat mehr Macht als das, was auf seinen Seiten steht."

Sichtlich angetan und begeistert sahen die beiden Frauen zu, wie Priscilla das Triodecad auswickelte. Der Ledereinband wirkte poliert und glänzte wie eine reife dunkle Pflaume. Auf dem vorderen Buchdeckel befand sich ein kleines kupfernes Schlüsselloch mitten in einem ungewöhnlichen Zifferblatt. Selbst, wenn Jason nicht gewusst hätte, welchen übernatürlichen Wert das Buch darstellte, hätte er es an seinem Äußeren sofort als etwas Uraltes und sehr Kostbares erkannt.

„Warum ein Zifferblatt?", fragte er.

„Das ist kein Zifferblatt wie bei einer Uhr", gab Granny zurück. „Das sind die Mondphasen. Hier in der Mitte ist die Erde." Sie zog unsichtbare Linien vom Schlüsselloch zu jedem der Punkte auf dem äußeren Kreis. „Das erste Mondviertel steht oben ... Als nächstes kommt der Halbmond, dann der zunehmende Dreiviertelmond ... Hier ist der Vollmond ..." Ihr Finger wanderte an die Buchkante. „Und aus dieser Richtung scheint die Sonne."

Leicht beunruhigt runzelte Priscilla ihre Stirn. „Wir haben heute Nacht Vollmond, Granny. Ist das wirklich der richtige Zeitpunkt, um einen Zauber zu wirken?"

„Hängt vom Zauber ab. Wir müssen ein bisschen nachlesen, du und ich und Bean. Um rauszufinden, was am besten passt." Granny wandte sich an Jason. „Prissy hat mir gesagt, worum es geht", sagte sie nicht ohne Mitgefühl. „Keine Seele und der Fluch der Hexe – Junge, damit hast du wirklich mehr Probleme, als man in einem Mathebuch finden kann. Und wir können immer nur *einen* Zauber wirken, sonst fangen sie an, sich gegenseitig auszulöschen." Sie hielt inne. „Wer hat den Schlüssel?"

„Ich." Damit zog Jason die Kette unter seinem Poloshirt hervor.

Granny nahm sie mit einem sachlichen Nicken entgegen. „Bean, ich denke, bevor wir dieses Buch öffnen, sollten wir die Küche mit dem Reisigbesen fegen."

„Ich hole ihn", gab Bean zurück und entschwand eiligst in den schmalen Flur.

„Jason", fuhr Granny fort, „wir werden eine Weile mit Lesen beschäftigt sein. Wenn du magst, leg die Füße hoch. Du kannst fernsehen. Die Razorbacks spielen gegen die Aggies."

„Macht es euch was aus, wenn ich spazieren gehe?"

„Nur zu."

Als Jason seine Sonnenbrille vom Tisch nahm und sich der Tür zuwandte, eilte Bean mit einer Spraydose zu ihm und begann ihn einzusprühen. Instinktiv wich er zurück, während Bean den Sprühstrahl über seine Hosenbeine wandern ließ und sogar nach dem Saum griff, um seine Knöchel mit dem Spray einzuhüllen. Im Nu war die Luft von dem widerlichen Geruch eines Insektenschutzmittels erfüllt. „Nein, wirklich. Ich brauche nicht …"

„Doch brauchst du das", widersprach Bean in Befehlston, trat hinter ihn und sprühte eifrig weiter.

„Du hast keine Ahnung, was für fiese Moskitos wir hier in Arkansas haben", erklärte Granny. „Die brauchen nur zehn Minuten, um dich komplett auszusaugen."

„Junge, Junge", meldete sich Bean hinter ihm. „Das nenne ich mal einen Knackarsch."

Jason warf Priscilla einen verstohlenen Blick aus schmalen Augen zu. Offenbar gab sie sich Mühe, nicht zu grinsen. „Danke", murmelte er und floh aus der Tür, kaum dass Bean fertig war.

„Eins noch", rief Granny ihm nach. „Wenn du im ersten Stock auf Cletus triffst, achte nicht auf ihn." Dann fiel die Tür mit einem lauten Knacken ins Schloss.

Jason blieb wie angewurzelt stehen. „In einer Baracke gibt es keinen ersten Stock", sagte er.

Langsam ging er um das wacklige Gebäude herum. Dabei entdeckte er, dass die Hartriegelbäume davor die Sicht auf einen Campingstuhl, eine Kunststoffkühlbox und einen Strohsonnenschirm versperrten, die in einer Ecke auf dem Flachdach der Baracke standen. Auf dem Stuhl saß ein älterer Mann, der einen Anglerhut, Shorts und ein T-Shirt mit der Aufschrift trug: *Ich bin nicht nur vollkommen, sondern obendrein Südstaatler.* In der einen Hand hielt er ein Handy, dem seine ganze Aufmerksamkeit galt, in der anderen ein Bier.

„Cletus?", fragte Jason vorsichtig.

Der Mann antwortete, ohne den Blick von seinem Handy zu wenden. „Der bin ich. Bist du der Kerl, den Priscilla auf Besuch mitgebracht hat?"

„Ja. Jason."

„Komm hoch. Nimm dir ein Bier, ist schön kalt." Er deutete auf die Leiter, die gegen die Baracke gelehnt war.

Jason kletterte auf das mit einer dicken Gummimatte abgedeckte Dach. Es roch umwerfend nach Reifengummi.

Er trat auf den alten Mann zu, und sie schüttelten einander kurz die Hände. Cletus hatte harte blaue Augen unter buschigen silbergrauen Brauen und sonnengegerbte Haut in der Farbe und Struktur von getrockneten Tabakblättern. Die meisten Männer seines Alters hätten den Aufstieg aufs Dach sicher nicht geschafft, aber er war ein zähes, verwittertes Urgestein mit dünnen, aber kräftigen Armen und drahtigem Körperbau.

Er griff in die Kühlbox, holte eine Bierdose heraus, von der das Kondenswasser tropfte, und reichte sie Jason.

„Danke." Damit setzte sich Jason unter den Sonnenschirm aufs Dach.

„Schätze, du bist hier, damit Granny und Bean für dich zaubern", meinte Cletus.

„So ist es geplant." Jason öffnete die Bierdose und nahm einen tiefen Zug. „Du bist Priscillas Großonkel?"

„Um ein paar Ecken. Mein Zwillingsbruder Clive war mit Bean verheiratet. Is' lange her. Er starb sechs Wochen nach der Hochzeit. Wurde von Bienen angegriffen."

„Er war allergisch gegen Bienenstiche?"

„Wohl eher allergisch gegen Flüche. Clive wusste, was er riskierte, als er Bean heiratete. Jeder wusste über die Fiveash-Frauen Bescheid. Schwarze Witwen, jede einzelne von ihnen. Sie können nichts dafür. Du heiratest eine von ihnen, und dann stirbst du."

„Warum hat Clive Bean geheiratet, wenn er das wusste?"

„Bean war damals eine Schönheit, und Clive war verrückt nach ihr. Sagte, er muss sie haben, Fluch hin oder her. Niemand konnte ihn zur Vernunft bringen, nicht mal Bean. Er war todgeweiht in dem Moment, als er sie das erste Mal sah."

„Ich weiß, wie das ist", warf Jason ernst ein.

Cletus trank seine Dose leer, drückte sie zusammen und warf sie vom Dach. „Der Fluch trifft alle Fiveash-Frauen. Ich hoffe, du bist nicht in Prissy verschossen?"

„Nein."

„Gut, sehr gut. Belass es dabei. Du willst nicht enden wie Clive. Oder wie Grannys Mann Bo."

„Wie ist er gestorben?"

„Wurde vom Blitz getroffen. Auf dem Fähranleger von Toad Suck. Damals, als es noch Fähren gab." Cletus schwieg nachdenklich. „Eine Woche, bevor es geschah, sagte Bo mir, dass alle Uhren in seiner Umgebung einfach aufhörten zu ticken. Seine Armbanduhr blieb stehen. Sogar die Kücheneieruhr ist zersprungen, als Bo in ihre Nähe kam." Er riss eine neue Bierdose auf. „Das Seltsame an der Sache ist: Clive hat mir dasselbe erzählt, unmittelbar vor seinem Unfall. Er ging jeden Tag zur Arbeit, kam aber plötzlich ständig zu spät, weil jede Uhr im Haus stehen geblieben war. Eine Woche später war er tot."

Jason musterte ihn alarmiert. „Sie starben beide eine Woche, nachdem die Uhren stehen geblieben waren?" Sein Blick fiel unwillkürlich auf seine Edelstahl-Armbanduhr. Erleichtert, dass sie immer noch funktionierte, seufzte er beherrscht auf.

„Junge, Junge, du sitzt aber mächtig tief im Schlamassel, wie?“, hörte er Cletus sanft sagen, bevor er den Blick wieder heben konnte.

Etwa eine Stunde später kletterte Jason vom Dach und ging in die Baracke zurück. Die drei Frauen saßen, immer noch in das Triodecad vertieft, am Tisch.

„Na, wie läuft's?“, fragte Jason.

„Dieses Buch ist einfach unglaublich“, antwortete Priscilla. „Man findet darin Zauber für nahezu alles, was man sich vorstellen kann.“

„Habt ihr einen Gegenzauber für den Fluch der Hexe gefunden?“

Priscilla schüttelte den Kopf. „Nichts Konkretes. Das ist seltsam, denn in all den Generationen geborener Hexen muss doch eine versucht haben, dieses Problem zu lösen. Warum hat keine irgendwas dazu geschrieben?“

„Bean und ich haben versucht, unsere Männer zu retten“, meinte Granny. „Hat nicht funktioniert. Ich schätze, unsere Zauberkraft ist zu schwach, weil uns nie jemand richtig beigebracht hat, wie man zaubert. Aber ich dachte, so'n Buch kennt die Antwort.“

Jason konzentrierte sich auf Priscilla. „Und wie steht es mit einem Pitch aus dem Sandbunker?“

„Wir haben einen Langlebigkeitszauber gefunden“, gab sie zurück. „Einen mächtigen, so wie es aussieht.“

Er verzog keine Miene. „Hat so ein Langlebigkeitszauber einen Pferdefuß?“

„Nicht, dass wir wüssten. Jeder möchte doch länger leben, oder?“ Sie zog die Stirn kraus. „Aber du fragst die Falsche. Keine von uns ist jemals in diesem Grad der Magie unterrichtet worden. Genau genommen bittest du jemanden, der immer nur Hamburger auf den Grill gelegt hat, eine Spezialität der französischen Haute Cuisine zuzubereiten.“

Jason hatte nicht vergessen, was Justine über den Langlebigkeitszauber gesagt hatte: Dass er eines Tages in die Lage kommen könnte, um seinen Tod zu betteln. Im Augenblick jedoch war Langlebigkeit die Antwort auf alle seine Probleme. Dann könnte er mit Justine zusammenleben, und zugleich hatte er damit eine Chance, dem Fluch der Hexe zu entkommen.

„Wir möchten dem noch einen anderen Zauber hinzufügen", eröffnete Priscilla.

Jason zog die Brauen hoch. „Ich dachte, es gäbe da eine Regel: ein Zauber pro Person."

„Der zweite Zauber ist nicht für dich, sondern für Justine."

Jason schwieg angespannt.

„Wir möchten sie mit einer Ges belegen", fuhr Priscilla ruhig fort. „Einer Ges, die der ursprünglichen so nahekommt wie möglich. Sie würde natürlich nicht ganz so gut wirken, aber ich denke, wenn wir drei ..."

„Nein."

„Sie wäre damit besser dran. Und du auch."

„Das kommt nicht infrage."

„Du bekämst damit, was du von Anfang an wolltest", beharrte Priscilla und wurde rot. „Du hättest mehr Lebenszeit und wärst zugleich sicher vor Justine."

„Selbst, wenn die ganze Welt auf dem Spiel stände, würde ich nicht zulassen, dass Justine noch einmal mit einer Ges belegt wird."

„Du bist noch jung", mischte Bean sich ein. „Du findest 'ne andere."

Er schüttelte den Kopf. „Justine oder keine."

Priscilla funkelte ihn zornig an. „Du benimmst dich so verrückt wie eine halb vergiftete Kakerlake. Du kennst sie doch noch gar nicht lange genug, um eine solche Entscheidung treffen zu können."

Jason hielt ihrem Blick stand, ohne zu blinzeln. „Natürlich tue ich das. Eines Tages wird auch dein Leben sich von einer Sekunde auf die andere ändern. Etwas, womit du nicht gerechnet hättest, trifft dich mit der Wucht einer Dampframme. Und dann hast du keine Zeit, dir darüber klar zu werden, wie oder warum es passiert ist. Du kannst dich einfach nur fügen."

„Nein, ich werde mir bewusst machen, dass manche Dinge vorbei sind, bevor sie überhaupt begonnen haben", widersprach Priscilla.

Jason sah Granny und Bean an, die beide sehr ernst dreinschauten. „Gebt einfach euer Bestes mit dem Langlebigkeitszauber, und ich verdopple den Preis, auf den wir uns geeinigt hatten. Aber lasst Justine da raus."

„Ich glaube nicht ...", begann Granny.

„Ich verdreifache ihn."

Granny und Bean schauten einander an.

„Okay, packen wir's an", sagte Granny kurz. „Priscilla, du kümmerst dich um den Kreis. Bean, wir brauchen den Kessel und das Altartuch."

Bean trat an die Fensterbank und nahm einen dickwandigen Bierkrug herunter, der das Budweiser-Logo trug.

„Das ist ein Hexenkessel?", fragte Jason verdutzt.

„Aber klar doch. Damit haben wir schon einige unserer besten Zauber gewirkt." Aus einer Schublade holte sie ein Geschirrtuch hervor und breitete es auf der Arbeitsplatte aus.

Nach einem Blick auf das Tuch, auf dem Elvis mit seiner Gitarre prangte, schaute Jason Priscilla misstrauisch an.

„Es ist egal, wie das Altartuch aussieht", flüsterte sie kaum hörbar, während die beiden älteren Frauen weiter ihre Vorbereitungen trafen. „Lass sie machen. Sie wissen, was sie tun und wie es für sie am besten funktioniert ... Und krieg keine Zustände, wenn sie während des Zaubers ein paarmal Dionne Warwick erwähnen", fügte sie nach kurzer Pause hinzu. „Bean hat ihren Spaß daran, und den Geistern macht es nichts aus."

21. KAPITEL

Am dritten Morgen nach Jasons Abreise fiel es Justine zunehmend schwerer, ihren Zorn aufrechtzuerhalten. Nur ihr Zorn hatte ihr die Kraft gegeben, sich auf den Zustrom neuer Gäste vorzubereiten: Eine Toilette musste repariert, die Fernbedienung eines Fernsehers zurückgesetzt werden, und sie stattete alle Zimmer mit frischer Seife und Toilettenartikeln aus. Nur ihr Zorn hatte ihr geholfen, sich auf so lästige Arbeiten zu stürzen wie Buchhaltung und Rechnungsabwicklung, Bestellung neuer Verbrauchsmaterialien und Versand von E-Mail-Bestätigungen für Gäste, die Zimmer reserviert hatten.

Das Problem war: Justine war sich ganz und gar nicht sicher, was passieren würde, wenn sie sich nicht länger an ihrer Wut festhielt. Sie wollte Jason gegenüber nicht weich werden. Und sie wollte sein Handeln nicht im Zusammenhang betrachten. Liebe war kein mildernder Umstand. Sie musste sich ausschließlich auf das konzentrieren, *was* er getan hatte, und die Augen davor verschließen, *warum* er es getan hatte. Deshalb hatte sie Zoë so wenig wie möglich darüber erzählt, was geschehen war, denn Zoë glaubte absolut an die Bedeutung des Kontextes. Und an die Liebe.

Als Justine gerade dabei war, Bettwäsche und Handtücher zu waschen, rief Priscilla an, die bis zu diesem Augenblick auf keine ihrer wütenden Mitteilungen auf der Mobilbox geantwortet hatte.

Auf diesen Anruf hatte Justine gewartet. Nächtelang hatte sie wachgelegen und sich wieder und wieder ausgemalt, wie sie Priscilla zur Schnecke machen wollte. Aber als sie jetzt ans Telefon ging, stellte sie wütend fest, dass sie nicht mehr herausbrachte als ein ersticktes Hallo. All die zornigen Anklagen hatten sich so ineinander verheddert, dass sie keine einzige vorbringen konnte.

„Jason hat keine Ahnung, dass ich anrufe“, erklärte Priscilla. „Er würde mich umbringen, wenn er es wüsste.“

„Wo ist mein Zauberbuch?“, fragte Justine gepresst.

„Jason hat es. Er passt sehr gut darauf auf. Ende der Woche wird er es dir zurückbringen.“

„Wo steckt er jetzt?“

„Auf einer Konferenz in San Diego. Eines dieser großen Gaming-Festivals. Er richtet dort eine Wohltätigkeitsgala aus und …“

„Du bist bei ihm?“

„Nein. Er ist vorgestern Abend in Little Rock geblieben und gestern nach Kalifornien abgereist.“

„Little Rock?“, fragte Justine verblüfft zurück. „In Arkansas?“

„Meine Granny und meine Großtante sind praktizierende Hexen“, erwiderte Priscilla kleinlaut. „Sie haben geholfen, einen Zauber für Jason zu finden.“

„Und dafür mein Triodecad benutzt“, gab Justine scharf zurück. „Wirklich toll. Welchen Zauber habt ihr verwendet?“

„Langlebigkeit.“

Justines Zorn fiel wie ein Stein und verschwand in einem Sumpf aus finsterstem Trübsinn. Sie schloss die Augen und lehnte sich an den Wäschetrockner. Vielleicht konnte seine Wärme ihr ja Trost spenden. Bevor sie sprechen konnte, musste sie ein paarmal tief durchatmen. „Ihr habt hohe Magie benutzt?“

Priscilla antwortete vorsichtig. „Granny meint, es habe gewirkt. Also gibt es keinen Grund zur Sorge. Du bekommst dein Buch wieder und dann …“

„Es gibt genau zwei Gründe zur Sorge“, fiel Justine ihr scharf ins Wort. „Zum einen, dass ihr den Zauber eventuell *nicht* richtig gewirkt habt. Und zum anderen, *dass* ihr ihn richtig gewirkt habt.“

„Ich verstehe nicht.“

„Lass es mich so sagen: Dass man etwas tun kann, heißt noch lange nicht, dass man es auch tun sollte. Niemand weiß genau, was ihr da in Gang gebracht habt. Das finden wir erst heraus, wenn es zu spät ist. Und wenn ihr den Zauber richtig gewirkt habt ... Jason wird später dafür bezahlen. Übernatürliche Langlebigkeit ist ein *Fluch*, Priscilla. Etwas, was du deinem ärgsten Feind nicht wünschen würdest. Es gibt keine Garantie gegen Krankheit, Altersdemenz oder eins der anderen schrecklichen Dinge, die einem menschlichen Körper widerfahren können. Die einzige Garantie, die dieser Zauber bietet, ist: Du wirst leben. Und leben und leben und leben, bis du alles tun würdest, um deiner Qual ein Ende zu setzen." Ihr schnürte es die Kehle zusammen. „Das alles habe ich Jason bereits gesagt. Dieser störrische Vollidiot!"

„Er hat das getan, weil er dich liebt", platzte Priscilla heraus.

„Verschon mich mit diesem Blödsinn. Er hätte es so oder so getan – aus eigenen selbstsüchtigen Gründen."

„Er liebt dich", beharrte Priscilla.

„Warum glaubst du das?", fragte Justine sarkastisch. „Weil er es gesagt hat?"

„Weil es die Wahrheit ist. Jeder weiß, dass du sein Tod bist. Der Langlebigkeitszauber kommt auf Dauer nicht gegen den Fluch der Hexe an. Aber das ist Jason egal. Er will nur eins: sich mehr Zeit mit dir erkaufen." Frustriert stieß sie den Atem aus. „Mein Daddy ist sehr jung gestorben. So wie deiner. Die Leute haben ihn gewarnt, meine Mama zu heiraten. Sie haben ihm geraten, so weit und so schnell wie möglich wegzulaufen, damit ihn der Fluch nicht trifft. Ich habe mich immer gefragt, warum er nicht darauf gehört hat. Ich konnte nicht verstehen, wie ein Mann so verliebt sein kann, dass er lieber stirbt, als ohne seine Liebe zu leben. Tja, jetzt sehe ich selbst, wie so etwas läuft. Jason ist nicht zu retten. Er hat etwas gefunden, wonach er sich noch mehr sehnt als nach einer Seele, und das bist du. Wenn du ihn abweist, wird er auf dich warten."

„Da kann er warten, bis er schwarz wird", fauchte Justine.

„Das habe ich ihm bereits gesagt."

„Und was hat er darauf geantwortet?"

„‚Dann liebe ich sie eben, indem ich warte'."

Justine wurde still und ballte die Hand, die auf dem warmen Gehäuse des Wäschetrockners lag, zur Faust.

„Ich bete zur Göttin, dass mich nie ein Mann so begehrt", fuhr Priscilla leidenschaftlich fort. „Und es tut mir leid, welche Rolle ich in dieser Geschichte gespielt habe. Aber deshalb rufe ich nicht an. Ich wollte dir nur sagen, wo Jason ist – für den Fall, dass du keine Zeit verlieren möchtest. Denn selbst, wenn der Zauber funktioniert ... euch bleibt keine Ewigkeit."

„Nun hör endlich auf, dir Sorgen zu machen", meinte Zoë fröhlich und räumte sorgfältig zusammengelegte Kleidung in den offenen Koffer auf Justines Bett. Sie hatte sich nicht einfach nur bereit erklärt, für Justine einzuspringen, als diese darum bat. Nein, sie hatte total begeistert reagiert und sogar darauf bestanden, ihr beim Packen für die Reise nach San Diego zu helfen.

„Nitas Schwester wird beim Putzen aushelfen", fuhr Zoë fort, „und Annette kommt ein bisschen früher, um morgens beim Frühstück mitzuarbeiten. Außerdem sind nur ein paar Zimmer belegt. Also bleib ruhig übers ganze Wochenende."

„Ihr wollt mich alle nur loswerden", murrte Justine.

Zoë lächelte. „Das hast du dir redlich verdient. Keine von uns kann sich erinnern, wann du das letzte Mal ein romantisches Wochenende mit einem Mann verbracht hast."

„Das wird kein romantisches Wochenende. Ich fliege dorthin, um mir mein Zauberbuch von Jason zurückzuholen. Und dann werde ich ihn anbrüllen und in meinem eigenen Zimmer bleiben. Es gibt nur einen Grund, warum ich nicht am selben Tag noch zurückfliege: Alle Rückflüge sind ausgebucht."

„Für den Fall der Fälle nimm trotzdem etwas Passendes zum Anziehen mit. Und etwas Raffiniertes fürs Abendessen." Damit zog Zoë ein kleines Schwarzes aus dem Schrank. „Das hier ist genau das Richtige."

„Ich habe nicht die Absicht, mich zum Abendessen herauszuputzen. Lieber esse ich einen Hamburger auf meinem Hotelzimmer. Da kannst du sicher sein."

„Wo sind deine Riemchensandalen?“

Angesichts von Zoës überschäumender Begeisterung zog Justine eine finstere Miene. „Hinten im Schrank.“

„Wie sieht es mit einer Kette aus?“

„Ich habe keine, die zu dem Kleid passt.“

„Dann nimm das hier. Das passt hervorragend.“ Damit löste Zoë die antike Kristallbrosche, die sie an ihrem Pullover trug, und steckte sie am Ausschnitt des Kleides fest.

„Zoë, das ist wahnsinnig lieb von dir, aber völlig überflüssig. Ich werde weder mit Jason noch mit einem anderen essen gehen.“

Zoë legte sorgfältig das Kleid zusammen. „Man kann nie wissen.“

„Jason weiß nicht einmal, dass ich komme. Ich fliege nur hin, um ihm Lebewohl zu sagen, und dann komme ich zurück, um mein Leben der stillen Verzweiflung wieder aufzunehmen. Ich hatte ja keine Ahnung, wie gut es mir ging.“

„Warum musst du ihm in San Diego Lebewohl sagen?“, fragte Zoë sanft. „Du könntest ihm eine Nachricht auf seiner Mobilbox hinterlassen. Oder ihm eine SMS schicken.“

„Man kann niemandem per SMS Lebewohl sagen“, gab Justine empört zurück. „Das muss man schon persönlich erledigen.“

„Und in Riemchensandalen“, fügte Zoë mit Genugtuung hinzu und ließ die Schuhe in den Koffer fallen.

Das Hotel del Coronado hatte schon unmittelbar nach seiner Fertigstellung im neunzehnten Jahrhundert Kultstatus erlangt. Trotz der immensen Ausmaße des hölzernen viktorianischen Strandhotels verliehen ihm die weiß gestrichenen Veranden, Pavillons und terrassierten Kolonnaden etwas Leichtes, Luftiges. Justine war noch nie im Del gewesen, wie es von den Einwohnern San Diegos genannt wurde, aber sie hatte während ihres Hotelfachstudiums davon gelesen.

Unzählige Berühmtheiten waren im Laufe seiner Geschichte hier abgestiegen, darunter Hollywoodgrößen wie Rudolph

Valentino, Charlie Chaplin und Greta Garbo, US-Präsidenten, ausländische Könige und legendäre Persönlichkeiten wie Thomas Edison und der Baseballspieler George Herman „Babe" Ruth. Sogar einen Spuk gab es dort angeblich, nachdem eine allein reisende junge Frau im Jahre 1890 in ihrem Zimmer tot aufgefunden worden war. Seither berichteten etliche Gäste von unheimlichen Vorgängen in eben diesem Zimmer.

Als sie die üppige Lobby mit der hohen Kassettendecke, den rot-golden gemusterten Teppichen und den glänzenden dunklen Holztäfelungen betrat, bedauerte Justine ganz kurz ihre legere Aufmachung. Obwohl fast alle, die sich in der Lobby aufhielten, genau wie sie Jeans trugen, schrie der Ort förmlich nach piekfeiner Kleidung.

Sie reihte sich in die Schlange ein, die sich am Reservierungsschalter gebildet hatte, und stellte ihre Reisetasche neben sich ab. Priscilla hatte ihr Jasons Zimmernummer und seinen Terminplan gegeben. Das Gaming-Festival fand in einem anderen Hotel statt, sodass Jason zurzeit vermutlich nicht im Haus war. Aber wenn er zurückkam, würde sie ihm ganz genau sagen, was sie von ihm hielt. Was für ein mieser Typ er doch war, weil er ihr das Triodecad gestohlen hatte, und wie dumm sie gewesen war, mit ihm zu schlafen, ihm zu vertrauen …

Ihre Gedanken wurden jäh unterbrochen, als ihr ein Gefühl von Wärme über den Rücken lief. Sie schaute sich verstohlen um. Die anderen, die mit ihr in der Schlange warteten, hatten offenbar nichts bemerkt. Die Leute in den Sitzecken lachten und plauderten, als wäre nichts geschehen.

Eine kleine Gruppe von Männern hatte den altmodischen Aufzug verlassen und durchquerte ohne Eile die Lobby. In eine Unterhaltung vertieft, blieben sie neben dem großen runden Tisch stehen, auf dem das gewaltigste Blumenarrangement thronte, das Justine jemals gesehen hatte. Einer der Männer wirkte besonders attraktiv und niveauvoll in seinem schmal geschnittenen dunklen Anzug. Er hatte eine Ausstrahlung, die beinah – aber nicht ganz – die Grenze zwischen Selbstvertrauen und Überheblichkeit überschritt. Die schwarzen Haare hatte er offenbar sorgfältig gekämmt, sie fielen ihm aber trotzdem schon wieder lässig in die Stirn. Sofort wusste sie wieder, wie sich diese Haare unter ihren Händen, dieser Mund auf ihren Lippen angefühlt hatten.

Hastig wandte Justine sich ab und zog den Kopf ein. Sie war entsetzt, wie sehr sie es genoss, auch nur in einem Raum mit Jason zu sein. Ihr Herz schlug in rasendem Takt. Sie konzentrierte sich darauf, still zu stehen, obwohl ihre Muskeln sich unwillkürlich anspannten, um zu rennen – wobei sie sich keineswegs sicher war, ob zu ihm hin oder vor ihm davon.

Vielleicht schaute er sie an ... sie meinte, seinen Blick zu spüren. Aber die Lobby war voller Leute, und Jason erwartete sie nicht hier. Deshalb war es unwahrscheinlich, dass er sie entdeckte. Nach einem Moment riskierte sie einen vorsichtigen Blick auf die Gruppe. Die Männer waren fort.

Die Schlange bewegte sich vorwärts, und Justine bückte sich, um ihre Tasche vom Boden zu nehmen.

Ein Paar glänzender schwarzer Schnürschuhe trat in ihr Blickfeld. Langsam richtete sie sich wieder auf, und ihr Herz schlug bis zum Hals. Sie schaute zu dem Mann hoch, der vor ihr stand. In ihrem Kopf herrschte ein heilloses Durcheinander aus Verlangen und unendlicher Traurigkeit.

Jason sprach in beiläufigem Ton, aber sein Blick streichelte sie. „Du kriegst hier kein Zimmer. Das Hotel ist ausgebucht."

Ihre Kehle war wie zugeschnürt, und sie musste schlucken, bevor sie antworten konnte. „Ich habe eine Reservierung."

Er nahm ihr die Reisetasche aus den tauben Fingern. „Sie wurde widerrufen. Du kannst in meinem Zimmer schlafen."

Zwischen ihnen sprühten so offensichtlich die Funken, dass jeder um sie herum es bemerken musste. Ein paar Blicke folgten ihnen, teils neugierig, teils neidisch.

Jason führte Justine in einen abgetrennten Bereich hinter einem Pflanzkübel mit einem riesigen Ficus. Hier waren sie ungestört. Er stellte ihre Tasche und seine Aktenmappe ab, dann musterte er sie eingehend. „Warum bist du in San Diego?" Bevor sie antworten konnte, fügte er hinzu: „Versteh mich nicht falsch. Ich beklage mich nicht. Ich bin überglücklich, dich hier zu haben."

„Du hast mich nicht hier", wiederholte sie seine Formulierung kalt. „Ich bin gekommen, um mir das Triodecad zurückzuholen."

„Ich wollte es dir übermorgen bringen."

„So lange konnte ich nicht warten."

„Auf das Zauberbuch?", wollte er wissen. „Oder auf mich?"

Sie hatte schon im Voraus entschieden, dass sie unter keinen Umständen mit ihm flirten, ihn anlächeln oder seinem Charme erliegen würde. „Ich will mein Buch zurück."

Wortlos hob Jason seine schwarze Lederaktenmappe auf und reichte sie ihr.

„Du trägst es die ganze Zeit mit dir herum?", fragte sie verdutzt.

Jason lächelte schwach. „Als wäre es der Atomkoffer."

Sie wandte sich von ihm ab, öffnete die Aktenmappe, schaute hinein und lüftete einen Zipfel des Leinentuchs. Ein Seufzer der Erleichterung entschlüpfte ihr, als sie den vertrauten Einband des Zauberbuchs sah.

Jason trat dicht hinter sie, senkte den Kopf und streifte mit den Lippen ganz leicht ihren Hals.

Ein lustvoller Schauder durchlief sie. „Ich werde dir trotzdem den Arsch versohlen."

„Oh ja, tu das", sagte er, und gleich darauf spürte sie ihn sanft an ihrem Hals knabbern. „Mit beiden Händen."

Kochend vor Wut drehte Justine sich zu ihm um. „Du hast mich angelogen."

„Eigentlich nicht."

„Blödsinn. Wenn du nicht gelogen hast, dann war es zumindest nur die halbe Wahrheit."

„Es war meine einzige Chance, mit dir zusammen zu sein."

„Und der Zweck heiligt die Mittel?", fragte sie in ätzendem Ton. „Dabei kannst du nicht mal den Zweck rechtfertigen."

Jason musterte sie, äußerlich ruhig und gelassen. Aber sie spürte den heftigen Gefühlsaufruhr unter der Oberfläche. „Genau deshalb hast du dich von der Ges befreit", sagte er. „Du wolltest Liebe. Jetzt hast du sie. Ich liebe dich so sehr, dass es mindestens für ein Dutzend Leute reichen würde. Vielleicht gibt es tatsächlich etwas, das ich nicht täte, um dich zu bekommen – irgendeine Regel, irgendein Gesetz, das nicht einmal ich zu brechen bereit wäre –, aber mir fällt beim besten Willen nichts ein. Ich weiß, ich bin nicht vollkommen. Aber wenn du …"

„Du bist das Gegenteil von vollkommen." Justine drückte die Aktenmappe an sich, ihr Blick war traurig. „Und ich wollte nicht diese Art von Liebe. Ich wollte nicht, dass Menschen zu Schaden kommen, alles Mögliche schiefgeht und man schließlich nicht mal mehr sicher weiß, wer man eigentlich ist."

Jason hatte nicht das Recht, sie so verständnisvoll anzusehen, befand Justine verzweifelt. Schließlich war er doch der Grund für ihren Kummer. Er griff nach ihrer Hand, hielt sie warm und fest in seiner eigenen. „Lass uns irgendwo hingehen, Liebste. Ich fühle mich nicht wohl dabei, mich in einer Hotellobby hinter einer Zimmerpflanze über meine tiefsten Gefühle auszulassen." Mit seiner freien Hand griff er nach Justines Reisetasche und zog sie zum Empfangstresen.

Als der Hotelportier sie näherkommen sah, trat er hinter seinem Tresen hervor. Er strahlte Selbstbewusstsein und große Menschenkenntnis aus, wie es sich für den Portier eines Weltklassehotels geziemte. Justine dachte daran, dass sie mal gehört hatte, ein wirklich guter Portier sei sowohl Merlin als auch Houdini und könne nahezu jedes Problem in Lichtgeschwindigkeit lösen. Worum es auch immer gehe, um den Ersatz einer verlorenen Zahnbürste oder die Charter eines privaten Jets. Es gebe nur ein Wort, das ein gut ausgebildeter Portier selten, wenn überhaupt, zu einem Hotelgast sagen würde, nämlich „Nein".

„Guten Tag, Mr Black. Kann ich Ihnen irgendwie behilflich sein?", fragte er freundlich.

„Ja, vielen Dank. Wie es aussieht, brauche ich ein anderes Zimmer."

„Aber natürlich. Darf ich fragen, ob es mit Ihrem jetzigen Zimmer ein Problem gibt?"

„Nein, es ist wunderbar. Aber ich brauche etwas mehr Platz und würde gern in eine der Strandvillen umziehen."

„Wir brauchen keine Strandvilla", warf Justine hastig ein.

Jason ignorierte sie. „Eine möglichst abgeschiedene", fügte er hinzu.

„Wenn ich mich nicht irre, ist eine direkt neben dem Saphir-Pool frei. Sehr abgeschieden. Eine Kingsize-Villa mit einem Schlafzimmer, eigener Terrasse, offener Feuerstelle, Whirlpool und einer Pforte zum Strand."

„Das klingt teuer …", begann Justine

„Die nehmen wir", fiel Jason ihr ins Wort und reichte dem Portier Justines Reisetasche. „Sorgen Sie bitte dafür, dass diese Tasche dorthin gebracht wird und meine Sachen ebenfalls."

„Geben Sie uns eine halbe bis Dreiviertelstunde", sagte der Portier. „Wir fertigen Ihnen neue Schlüsselkarten an und richten die Villa her. Möchten Sie auf einer der Außenterrassen Platz nehmen, während Sie warten? Darf ich Ihnen eine Flasche Wein und ein paar Erfrischungen bringen lassen?"

Jason schaute Justine fragend an. „Was hältst du davon?"

„Oh … du fragst mich etwas?" Ihre Stimme klang zuckersüß. „Du willst meine Meinung hören? Es interessiert dich, was ich gern hätte?"

Der Portier ließ keinen Moment seine höfliche Maske fallen, als Jason sich wieder an ihn wandte. „Ich denke, wir machen einen kleinen Spaziergang an der Strandpromenade. Rufen Sie mich kurz an, wenn die Strandvilla fertig ist. Ach ja, streichen Sie bitte die Zimmerreservierung für meine Freundin. Sie wird bei mir wohnen."

„Ja, Sir." Mit einem erwartungsvollen Lächeln wandte der Portier sich an Justine. „Darf ich fragen, auf welchen Namen Sie reserviert haben?"

„Justine Hoffman", murmelte sie.

„Miss Hoffman, willkommen im Del. Wir tun unser Bestes, um Ihnen den Aufenthalt so angenehm wie möglich zu machen."

Justine begleitete Jason durch die Lobby des viktorianischen Hauptgebäudes. Als sie sich dem Zugang zur großen Gartenterrasse näherten, erkannte ein Page in Uniform mit roter Weste und schwarzem Bowler Jason. „Mr Black. Brauchen Sie den bestellten Wagen jetzt?"

„Im Augenblick nicht, danke."

„Einen schönen Tag noch, Sir."

Während sie weiter durch die Lobby gingen, schaute Justine stirnrunzelnd zu Jason hoch. „Ich bin *nicht* beeindruckt, wie die Leute dir in den Hintern kriechen."

„Oh doch, das bist du. Selbst ich bin es. Komm, lass mich die Aktenmappe tragen."

„Ich bleibe nur eine Nacht", sagte sie und reichte ihm die Mappe. „Morgen früh reise ich wieder ab."

„Bleib doch übers Wochenende", bat er sie.

„Tut mir leid, kann ich nicht."

„Du hast mir immer noch nicht verziehen, dass ich mir das Zauberbuch geliehen habe", stellte er fest.

„Du hast meinen wertvollsten Besitz einfach genommen, ohne mich zu fragen. Als ich sah, dass es fort ist, blieb mir fast das Herz stehen. Das hat mich zehn Jahre meines Lebens gekostet."

„Sag mir, wie ich das wiedergutmachen kann."

„Gar nicht."

„Ich engagiere einen Himmelsschreiber, um eine Entschuldigung an den Himmel von San Diego zu schreiben. Ich besuche mit dir das Taj Mahal. Ich gründe einen Wohltätigkeitsverein für streunende Katzen."

Sie warf ihm einen verächtlichen Blick zu.

„Du liebst Bücher", fuhr Jason unbeeindruckt fort. „Wusstest du, dass L. Frank Baum hier im Del das Buch *Der Zauberer von Oz* geschrieben hat?"

„Ja, das wusste ich. Wieso?"

„Zurzeit gibt es eine Ausstellung von Erinnerungsstücken zu dem Buch in der Lobby. Dazu gehört auch ein Exemplar der Erstausgabe, das vom Autor und der kompletten Besetzung der Verfilmung von 1939 signiert wurde."

„Oh, super. Die muss ich mir unbedingt ansehen. Aber warum …"

„Ich kaufe es dir als Souvenir."

Sie blieb wie angewurzelt stehen, sodass auch er anhalten musste. Hatte er ihr wirklich gerade so ein ungeheuerliches Angebot gemacht? „Das ist kein Souvenir. T-Shirts oder Schneekugeln sind Souvenirs."

„Du brauchst doch was zu lesen auf dem Rückflug."

„Aber so ein Buch … das kostet ein Vermögen", sagte sie und fügte zutiefst beleidigt hinzu: „Wie oft muss ich dir noch sagen, dass ich nicht käuflich bin? … Die ganze Filmbesetzung?"

„Einschließlich Toto." Ihr Gesichtsausdruck machte ihn mutig. „Sein niedlicher kleiner Pfotenabdruck ist innen auf der Umschlagseite."

War je eine Frau einer solchen Versuchung ausgesetzt? „Ich will das Buch nicht", zwang Justine sich zu sagen. „Nicht einmal, wenn du noch Dorothys rote Schuhe drauflegtest."

„Und wenn ich dich heute Abend zum Essen einlade? Ein Tisch am Meer, wir zwei mit Blick auf den Sonnenuntergang?"

Justine wollte ihm weiter die kalte Schulter zeigen. Aber sie war auch hungrig und müde, und die Aussicht auf ein gutes Essen mit Blick auf den Ozean war zu verlockend, um ihr zu widerstehen.

„Das könnte nett sein", stimmte sie widerwillig zu. „Aber selbst wenn ich mit dir esse, heißt das nicht, dass ich dir vergeben habe."

„Wenigstens ein ganz kleines bisschen?"

„Vielleicht ein ganz klitzekleines, mit wissenschaftlichen Methoden kaum messbares bisschen."

„Das ist ein Anfang." Jason angelte sein Handy aus der Innentasche seiner Anzugjacke. „Ich reserviere uns einen Tisch."

„Du ganz allein?", fragte Justine in spöttischer Ehrfurcht. „Lässt du das nicht von einem deiner Lakaien erledigen?"

Er grinste belustigt und wählte eine Nummer.

„Warte", sagte sie, weil ihr sein Terminplan wieder einfiel. „Du hast heute Abend schon etwas vor."

„Ich habe gar nichts vor."

„Für heute Abend ist ein Essen mit ein paar Typen aus dem Bereich Computersimulation geplant."

Jason hob den Blick von seinem Handy. „Woher weißt du das?"

„Priscilla hat mir deinen Terminplan gegeben."

Wütend funkelte er sein Handy an. „Was für ein ungezogener Lakai", murmelte er.

„Das macht doch nichts. Ich setze mich einfach in den Whirlpool und entspanne mich, während du zu deinem Geschäftsessen gehst." Justine hielt kurz inne. „Ich hoffe, es ist nicht verboten, das nackt zu tun", meinte sie nachdenklich. „Ich habe nämlich keinen Badeanzug mit."

Sie hörte, wie ihm der Atem stockte. „Ich sage das Essen ab."

„In letzter Minute?"

„Ich sage andauernd irgendwelche Termine zum Essen ab", erläuterte er. „Schwer erreichbar zu sein gehört zu meinem besonderen Charme."

Unwillkürlich lächelte sie. „Schwer erreichbar – das passt wirklich gut." Als sie die Strandpromenade erreichten, blieben sie stehen, um die Aussicht zu genießen. Den breiten flachen Strand, der wegen des hohen Glimmergehalts im Sand silbern schimmerte, das Wasser, das überraschend blau glitzerte. „Kein Wunder, dass L. Frank Baum solch ein tolles Buch geschrieben hat, als er hier war", seufzte Justine. „Die Aussicht hat etwas Magisches, findest du nicht?"

„Ja." Aber Jason schaute gar nicht zum Strand, sondern sah sie an. „Hast du den *Zauberer von Oz* jemals gelesen?"

„Natürlich, als Kind. Und du?"

„Nein, aber ich habe den Film mindestens ein halbes Dutzend

Mal gesehen." Sanft strich er ihr die Haare aus dem Gesicht, als eine Brise die losen Locken erfasste. „Übrigens: Ich habe immer der Hexe die Daumen gedrückt."

Die Strandvilla war gediegen und luxuriös ausgestattet mit Hartholzböden, großzügigen Fensterfronten und sehr bequemen Möbeln. Helle neutrale Farben verliehen ihr ein junges, offenes Ambiente, und aus jedem Zimmer konnte man den Himmel und das Meer sehen. Es gab eine komplett ausgestattete Küche, ein Esszimmer und ein Wohnzimmer mit Kamin und Flachbildfernseher. Das riesige Bett im Schlafzimmer war mit feinster Leinenwäsche bezogen. Eine gewaltige Marmorwanne beherrschte das angrenzende Bad, das zusätzlich über eine gläserne Duschkabine verfügte. Nachdem sie jedes Zimmer der eleganten Villa inspiziert hatte, ging Justine zurück in den Hauptraum.

Jason hatte sein Jackett ausgezogen und über eine Stuhllehne gehängt. Sie hatte ihn in einem Moment erwischt, in dem er sich unbeobachtet glaubte, und so konnte sie sehen, dass er müde war. Er wirkte ein bisschen weniger makellos als sonst. Irgendwie erschien er ihr dadurch noch attraktiver, menschlicher, ein Mann mit Fehlern und Bedürfnissen.

„Du wolltest Liebe", hatte er ihr in der Hotellobby gesagt. *„Jetzt hast du sie."*

Und ganz gleich, wie wütend und verletzt sie war – sie wusste doch, dass das der Wahrheit entsprach.

Außerdem klangen in ihr immer noch Priscillas Worte nach: *„Selbst wenn der Zauber funktioniert … euch bleibt keine Ewigkeit."*

Konnte sie es sich wirklich leisten, auch nur einen Augenblick dieser Liebe zu vergeuden? Konnte das überhaupt jemand?

Jason blickte auf, als sie näherkam, und setzte sofort wieder seine selbstbeherrschte Maske auf. „Gefällt dir die Hütte?", fragte er. „Denn wenn nicht …" Er brach ab, blinzelte nur überrascht, als Justine bedächtig ihr T-Shirt auszog und aufs Sofa warf. Sein Blick blieb an ihrem schlanken Körper hängen, jetzt nur noch mit einem weißen BH und Jeans bekleidet. „Justine“, stotterte er, „ich möchte klarstellen, dass du nicht verpflichtet bist … ich meine, du musst nicht …“

„Versuchst du mir zu sagen, dass ich für Kost und Logis nicht mit dir schlafen muss?“

„Richtig.“ Er rührte sich nicht, als sie nach seiner Krawatte griff und mit geschickten Fingern den Seidenknoten löste.

Sie warf die Krawatte beiseite. „Als du meine Reservierung annulliert und darauf bestanden hast, dass ich mit dir in dieser *Hütte* logiere, lauerte also nicht der leiseste Gedanke an Sex in deinem Hinterkopf?“

„Von Lauern kann keine Rede sein“, antwortete Jason. Sein Atem geriet ins Stocken, als sie sein Hemd aufzuknöpfen begann. „Der Gedanke galoppiert wie eine ganze Herde Pferde durch meinen Kopf. Aber trotzdem musst du nicht mit mir schlafen.“

Justine ließ sein Hemd offenstehen und streifte die Träger ihres BHs ab. Sie griff nach den Häkchen am Rücken und streckte bei dieser Bewegung unwillkürlich ihre Brüste vor. „Wenn ich dich also bitten würde, heute Nacht auf dem Sofa zu schlafen, wäre dir das recht?“

„Ja.“

Sie ließ den BH zu Boden fallen. Dann reckte sie sich, stellte sich auf die Zehenspitzen und schob ihre Hand in seinen verspannten Nacken. „Das bezweifle ich“, flüsterte sie und küsste ihn leicht auf die Wange. „Aber du sammelst Pluspunkte für den Versuch, dich als Ehrenmann zu erweisen.“ Die vertraute Wärme und der Geruch seiner Haut gaben ihr den Rest. Jeder Hauch von Traurigkeit floh vor der überschäumenden Erleichterung, die sie ergriff und so schwindlig machte, dass sie sich wie betrunken fühlte.

Jason senkte seinen Mund auf ihre Lippen und küsste sie voller Genuss und Begierde. Seine langen Finger wanderten über ihr Gesicht – Kiefer, Wangen, Nase, Stirn –, als müsste er jedes Detail, jede Kurve ertasten und tief in sein Gedächtnis eingraben. Der Kuss veränderte sich, wurde tief und heißhungrig, bis sie beide keuchten und sich fieberhaft gegenseitig die Kleider vom Leibe rissen.

Schon bald zog sich eine Spur achtlos fallen gelassener Kleidungsstücke bis ins Schlafzimmer. Als sie vor dem Bett standen, drückte Jason Justine fest an sich und umfasste ihre Brust, fuhr mit den Fingern über die üppige Fülle und reizte mit Daumen und Zeigefinger sanft ihre Brustwarze, bis sie hart und tiefrosa war. Er beugte sich vor, um sie mit seiner Zunge zu streicheln. Atemlos taumelte Justine, doch er hielt sie fest, stützte sie und ließ sie sanft auf die kühlen weißen Laken des Bettes sinken.

Die Welt außerhalb dieses ruhigen Zimmers hörte auf zu existieren. Die Fensterläden waren geschlossen, nur durch die Ritzen der Lamellen sickerte gedämpftes Licht. Es gab nichts mehr, keine Erde, die sich um sich selbst drehte, keinen tiefen blauen Ozean, keinen gebrochenen Zauber, kein von unfreundlichen Sternen gelenktes Schicksal. Nur noch diesen Mann. Ihren Liebhaber, ihren Zauberer, der ihr Herz mit unsichtbaren Seilen fesselte.

Er drückte sie nieder und beugte sich über ihre Brüste, küsste die geschwollenen Brustwarzen. Die Lust breitete sich in pulsierenden Blitzen von ihren Brüsten zu ihren Lenden aus. Er schob seine Hand zwischen ihre Schenkel, glitt mit einem Finger in sie hinein, ließ den Daumen leicht auf der empfindsamen Knospe ruhen. In langsamen, aufreizenden Kreisen begann er, sie zu massieren, innen wie außen. Wollust stieg in ihr auf, gewann an Dynamik. *Noch nicht.* Sie riss sich los und beugte sich über seinen Schoß, nahm ihn in den Mund und ließ die Zunge um die feste seidige Spitze kreisen. Sein Geschmack erregte sie aufs heftigste, dieser Hauch salziger Frische, die an das Meer erinnerte.

Für kurze Zeit wurde Jason still. Seine Augen schlossen sich, seine Hände ballten sich zu Fäusten, als würde er gefoltert. Dann bewegte er sich, um sie zu stoppen, zog ihren Kopf mit unsicheren Händen fort.

Behutsam schob er sie von sich und dirigierte ihre Bewegungen, bis sie auf den kühlen Laken kniete und sich auf die

Unterarme stützte. Langsam und genussvoll ließ er seine Handflächen über die straffen Konturen ihres Körpers gleiten. Sie spürte, wie er seine muskulösen Beine zwischen ihre Schenkel schob und sie weit spreizte. Als seine intime Härte sie berührte und sie den deutlichen Stoß spürte, zuckte sie zusammen. Stöhnend packte sie die Laken und wartete, blind ergeben. Ohne jede Anstrengung hob er ihre Hüften, als wäre sie eine Katze, die sich reckte.

Ihr Atem ging im Gleichtakt, Herzen und Lungen sammelten Kraft für das, was kommen würde. Ohne Vorwarnung stieß er tief und fordernd in sie hinein. Sie wand sich, drückte sich rücklings gegen ihn, während ihr Innerstes sich reflexartig um den hartnäckigen Druck spannte. Er gab einen unbarmherzigen Takt vor, jede seiner Bewegungen aufgeraut von reinem Verlangen. Ihre innere Muskulatur zog sich zusammen und lockerte sich wieder in den widerstreitenden Spannungen von Genuss und dem Verlangen nach mehr. Noch ein harter Stoß, noch einer, tiefer und immer tiefer, bis es keinen Punkt mehr in ihr gab, den er noch nicht erreicht hatte.

Zu viel Lust. Ihr Gesicht brannte. Sie war so nah dran, nur noch ein paar Herzschläge entfernt.

„Jason, bitte …“ Mit einem wimmernden Laut brach sie ab, als er mit den Händen ihr Gesäß packte und seine Hüften rotieren ließ, damit sie ihn noch intensiver spürte.

„Sag mir“, flüsterte er undeutlich, „sag mir, was du brauchst.“

Keuchend stieß sie die Worte aus. Er hatte ihr Herz geöffnet, und endlich konnte sie es sagen: „Liebe mich. Ich brauche deine Liebe.“

Sie spürte seine Reaktion, den tiefen Schauder, den heißen Stoß in ihr. Mit rauer Stimme antwortete er ihr, sagte nur zwei kleine Worte. Über sie gebeugt murmelte er Liebkosungen, drückte ihre Hüften noch fester an sich. Seine Hand fasste nach ihren Schenkeln, streichelte sie als Kontrapunkt zu seinen tiefen Stößen. Der Höhepunkt überfiel sie mit voller Wucht, verbrannte und blendete sie.

Das Gesicht tief in die Kissen gedrückt, stieß sie unverständliche Laute der Lust aus, während ihre inneren Muskeln ihn massierten und drängten. Er trieb sich noch tiefer in sie hinein und verharrte, rührte sich nicht, ja, hielt sogar den Atem an, und dann durchtoste ihn sein eigener Höhepunkt.

Als sie hinterher erschöpft und befriedigt beieinander lagen, wurde Justine klar, was er in jenem ultimativen Augenblick gesagt hatte.

Für immer.

22. KAPITEL

Da sie beide keine Lust hatten, das Bett zu verlassen, sagte Jason ihre Tischreservierung im Restaurant ab. Anschließend betrachtete er geraume Zeit Justines schlanken Körper. Sie lag lang ausgestreckt auf dem Bauch, das Laken lose um ihre schmale Hüfte gewickelt. „Deine Haut ist so schön – wie weiße Veilchen.“ Mit den Fingerspitzen strich er an ihrer Wirbelsäule entlang und bewunderte dabei die makellose Blässe ihres Rückens. Sie errötete schnell, und die Male ihrer Liebesspiele hielten lange vor. Er fand eine feine gerötete Stelle auf ihrer Schulter, eine weitere seitlich an ihrer Brust. „Immer wenn wir uns geliebt haben“, sagte er, „treten überall diese süßen kleinen rosigen Flecken auf, vor allem auf deinem …“

„Bring mich nicht in Verlegenheit“, wehrte sie ab und vergrub ihr Gesicht im Kissen.

Jason beugte sich über sie, bedeckte jeden geröteten Fleck, den er finden konnte, mit Küssen und streichelte sie mit dem Stolz des Eroberers. „Wenn wir uns geliebt haben …“, sinnierte er laut. „So habe ich das noch nie genannt. Das war mir immer zu altmodisch. Aber bei dir klingen alle anderen Bezeichnungen irgendwie falsch.“

Gedämpft ließ sich ihre Stimme aus den Tiefen des Kopfkissens vernehmen. „Glaub mir, an dem, wie du das tust, ist absolut nichts Altmodisches.“

Jason lächelte und zog eine Spur von Küssen ihre Wirbelsäule entlang. „Hast du Hunger?“

Sie hob den Kopf. „Bärenhunger.“

„Wir könnten einen der Spitzenköche des Hotels kommen lassen, damit er uns hier etwas zu essen macht.“

„Wirklich?“ Justine dachte kurz darüber nach. „Aber dann müsste ich mir etwas überziehen.“

„Nein, schon gut. Der Zimmerservice tut es auch.“ Er stand auf, suchte die ledergebundene Speisekarte im Esszimmer und brachte sie zu Justine ans Bett. „Bestell etwas aus jeder Kategorie“, sagte er. „Ich hatte kein Mittagessen.“

„Ich auch nicht.“ Sie überflog die Speisekarte mit sichtlichem Vergnügen. „Ich soll für dich mitbestellen?“

„Wenn es dir nichts ausmacht.“

Er streckte sich neben ihr aus, zufrieden, ihr ausdrucksvolles Gesicht zu betrachten, während sie las. Ihm gefiel, wie sie ihre Gefühle offen zeigte, als wären sie ein Tagebuch, das zu schließen sie vergessen hatte. Trotzdem waren ihm ihre Motive nicht immer klar.

Mit der Hand streichelte er ihren Oberarm. „Justine.“

„Mhmm-hmm?“

„Warum hatten wir gerade Sex miteinander?“

„Hättest du lieber was anderes getan?“

„Nein“, gab er nachdrücklich zurück, „aber das ging schneller als erwartet. Ich hatte vor, dir alle Zeit der Welt zu geben. Glaub mir, ich hätte mich mit keinem Wort beklagt, wenn du mich gebeten hättest, auf dem Sofa zu schlafen.“

„Mir ist klar geworden, dass unsere Zeit zu wertvoll ist, um sie zu vergeuden.“ Sanft zog sie mit dem Finger die Linien seiner Nase und seiner Lippen nach. „Obwohl eine Beziehung zwischen dir und mir verrückt ist und ungelegen kommt und letztlich sowieso zum Scheitern verurteilt ist ... das alles spielt keine Rolle. Denn ich liebe dich trotzdem.“

Jason nahm ihre Hand, drückte ihre Finger an seine Lippen und hielt sie dort fest.

„Ich habe immer geglaubt, Liebe könne nicht echt sein, wenn alles zu schnell geht“, fuhr sie kleinlaut fort. „Das macht diese ganze Geschichte so verwirrend. Du kannst nicht einfach jemanden treffen und peng ... schon weißt du, dass er der Richtige ist ... du musst Zeit mit ihm verbringen, viele Fragen stellen, ihn in unterschiedlichen Situationen beobachten können.“

Jason sprach zwischen ihren Fingern hindurch. „Das haben wir getan.“

„Zwei Tage lang.“

„Und das reicht nicht?“

„Nein. Sich in jemanden zu verlieben, sollte ein Prozess sein. Kein Blitz … es gibt einen französischen Ausdruck dafür … coup de irgendwas … coup de gras?“

„Coup de foudre“, erwiderte Jason. „Wörtlich Blitzschlag, übertragen Liebe auf den ersten Blick. Ein coup de grâce ist ein Fangstoß oder Gnadenschuss. Was in unserem Fall …“

„Mach darüber keine Witze“, warnte sie und legte ihm fest die Hand auf den Mund. Als er gehorsam schwieg, zog sie die Hand wieder weg. „Sollte man das nicht ‚ku de gra‘ aussprechen?“, fragte sie. „Im Französischen lässt man doch den letzten Buchstaben weg.“

„Nicht immer, und das richtige Wort lautet grâce, was so viel heißt wie Gnade. Ein coup de gras hingegen wäre ein Schlag mit Speck. Tod durch Speck sozusagen.“

Ihr Magen knurrte, und sie lächelte verlegen. „Dann werde ich uns jetzt mal jede Menge Kalorien organisieren“, sagte sie und wandte ihre Aufmerksamkeit wieder der Speisekarte zu.

Wenige Minuten später wählte sie die Nummer der Rezeption und bestellte etliche Speisen von der Speisekarte sowie eine Flasche Wein aufs Zimmer. Als sie noch übers Dessert nachdachte, bot der Portier ihr an, ihnen alles zu schicken, was sie brauchten, um S’more – Sandwiches aus Keksen, Marshmallows und Schokolade – über dem offenen Feuer zu rösten.

Sie legte die Hand über das Mikrofon des Telefons und fragte Jason: „Magst du S’more?“

Er erwiderte ihren Blick ausgesprochen ernsthaft. „Es verletzt meine Gefühle, dass du das fragen musst.“

Grinsend wandte Justine sich wieder an den Portier: „Ja, S’more ist eine gute Idee.“

Nachdem Justine aufgelegt hatte, wandte sie sich an Jason. „Ich hoffe, du kannst Marshmallows rösten …“

„Kann ich.“

„… bei mir verbrennen sie nämlich immer.“

„Ich weiß.“

Justine zog die Nase kraus. „Woher?“

„Um Marshmallows zu rösten, braucht man Geduld.“

„Willst du damit etwa andeuten, dass ich keine habe?“

Er ließ seine Finger über ihre Hüfte wandern. „Nicht nur andeuten. Ich behaupte das als klare Tatsache“, erklärte er, und sie grinste.

Bis sie aufgestanden waren und geduscht hatten, war das Essen gekommen. Justine zog einen hoteleigenen Morgenmantel über und wartete im Schlafzimmer, während Jason, der sich etwas Legeres angezogen hatte, die Zimmerkellner in die Strandvilla ließ. Sie deckten eine ganze Reihe wunderbar zubereiteter Speisen auf, dekantierten den Wein und zogen sich unauffällig zurück.

„Wie sieht es aus?“, fragte Justine, bevor sie sich aus dem Schlafzimmer wagte.

„Fantastisch“, antwortete Jason und musterte sie von oben bis unten.

Sie lächelte. „Ich meinte das Essen.“

„Das Essen auch.“ Er goss Wein in die Gläser und bat Justine an den Tisch. Den Anfang machten sie mit Spalten sonnengereifter Tomaten in grünem Olivenöl und grobem Meersalz. Dann folgten hauchdünne Fenchelscheiben mit saftigen blauen Feigen. Justine hatte als Hauptspeise Ossobuco gewählt, zartes geschmortes Rindfleisch, das sich butterweich vom Knochen lösen ließ. Für Jason hatte sie eine Gemüse-Ricotta-Tarte mit Pinienkernen und hauchdünnen Scheiben von Meyer-Zitronen bestellt, jenen unglaublich fruchtigen Zitronen mit feinem Orangenaroma. Das Essen war einfach großartig, die einzelnen Geschmacksnuancen waren so intensiv, dass sie noch lange nachwirkten und man es bedauerte, wenn man nicht alles bis zum letzten Bissen verzehrt hatte. Sie langten reichlich zu, und hungrig, wie sie waren, ließen sie selbst ihre Unterhaltung bis auf den allernotwendigsten Austausch einschlafen, bis sie endlich satt waren.

Anschließend setzten sie sich nach draußen an die Feuerstelle, in der orange Flammen in der Dunkelheit tanzten und die Luft angenehm erwärmten. Jason röstete am laufenden Band Marshmallows. Jedes einzelne wurde perfekt goldbraun mit aufgeplatzter Zuckerhaut, die das weißschmelzende Innere freigab. Als Justine so pappsatt war, dass sie keinen Bissen mehr mochte, nahm sie Jason den Grillspieß ab und legte ihn weg. „Das reicht", beschloss sie und setzte sich auf seinen Schoß. „Ich habe so viele Marshmallows gegessen, dass ich mir schon selbst wie ein gigantischer S'more vorkomme."

„Lass mich mal probieren." Da ein Stückchen Marshmallow an ihrem Daumen klebte, nahm er ihn in den Mund und leckte das süße Zeug ab. „Perfekt. Ich muss dich nur noch mit Schokolade überziehen."

Justine ließ sich gegen ihn sinken und erschauerte wohlig. So ließ es sich aushalten: vor sich das wärmende Feuer. Die kühle Nachtluft. Das Meeresrauschen am Strand. Die starken Männerarme, die sie umfingen. Sein Herzschlag in ihrem Rücken.

Sie waren beide still und entspannt, während sich zwischen ihnen Wärme aufbaute. Ein ungewohntes Gefühl durchströmte Justine, und sie erkannte, dass es Freude war, gewürzt mit der bittersüßen Erkenntnis ihrer Vergänglichkeit. „Ich wusste nicht, dass Glück so schmeckt", sagte sie abwesend, den Kopf an seine Schulter gelehnt.

„Nach Marshmallow und Schokolade?"

„Und nach dir. Mein Lieblingsgeschmack." Sie drehte sich in seinen Armen, bis ihre Lippen sein Ohr streiften. „Haben manche Leute so etwas wirklich ein ganzes Leben lang?", flüsterte sie.

Jason schwieg einen Moment. „Nicht viele", meinte er schließlich, und sie beklagte sich nicht, obwohl er sie ein bisschen zu fest drückte.

„Willst du nicht ein paar Besichtigungen machen?", fragte Justine spät am nächsten Morgen nach dem bedächtigen Liebesspiel, das damit begonnen hatte, dass Jason jeden Quadratzentimeter ihres Körpers küsste.

Er streckte sich am Fuß des Bettes aus und spielte mit ihren Zehen. „Ich habe dich besichtigt."

„Ich schätze, deine Mutter hat dir nie beigebracht, etwas mit den Augen zu betrachten, statt mit den Händen." Ihr Fuß zuckte zurück, als er einen Kuss auf die Fußsohle drückte. „Hey, lass das, ich bin kitzlig. Hiermit erkläre ich meine Füße für tabu."

Jason packte ihren Knöchel und hielt sie still. „Das kannst du nicht. Ich habe gerade einen latenten Fetisch entdeckt."

„Du hast schon genug Fetische. Noch einen brauchst du nicht."

„Aber nun schau dir doch nur mal diese Füße an." Damit streichelte er die glänzende Oberfläche des Nagels an ihrem großen Zeh, der lila-rot-kremfarben lackiert und mit einem winzigen schleifenförmigen rosa Aufkleber verziert war. Er beugte den Kopf, und Justine quietschte auf, als er seine Zunge zwischen ihre Zehen schob.

„Hör auf damit", protestierte sie und versuchte vergeblich, ihren Fuß aus seinem Griff zu befreien. „Das hält man ja nicht aus mit dir und deinen … deinen fußbezogenen Perversionen …"

„Podophilie."

Sie wand sich kichernd, als er sie erneut mit der Zunge kitzelte. „Was?"

„Das ist das Wort für Vorliebe für Füße."

„Du spielst zu oft Scrabble", erklärte sie ernsthaft.

„Schlaflosigkeit", erinnerte er sie.

Anschließend machten sie einen langen Spaziergang am Strand. Ihre Füße versanken im weichen Sand. Näher am Wasser wurde der Sand feucht und kalt. Es herrschte Ebbe. Am Ufer lagen Gruppen von dornigen Kammseesternen, die es nicht rechtzeitig ins tiefere Wasser geschafft hatten. Justine entdeckte das ausgebleichte Skelett eines Sanddollars, hob es auf und befreite es von Sedimenten, um das sternförmig angeordnete Lochmuster zu bewundern.

Jason war ein paar Schritte weiter stehen geblieben und schaute in die andere Richtung zur Glorietta Bay hinüber. Marineschiffe, Touristenboote und Handelsschiffe fuhren langsam unter der zwei Meilen langen Stahlträgerbrücke zwischen San Diego und Coronado hindurch. Justine näherte sich ihm von hinten, schlang ihre Arme um seine schmale Taille und öffnete ihre Hand, um ihm ihren Fund zu zeigen.

„Was hast du für den Rest des Tages geplant?“, fragte sie an ihn geschmiegt.

Jason nahm den Sanddollar und drehte sich zu ihr um. Seine Augen lagen hinter den dunklen Gläsern seiner Sonnenbrille verborgen, aber sein Mund wirkte entspannt. „Ich habe geplant, zu tun, was immer du möchtest.“

„Lass uns ein paar Sandwiches an einem der Imbissstände auf der Promenade kaufen und dann zur Strandvilla zurückgehen, um ein Nickerchen zu machen. Und dann muss ich mich auf die Cocktailparty heute Abend vorbereiten.“

Seine Lippen wurden schmal. „Die muss ich absagen.“

„Nach dem Terminplan, den Priscilla mir gegeben hat, stehst du als einer der Gastgeber auf der Einladung. Und es geht um eine Wohltätigkeitsgala zugunsten einer Krebshilfeorganisation. Du kannst also beim besten Willen nicht absagen.“

„Ich denke darüber nach, mich krank zu stellen.“

„Sag ihnen, du hättest heftige örtliche Schwellungen“, schlug Justine unschuldig vor. „Sag ihnen, es gibt nur eine Behandlungsmöglichkeit: sofort zu Bett zu gehen. Ich werde bezeugen, dass du die Wahrheit sagst.“ Als sie seinen Gesichtsausdruck bemerkte, lief sie kichernd über den Strand davon, und ihm blieb nichts anderes übrig, als hinterherzulaufen.

Nach ihrer Rückkehr zur Strandvilla und einer ausgiebigen Dusche, um den Sand von den Beinen zu spülen, zog Justine sich sofort ins Bett zurück. Jason verbrachte auf der Terrasse ein paar Minuten damit, SMS und E-Mails an Geschäftspartner zu schicken, und wollte dann drinnen den Wecker stellen, damit er sie in einer Stunde weckte.

Er erstarrte, als er sah, dass die digitalen Ziffern der Uhr blinkten.

12:00

12:00

12:00

Einen Moment lang stockte ihm der Atem.

Unsinn, so etwas passiert eben, versuchte er sich selbst zu beruhigen. Ein kurzer Stromausfall. Ein falscher Knopfdruck. Ein Zimmermädchen, das vergessen hatte, die Uhr zu stellen. Kein Grund zur Sorge.

Trotzdem überlief es ihn eiskalt, und sein Herz begann zu rasen. Er ging zu der Anrichte, auf der er seine Schweizer Offiziersuhr abgelegt hatte. Der Sekundenzeiger stand still. Die Uhr war um 2:15 Uhr stehen geblieben.

„Komm ins Bett", rief Justine schläfrig nach ihm. Überrascht, dass er sie trotz des Tumults in seinem Kopf noch hören konnte, zwang er sich, normal zu reagieren und ruhig zu bleiben.

Im Schlafzimmer zog er seinen Morgenmantel aus, schlüpfte neben Justine unter die Decke und zog sie in seine Arme. Sie schmiegte sich weich an ihn. „Hast du den Wecker gestellt?", fragte sie.

„Nein." Sanft strich er ihr übers seidige Haar. „Die Uhr ist stehen geblieben. Keine Sorge – ich werde nicht lange schlafen."

Ich werde gar nicht schlafen.

„Seltsam", murmelte Justine. „Habe ich dir von den Uhren in der Pension erzählt?" Sie gähnte und kuschelte sich noch enger an ihn.

Jason erstarrte mitten in einer Liebkosung. „Was?", fragte er leise.

Sie war still, döste bereits ein.

„Baby, schlaf noch nicht ein. Was ist mit den Uhren?"

Sie regte sich und protestierte leise.

Jason musste sich anstrengen, einen sanften Tonfall beizubehalten, um sich nichts anmerken zu lassen. „Komm schon, erzähl mir von den Uhren in der Pension."

„Ach, nichts Besonderes.“ Sie rieb sich die Augen. „Zwei Tage vor meiner Abreise sind alle Uhren in den Gästezimmern stehen geblieben. Das war merkwürdig. Die Wanduhr in meiner Wohnung ist nämlich auch stehen geblieben, und die hängt nicht am Stromnetz, sondern ist batteriebetrieben.“

„Was glaubst du, warum das passiert ist?“, fragte Jason vorsichtig.

„Keine Ahnung. Lass mich jetzt schlafen.“ Sie gähnte herzhaft, wenige Minuten später wurde ihr Körper schwer und entspannt, und sie atmete tief.

Zwei Tage vor ihrer Abreise, hatte sie gesagt. Bis jetzt hatte Jason nichts dergleichen wahrgenommen.

Seine Uhr war um Viertel nach zwei stehen geblieben … also etwa um die Zeit, als er Justine gestern Nachmittag in der Hotellobby getroffen hatte. Als sie einchecken wollte.

Was, wenn die Uhren nicht etwa seinetwegen stehen geblieben waren, sondern wegen Justine? Ein hässlicher Gedanke durchzuckte ihn: Konnte es sein, dass durch den Langlebigkeitszauber der Fluch der Hexe auf Justine umgelenkt worden war?

Das Gefühl, in einem Albtraum gefangen zu sein, hüllte ihn ein wie ein eiskalter Nebel.

Der wichtigste Urinstinkt eines Mannes – ein Instinkt, der kein bisschen weniger fordernd war als das Bedürfnis nach Nahrung und Sex –, verlangte, seine Frau zu schützen. Vor jedem und allem. Eisiger Schrecken erfüllte ihn, als ihm klar wurde, dass es ihm nicht nur misslungen war, Justine zu schützen … Möglicherweise hatte er selbst ihren Tod besiegelt.

23. KAPITEL

Jason kochte vor Wut, und diese Wut richtete sich ausschließlich gegen ihn selbst, weil er das, was er wollte – vor allem Justine – über das gestellt hatte, was für sie am besten war. Er hatte versucht, die Ereignisse in seinem Sinne zu lenken, als wäre das Leben eines seiner verdammten Videospiele und er der Regisseur.

Das war ein Fehler, den er nicht noch einmal begehen würde. Aber womöglich war es schon zu spät, um ihn wieder auszubügeln.

Verdammt noch mal!

Genau davor hatte Justine Angst gehabt. Genau das hatten ihre Mutter, Sage, Priscillas Großmutter und Bean selbst durchlitten. Den Menschen zu töten, den man am meisten liebte. Der Teufel wusste, wie sie das überlebt hatten.

Ihm wurde klar, dass er bisher noch nie wirklich vor irgendetwas Angst gehabt hatte.

In den vergangenen zehn Jahren hatte er sich an den Gedanken seiner eigenen Sterblichkeit gewöhnt. Obwohl er beschlossen hatte, alles nur Mögliche zu tun, um sein Leben zu verlängern, hatte er sich nie den Luxus gestattet, sich selbst in der Zukunft vorzustellen. In höherem Alter. Aber es war äußerst wichtig, ja unabdingbar, dass Justine die Lebenszeit bekam, die für sie bestimmt war. Niemals würde er die Verantwortung dafür übernehmen wollen, ihr auch nur eine Minute davon zu stehlen.

Langsam rückte er von ihrem schlanken Körper ab und stieg aus dem Bett. Er zog sich im Halbdunkel an, griff nach seinem Telefon und ging hinaus auf die Terrasse. Nachdem er die Glastüren geschlossen hatte, wählte er eine Nummer.

Er hörte, wie Sage sich meldete. „Hallo?"

„Sage", sagte er leise. „Ich bin es, Jason, Justines Freund."

„Was für eine nette Überraschung."

„Ich fürchte, du findest es nicht mehr nett, wenn ich dir

sage, was ich getan habe. Hast du ein paar Minuten Zeit? Es ist wichtig."

„Aber natürlich."

„Kannst du dafür sorgen, dass auch Rosemary mithört?"

Sage bat ihn zu warten und ging ihre Partnerin holen.

Während Jason wartete, wusste er, dass er den beiden älteren Frauen alles gestehen musste. Einschließlich der Tatsache, dass er das Triodecad von Justine geborgt … gestohlen … hatte.

Er rieb sich die Stirn mit den Fingern, als könnte er so die Gedanken voller Selbstverachtung auslöschen, die ihm durch den Kopf gingen. Es war eine Sache, das eigene Handeln vor sich selbst zu verteidigen. Aber wenn man seine Entscheidungen jemand anderem erklären musste, wurde es deutlich schwieriger, sie zu rechtfertigen.

Rosemarys Stimme erklang an seinem Ohr. „Gibt es ein Problem mit Justine?", fragte sie ohne Umschweife.

„Ja. Ich glaube, sie ist meinetwegen in Gefahr. Nein, ich bin sicher. Und ich brauche eure Hilfe, um alles wieder in Ordnung zu bringen."

Die private Cocktailparty fand in der Penthouse-Suite des Konferenzhotels statt, während in den riesigen Festsälen unter der Lobby Turniere und Vorführungen liefen. Eine deckenhohe Glaswand zeigte eine Ansicht der geplanten baulichen Neugestaltung des Embarcadero im Hafen von San Diego mit Pavillons, Parks und einer Promenade am Wasser.

Justine fühlte sich wohl in der schlichten Atmosphäre der Party. Die Gäste waren Einwohner von San Diego und Leute aus der Videospielbranche, die alle freundlich und bodenständig wirkten. Einige trugen Designermode, andere T-Shirts und Khakihosen. Justine war dankbar dafür, dass Zoë darauf bestanden hatte, das kleine Schwarze einzupacken. Für einen Abend wie diesen war es das perfekte Outfit.

„Ich hätte nicht gedacht, dass ich mich mit jemandem würde unterhalten können", sagte sie zu Jason. „Eigentlich hatte ich erwartet, dass vor allem über technische Dinge geredet wird oder die Leute sich distanziert geben. Aber bisher sind alle unglaublich nett."

„So ist das meistens auf solchen Kongressen", gab Jason lächelnd zurück. „Wir sitzen alle so viel allein vor dem Computer, dass ein bisschen Geselligkeit mit echten Menschen sich so anfühlt, als dürften wir endlich mal aus dem Keller an die frische Luft."

Lachend fügte eine junge Frau hinzu: „Deshalb bezeichne ich meinen Computer als meinen quaderköpfigen Freund." Die Frau und zwei Männer, alle in den Zwanzigern, hatten sich zu ihnen gesellt.

„Genauso nennt sie auch ihren echten Freund", neckte sie einer der Männer. Er hatte ein schmales Fuchsgesicht und helle humorvolle Augen. „Ich bin Ross McCray." Damit streckte er Jason die Hand entgegen. „Und das sind meine Mitarbeiter Marlie Trevino und Troy Noggs."

Während sie reihum Jason die Hände schüttelten, gab Marlie, eine dralle rotwangige Blondine, laut flüsternd bekannt: „Wir arbeiten alle für Valiant Interactive."

Jason musterte die Gruppe nachdenklich. „Ihr habt doch für nächsten Monat ein neues Spiel angekündigt. Shadow Justice, wenn ich nicht irre. Was man so hört, klingt gut."

Die drei wirkten hocherfreut. „Ich bin Character Artist", sagte Ross, „und die beiden sind Programmierer."

„Das ist Justine Hoffman", stellte Jason sie der Runde vor und legte seinen Arm um ihre Schultern. „Eine sehr enge Freundin. Ihr gehört eine Pension auf San Juan Island."

„Toll", rief Marlie und schüttelte Justine die Hand. „Ist das dein erster Spiele-Kongress? Dann lass mich dir einen Rat geben. Geh niemals völlig nüchtern nach unten in die Tagungsräume. Und setz dich niemals, unter keinen Umständen, auf einen der Sitzsäcke im Turniersaal."

Ein paar Minuten hörte Jason zu, während das Trio ein paar der Grafikprobleme beschrieb, die dafür verantwortlich waren, dass ihr Spiel später als ursprünglich geplant auf den Markt kam. Sie machten sich Sorgen, dass die Fans sauer reagieren könnten, weil schon beim ersten Spiel ein Patch-Download nötig werden würde.

„Ich würde mir darüber keine Gedanken machen", meinte Jason. „Wenn ein Patch das Spiel besser macht, regen sie sich vielleicht fünf Minuten lang auf, und dann ist das Ganze vergessen." Er schaute Justine an. „Soll ich dir was zu trinken holen?"

„Weißwein, bitte."

„Und wie steht es mit dir, Marlie?", fragte Jason mit einem Blick auf die andere Frau.

Sie wirkte erfreut und überrascht von dem Angebot. „Danke, gern. Ich würde gern einen dieser blauen Drinks probieren, den hier so viele in der Hand haben."

„Bin gleich wieder da."

Marlie starrte ihm einen Moment wie gebannt nach, als er zur Bar hinüberging. Dann drehte sie sich wieder zu Justine um. „Oh, mein Gott", seufzte sie. „Ich habe Jason Black kennengelernt, und er holt mir einen Drink. Was für ein Moment, wo ich doch so ein Fan von ihm bin."

„Ich habe immer gehört, er sei ein Genie im Körper eines Fotomodells", meinte Ross mit todernstem Gesicht, „aber ich sehe nichts davon."

„Das liegt daran, dass du von seinem Charisma geblendet bist", erwiderte Troy.

„Er ist schließlich kein Rockstar", meinte Justine lachend.

„Er ist mehr als das", widersprach Troy. „Er ist eine lebende Legende." Als er ihr Erstaunen bemerkte, fügte er hinzu: „Nein, ganz im Ernst. Eine Kultfigur."

Justine warf ihm einen skeptischen Blick zu. „Ich dachte, es gäbe viele Leute, die dasselbe tun wie er."

Offenbar wurde ihre Bemerkung als nahezu blasphemisch betrachtet, denn alle drei redeten jetzt auf sie ein, um sie aufzuklären. Ja, es gab Tausende von großartigen Spiele-Direktoren und -Entwicklern, aber Jason entwickelte epische RPGs – Rollenspiele –, und er war besser als jeder andere auf diesem Gebiet. Seine Entwicklungen gingen im Moment so weit über das hinaus, was andere bewerkstelligten, dass ihm wirklich niemand das Wasser reichen konnte. Oft wurde seine Arbeit als Beispiel dafür genannt, dass Videospiele eine Kunstform darstellten. Sie boten so verlockende Welten, dass jeder, der sich auf ein Inari-Spiel einließ, sich hilflos in die traurige und finstere Schönheit der virtuellen Szenerie verstrickte.

Inari-Spiele waren für ihre technischen Zaubereien bekannt – überwältigend realistische Darstellungen von Wassereffekten oder bemerkenswert detaillierte Gesichtszüge und Mimik der Charaktere. Aber die eigentliche Magie der Spiele lag darin, welche emotionalen Bindungen sie schafften.

„Inari nimmt den Spieler immer richtig in die Mangel", sagte Marlie. „‚Skyrebels' hat jeden am Schluss dazu gebracht, zu weinen wie ein kleines Kind."

„Mich nicht", widersprach Ross.

„Nun tu doch nicht so", meinte Marlie. „Wenn der Typ den Drachen tödlich verwundet und plötzlich erkennt, dass er seine Frau vor sich hat?"

„Und sie davonfliegt, um irgendwo einsam zu sterben", fügte Troy hinzu. „Da hast du *nichts* empfunden, Ross? Wirklich nicht?"

„Nun ja, vielleicht ist meine Brille ein wenig beschlagen", gab Ross zu.

„Er hat geschluchzt, bis er völlig dehydriert war", erklärte Marlie.

Als Jason mit einem Glas Wein für Justine und einem Cocktail für Marlie zurückkam, meinte Justine zu ihm: „Ich muss mich wohl doch mal an eins deiner Spiele wagen. Man hat mir gerade erzählt, was für fantastische Arbeit du leistest."

„Das ist das Verdienst meiner Gruppe bei Inari. Sie sind die Besten ihres Fachs."

„Wie kommt's, dass du so was nur hinter unserem Rücken

sagst?“, mischte sich eine neue Stimme in ihre Unterhaltung ein, und zwei junge Männer traten zu ihnen.

„Zu viel Lob ist demotivierend“, gab Jason zurück und schüttelte den beiden die Hände. Er stellte sie als Inari-Spiele-Designer vor, die an der Podiumsdiskussion früher am Tag teilgenommen hatten. „Bei Inari hat noch niemals jemand so viel Lob bekommen, dass es ihn demotiviert hätte“, widersprachen die beiden grinsend.

Jason, der bemerkte, dass einer der übrigen Gastgeber ihn auf die andere Seite des Raumes winkte, schob seine Hand unter Justines Ellenbogen. „Der Bürgermeister und der Hafenpräsident sind gerade angekommen“, sagte er leise. „Möchtest du mich begleiten und sie kennenlernen?“

Sie lächelte. „Natürlich.“

Jason wandte sich an die Gruppe um sie herum. „Entschuldigt uns bitte. Justine und ich müssen uns unter die Gäste mischen.“

„Ihr wollt nicht den ganzen Abend mit uns verbringen?“, fragte Troy und setzte eine erstaunte Miene auf.

Jason grinste. „War nett, euch kennenzulernen. Viel Glück für die Markteinführung im nächsten Monat.“

Aber gerade, als er sich mit Justine abwenden wollte, platzte Marlie mit einer verschämten Frage heraus. „Eins vielleicht noch ... Jason ... besteht die Möglichkeit, ein Foto von uns allen zu machen? Ich habe ein Handy mit Kamera, und es dauert nur eine Sekunde.“

Jason lächelte entschuldigend. „Tut mir leid, aber ich lasse mich nur äußerst ungern fotografieren.“

Marlie überspielte ihre Enttäuschung mit einem Lächeln. „Das habe ich befürchtet. Nun ja, einen Versuch war es wert.“

„Wir haben eine Theorie bezüglich Jasons Kameraphobie“, meinte einer der Inari-Entwickler verschwörerisch. „Er hegt die heimliche Befürchtung, Kameras könnten seine Seele stehlen.“

Jason warf Justine einen amüsierten Blick zu.

„Eine Sache noch“, meinte Marlie. „Im Anschluss an die

Cocktailparty wollen ein paar von uns eine der Veranstaltungen unten besuchen. Vielleicht möchtet ihr ja mitkommen?"

„Was für eine Veranstaltung?", fragte Justine.

„Den Miss-Klingon-Schönheitswettbewerb."

„Ich habe Star Trek verschlungen!", rief Justine, froh, endlich ein Thema gefunden zu haben, von dem sie etwas verstand.

„Es ist ein großartiger Schönheitswettbewerb", erklärte Ross. „In der Talentshow hat die Siegerin des letzten Jahres mit einem Klingon-Painstik jongliert. Aber was sie wirklich an die Spitze brachte, war der Wettkampf im Abendkleid, bei dem sie dem gesamten Publikum mit dem schonungslosen Einsatz von Gewalt drohte."

„Klingt, als würde es ein Heidenspaß", meinte Justine lachend. Sie warf Jason einen Blick zu. „Gehen wir hin?"

„Ich lasse mich lieber mit dem Painstik verprügeln."

„Wir könnten uns ganz hinten hinstellen", schmeichelte sie. „Niemand wird dich sehen."

„Mir macht mehr Sorgen, was ich sehen würde." Aber ein Blick in ihr Gesicht entlockte ihm ein schiefes Lächeln. „Wie könnte ich dir etwas abschlagen?", murmelte er.

Nach der Cocktailparty fuhren sie mit dem Aufzug hinunter in die Bankett- und Konferenzräume. Die Türen glitten auf und gaben den Blick frei auf ein festivalartiges Chaos, in dem anscheinend alles erlaubt war. Beinah jeder war kostümiert: Romulaner, Roboter, Sturmtruppen, Krieger aus Mortal Kombat und Credo des Assassinen, sogar eine Meute von Hunden, die als Angehörige des Hundekorps von Starfleet ausstaffiert waren.

Justines Hand fest umklammernd, zog Jason sie durch die dicht gedrängte Menge. Der Lärm entsprach in etwa dem eines startenden Flugzeuges. In einem der Gemeinschaftsbereiche ging es besonders hoch her. Offenbar war jemand, der sich als Jabba the Hutt kostümiert hatte, in der Tür zum Herren-WC steckengeblieben, und ein paar Unbeteiligte versuchten mit vereinten Kräften, ihn zu befreien.

Irgendwer löste das Problem, indem er mit einem Krummsäbel Löcher in das Kostüm stach. Die Menge schaute begeistert zu, wie Jabba allmählich in sich zusammenfiel. Als das Kostüm ausreichend geschrumpft war, halfen Freiwillige dem Mann aus unendlich vielen Lagen von Latex und Stoff. Alle jubelten, als er endlich befreit war. „Lasst uns einander umarmen", rief einer der Retter. „Wollen wir?"

Grinsend ob des verrückten Treibens, schaute Justine zu Jason auf. „Das ist lustig."

„Das ist bekloppt."

„Stimmt. Verglichen damit komme ich mir fast normal vor."

Jason legte seine Arme um sie und schützte sie vor der Menge, die von allen Seiten drängelte. Es war, als wären sie eine kleine ruhige Insel in der aufgewühlten See. „Weißt du", sagte er, „es gibt erstrebenswertere Dinge, als normal zu sein."

„Zum Beispiel?"

Er beugte den Kopf und flüsterte ihr ins Ohr. „Genau so zu sein, wie du bist."

„Das ist zu einfach."

Er lachte leise in sich hinein und vervollständigte: „Genau so zu sein, wie du bist, und zwar gern."

„Das ist zu schwierig." Sie langte zu ihm hoch und legte ihre Hand an seine Wange. Zärtlichkeit überkam sie, und in diesem Moment hatte sie nur einen Wunsch: mit ihm allein zu sein. „Hey", sagte sie leise. „Was hältst du davon, wenn wir den Schönheitswettbewerb sausen lassen und ins Del zurückgehen?"

„Bist du sicher? Der Ballsaal ist gleich da drüben."

„Ganz sicher. Meine Füße fangen an wehzutun. Und es ist mir zu laut hier unten. Außerdem … hat man eine Klingonische Tanzkür gesehen, hat man alle gesehen."

Am nächsten Morgen erwachte Justine so zufrieden, wie das nur möglich war, wenn man zwei Tage lang bestens gegessen, tollen Sex erlebt und fantastisch geschlafen hatte.

Leider war Jason ganz anderer Stimmung: Zerstreut grübelte er über etwas nach, worüber er offensichtlich nicht reden wollte. In der vergangenen Nacht hatte sie gemerkt, dass er wach neben ihr lag, obwohl er völlig still war und sich nicht rührte.

„Brauchst du einen Schlummertrunk?“, hatte sie in der Dunkelheit gefragt. „In der Minibar findest du bestimmt etwas Wodka.“

„Nein, alles in Ordnung.“

„Wenn du lesen oder fernsehen möchtest oder was immer du in schlaflosen Nächten so tust, mach ruhig. Es stört mich nicht.“

Er lehnte ab.

„Ich spüre doch, dass du dir Sorgen machst“, bohrte Justine nach einigen Minuten angespannten Schweigens nach. „Kannst du mir nicht mal einen Tipp geben? Wenn es an irgendwas liegt, das ich gesagt oder getan habe …“

„Nein, nichts dergleichen.“ Er drehte sich auf die Seite und legte eine Hand auf ihre Hüfte. Ernst schaute er sie an. „Es geht um etwas, das mit meiner Arbeit zusammenhängt. Zu technisch, um es zu erklären. Ich komme schon zurecht.“

Sie rückte näher an ihn heran und setzte sich auf. „Brauchst du ein wenig Ablenkung?“

„Vielleicht.“ Sein Atem beschleunigte sich, als ihre kühlen Haare ganz sacht über seine Haut strichen. „An was dachtest du dabei?“

„Daran.“ Sie drehte ihn auf den Rücken und beugte sich über ihn, um ihn zu verwöhnen. Er lag unter ihr, jeder einzelne Muskel angespannt. Ihre Lippen berührten ihn, mal hier, mal da, als versuchte sie, ihn mit ihren Küssen zu verzieren. Er ließ seine Hände in ihr Haar gleiten und spielte sanft damit.

Dann schwang sie sich rittlings über ihn und senkte sich vorsichtig auf ihn herab, seufzte vor Behagen, als er tief in sie eindrang, ritt ihn langsam. Er passte sich ihrem Rhythmus an, bis sie sich in flüssigen Wellen bewegten und die Wogen ihrer Gefühle immer höher, immer heftiger anbrandeten. Nichts zählte mehr außer dieser Liebe, die sich in Liebe ergoss.

„Obwohl ich mir größte Mühe gegeben habe“, sagte Justine am nächsten Morgen beim Kaffee in der Küche, „grübelst du immer noch.“

Jason schaute finster auf das Smartphone in seiner Hand und tippte rasch auf dem Touchscreen herum. „Mein Handy stellt andauernd die Zeitzone und das Datum um. Ich habe schon versucht, es von Hand zurückzusetzen, aber was ich auch eingebe, es bleibt nur wenige Sekunden erhalten. Ich bin kurz davor, das Ding in die Mikrowelle zu stecken und zu rösten.“

Justine griff nach ihrer Handtasche auf der Anrichte und holte ihr eigenes Handy hervor. „Mein Handy behauptet, wir wären in Beijing und es sei acht Uhr abends“, stellte sie nach kurzem Blick auf das Display verdutzt fest. „Was ist hier eigentlich los? Erst die Schlafzimmeruhr und jetzt beide Handys? Ich frage mich …“

„Zufall“, fiel Jason ihr brüsk ins Wort. „Die Schlafzimmeruhr ist stehen geblieben, weil der Strom ausgefallen war.“

„Und die Handys?“

„Haben wahrscheinlich Software-Updates erhalten, die fehlerhaft waren und ein paar andere Systeme durcheinandergebracht haben.“ Damit steckte er sein Handy weg. „Hast du deine Reisetasche schon gepackt? Wir müssen in ein paar Minuten aufbrechen.“

„Willst du mich loswerden?“, fragte Justine leichthin und ließ ihr eigenes Smartphone in ihre Handtasche gleiten.

„Nein. Ich möchte, dass du früh genug am Flughafen ankommst, damit dir genügend Zeit für die Sicherheitskontrollen bleibt.“

Der Gepäckträger kam, um ihre Taschen zum Mietwagen zu bringen, der vor dem Hotel wartete. Während er und Jason die üblichen Höflichkeitsfloskeln austauschten, sah Justine sich ein letztes Mal in der Strandvilla um, ob sie auch nichts liegen lassen hatte. Dann nahm sie die Aktenmappe mit dem Triodecad an sich und folgte Jason nach draußen.

„Glaubst du, dass wir noch mal hierherkommen?“, fragte

sie mit einem letzten wehmütigen Blick auf den Strand von Coronado.

„Wenn du möchtest." Jason nahm ihr die Aktenmappe ab und griff nach ihrer Hand. So gingen sie zum Haupthaus des Hotels zurück. „Aber ich dachte, du verreist nicht gern."

„Ich bin durchaus anpassungsfähig. Wenn du bereit bist, die Insel zu besuchen, komme ich auch mal nach San Francisco oder wo du mich auch sonst haben möchtest. In einer Fernbeziehung müssen beide Partner ihren Teil tun." Sie stockte. „Das ist es doch, oder? ... Eine richtige Beziehung?"

„Was sollte es sonst sein?"

„Nun ja, eventuell eine von diesen unscharfen Affären, die so aussehen und sich so anfühlen wie richtige, bei denen man sich aber nie sicher sein kann, ob man seine Zahnbürste im Bad des anderen liegen lassen darf. Und bei denen das Wort Beziehung niemals verwendet wird. Da ist immer nur die Rede von der ‚Sache, die wir am Laufen haben'. Und natürlich darf man nicht erwähnen, dass es niemand anderen mehr geben soll, obwohl man das insgeheim möchte."

„An unserer Beziehung ist nichts unscharf", erklärte er. „Ja zur Zahnbürste und Nein zu anderen Männern oder Frauen."

Fest drückte sie seine Hand. Manchmal konnte er so direkt sein, aber trotzdem war er so zurückhaltend und vielschichtig, dass er ihr in vieler Hinsicht immer noch ein Rätsel war.

„Als ich heute Morgen aufgewacht bin, musste ich an etwas denken, was die Leute von Valiant Interactive gestern Abend gesagt haben", erzählte sie. „Sie haben mir das Ende eines deiner Spiele geschildert. Das, wo ein Mann einen Drachen verwundet und dann herausfindet, dass dieser Drache seine Frau ist. Und wo der Drache fortfliegt, um einsam zu sterben."

„Ja."

„Das ist so düster. Warum muss sie am Ende sterben?"

„Das muss sie nicht. Das Spiel hat eine geheime Ebene. Manche Spieler stolpern hinein, und andere haben davon läuten hören, wissen aber nicht, wie man diese Ebene erreichen kann. Aber wenn man sie erreicht, bekommt der Mann eine neue Chance, seine Frau zu finden und sie zu retten."

„Und worin liegt das Geheimnis um den Zugang zu dieser Ebene?"

„Während des Spiels musst du Tausende von Entscheidungen treffen, wie der eigene Spielcharakter lebt, arbeitet, sich für andere aufopfert. Du hast die Möglichkeit, es dir leicht zu machen oder deinen Grundsätzen treu zu bleiben. Am Ende, wenn die meisten deiner Entscheidungen ethisch einwandfrei waren, wird die letzte Ebene automatisch freigegeben."

„Der eigene Charakter muss also das ganze Spiel hindurch vollkommen sein?"

„Er muss nicht vollkommen sein. Nur gut genug. Er muss aus seinen Fehlern lernen und die Interessen anderer über seine eigenen stellen."

„Aber warum ist es eine geheime Ebene? Warum wird den Leuten nicht von vornherein gesagt, dass es sie gibt, sodass sie ein Motiv haben, die richtigen Entscheidungen zu treffen?"

Er lächelte leicht. „Weil mir die Vorstellung gefällt, dass man manchmal im Leben – oder auch in der Fantasie – dafür belohnt wird, von sich aus das Richtige zu tun."

24. KAPITEL

„Wir haben in allen Uhren die Batterien ausgetauscht und die Elektroleitungen überprüfen lassen“, sagte Justine am Telefon, „aber trotzdem funktioniert immer noch nichts.“

„Es tut mir leid, Liebste“, gab Jason zurück und lief dabei unruhig auf und ab. „Du musst total frustriert sein.“

„Ich glaube, es gibt möglicherweise einen übernatürlichen Grund für diese Geschichte.“

Jason blieb stehen. „Welchen zum Beispiel?“, fragte er so gelassen wie möglich.

„Ich bin mir nicht sicher. Eventuell spukt es in der Pension. Es ist ja ein historisches Gebäude. Vielleicht haben wir einen Geist, der Uhren hasst oder so was.“

„Du könntest Sage und Rosemary fragen.“

„Ja, ich werde sie bald mal besuchen und ihnen davon erzählen. Was macht deine Arbeit? Konntest du das Problem lösen, das dir Sorgen gemacht hat?“

„Ich denke, bis heute Abend hat es sich erledigt.“

„Oh, schön. Meinst du, dass du am Wochenende nach San Juan kommen kannst?“

„Ich hoffe.“

„Hast du Sehnsucht nach mir?“

„Nein. Ich verbringe den ganzen Tag damit, mir nicht zu erlauben, mich nach dir zu sehnen. Ich lasse nicht zu, dass ich an Küsse denke, die nach Marshmallows schmecken, oder daran, wie weich die Haut zwischen deinen Zehen ist, oder dass ich so lange mit dir reden möchte, bis wir allen Sauerstoff im Zimmer aufgebraucht haben. Und vor allem denke ich nicht daran, dass stets ein leerer Platz an meiner Seite ist, der genau deine Größe und Form hat.“

Während er sich noch länger mit Justine unterhielt, hatte er die Augen geschlossen, um ihre Stimme besser wahrnehmen zu können. Worüber sie eigentlich sprachen, hätte er später nicht mehr sagen können, und es war ihm auch gleichgültig. Hauptsache, er konnte sie hören.

Was konnte er der Frau sagen, die er liebte, wenn er womöglich zum letzten Mal mit ihr sprach? *Du bedeutest mir alles. Du hast mir die besten Tage meines Lebens beschert.* Liebe hatte auch unschöne Seiten, und diese gehörte dazu: Alle Gefühle ließen sich nur mit Floskeln ausdrücken ... und dabei klang man wie ein Heuchler, obwohl man es absolut ernst und ehrlich meinte. Zum Schluss hörte er sich sagen: „Ich liebe dich." Und sie antwortete mit demselben Satz.

Und das war genug. Diese drei abgenutzten alltäglichen Worte sagten alles, was es zu sagen gab.

Er legte auf und ging ins Nebenzimmer, wo Sage Staub putzte und sauber machte, um den Leuchtturm auf Gäste vorzubereiten. Zehn Gäste, um genau zu sein.

„Ich habe geschworen, sie nie wieder anzulügen", seufzte Jason, „oder irgendwas hinter ihrem Rücken zu tun. Und kaum eine Woche später tue ich beides."

„Aus bestem Grund", gab Sage zurück.

Jason hob den Jules-Verne-Taucherhelm hoch, damit sie das Regalbrett darunter abwischen konnte. „Genau das geschieht mir in letzter Zeit nur noch", erwiderte er. „Ich tue das Falsche aus guten Gründen. Bislang ist nicht viel Gutes dabei herausgekommen."

„Mach dir keine Sorgen." Sage tätschelte ihm den Arm, als er den Helm wieder abstellte. „Wir bringen alles wieder in Ordnung. Als wir den anderen aus dem Zirkel sagten, was passiert ist, hat jede von ihnen alles stehen und liegen lassen, um sofort hierherzukommen."

„Es passiert nicht oft, dass ein Mann einen Abend mit einem Dutzend verärgerter Hexen verbringen darf."

„Wir lassen uns nicht gern Hexen nennen. Das Wort hat einen bösen Beigeschmack. Magierinnen passt besser. Oder Angehörige eines magischen Zirkels. Und obwohl einige von uns weniger vergebungsbereit sind als andere, sind wir uns alle einig, dass es dir hoch anzurechnen ist, für die Sache geradezustehen. Die meisten Männer hätten sich einfach aus dem Staub gemacht."

„Die meisten Männer hätten gar nicht erst so einen Schlamassel angerichtet."

„Wir haben alle schon Fehler gemacht", meinte Sage sanft.

Angesichts der Umstände hatten sie und Rosemary viel freundlicher und verständnisvoller reagiert, als Jason erwartet oder gar verdient hätte. Als er aus San Diego anrief, erklärte er ihnen die Sachlage mit skrupelloser Offenheit, versuchte nicht, sich herauszureden oder zu rechtfertigen. Sie hörten beide still zu, nahmen jedes Wort auf, das er sagte, und stellten nur gelegentlich Fragen.

Anschließend waren sie sich einig, dass die Lage ernst sei. Sage bestätigte, dass sich der Fluch der Hexe durch das Stehenbleiben der Uhren ankündigte. Das Gleiche war geschehen, bevor ihr Mann Neil gestorben war. Es musste also sofort etwas unternommen werden. Sonst wären die Konsequenzen tödlich für Justine.

Fasziniert und ein wenig ungläubig reagierten die beiden Frauen darauf, dass Priscillas Großmutter und Großtante es tatsächlich geschafft hatten, einen mächtigen Zauber aus dem Triodecad zu wirken.

„Wenn jemand auf den Gedanken gekommen wäre, uns zu fragen", bemerkte Rosemary spitz, „hätten wir erklären können, warum ein Langlebigkeitszauber keine gute Idee ist. Trotzdem bin ich beeindruckt, dass sie es überhaupt geschafft haben."

„Ich hätte euch um Rat fragen sollen", gab Jason zu, „aber ich war wild entschlossen, genau das Ergebnis zu erzielen, das ich mir in den Kopf gesetzt hatte. Offensichtlich kommt meine Frage zu spät, aber: Was ist eigentlich schiefgegangen?"

„Selbst wenn jemand es schafft, den Fluch der Hexe abzuwehren", erklärte Rosemary, „ist er damit nicht aus der Welt. Er wird nur auf jemand anderen umgelenkt. Genau das ist offenbar in diesem Fall geschehen. Der Langlebigkeitszauber hat den Fluch von dir auf Justine umgelenkt."

„Und wie machen wir das jetzt wieder rückgängig?"

Unbehagliches Schweigen war die Antwort.

„Ich fürchte, das können wir nicht", meinte Sage schließlich. „Man kann nie etwas so rückgängig machen, dass alles genauso ist, wie es ursprünglich war. Einiges wird anders sein. Ich glaube, wir können den Langlebigkeitszauber aufheben, aber einfach wird das nicht. Langlebigkeit gehört zu einer ganz besonderen Kategorie von Magie. Hohe Magie. Das birgt Risiken."

„Das ist mir egal."

„Bedeutsame Risiken."

„Ich möchte das trotzdem durchziehen."

„Du könntest sterben", wurde Rosemary deutlich. „Und weil du keine Seele hast, würde dein Tod das Ende deiner Existenz bedeuten."

„Aber Justine ginge es gut? Sie wäre in Sicherheit?"

„Sie wäre in Sicherheit", bestätigte Sage. „Aber ob es ihr damit gut ginge, wage ich zu bezweifeln."

Sie beschlossen, den Zirkel einzuweihen, und alle Mitglieder fassten einstimmig den Beschluss, sich als Gruppe daran zu beteiligen, den Langlebigkeitszauber aufzuheben, und zwar schnellstens. Dafür wollten sie sich auf Cauldron Island treffen und das Ritual in Crystal Cove vollziehen, dem ehemaligen Schulhaus, in dem sie schon so viele erfolgreiche Riten und Zeremonien durchgeführt hatten.

Kein Mitglied des Zirkels hatte widersprochen, als Jason darum bat, Justine nicht zu informieren. Unter keinen Umständen war Jason bereit, Justine in ein solches Dilemma zu stürzen. Ihr davon zu erzählen hätte bedeutet, sie vor die Wahl zu stellen, entweder eine schreckliche Entscheidung treffen zu müssen oder zu versuchen, sich selbst für ihn zu opfern. Sie davor zu bewahren war das Mindeste, was er für sie tun konnte.

Ein Klopfen an der Tür des Leuchtturms riss ihn aus seinen Gedanken. Die erste Hexe … Angehörige des magischen Zirkels … war eingetroffen.

Er folgte Sage ins Hauptzimmer und sah, wie Rosemary eine Frau mittleren Alters begrüßte, schlank und groß, mit kunstvoll frisiertem roten Haar und einem fein geschnittenen Gesicht. Extravagant in einen Knautschsamtrock, ein hautenges Top mit kunstvoll gehäkelter Weste und nietenbeschlagene Keilabsatz-Stiefeletten gekleidet, erinnerte sie ihn an die Fleetwood-Mac-Sängerin Stevie Nicks.

Rosemary und Sage umarmten sie herzlich, und sie lachte in offensichtlicher Freude, die beiden zu sehen.

Als er dieses unverwechselbare kehlige Lachen hörte, war Jason sofort klar, wer sie war.

Die Frau warf einen Blick über Sages Schulter und entdeckte ihn. Jeglicher Anflug von Humor verschwand aus ihrer Miene, und die Atmosphäre wurde merklich kühler. Ihre Augen waren kristallklar und stark geschminkt. Ohne eine Miene zu verziehen, trat sie näher.

„Jason Black“, stellte er sich vor und streckte ihr die Hand entgegen, zog sie aber sofort zurück, als sie keine Anstalten machte, danach zu greifen. „Ich hatte gehofft, Sie unter günstigeren Umständen kennenzulernen. Dennoch ist es mir ein Vergnügen …“

„Man kann einer Magierin kaum etwas Schlimmeres antun, als ihr das Zauberbuch zu stehlen“, unterbrach Marigold ihn knapp.

„Ich habe es zurückgegeben“, erklärte Jason, sorgsam bemüht, jeden entschuldigenden Unterton zu vermeiden.

„Und dafür erwarten Sie Anerkennung?“, fragte Marigold eisig zurück.

Jason hielt den Mund. Natürlich konnte niemand, schon gar nicht er, ihr verübeln, dass sie den Mann nicht mochte, der das Leben ihrer Tochter in Gefahr gebracht hatte.

Er musterte sie, entdeckte hier und da Ähnlichkeiten mit Justine: der schlanke Körperbau, die langen Beine, die Form ihres Kinns, die Haut, die so glatt und durchscheinend war wie feinstes Porzellan. Aber Marigolds Gesicht hatte trotz seiner Schönheit etwas Maskenhaftes. Eine Fassade, hinter der sich als treibende Kraft ihres Lebens die Verbitterung eines Menschen verbarg, dessen schlimmste Befürchtungen bezüglich der Welt sich alle bewahrheitet hatten.

„Soweit ich verstanden habe", erklärte Marigold, „haben Sie ein paar hinterwäldlerische Magierinnen dafür bezahlt, einen komplizierten Zauber zu wirken, und – Überraschung! – etwas ist schiefgegangen."

Rosemary mischte sich ein, bevor Jason antworten konnte. „Der Zauber ist sehr gekonnt gewirkt worden. Um ehrlich zu sein, genau da liegt das Problem: Er ist äußerst stark."

„Ja. Der Fluch der Hexe wurde auf Justine umgelenkt. Weiß sie, was hier heute Abend geschehen soll?"

„Nein", sagte Jason. „Sie würde nur versuchen, mit mir zu diskutieren. Es ist mein Fehler. Meine Verantwortung. Ich stehe dafür gerade." Er schwieg einen Moment. „Ich weiß es sehr zu schätzen, dass Sie gekommen sind, um zu helfen, Marigold", fügte er aufrichtig hinzu.

„Ich habe nicht gesagt, dass ich helfen werde."

Rosemary und Sage wirkten beide gleichermaßen verwirrt.

„Ich stelle eine Bedingung", fuhr Marigold fort. „Ich werde nur dann helfen, wenn Sie versprechen, Justine nie wieder zu treffen und nie wieder mit ihr zu sprechen. Ich will, dass Sie aus ihrem Leben verschwinden."

„Oder was?", fragte Jason. „Sie würden Ihre eigene Tochter vom Fluch der Hexe treffen lassen?"

Marigold gab keine Antwort, aber für den Bruchteil einer Sekunde war die Wahrheit in ihrem Gesicht zu lesen, und Jason überlief es eiskalt. Ja. Sie war tatsächlich bereit, Justine in den Schlund des Vulkans zu stoßen.

„Marigold", fragte Rosemary scharf, „ist dieser Handel wirklich nötig?"

„Allerdings. Er ist derjenige, der sie in Gefahr gebracht hat. Und Justine ist genauso verantwortlich. Schließlich hat sie die Ges gebrochen. Ich will, dass sie ihre Lektion lernt."

„Sie können ihr jederzeit Lektionen erteilen", warf Jason verärgert ein, „aber jetzt geht es nur um eines: ihr Überleben über die nächsten drei Tage hinaus zu sichern."

„Damit sie weiter alles vermasseln kann?"

Jason schaute sie ungläubig an. „Es ist ihr gutes Recht, ihre eigenen Fehler zu machen. Oder etwa nicht?"

„Wenn Sie Kinder hätten, dann würden Sie verstehen, dass man seinem Kind manchmal nichts Schlimmeres antun kann, als es vor den Konsequenzen seines Handelns zu schützen. Justine kann aus dieser wohlverdienten Strafe etwas lernen."

In Marigolds Stimme lag ein seltsamer und verstörender Unterton von Befriedigung. Wenn Jason noch Fragen zu dem Zerwürfnis zwischen Justine und ihrer Mutter gehabt hätte, wären sie in diesem Moment alle beantwortet gewesen. Marigold war keine Mutter, die ein verirrtes Kind mit offenen Armen aufnahm – es sei denn, dieses Kind käme am Boden zerstört und auf Knien angekrochen.

„Vielleicht", sagte Jason. „Aber wenn mein Kind einer wohlverdienten Strafe entgegensähe, würde ich mich nicht mit Popcorn auf die Tribüne setzen, um mir das Spektakel anzusehen, und das als großartige Erziehungsmethode verkaufen."

Sie warf ihm einen feindseligen Blick zu und wandte sich an Rosemary und Sage. „Das Problem ließe sich ganz leicht lösen, indem wir ihn von der Klippe stoßen."

„Ich würde selbst springen, wenn ich damit Justine helfen könnte", erklärte Jason. „Aber da ich hoffe, wenigstens das bisschen retten zu können, das mir noch an Zeit bleibt, würde ich es lieber erst mit dem Gegenzauber versuchen."

„Dann versprechen Sie es mir", beharrte Marigold. „Sagen Sie mir, dass Sie Justine verlassen, ganz gleich, was passiert."

„Ich kann nichts versprechen, von dem ich weiß, dass ich es nicht halten werde."

Wortlos drehte Marigold sich auf dem Absatz um und ging zielstrebig zur Tür.

Rosemary lief ihr nach. „Marigold! Überleg dir gut, was du

tust. Es geht um das Leben deiner Tochter. Du musst das für sie tun.“

Marigold ließ gerade eben lange genug ihre Maske fallen, um ihre qualvolle Wut erkennen zu lassen. „Und was hat sie für *mich* getan?“, schrie sie und knallte die Tür hinter sich zu, als sie das Haus verließ.

Jason und Sage standen wie vom Donner gerührt da. „So einen Elternteil habe ich auch“, brach Jason schließlich das endlos scheinende Schweigen. „Allerdings ist es bei mir der Vater.“

Sage war fassungslos. „So war Marigold früher nicht.“

„Vermutlich war sie schon immer genau so. Sie kann es nur nicht mehr so gut verbergen wie früher.“ Jason schob seine Hände in die Hosentaschen, trat ans Fenster und schaute hinaus auf den blutroten Sonnenuntergang. „Können wir den Zauber auch ohne sie aufheben, oder soll ich schon mal für den Sprung von der Klippe üben?“

„Wir können den Zauber trotzdem aufheben. Aber … ich bin sicher, Marigold kommt zurück. Sie wird uns helfen. Sie wird ihre eigene Tochter nicht im Stich lassen.“

Er warf ihr einen durchdringenden Blick zu. „Das tut sie schon seit vier Jahren, Sage.“

Rosemary kam zurück ins Haus. Sie wirkte tief betrübt. „Das Wassertaxi hat am Anleger gewartet. Marigold hatte nie vor zu bleiben. Sie ist nur gekommen, um ihren großen Auftritt zu genießen. Ich habe ihr gesagt, wenn sie nicht bereit sei, dem Zirkel in einem Notfall zu helfen, insbesondere wenn es um das Wohlergehen ihrer eigenen Tochter geht, habe es keinen Sinn, wenn sie noch länger zu uns gehört.“

Sage riss die Augen auf. „Was hat sie darauf geantwortet?“

„Nichts.“

„Sie würde niemals freiwillig aus dem Zirkel ausscheiden“, war Sage überzeugt.

„Nein. Und deshalb werden wir sie auch nicht bitten, freiwillig zu gehen. Ich werde nachher mit den anderen reden und dafür sorgen, dass sie achtkantig rausgeschmissen wird“, erklärte

Rosemary. Sages Gesichtsausdruck sprach Bände. „Ich habe Marigold jahrelang verteidigt“, fuhr Rosemary fort. „Immer habe ich versucht, mich auf ihre guten Seiten zu konzentrieren und den Rest zu ignorieren. Aber vor dem, was sie jetzt tut, können wir nicht länger die Augen verschließen, Sage. Und deshalb ist es auch unmöglich, uns oder Justine weiter einzureden, irgendjemand würde Marigold etwas bedeuten. Sie denkt nur an sich selbst.“

Zutiefst betrübt machte Sage sich daran, einen Stapel Zeitschriften auf dem Tisch zurechtzurücken. „Vielleicht kommt sie heute Abend ja doch noch und überrascht uns.“

Rosemary betrachtete ihre Partnerin in einer Mischung aus Liebe und Verärgerung. Dann wandte sie sich an Jason. „Sie wird nicht kommen“, erklärte sie klipp und klar.

„Um ehrlich zu sein, bin ich darüber ganz froh“, meinte Jason. „Mein sechster Sinn sagt mir, dass sie das Ritual um einen Extraschritt erweitert hätte. Zum Beispiel Rausreißen meiner Eingeweide.“

Als das letzte Tageslicht schwand und der Himmel sich verdunkelte, trafen die Mitglieder des Zirkels in Zweier- und Dreiergruppen ein. Sie waren alle bequem in Jeans oder lange Röcke gekleidet, trugen bunte Schals und Kupferschmuck. Alles in allem waren sie eine nette geschwätzige Gruppe, die ganz offensichtlich die Gelegenheit genoss, sich mal wieder zu treffen. Als sie sich an dem Essen gütlich taten, das Sage aufgedeckt hatte – Fladenbrot, ein Dip aus gerösteten roten Paprikaschoten, Artischocken- und Pilzcrostini, Kürbisklößchen auf Schaschlikspießen –, wären sie ebenso gut als Mitglieder eines Buchklubs beim monatlichen Treffen durchgegangen.

Um elf wandte Rosemary sich an Jason. „Wir müssen allmählich das Schulhaus für das Ritual vorbereiten. Es liegt gut einen Kilometer von hier entfernt. Wärst du so nett, die Mädels in Dreiergruppen hinüberzufahren, damit sie mit den Vorbereitungen beginnen können?“

„Natürlich. Warum in Dreiergruppen? Hat das eine besondere Bedeutung?“

„Ja“, gab sie trocken zurück, „so viele Fahrgäste haben Platz im Golfwagen.“

„Golfwagen?“

„Niemand auf der Insel hat ein Auto. Die Einwohner benutzen Fahrräder oder leichte elektrische Fahrzeuge. Unseres steht draußen in dem grünen Schuppen. Würdest du es bitte rausholen und vor die Tür fahren, damit die erste Gruppe einsteigen und ein paar Utensilien mitnehmen kann?“

„Mach ich.“

Sie musterte ihn fragend, aber wohlwollend. „Das gehört nicht gerade zu den Dingen, die ein Mann in deiner Position normalerweise abends an einem Werktag tut, nicht wahr?“

Er lächelte schwach. „Hexen um Mitternacht in einem Golfwagen zu einem aufgegebenen Schulhaus fahren? Nicht wirklich. Aber zur Abwechslung mal ganz nett.“

Eine der anderen Magierinnen, eine ältere Frau mit weißen Haaren und leuchtend blauen Augen, trat neben Rosemary und klopfte ihr sanft auf die Schulter. „Es wird spät“, sagte sie. „Sollte Marigold nicht längst da sein?“

„Marigold kommt nicht“, antwortete Rosemary, die Lippen zu einem schmalen Strich zusammengepresst. „Sieht so aus, als hätte sie heute was anderes vor.“

Nachdem die erfolglosen Versuche, die Zeit- und Datumseinstellung an ihrem Telefon zu korrigieren, sie fast in den Wahnsinn getrieben hatten, gab Justine auf und lud eine Scrabble-App herunter. Vielleicht verstand sie ja ein wenig besser, warum Jason so begeistert von diesem Spiel war, wenn sie selbst ein paar Runden gegen den Computer spielte. Also machte sie es sich auf ihrem Sofa bequem, wählte die Spieleinstellung „einfach“ und fing an.

Eine halbe Stunde später war sie um ein paar Erkenntnisse reicher: Sie könnte viel erfolgreicher spielen, wenn das Scrabble-

Wörterbuch die Verwendung bestimmter Kraftausdrücke zuließe. Khat war der Name eines immergrünen afrikanischen Strauches, dessen Blätter als Droge dienten. Und das elektronische Klicken der einzelnen Spielsteine hatte einen erstaunlichen Suchteffekt.

Als sie noch darüber nachdachte, wie wenige Wörter ihr einfielen, die mit Z begannen, hörte sie es an ihrer Haustür klopfen. Vielleicht hatte ein Gast ein Problem. Oder Zoë hatte beschlossen, auf einen kurzen Besuch vorbeizuschauen. Justine hüpfte vom Sofa und eilte auf Socken an die Tür.

Kaum hatte sie geöffnet, blieb ihr fast das Herz stehen. Vor ihr stand die Person, mit der sie am allerwenigsten gerechnet hätte.

„Mom?“

25. KAPITEL

Wann immer sie sich eine Aussöhnung mit ihrer Mutter ausgemalt hatte, war Justine von vorsichtigen kleinen Schritte ausgegangen … eine E-Mail, ein Brief, ein Telefonat, ein kurzer Besuch. Sie hätte es besser wissen müssen. Marigold war schon immer sehr impulsiv gewesen, folgte jeder Laune und tat alles, was nötig war, um den Konsequenzen zu entgehen. Plötzlich vor der Tür zu stehen, verschaffte ihr einen Vorteil: Die Überraschung brachte Justine aus dem Gleichgewicht.

Justine hatte immer gehofft, dass sie und ihre Mutter eines Tages sich besser verstehen und akzeptieren würden. Sie hatte sich eine Lösung vorgestellt, bei der es nicht um Sieg oder Niederlage ging, sondern um … Frieden. Aber nach vier Jahren, in denen sie einander aus dem Weg gegangen waren, lag in Marigolds Augen immer noch dieselbe zornige Härte, die jeden Augenblick in Justines Kindheit geprägt hatte. Nichts ließ erkennen, dass sie weicher geworden wäre.

„Mom, was tust du hier?“ Sie hielt die Tür auf und ließ ihre Mutter eintreten.

Marigold wagte sich nur eben über die Schwelle und sah sich um.

Es hatte eine Zeit gegeben, in der Justine sich Sorgen gemacht hätte, wie ihre Mutter auf das Hinterhaus, die Pension und das Leben, das sie sich aufgebaut hatte, reagieren würde. Sie hätte sich verzweifelt ein positives Urteil gewünscht, ein Urteil, das sie so selten bekommen hatte. Jetzt überkam es sie wie eine Offenbarung, dass sie den Beifall ihrer Mutter nicht mehr brauchte. Es reichte ihr zu wissen, dass sie für sich selbst die richtige Entscheidung getroffen hatte.

„Gibt es ein Problem?“, fragte Justine. „Warum bist du hier?“

Verachtung mischte sich in Marigolds Stimme, als sie antwortete. „Ist es so schwer zu glauben, dass ich einfach nur meine Tochter sehen möchte?“

Darüber musste Justine nachdenken. „Ja“, sagte sie schließlich. „Du warst nie gern mit mir zusammen, und ich habe immer noch nicht getan, was du von mir erwartest. Also besteht für dich kein Grund, mich zu besuchen. Es sei denn, es gibt ein Problem.“

„Wie immer bist du das Problem“, gab Marigold unumwunden zu verstehen.

Wie immer. Diese zwei Wörter holten die Vergangenheit ins Zimmer, als wäre sie ein lebendiges Wesen. Ein Riese, der sie beide überragte und einen Schatten von Vorwürfen über sie warf, dem sie nicht entkommen konnten.

Nein, Marigolds Herz war nicht weicher geworden. Sie war immer mehr erstarrt, bis sie einer schönen steinernen Statue glich, die bei jeder Änderung der Haltung zu brechen und zerbröseln drohte. Nie würde sie in der Lage sein, den Kopf zu drehen, um in eine neue Richtung zu schauen. Oder einen Schritt nach vorn zu machen. Oder ihre Tochter in die Arme zu nehmen. Wie schrecklich das sein muss, dachte Justine mit einem Anflug von Mitleid, so starr zu verharren, während das Leben um einen herum einem ständigen Wandel unterworfen ist.

„Hat es etwas mit der Ges zu tun?“, fragte Justine sanft. „Rosemary und Sage haben dir inzwischen sicher davon erzählt. Du bist bestimmt wütend.“

„Ich habe für dich ein Opfer gebracht, und du hast es weggeworfen. Wie sollte ich mich also fühlen, Justine?“

„Vielleicht ein bisschen so, wie ich mich gefühlt habe, als ich davon erfahren habe.“ An Marigolds ungläubigem Zorn konnte sie erkennen, dass ihr gar nicht der Gedanke gekommen war, sich zu fragen, was Justine empfunden haben mochte.

„Du bist schon immer undankbar gewesen“, fuhr Marigold sie an, „aber ich hätte dich nie für dumm gehalten. Was immer du brauchtest, habe ich dir gegeben. Ich habe getan, was zu deinem Besten war.“

„Ich wünschte, du hättest damit gewartet, bis ich älter war“, gab Justine ruhig zurück. „Ich wünschte, du hättest es mir erst erklärt. Mir vielleicht erlaubt, ein Wörtchen mitzureden."

„Wahrscheinlich hätte ich dich auch um Erlaubnis bitten sollen, dir etwas zu essen zu geben, dich zu kleiden, dich zum Zahnarzt und zum Kinderarzt zu schleppen ..."

„Das ist ganz was anderes. Das alles gehört dazu, ein Kind aufzuziehen."

„*Undankbar*", zischte Marigold.

„Nein. Ich bin dir dankbar, dass du dich um mich gekümmert und mich aufgezogen hast. Ich nehme an, du hast dein Bestes gegeben. Aber Tatsache bleibt, du hast für mich eine Entscheidung getroffen, die dir nicht zustand. Seine Tochter mit einem lebenslangen Fluch zu belegen fällt nicht in die gleiche Kategorie wie Zahnarztbesuche und Impfungen. Und das weißt du auch, denn sonst hättest du mir irgendwas davon gesagt."

„Ich habe es geheim gehalten, weil mir klar war: Wenn du dahinterkommst, ruinierst du nur wieder alles. Ich wusste, dass du eine Dummheit begehen würdest. Und ich habe recht behalten." Die fahle Blässe auf Marigolds Gesicht stand in scharfem Kontrast zu ihrem feuerroten Haar und den rot leuchtenden Brauen über ihren harten Augen. Sie wirkte wie ein flammender Racheengel, als sie fortfuhr. „Ich komme gerade von Cauldron Island. Nur wegen dir und deiner Eigensucht führen sie dort ein mitternächtliches Ritual durch. Und wenn sie keinen Erfolg damit haben, wirst du sterben. Der Fluch der Hexe hat sich gegen dich gewendet."

Und Justine erkannte, dass ihr Herz doch nicht ganz und gar in Sicherheit war. Menschen fanden immer einen Weg, einander wehzutun.

„Du hast dich in einen Mann verliebt, der dich betrogen hat", zeterte Marigold weiter, „und der Fluch der Hexe wird dich töten, wenn die anderen nichts dagegen unternehmen können. Es ist alles deine Schuld. Du hast es nicht anders verdient."

Justine versuchte einen klaren Kopf zu bekommen. Ihre eigene Stimme hörte sich für sie an, als käme sie aus weiter Ferne. „Was tun sie denn? Was für ein Ritual?“

„Sie versuchen, einen Zauber von dem Mann zu lösen, mit dem du zusammen bist. Er ist zurzeit dort. Ich habe ihn gesehen. Kann sein, dass er für dich stirbt. Und wenn das geschieht … klebt sein Blut an deinen Händen.“

Als er auch die letzte Gruppe Frauen zum alten Schulhaus gefahren hatte, begleitete Jason sie in das Gebäude.

Die anderen waren inzwischen nicht untätig gewesen. Der Raum sah aus wie das Filmset für einen Horrorfilm: überall schwarze Tücher und flackernde Kerzen. In einer Sockelschale brannte Weihrauch und erfüllte die Luft mit aromatischen Schwaden. Ein riesiges Pentagramm aus Kreide zierte den Fußboden, an etlichen Stellen um den zentralen Stern herum waren Kristalle verteilt, Kelche und Zauberstäbe standen und lagen rings um das Pentagramm.

Jason stellten sich die Nackenhaare auf.

Violet, eine Frau Mitte dreißig, trat auf ihn zu und drückte beruhigend seinen Arm. „Tut uns leid“, sagte sie. „Ich weiß, wie unheimlich das aussieht. Aber wir wollen unser Allerbestes für dich geben und haben uns deshalb nicht zurückgehalten.“

„Tim Burton wäre beeindruckt“, meinte er, und sie lächelte.

Als er die Frauen um sich herum musterte, fühlte Jason sich gleich ein bisschen wohler. Sie versuchten ihm zu helfen, und damit halfen sie auch Justine. „Es gibt da etwas, dessen ich sicher sein muss“, sagte er und registrierte überrascht, dass alle verstummten und ihn erwartungsvoll ansahen. Ein paar der Frauen hörten auf zu fegen, andere, die damit beschäftigt waren, Kristalle anzuordnen, blickten von ihrer Arbeit auf. „Ich muss genau wissen, dass die Folgen meines Handelns Justine später keine Probleme bereiten werden. Mit anderen Worten: Ganz egal, was ihr alle tun müsst, um Justines Sicherheit zu gewährleisten … tut es. Ohne Rücksicht auf die Konsequenzen für mich. Versteht ihr, was ich meine?“

„Wir verstehen." Violet musterte ihn mit offensichtlicher Sorge. „Rosemary hat dir die Risiken erklärt, richtig? Dieser Zauber ist nur schwer wieder aufzuheben. Um es bildlich auszudrücken: Wir versuchen sozusagen, eine Mischung aus Sand und Zucker auseinander zu sortieren. Und wenn der Fluch der Hexe erst einmal wieder an dir klebt, hast du vielleicht nur noch sehr wenig Zeit. Keine von uns weiß, in welcher Verfassung du sein wirst, wenn der Zauber aufgehoben ist, oder was geschehen wird."

„Das geht schon in Ordnung", erwiderte er schroff. „Sagt mir einfach, was ich tun soll."

Sage trat zu ihm und nahm seine Hand. „Setz dich einfach in die Mitte des Pentagramms, während wir unsere Arbeit tun. Versuch dich zu entspannen und deinen Kopf frei zu bekommen."

Jason trat in die Mitte des mit Kreide aufgemalten Kreises und setzte sich, während die Frauen sich am Rand des Pentagramms versammelten.

„Wenn wir anfangen", erklärte Rosemary, „musst du still sein. Keine Störungen oder Unterbrechungen. Wir brauchen unsere volle Konzentration."

„Verstehe. Kein Wort, keine SMS." Er schaute die Frauen reihum an. „Haben alle ihre Handys ausgeschaltet?"

Rosemary versuchte ernst dreinzuschauen, aber um ihre Mundwinkel zuckte es. „Ab sofort wollen wir nichts mehr von dir hören. Es sei denn, du hast noch Fragen."

„Nur eine."

„Ja?"

„Wozu dient das Messer mit dem gebogenen Griff?"

„Zum Zerkleinern von Kräutern."

Er warf einen zweifelnden Blick auf die dreißig Zentimeter lange Klinge.

„Es ist Mitternacht", merkte eine der Frauen an.

Rosemary schaute Jason ins Gesicht. „Fangen wir an."

Sage hatte ihm bereits im Vorwege erklärt, dass das Ritual eine

Reihe von Gesängen, Segnungen und Anrufungen erforderte, bevor das eigentliche Lösen des Zaubers in Angriff genommen werden könnte. „Wenn du dich während des Ritus vielleicht in einen meditativen Zustand versenken könntest“, hatte sie gesagt, „würde uns das sehr helfen. Konzentrier dich auf deinen Atem, lass deine Gedanken los …“

„Ich kann meditieren“, hatte er ihr versichert.

Jetzt setzte er sich aufrecht hin und richtete seine ganze Aufmerksamkeit auf den Fluss seines Atems. Sein Geist berührte eine Erinnerung nach der anderen, bis er die dunkle nächtliche Brandung am Strand von Coronado fand, das endlose Rauschen des Meeres, die Art, wie er sich dort entspannt und gelauscht hatte, Justines warmen Körper auf seinem Schoß, ihren Kopf an seiner Schulter. Wellen, die übereinanderrollten, salzige Gischt, aufgestiegen aus der finstersten Tiefe des Ozeans, um den mondbeschienenen Strand zu benetzen. Ein Gefühl der Ruhe überkam ihn.

Er hörte die Stimmen der Frauen, die unsichtbare Geister anriefen, beschworen und lockten. Eine kühle, dunkle Energie sickerte in die Luft hinein, die sie umgab. Er nahm sie mit jedem Atemzug in sich auf, fühlte, wie sie seine Gedanken, seinen Zorn und seine Angst reinigten, bis sein Geist aufnahmebereit war wie eine geöffnete Handfläche. Der Platz, an dem seine Seele hätte leben sollen, präsentierte sich offen und ungeschützt. Die Wahrheit traf ihn wie ein Blitz zwischen zwei Atemzügen.

Ihm blieb keine Zeit mehr.

Er nahm die Offenbarung mit Verwunderung auf und einem kurzen aussichtslosen Bedürfnis, dagegen anzukämpfen. Noch nicht. Nicht jetzt. Aber da er keine Seele hatte, traf sein Herz die Entscheidung und fügte sich mit schmerzhaftem Pochen … Lass los, lass los, lass los.

Justine war nicht in der Stimmung, ein Nein zu akzeptieren. Als sie kein Wassertaxi bekommen konnte, rief sie eine Freundin an, der ein kleiner Kutter gehörte, und überredete sie verzweifelt, sie nach Cauldron Island zu fahren. „Ich weiß, es ist schon spät. Ich zahle jeden Preis und tue, was immer du willst. Aber bitte, bitte fahr mich dorthin. Du weißt doch, es ist nicht weit …" Die Freundin stimmte zu. Offenbar begriff sie, dass Justine ihr ohnehin keine Wahl lassen würde.

Zehn Minuten brauchte sie, um zum Hafen zu gelangen und den bereits wartenden Kutter zu besteigen. Jede Minute, die verging, bis sie endlich losfuhren, zerrte quälend an ihren Nerven, bis ihr ganzer Körper in Panik vibrierte. Jason hatte sie wieder einmal hintergangen. Und der magische Zirkel auch. Sie alle hatten sie von etwas ausgeschlossen, das sie mehr betraf als jeden Menschen sonst. Den Langlebigkeitszauber zu lösen war unendlich viel gefährlicher, als ihn zu wirken. Ein Zauber wie dieser hatte Widerhaken und bohrte sich so tief in den Menschen, dass der Versuch, ihn zu lösen, tödlich enden konnte. Nicht viel anders als die Liebe.

Das Boot legte vom Anleger ab und tuckerte langsam los, bis es die Zone verlassen hatte, in der nur mit geringem Tempo gefahren werden durfte. Dann brüllte der Motor immer lauter auf, und der Bug des Bootes durchschnitt das Wasser, während der Wind Justine ins Gesicht fuhr und an ihren offenen Haaren zerrte. Das Gewicht des Triodecad, das sie in einer Segeltuchtasche verstaut hatte, schlug ihr hart gegen die Hüfte.

Ihre Gedanken überschlugen sich. Etwas früher am Tag hatte sie mit Jason telefoniert, und er hatte nichts verraten. Er hatte sie in dem Glauben gelassen, er sei in San Francisco. Schon da musste er sich im Leuchtturm aufgehalten haben. Dabei hatte er entspannt und lässig geklungen und kein bisschen von dem durchblicken lassen, was er vorhatte.

Sie meinte, Marigolds Stimme zu hören: *„Der Fluch der Hexe hat sich gegen dich gewendet."*

Das also war die unbekannte Konsequenz. Ein Blutopfer wurde gefordert, der Preis der Liebe für Menschen wie sie. Irgendwer musste es bringen, und Jason hatte beschlossen, es selbst zu tun.

Sein Blut klebt an deinen Händen.

Wie leicht es doch wäre, so zu werden wie Marigold. Sie musste es einfach nur zulassen. Und wenn die Bitterkeit sie von innen zerfressen hätte, könnte sie all ihren Hass und ihre Enttäuschung auf andere Menschen konzentrieren.

Der Kutter legte gerade lange genug am Anleger von Cauldron Island an, dass Justine auf die glitschigen verwitterten Planken springen konnte. Sie stieg die endlosen Stufen hinauf, jagte in weiten anstrengenden Sprüngen nach oben, bis ihre Beinmuskeln sich verkrampften und brannten, aber sie ignorierte den Schmerz und rannte weiter. Der Leuchtturm lag still und verlassen vor ihr, der Hof war so dunkel und ruhig wie ein Friedhof. Wolken schoben sich über den abnehmenden Mond, ließen ihn langsam hinter sich verschwinden.

Immer noch keuchend von der Anstrengung des Aufstiegs eilte Justine zum Schuppen und holte ein Fahrrad heraus. Sie radelte den steinigen Pfad entlang nach Crystal Cove. Die Reifen hüpften über hochragende Steine und krachten in flache Senken, die ihren Magen sekundenlang das Fliegen lehrten.

In den Fenstern des alten Schulhauses flackerte es rot und schwarz, unstetes Licht erhellte den Weg, während die Reifen des Fahrrads sich durch den Sand wühlten. Justine sprang ab, noch bevor das Rad stand, und ließ es scheppernd zu Boden fallen.

Sie stieß die Tür mit Wucht auf und rannte in das Gebäude.

Der Ritus war gerade beendet, der Kreis der Frauen hatte sich aufgelöst, zwei oder drei kauerten in der Mitte des Pentagramms.

„Justine“, hörte sie Rosemary mit belegter Stimme sagen.

„Kann mal jemand Licht machen“, forderte Justine ungeduldig.

Der Strahl einer Taschenlampe flammte auf, ein Rund von unnatürlichem Weiß, das die Schatten vom Boden an die Wände warf.

Jason saß in der Mitte des Pentagramms, die Arme lose um die angezogenen Beine gelegt, die Stirn auf den Knien ruhend. Er bewegte sich nicht, ja, blickte nicht einmal auf, als sie näherkam. Sage, Rosemary und Violet umringten ihn.

„Macht Platz!", schrie Justine, rannte zu Jason, ließ das Triodecad fallen und sank neben ihm auf die Knie. „Jason? Jason, was hast du?" Kein Laut, der erkennen ließ, dass er sie gehört hatte. Sie warf einen wilden Blick auf die Frauen um sie herum. Was immer sie in Justines Gesicht lesen konnten, es reichte, um sie zurückweichen zu lassen. Sie sah, dass Jason stark schwitzte. Die Haare in seinem Nacken waren nass. „Was habt ihr mit ihm gemacht?", fragte sie.

„Der Zauber wurde gelöst", erwiderte Rosemary. „Jetzt bist du sicher, Justine."

„Das hättet ihr nicht ohne mich tun dürfen", erklärte sie scharf. „Ihr habt gewusst, dass ich es hätte wissen wollen."

„Das war seine Entscheidung."

Justine wandte ihre Aufmerksamkeit wieder Jason zu, berührte seinen Hinterkopf, seinen Nacken, versuchte ihn dazu zu bringen, sie anzusehen. „Schau mich an", flehte sie. „Jason, bitte …"

Sie brach ab, als er unsicher den Kopf hob. Graugesichtig, schweißüberströmt, mit unfokussiertem Blick sah er sie an. Er schien unendliche Schmerzen zu haben, die Haut spannte überall, ließ seine Wangenknochen scharf hervortreten. Jeder Atemzug war ein kurzes, trockenes Keuchen.

„Was ist los?", drängte sie. „Wo tut es weh? Was hast du?"

Er wollte etwas sagen, aber er hatte die Zähne so heftig zusammengebissen, dass kein Wort über seine Lippen kam. Seine rechte Hand umklammerte seinen linken Oberarm, die Finger bohrten sich tief in die Muskulatur. Schlagartig begriff sie.

Herzinfarkt.

„Seine Zeit ist abgelaufen, Justine", hörte sie Sage erstickt sagen. „Wir haben ihn gewarnt …"

„Nein." Justine tastete blind nach dem Triodecad, zerrte es aus der Segeltuchtasche. „Ich bringe das in Ordnung. Ich finde den richtigen Zauber. Halte durch, ich kümmere mich darum.

Ich versprech's. Ich versprech's." Jedenfalls versuchte sie das zu sagen, aber die Worte kamen nahezu unverständlich über ihre Lippen. Sie merkte erst, dass sie weinte, als sie schwere Tränen auf die alten Seiten fallen sah. Die Schrift verschwamm vor ihren Augen. Verzweifelt blätterte sie in dem Buch, sodass das Papier unter ihren Fingern zerknitterte und riss.

„Justine", hörte sie Sage bestürzt rufen. Einige der Frauen kamen näher.

„Bleibt mir vom Leib." Aus wilden Augen starrte sie die Hexen an, die Hand gegen sie ausgestreckt wie eine Waffe.

Sie spürte, wie Jason ihren Arm berührte. Ließ das Triodecad fallen und wandte sich ihm zu. Aus tiefbraunen Augen schaute er sie an. Unter seinen im Schmerz wie eingefroren wirkenden Gesichtszügen lag eine ruhige Glut des Verstehens. Er beugte sich näher, um etwas zu sagen, und sie hielt ihn in ihren Armen.

Heiß und sanft erklang sein Flüstern an ihrem Ohr. „Wir hätten sowieso nie genug Zeit gehabt."

Dann sank sein Kopf auf ihre Schulter, mit seinem ganzen Gewicht lehnte er sich an sie, während er langsam in ihren Armen zusammenbrach. Sie atmete den so vertrauten und quälenden Duft seiner Haut und seiner Haare ein. Sein Körper war schwer und wurde von Fieberschauern geschüttelt.

„Bald geht es dir wieder besser", sagte sie verzweifelt, kniff die Augen zu und zerbrach sich den Kopf, um den richtigen Zauber zu finden. Irgendeinen Zauber.

Mit letzter Kraft klammerte Jason sich mit den Fingern an ihr Haar, zog ihren Kopf zu sich herunter. „Das war's wert", flüsterte er.

Sie konnte spüren, wie das Leben aus ihm herausrann wie aus einem Sieb, obwohl sie versuchte, es mit ihren Händen festzuhalten. Verzweifelt drückte sie die Handflächen auf seine Brust, seinen Rücken, seine Arme und seinen Kopf. „Nein, nein, nein …"

„Küss mich."

„Nein." Aber sie tat es doch, fand seinen Mund mit ihrem, weich und warm, und ihre Tränen liefen über sein Gesicht, seine geschlossenen Augen. Seine Lippen verzerrten sich im Schmerz, krampfhaft hielt sie ihn in ihren Armen. Sie war wild entschlossen, ihn so fest zu halten, dass der Tod ihn ihr nicht wegnehmen konnte. Sie würde ihn bei sich behalten, ihm in der Wärme ihres Körpers Unterschlupf bieten.

Ein letzter Atemzug, ein sachtes Ausatmen. Seine Finger lösten sich aus ihren Haaren, seine Hand glitt hinab, fiel in ihren Schoß. Die Zeit blieb stehen. Die Sekunden landeten wie Regentropfen auf einem Seerosenblatt, sammelten sich dort.

Sanft ließ Justine seinen Körper zu Boden gleiten und starrte auf sein ausdrucksloses Gesicht, auf die langen Wimpern, die über seinen Wangen ruhten, auf den Graustich seiner Lippen. Schreckliche Energie baute sich in ihr auf, raste durch Knochen, Knorpel, Nerven, Blut. Ein wilder Puls drohte ihre Adern zu sprengen. Nein, Jason durfte nicht verschwinden. Sie konnte das nicht zulassen. Sie würde ihn in dem Raum zwischen Leben und Nichts halten. Sie wollte ihn bewahren – irgendwo.

Schweiß und Tränen rannen ihr übers Gesicht. Justine drückte ihre Hände auf seine Brust, und ein heftiger Schock durchlief seinen Körper, als die Energie ihn durchtoste. Sie hörte, wie die Frauen um sie herum entsetzt aufschrien.

„Justine, nein …"

Wieder und wieder, die Hände fest auf seinem Körper, ließ sie zu, dass sich die tödliche Spannung in ihnen beiden entlud. Sie hörte, wie Rosemary sie anflehte, doch aufzuhören. Das habe keinen Zweck. Sie werde sich nur selbst verletzen. Aber niemand wagte sich näher an sie heran … sie und Jason waren von blauweißer Energie umhüllt, so heiß wie ein verlöschender Stern. Sie bildeten einen Stromkreis, miteinander verschmolzen brannten sie hell und schnell aus. Sollte er sie doch mitnehmen. Sollte ihre Seele sie beide tragen, damit er sie nie verlassen konnte und sie nie um ihn trauern musste.

Sie kauerte sich über ihn, nahm seinen Kopf fest in beide Hände, senkte ihre Lippen auf seinen Mund. Die strahlende Helligkeit flammte noch einmal auf, und dann herrschte überraschend pechschwarze Dunkelheit.

Kein Puls, keine Empfindung, kein Vibrieren von Energie. Nur der Schrei ihrer Seele auf der Reise in die Stille der Vergänglichkeit.

Wo bist du?

Eine Kraft, die stärker war als die Schwerkraft, zerrte sie aus der Dunkelheit, zog sie steil nach oben, trug sie auf einer gewaltigen Woge empor, und sie spürte die Liebe stärker als je zuvor.

Ich bin hier.

Er war bei ihr. Unmöglich. Und unumkehrbar.

Und die Zeit setzte wieder ein.

Langsam kehrte sie zu sich selbst zurück und öffnete die Augen. Sie nahm die Frauen des magischen Zirkels wahr, die sie immer noch umringten. Die Wände des Schulhauses von Crystal Cove. Das flackernde Licht von Kerzen und Windlichtern. Aber ihre ganze Aufmerksamkeit galt Jason, seinen reglosen Zügen, seinen bleichen Händen neben seinem Gesicht. Vorsichtig sprach sie seinen Namen aus.

Im bernsteingelben Licht der Lampen hob er die Lider, seine Augen leuchteten warm und schläfrig.

„Ich konnte dich nicht gehen lassen“, sagte sie und streichelte seine Wangen.

Er hielt ihrem Blick stand, Verwunderung in den Augen, als ihm klar wurde, was sie bereits wusste. „Irgendwas ist anders“, sagte er heiser.

Sie nickte und lehnte ihre Stirn an seine. „Wir teilen jetzt eine Seele“, flüsterte sie. „Aber ich glaube, eigentlich gehörte die eine Hälfte schon immer dir.“

Etwas Weiches streifte ihre Stirn. Justine ignorierte die federleichte Berührung und versuchte, weiterzuschlafen. Wieder ein sanftes Streicheln, diesmal auf ihrer Wange. Mit einem gereizten

Ton drehte sie sich weg, um sich tiefer in die weichen Kissen zu kuscheln.

„Justine." Ein samtweiches Murmeln … Jasons Stimme … seine Lippen federleicht an ihrem Ohr. „Es ist fast Mittag. Wach auf. Ich möchte mit dir reden."

„Will nicht reden", murmelte sie. Ihr erschöpftes Gehirn versuchte, die Erinnerungen an die letzte Nacht zu ordnen. Was für bizarre Träume sie gehabt hatte … die Begegnung mit Marigold, die Angst um Jason, die wilde Fahrt nach Crystal Cove …

Sie riss die Augen auf und schaute in das attraktive Gesicht, das über ihr schwebte. Jason hatte sich auf einen Ellenbogen gestützt, ein schwaches Lächeln spielte um seine Lippen. Er hatte bereits geduscht, sich rasiert und angezogen. „Ich warte schon eine Weile darauf, dass du endlich aufwachst", sagte er und ließ seine Fingerspitzen an ihrem Schlüsselbein entlanggleiten bis zur Schulterkugel. „Noch länger konnte ich es nicht aushalten."

Ein flüchtiger Blick auf die Umgebung zeigte ihr, dass sie sich im Turmschlafzimmer des Leuchtturms von Cauldron Island befanden. Unter den Laken war sie nackt, ihr Körper entspannt und mehr als nur ein bisschen erschöpft. „Ich fühle mich, als hätte ich einen Marathonlauf hinter mir", befand sie verwirrt.

„Kein Wunder – nach gestern Nacht."

Sie setzte sich auf, zog dabei das Laken mit hoch, sodass es ihre Brüste bedeckte. Jason rückte die Kissen hinter ihr zurecht, damit sie sich anlehnen konnte. Gerade als ihr auffiel, wie trocken ihr Mund war, reichte er ihr ein Glas Wasser.

„Danke", sagte sie und trank durstig. „Was genau ist gestern Nacht passiert?"

Er musterte sie eingehend. „Erinnerst du dich nicht?"

„Doch, aber ich bin mir nicht sicher, was davon wirklich geschehen ist und was ich mir vielleicht nur eingebildet habe."

„Möchtest du die Lang- oder die Kurzfassung hören?"

„Die Kurzfassung." Sie gab ihm das Glas zurück, und er stellte es auf den Nachttisch.

„Für mich begann der Abend mit einem mitternächtlichen Ritual, um den Zauber zu lösen, gefolgt von einer Nahtoderfahrung und einer Elektroschockbehandlung zur Wiederbelebung. Du hast das mit bloßen Händen getan! Anschließend hast du anscheinend das Schulhaus illuminiert wie ein Kasino in Las Vegas. Die Frauen des magischen Zirkels behaupten übereinstimmend, so etwas hätten sie noch nie gesehen. Schade, dass ich die Show verpasst habe."

„Ich glaube, du warst die Show", meinte Justine. „Wo stecken die anderen alle?"

„Rosemary und Sage machen ein Nickerchen. Ein paar von den Frauen sind mitten in der Nacht noch abgefahren. Die anderen sind geblieben, haben bis zum Frühstück miteinander geredet und sind vor Kurzem fort. Ich hatte keine Ahnung, was für Nachteulen Hexen sind."

„Das haben sie mit Schlaflosen gemein."

Jason lächelte und strich ihr die verwuselten Haare glatt. Er sah so gut aus, dass es beinah wehtat, ihn anzuschauen. Alles, was ihr schon vorher an ihm reizvoll und dynamisch erschienen war, wirkte jetzt um ein Vielfaches verstärkt, soweit das möglich war.

„Was haben die anderen gesagt?", fragte sie.

„Wozu?"

„Zu allem."

„In einem Punkt waren sich alle einig: Irgendwie ist mir ein unglaubliches Geschenk zuteil geworden. Dafür hast du gesorgt." Er schaute ihr in die Augen und versuchte gar nicht erst, die Mischung aus Bewunderung und Ehrfurcht zu verbergen, die ihn beherrschte. „Sage glaubt, dass du irgendwie einen Teil deiner Seele auf mich übertragen hast. So ähnlich, wie man eine Kerze mit einer anderen anzünden kann. Aber keine aus dem magischen Zirkel hat je von so einer Sache gehört. Und keine kann sich erklären, wie du das gemacht hast."

„Das weiß ich selbst nicht", erwiderte sie verlegen. „Ich … ich wollte einfach nur dich. Ich musste dich bei mir behalten."

„Du hast mich. Um genau zu sein, hast du mich sogar dann noch, wenn du mich loswerden willst."

Sie lächelte und schüttelte den Kopf. „Niemals." Das Wort wurde zwischen ihrer beider Lippen erstickt, als er sich vorbeugte und sie leidenschaftlich küsste.

Als er sich von ihr löste, schaute er sie zärtlich an. Sein Gesichtsausdruck war schwer zu deuten. „Der magische Zirkel hat noch über etwas anderes geredet", fuhr er fort. „Sie glauben, der Fluch der Hexe betreffe uns beide nicht mehr ... weil ein Opfer gebracht wurde." Sie schaute ihn fragend an. „Kannst du dieses Fingerschnippen mal ausprobieren? Etwas anzünden, indem du mit den Fingern schnippst?"

Verwirrt konzentrierte sie ihre Energie und schnippte mit den Fingern. Der erwartete Funke blieb aus. Sie blinzelte verdutzt und versuchte es noch einmal.

Nichts.

Jason zog besorgt die Brauen zusammen. „Ich weiß nicht mehr, was für übernatürliche Bezeichnungen sie verwendet haben", sagte er, „aber die Quintessenz lautete, dass du womöglich deine Kapazität erschöpft hast. Einen Kurzschluss ausgelöst hast." Er stockte, schaute ihr fragend in die Augen. „Täte es dir sehr leid, wenn du keine magischen Kräfte mehr hättest?"

„Nein, ich ... Ich habe mir nur nie vorgestellt ... Nein. Schon gar nicht, wenn ich dich damit gerettet habe." Sie versuchte, das ganze Ausmaß dieser Eröffnung zu begreifen. Wenn sie nicht länger die Kräfte einer geborenen Hexe hatte, konnte sie vermutlich immer noch ein paar einfache Zauber wirken und ab und zu einen Trank brauen. Als ob mir das in der Vergangenheit viel genützt hätte, dachte sie. Ein Schwindelgefühl ergriff sie. „Ich brauche keine Magie, um glücklich zu sein", sagte sie laut. Und das war die Wahrheit.

Jason legte seine Hand an ihre gerötete Wange und streichelte sie mit seinem Blick. „Was brauchst du, um glücklich zu sein?", fragte er. „Stell mir die längste Liste zusammen, die dir einfällt. Ich werde keine Ruhe geben, bis du alles hast, was darauf steht."

„Sie ist sehr kurz", sagte sie.

„Gott, ich hoffe, ich stehe auch darauf."

Ihr Kopfschütteln machte ihm mehr als deutlich, wie absurd sie seine Bemerkung fand. „Außer dir steht nichts darauf."

Jason zog sie einen langen Augenblick fest an sich, küsste ihre Lippen, ihre Wangen, ihre Kehle, murmelte Liebkosungen an ihrer Haut. „Justine", fragte er schließlich. „Wie hast du herausgefunden, was letzte Nacht geschehen ist? Ich bin froh, dass du es herausgefunden hast, aber ... Ich wollte dir das alles nicht zumuten. Ich hatte versucht, dich zu schützen."

Sie zwang sich, ihn finster anzuschauen. Es fiel ihr nicht leicht, denn eigentlich war sie überglücklich. „Darüber reden wir noch mal", sagte sie. „Du hast mir versprochen, nie wieder etwas hinter meinem Rücken ..."

„Es tut mir leid. Meine Gründe geben ganz sicher mildernde Umstände."

„Das ist keine Entschuldigung."

„Ich weiß. Sag mir, wie du dahintergekommen bist."

Justine beschrieb Marigolds überraschenden und streitsüchtigen Besuch, so pragmatisch sie konnte, während Jason schweigend und voller Mitgefühl zuhörte. „Sie liebt mich nicht", schloss Justine ihren Bericht, bemüht um einen sachlichen Tonfall.

Jason zog sie an sich und schenkte ihr allen Trost, den sie sich wünschen konnte. Sanft strich er ihr mit der Hand über den bloßen Rücken. „Wenn sie das nicht kann", meinte er, „hat das nichts mit dir zu tun. Ich habe dich vom ersten Moment an geliebt, und ich hatte es nicht mal versucht."

„Ich liebe dich auch."

Er fuhr fort, sie beruhigend zu streicheln, bis seine Umarmung eher begehrend wirkte als tröstlich. „Weißt du", sagte er nachdenklich und schob seine Hand unters Laken, „diese ganze Beziehung hat sich so verdammt schnell entwickelt, dass ich nicht einsehe, warum wir jetzt Tempo rausnehmen sollten. Ich werde dich später noch mal richtig fragen, aber Justine, süße Geliebte ... du wirst mich heiraten müssen." Er schwieg einen Moment. „Das war übrigens kein Befehl. Das war ... eine zwingende Bitte."

„Heiraten", wiederholte sie verblüfft. „Oh, lass uns jetzt noch nicht an so etwas denken. Es ist noch zu früh dafür."

„Wir teilen uns bereits eine Seele", betonte er. „Da können wir auch anfangen, gemeinsame Steuererklärungen abzugeben."

Justine lachte auf. Sie wusste genau, wenn Jason sich einmal etwas in den Kopf gesetzt hatte, dann gab er nicht nach. „Ich kann mir beim besten Willen nicht vorstellen, wie die Logistik funktionieren soll."

„Die Logistik ist das Einfachste. Eine hundertprozentige Ehe, vierundzwanzig Stunden am Tag, sieben Tage die Woche, im selben Haus zusammenleben, jede Nacht im selben Bett schlafen. Wir werden die meiste Zeit auf der Insel verbringen, aber manchmal wirst du mit mir für eine Woche nach San Francisco fliegen. Wir stellen einen Geschäftsführer ein, der sich um das Artist's Point kümmert, wenn du nicht da bist."

„Aber nicht jeder kann einfach meine Arbeit übernehmen", widersprach sie. „Normalerweise erwarten die Gäste einer Pension eine warme und persönliche Atmosphäre. So ähnlich wie bei einem privaten Besuch."

„Dann stellen wir einen warmen persönlichen Geschäftsführer ein. Ich werde Priscilla sagen, sie soll jemand Passenden suchen."

„Ich will keine Hilfe von Priscilla."

„Bist du immer noch sauer auf sie?", fragte er vorsichtig. „Weil sie mir geholfen hat, das Triodecad auszuborgen?"

„Zu stehlen. Und ja. Im Moment ist sie mir so sympathisch wie ein Haar im Keks."

„Es war nicht ihre Schuld. Ich war der Teufel, der sie dazu verleitet hat."

„Ja." Sie lachte atemlos auf, als er ihr die Laken wegzog. „Aber du bist *mein* Teufel."

„Und du meine wunderschöne kleine Hexe."

„Eine Hexe ohne magische Kräfte“, erwiderte sie, aber sie lächelte, als er sie auf seinen Schoß zog.

„Du hast magische Kräfte in jeder einzelnen Zelle“, gab er zurück.

„Beweise es“, forderte Justine rau und schlang ihre Arme um seinen Hals.

Sie wussten beide, dass Jason Black niemals einer Herausforderung aus dem Weg ging.

– ENDE –

Neue Reihe!

Robyn Carr

Grace Valley:
Im Schutz des Morgens

Ärztin June geht mit Herz und Seele in ihrer Arbeit auf. Platz für Romantik bleibt da nicht. Bis ein gut aussehender Unbekannter ihren Weg kreuzt und sie sich verliebt. Doch diese Liebe muss geheim bleiben, denn Jim muss seine Identität verbergen …

Band-Nr. 25752
8,99 € (D)
ISBN: 978-3-95649-019-4
eBook: 978-3-95649-321-8
336 Seiten

Kristan Higgins

Ein Goldfisch räumt auf

Parker bleibt nur noch ein Stapel Umzugskartons von ihrem einst luxuriösen Leben. In Gideon's Cove erbt sie das alte Haus ihrer Tante – doch das erweist sich leider als Bruchbude. Der attraktive Anwalt James weiß jedoch, wie man den Hammer schwingt. Ob sich nicht nur bei Häusern ein Blick hinter die Fassade lohnt?

Band-Nr. 25754
9,99 € (D)
ISBN: 978-3-95649-021-7
eBook: 978-3-95649-322-5
416 Seiten

Deutsche Erstveröffentlichung

Der ergreifende Auftakt zu Christie Ridgways sommerleichter Trilogie:

Band-Nr. 25747
8,99 € (D)
ISBN: 978-3-95649-012-5
eBook: 978-3-95649-358-4
400 Seiten

Christie Ridgway
Der Sommer, der uns verband

Eine ausgelassene Strandparty – und mittendrin ein sexy Mann mit ozeanblauen Augen und offenem Hawaiihemd: Das ist Griffin Lowell? Jane hat einen grüblerischen Einzelgänger erwartet, nicht diesen Traumtypen. Schließlich wurde sie engagiert, um Griffin in seinem Strandhaus beim Schreiben seiner Biographie zu helfen. Der allerdings will lieber feiern und seinen traumatischen Erinnerungen entfliehen – doch so schnell gibt Jane nicht auf, denn sie braucht den Job mehr als alles andere! Bei Strandspaziergängen im Mondschein gelingt es ihr tatsächlich, das Eis um Griffins Herz zum Schmelzen zu bringen. Aber während ihr berufliches Interesse bald tiefer Sehnsucht weicht, scheint er noch nicht bereit für die Liebe …

„Romantik pur, herzerwärmend und witzig."
New York Times-Bestsellerautorin Jennifer Crusie